KB168557

모든 빗방울의 이름을 알았다

'문학 실험실' 파리 리뷰가 주목한 단편들

호르헤 루이스 보르헤스, 레이먼드 카버 외 지음
파리 리뷰 엮음
이주혜 옮김

I knew every raindrop by its name

모든 빗방울의 이름을 알았다

호르헤 루이스 보르헤스, 레이먼드 카버 외 지음
파리 리뷰 엮음
이주혜 옮김

일러두기

1. 이 책은 〈파리 리뷰〉가 2012년 미국에서 출간한 《Object Lessons: The Paris Review Presents The Art of The Short Story》에 실린 스무 편의 단편소설 중에서 열다섯 편을 추려 옮긴 것입니다.
2. 단편소설, 잡지, 언론 매체, 영화의 제호는 홑화살괄호(〈〉)로, 장편소설과 단행본 도서의 제호는 겹화살괄호(《》)로 표기했습니다.
3. 국내에 개봉한 영화, 번역 출간된 도서, 소개된 언론 매체는 원제의 영문 병기를 생략하고 기존에 번역된 제호를 따랐습니다.
4. 외국의 인명, 지명은 국립국어원의 외래어 표기법을 따랐습니다. 단, 일부 인명은 널리 쓰이는 용례를 참고했습니다.
5. 본문의 각주는 모두 옮긴이가 내용의 이해를 돕기 위해 붙였습니다.

편집자의 말

새로운 글쓰기에 도전하는 문학 실험실

문학잡지 〈파리 리뷰The Paris Review〉는 1953년 창간 이후 소설의 실험실 역할을 맡아왔습니다. 우리 편집자들은 이야기를 쓰는 방식이 하나뿐이라고 생각하지 않습니다. 한 가지 운동이나 학파만을 신봉하지도 않습니다. 언어에는 한계가 없습니다. 탁월한 작가는 모두 자신만의 규칙과 방식으로 이야기를 풀어나간다고 믿습니다.

그런 생각으로 이 책을 만들었습니다. 가장 성공한 작품만을 모은 선집이 아닙니다. 장르의 대가 열다섯 명에게 〈파리 리뷰〉가 발표한 단편소설 중에서 가장 좋아하는 작품 하나를 고르고, 그 소설이 뛰어나다고 생각하는 결정적인 이유를 서술해달라고 부탁했습니다. 이에 어떤 작가는 고전을, 어떤 이는 우리에게조차 새로운 이야기를 골랐습니다.

우리는 이 작품집이 젊은 작가에게, 그리고 문학적 글쓰기에 관심이 있는 독자에게 유용하게 읽히길 바랍니다. 무엇보다 단편소설 읽기에 익숙하지 않은(또는 더는 즐겨 읽지 않는) 모든 이를 염두에 두었습니다. 여기 모은 '본보기 소설'들이 그러한 독자에게 소설의 형식이 얼마나 다양할 수 있으며 여전히 어떤 중요한 자리를 차지하는지, 또 얼마큼 큰 즐거움을 안겨줄 수 있는지 알려줄 수 있으면 좋겠습니다.

〈파리 리뷰〉 편집부

옮긴이의 말

작가의 수만큼 새로운 세계

〈타임〉이 '작지만 세상에서 가장 강한 문학잡지'라고 부른 〈파리 리뷰〉는 1953년 당시 출판 산업과 문학 교류의 중심지였던 파리에서 창간된 영문학 계간지입니다. 초대 편집장 조지 플림턴을 대신해 창간사를 쓴 작가 윌리엄 스타이런은 "〈파리 리뷰〉는 요란한 선동가나 음모꾼이 아닌 좋은 작가들과 시인들을 환영한다. 잘 쓰기만 하면 언제든지"라는 말로 문학 중심의 개방적 태도를 표방했습니다.

경력, 성별, 장르에 얽매이지 않는 문학

실제로 〈파리 리뷰〉는 창간 이후 70년 가까운 시간 동안 작가의 경력이나 출신국, 성별, 장르에 얽매이지 않는 포괄적이고 과감한 편집을 보여주고 있습니다. 또 다른 자랑거리인 '집필 중인 작가들Writers at Work' 인터뷰 시리즈는 어니스트 헤밍웨이, T. S. 엘리엇, 조이스 캐럴 오츠, 도리스 레싱, 어슬러 K. 르 귄, 수전 손택, 프랑수아즈 사강,

가즈오 이시구로 등 수백 명에 이르는 작가와의 대화로 유명합니다. 노벨문학상이나 퓰리처상, 부커상을 수상한 작가의 글쓰기 철학이 궁금하면 〈파리 리뷰〉를 찾아보면 된다는 말이 있을 정도로 이미 하나의 문학 장르가 되어버린 이 인터뷰 시리즈를 문학비평가 조 데이비드 벨라미는 "세계에서 단 하나뿐이며 가장 꾸준한 문화적 대화"라고 부르기도 했습니다.

이토록 '창대하게' 성장한 잡지의 첫 사무실이 파리의 어느 출판사 안 '미약한' 방 한 칸이었으며, 1956년부터 1957년까지 1년 동안 파리 센강에 정박한 곡물 운반선에 사무실을 차리기도 했다는 이야기는 〈파리 리뷰〉의 이모저모 중에서 제가 가장 좋아하는 대목입니다.

《모든 빗방울의 이름을 알았다》는 열다섯 명의 작가에게 그동안 〈파리 리뷰〉에 실렸던 단편소설 가운데 개인적으로 가장 좋아하는 작품 한 편을 고르고 그 소설이 탁월한 이유를 서술해달라는 부탁으로 탄생했습니다. 그만큼 각 단편은 정서와 문장, 주제가 다양하고 수록 시기 역시 1950년대부터 2010년대까지 망라합니다.

이 책의 원제인 'Object Lessons'는 '실물 교육'이라는 뜻입니다. 이 제목이 뜻하는 것처럼 작품 뒤에 배치된 해설을 통해 '공부가 되는 함께 읽기'도 할 수 있습니다. 여기 소개된 작가 가운데는 호르헤 루이스 보르헤스나 레이먼드 카버, 제임스 설터처럼 국내에 이미 두꺼운 독자층을 형성한 작가도 있지만, 나머지는 국내에 출판된 책이 아주 적거나 아예 소개된 적이 없는 작가들입니다. 이참에 자기 분야에서 굵직한 한 획을 그은 작가들의 대표적인 단편을 처음 읽어보는 기회를 누리길 바랍니다. 더불어 조금 더 욕심을 내보자면, 이 책에서 접한 새로운 작가의 다른 작품도 읽어보고 싶은 독자들의 바람이 모여 더 많은 번역 출판의 기회로 이어지면 좋겠습니다.

존재조차 몰랐던 세계를 발견하는 일

새로운 작가를 알게 되는 일은 존재조차 몰랐던 세계를 발견하는 일과 비슷합니다. 우리는 문장과 문장 사이를 헤매다 막다른 길을 만나기도 하고 처음 보는 꽃이 만발한 벌판을 만나기도 합니다.

첫 독자이자 역자로서 맞이한 그와 같은 순간은 헤아릴 수 없을 정도로 많았습니다. 조이 윌리엄스의 〈어렴풋한 시간〉은 참으로 쓸쓸한 소년이 바닷가를 바라보는 장면으로 시작해 참으로 쓸쓸한 남자의 또 다른 바닷가 장면으로 독자를 데려갑니다. 제인 볼스의 〈에미 무어의 일기〉는 자신의 여성성을 집요하게 파헤치는 어느 여성의 외로운 이야기로, 그저 술병을 들고 의자에 앉는 몸짓을 간단하게 묘사하는 것만으로도 읽는 이에게 하염없는 슬픔을 안겨줍니다. 데니스 존슨의 〈히치하이킹 도중 자동차 사고〉는 불행 앞에 선 이는 한낱 인간일 뿐이며 누구도 신이 될 수 없음을 아슬아슬한 문장으로 설파합니다. 메리베스 휴즈의 〈펠리컨의 노래〉는 폭력의 한복판에 던져진 여성을 묘사하되 결코 그를 타자화하지는 않는 균형을 유지하고, 호르헤 루이스 보르헤스의 〈모든 걸 기억하는 푸네스〉는 인간에게 기억이 갖는 의미를 파헤친 전형적인 보르헤스식 글쓰기를 보여주는 작품입니다.

레이먼드 카버의 〈춤추지 않을래〉는 스쳐 지나가면 그만인 타인이 순간의 위안을 선사할 수 있는가 하는 질문을 던집니다. 스티븐 밀하우저의 〈하늘을 나는 양탄자〉를 읽고 나면 누구나 가슴 한쪽에 간직하고 있는 줄도 몰랐던 어느 여름날의 기억을 소환하게 됩니다.

읽는 이마다 다르게 통과할 관문

새로운 작가가 새로운 세계로 들어서는 일종의 관문이라면, 그 문을 열고 들어갈 수 있게 하는 열쇠는 문장이나 작품 자체겠지요. 저는 소설을 옮기는 과정에서 반짝이는 문장을 만날 때마다 새 열쇠를 건져 올리는 심정이 되었고 그만큼 읽기의 지평도 넓어졌다고 믿습니다. "여자는 방금 호수에서 헤엄치다 온 사람처럼 깨끗한 나뭇잎 냄새를 풍겼다"(〈어렴풋한 시간〉), "나는 모든 빗방울의 이름을 알았다"(〈히치하이킹 도중 자동차 사고〉)와 같은 문장을 만날 때면 키보드를 두드리는 손은 잠시 쉬어야 했습니다. 플로베르가 "아프리카에서 온 야만인들을 모아둔 전시회"를 보러 간 이야기를 연인에게 전할 때는 그 시대의 참혹함에 마음을 다치기도 했습니다(〈플로베르가 보낸 열 가지 이야기〉).

"단편소설은 개념대로라면 반드시 짧아야 한다. 그것이 단편소설의 어려움이다. 그렇기에 쓰기가 매우 어렵다. 서사를 간결하게 하면서 여전히 이야기로서 기능하게 하려면 어떻게 해야 할까? 장편소설 쓰기와 비교해 단편소설 쓰기의 주된 문제는 무엇을 생략할 것인가를 아는 문제다. 남겨진 것은 반드시 사라진 모든 것을 함축해야 한다"와 같은 해설을 만나면 밑줄을 치고 공책에 옮겨 적느라 바빴습니다.

이 책 한 권에 담긴 것은 문장들이기도 하고, 독특한 인물들이기도 하고, 어떤 어렴풋한 정서이기도 할 것입니다. 작가들의 이름이 될 수도, 읽는 이마다 다르게 마주칠 경이로운 순간이 될 수도 있겠지요. 오직 새로운 작가, 새로운 작품을 소개하겠다는 의지로 센강에 정박한 곡물 운반선에서 원고를 보살폈을 오래전 편집자들의 어떤 마음이 담겨 있기도 할 것입니다. 좋은 작품을 다양하게 읽고 다양한 작가와 그만큼의 새 세계를 접하길 바라는 그 마음이 이 책을 통해 한국의 독자들에게도 고스란히 전달되길 바랍니다.

이주혜

차례

¶

¶

¶

Car Crash While Hitchhiking

히치하이킹 도중 자동차 사고

데니스 존슨

Denis Johnson

1969년 19세의 나이에 시집으로 문학계에 첫발을 디뎠다. 1983년 첫 소설 《엔젤스Angels》를 발표하며 미국 문단의 엄청난 호평을 받았다. 단편소설집 《예수의 아들Jesus' Son》은 〈뉴욕 타임스〉의 2006년 설문 조사에서 지난 25년간 출간된 소설 중 최고의 작품으로 뽑혔다. 2007년 〈연기의 나무Tree of Smoke〉로 전미도서상을 수상했다. 2017년 캘리포니아에서 사망했다.

술을 나눠주고 내가 자는 동안 운전한 세일즈맨…… 버번으로 가득한 체로키족의 차…… 폴크스바겐은 대학생이 모는 대마초 연기 덩어리일 뿐이었고……

그리고 미주리주 베서니에서 서쪽으로 빠져나온 한 남자를 들이받아 영원히 죽여버린 마셜타운 출신 어느 가족의 남자……

……나는 퍼붓는 비를 맞으며 흠뻑 젖은 채 잠에서 깨어났다. 내게 약을 주었던, 이미 언급한 처음 세 사람, 세일즈맨과 체로키족과 대학생 덕분에 약간 의식이 흐린 상태였다. 고속도로 진입로에서 나는 차를 타리란 희망도 없이 기다렸다. 누군가의 차에 탈 수 없을 만큼 젖었는데 침낭을 걷어 올려봐야 무슨 소용이 있겠나? 나는 침낭

을 망토처럼 둘렀다. 폭우가 아스팔트를 할퀴며 푹 팬 바퀴 자국 속으로 콸콸 흘러들었다. 딱하게도 내 생각이 질주했다. 출장 중인 세일즈맨이 혈관 내막이 벗겨져 나가는 듯한 느낌을 주는 약을 먹였다. 턱이 아팠다. 나는 모든 빗방울의 이름을 알았다. 일어나기도 전에 모든 일을 감지했다. 어떤 올즈모빌 자동차가 속도를 줄이기도 전에 내 앞에 멈춰 설 것을 알았고, 차에 탄 가족의 다정한 목소리만 듣고도 우리가 폭풍우 속에서 사고를 당할 것을 알았다.

아무래도 상관없었다. 그들은 끝까지 나를 태워주겠다고 했다.

남자와 그의 아내는 어린 딸을 앞에 앉히고 뒷좌석에는 아기와 나, 그리고 물이 뚝뚝 떨어지는 내 침낭을 태웠다. "어딜 가든 아주 빨리 달리지는 않을 겁니다." 남자가 말했다. "내 아내와 아이들을 태웠으니까요."

당신은 그런 부류로군, 나는 생각했다. 나는 침낭을 자동차 왼쪽 문 쪽에 괴어놓고 거기 기대어 잤다. 살든 죽든 상관없었다. 아기는 내 옆 시트에서 자유롭게 잤다. 태어난 지 9개월쯤 되어 보였다.

……그러나 일이 벌어지기 전, 그날 오후, 세일즈맨과 나는 호화로운 그의 차를 타고 캔자스시티로 질주했다. 우리는 그가 나를 태워준 텍사스에서 시작된 위험하고도 냉소적인 동지애를 키워나갔다. 우리는 그가 가진

암페타민 한 병을 다 먹어 치웠고, 종종 주간고속도로에서 벗어나 캐나디안 클럽 위스키와 얼음을 샀다. 그의 자동차에는 문마다 원통형 컵 홀더가 붙어 있었는데 안쪽이 흰색 가죽으로 되어 있었다. 그는 나를 가족이 있는 자기 집으로 데려가 하룻밤을 지내게 해주겠다고 말했지만, 그 전에 아는 여자를 만나고 싶다고 했다.

거대한 회색 두뇌 같은 중서부 지역의 구름 아래 우리는 둥둥 떠 있는 기분으로 초고속도로를 벗어나 좌초한 기분으로 캔자스시티의 러시아워에 들어섰다. 속도를 줄이자마자 마법 같은 우리의 여행은 전부 타버렸다. 그는 여자친구 이야기를 계속했다. "나는 이 여자가 좋아. 이 여자를 사랑하는 것 같아. 하지만 내게는 두 아이와 아내가 있고, 거기에는 어떤 의무가 있지. 무엇보다도 나는 아내를 사랑해. 내게는 사랑의 재능이 있어. 나는 아이들을 사랑해. 친척들 모두를 사랑해." 그가 말할 때마다 나는 퇴짜 맞은 기분이 들어 슬펐다. "내게 4.8미터 정도 되는 작은 보트가 있어. 자동차는 두 대 있지. 뒷마당에는 수영장을 만들 공간이 있어." 그의 여자친구는 직장에서 일하고 있었다. 그녀는 가구점을 운영했고, 그곳에서 나는 남자를 잃었다.

구름은 밤까지 그대로였다. 차에 타서야 비구름이 몰려드는 모습이 보이지 않았다. 폴크스바겐을 모는 대학생이 내 머리를 대마초로 채워주었고, 비가 쏟아지기 시작했을 때 나를 도시 경계선 너머로 데려가 주었다. 어느 정도의 속도로 실려 갔는지는 신경 꺼주시길. 맥을 못 출 정도로 어지러워 일어나지도 못했으니까. 고속도로 출구 옆 풀밭에 누워 있다가 어느새 물이 찬 웅덩이 한가운데서 깨어났다.

그 이후는 이미 말했듯이 마셜타운 출신의 가족이 탄 올즈모빌이 첨벙거리며 비를 뚫고 달리는 동안 뒷좌석에서 잠을 잤다. 그때 눈꺼풀을 투시해 앞을 보는 꿈을 꾸었고 맥박이 초 단위로 뛰었다. 그 시절 미주리주 서쪽을 통과하는 주간고속도로는 대부분 양방향 도로로 되어 있었다. 우리를 향해 다가오던 세미 트레일러 트럭이 반대편으로 지나가면서 자동 세차장에 끌려 들어갈 때처럼 물벼락을 퍼부어 눈앞을 가렸고 전쟁 같은 소음을 뒤집어씌웠다. 앞 유리 와이퍼가 일어났다가 내려갔지만 별 효과는 없었다. 나는 지쳤고 한 시간 후에는 더 깊이 잠들었다.

나는 내내 어떤 일이 벌어질지 정확히 알았다. 그러나 시간이 흐르고 남자와 그의 아내가 격하게 부정하는 소리에 잠에서 깼다.

"악, 안 돼!"

"안 돼!"

나는 두 사람이 앉은 좌석 등받이에 세게 부딪쳤고 등받이가 부서졌다. 나는 앞뒤로 튕기기 시작했다. 차 안 곳곳을 날아다니는 액체가 내 머리에서 흘러내리는 인간의 피라는 것을 단번에 알았다. 반동이 멈췄을 때 나는 원래 모습으로 뒷좌석에 앉아 있었다. 일어나 주위를 둘러보았다. 차 헤드라이트가 꺼져 있었다. 냉각장치가 꾸준히 쉭쉭거렸다. 그것 말고는 어떤 소리도 들리지 않았다. 의식이 있는 사람은 나밖에 없는 것 같았다. 눈이 어둠에 적응하자 내 옆의 아기가 아무 일도 없었던 것처럼 반듯이 누워 있는 모습이 보였다. 아기는 눈을 뜨고 작은 손으로 제 뺨을 만졌다.

잠시 후 운전대에 고꾸라져 있던 운전자가 윗몸을 일으켜 우리를 보았다. 그의 얼굴은 으스러졌고 피로 얼룩져 있었다. 그 모습을 보자 내 치아가 다 아팠다. 그가 말할 때 보니 치아가 부러진 것 같지는 않았다.

“무슨 일이에요?”

“사고를 당했어요.” 그가 말했다.

“아기는 괜찮아요.” 나는 아기 상태를 알지도 못하면서 이렇게 말했다.

남자가 자기 아내 쪽을 보았다.

“재니스.” 그가 말했다. “재니스, 재니스!”

“괜찮은가요?”

“죽었어!” 그가 아내를 마구 흔들며 말했다.

“아니요, 죽지 않았어요.” 나는 이제 뭐든지 부정할 준비가 되었다.

부부의 어린 딸은 살았지만, 기절했다. 아이는 자면서 흐느꼈다. 그러나 남자는 계속 아내를 흔들었다.

"재니스!" 그가 고함쳤다.

그의 아내가 신음했다.

"부인은 죽지 않았어요." 나는 자동차에서 기어나가 달아나며 말했다.

"깨어나지 않을 거야." 남자가 하는 말이 들렸다.

나는 그 밤에, 어떤 이유에서인지 아기를 품에 안고 서 있었다. 여전히 비가 내렸지만, 날씨에 관해서는 아무것도 기억나지 않는다. 지금 돌이켜보면 우리는 2차선 다리에서 다른 자동차와 충돌했다. 어둠 때문에 저 아래 물이 보이지 않았다.

상대편 자동차 가까이로 다가가자 쇠로 긁는 듯한 코 고는 소리가 거슬리게 들려왔다. 열린 조수석 문에 누군가 공중그네에 발목을 걸쳐놓은 자세로 반쯤 튀어나와 있었다. 차는 옆으로 돌아간 상태로 납작하게 짓눌려서 운전자나 다른 승객은 고사하고 이 남자의 다리가 들어갈 공간조차 없어 보였다. 나는 자동차를 지나쳐 곧장 걸었다.

멀리서 헤드라이트 불빛이 다가왔다. 나는 다리 입구 쪽으로 걸으며 한쪽 팔로 아기를 어깨에 기대어 안았고 다른 쪽 팔은 지나가는 차들을 향해 흔들었다.

커다란 세미 트레일러 트럭이 기어를 밟으며 속도를 줄였다. 운전자가 차창을 내리자 내가 외쳤다. "사고가 났어요. 도와주세요."

"여기서 차를 돌릴 수는 없어요." 그가 말했다.

그는 나와 아기를 조수석에 태워주었고, 우리는 차에 앉아 트럭의 헤드라이트 불빛으로 사고 현장을 바라보았다.

"모두 죽었나요?" 남자가 물었다.

"누가 죽고 누가 살았는지는 알 수 없어요." 나는 대답했다.

남자가 보온병에서 커피를 따르더니 주차 등을 제외한 모든 스위치를 껐다.

"몇 시쯤 됐나요?"

"아, 세 시 15분 정도요." 그가 말했다.

그의 태도로 보아 이 일에 관여하지 않으려는 것처럼 보였다. 마음이 놓였고 눈물이 차올랐다. 나도 뭔가를 해야 한다는 생각이 들었지만, 그게 뭔지 알아내고 싶지 않았다.

반대 방향에서 다른 차가 왔을 때 나는 그 사람들에게 알려야 한다는 생각이 들었다. "아기를 좀 봐주시겠어요?" 트럭 운전사에게 물었다.

"아이는 댁이 데리고 있는 게 좋겠어요." 운전사가 말했다. "사내아이죠?"

"그런 것 같네요." 내가 말했다.

부서진 자동차 밖으로 매달린 남자는 내가 지나갈 때도 여전히 살아 있었다. 나는 그가 몹시 심하게 다쳤다는 생각에 조금 더 익숙해졌고 다시 한번 내가 할 수 있는 일은 전혀 없다는 사실을 확인했다. 그는 큰 소리로 무례하게 코를 골았다. 그가 숨을 쉴 때마다 입 밖으로 피거품이 흘러나왔다. 그가 더는 버티지 못하리란 것을 나는 알았지만 그는 몰랐고, 그래서 나는 지상의 한 인간의 삶을 향한 지극한 연민을 품에 안고 아래를 내려다보았다. 우리는 결국 모두 죽는다는 말을 하려는 게 아니다. 그것은 지극한 연민이 아니다. 어떤 꿈을 꾸고 있는지 그는 내게 말할 수 없고, 나는 무엇이 현실인지 그에게 말할 수 없다는 뜻이다.

머지않아 차들이 다리 양쪽 끝으로 후진해 길을 터주었고, 헤드라이트 불빛이 연기가 피어오르는 사고 현장을 비추며 야간 경기 분위기를 자아내는 가운데 구급차와 경찰차가 빛으로 공기를 울리며 다가왔다. 나는 누구와도 말하지 않았다. 내 비밀은 짧은 시간 동안 내가 이 참극의 주인공에서 피투성이 사건 현장의 얼굴 없는 구경꾼이 되었다는 것이다. 어느 순간 경찰관이 내가 차에 탄 사람 중 하나임을 알고 내게 진술을 받았다. 그 일에 관해서는 경찰관이 내게 "담배 끄세요"라고 말한 것 말고는 어떤 것도 기억나지 않는다. 우리는 잠깐 대화를 멈추고 죽어가는 남자가 구급차에 실리는 모습을 바라보았다. 그는 아직 살아 있었고, 여전히 외설적인 꿈을 꾸고 있었다. 남자의 몸에서 피가 줄줄 흘러내렸다. 무릎이 후들거리고 머리가 덜걱거렸다.

나는 아무 데도 다치지 않았고 아무것도 보지 못했지만, 경찰은 내게 질문을 해야 했고 어쨌든 병원에 데려가야 했다. 경찰차 무선에서 남자가 방금 사망했다는 소식이 들려왔다. 경찰차가 막 응급실 입구 차양 아래 도착했을 때였다.

나는 젖은 침낭을 내 옆쪽 벽에 기대놓고 타일이 깔린 복도에 서서 지역 장례식장에서 온 남자와 이야기를 나누었다.

의사가 걸음을 멈추고 내게 엑스레이를 찍는 것이 좋겠다고 했다.

"아니요."

"지금 찍어야 합니다. 나중에 뭔가 나타나면……."

"저는 아무 데도 다치지 않았어요."

남자의 아내가 복도를 걸어왔다. 여자는 장엄하게 불타고 있었다. 여자는 아직 남편이 죽었다는 사실을 몰랐다. 우리는 알았다. 그 사실이 우리보다 여자에게 우세한 힘을 안겨주었다. 의사가 여자를 복도 끝 책상이 있는 방으로 데려갔고, 닫힌 문 아래쪽에서 어떤 경이로운 과정을 거쳐 다이아몬드를 소각하는 것처럼 휘황찬란한 빛살이 퍼져 나왔다. 폐란 얼마나 대단한가! 어디선가 독수리가 소리를 지른다고 생각할 정도로 여자가 날카롭게 비명을 질렀다. 살아서 그 소리를 듣다니 대단하다는 느낌이 들었다! 나는 늘 그런 느낌을 찾아다녔다.

"저는 아무 데도 다치지 않았어요." 그런 말을 내뱉다니, 나는 놀랐다. 그러나 건강함은 의사를 속이는 능력으로만 이루어진다는 듯이 늘 그들에게 거짓말하는 것이 나의 성향이었다.

몇 년이 흘러 시애틀 종합병원의 중독 치료센터에 들어갔을 때 한 번은 똑같은 방법을 택했다.

"이상한 소리나 목소리가 들리나요?" 의사가 물었다.

"도와주세요, 오, 제발, 아파요." 탈지면 상자가 소리를 질렀다.

"꼭 그렇지는 않아요." 나는 대답했다.

"꼭 그렇지는 않아요." 의사가 말했다. "그게 무슨 의미죠?"

"그 모든 걸 시작할 준비가 되지 않았어요." 내가 말했다. 노란 새 한 마리가 얼굴 가까이에서 퍼덕거리고, 근육이 뭉쳤다. 나는 물고기처럼 파닥거렸다. 눈을 질끈 감자 뜨거운 눈물이 터져 나왔다. 눈을 떴을 때 나는 엎드려 있었다.

"방이 왜 이렇게 하얗게 변했죠?" 내가 물었다.

아름다운 간호사가 내 피부를 만지고 있었다. "비타민 주사예요." 간호사가 말했고 바늘을 꽂았다.

비가 내렸다. 우리 위쪽으로 거대한 양치식물이 늘어졌다. 숲이 언덕 아래로 떠내려갔다. 개울물이 바위 사이로 세차게 흘러내리는 소리가 들렸다. 그리고 당신, 어이 없는 당신들, 당신은 내가 도와주길 바라지.

1989년 110호

관습을 부수는
통렬하고 날카로운 서사

제프리 유제니디스

단편소설은 개념대로라면 반드시 짧아야 한다. 그것이 단편소설의 어려움이다. 그렇기에 쓰기가 매우 어렵다. 서사를 간결하게 하면서 이야기로서 기능하게 하려면 어떻게 해야 할까? 장편소설 쓰기와 비교했을 때 단편소설 쓰기의 주된 문제는 무엇을 생략할지를 아는 것이다. 남겨진 것은 반드시 사라진 모든 것을 함축해야 한다.

그 방법을 배우고 싶다면 데니스 존슨의 통렬하고 날카로운 단편소설 〈히치하이킹 도중 자동차 사고〉를 살펴보길 권한다. 이 이야기와 더불어 존슨의 뛰어난 소설집 《예수의 아들》에 수록된 모든 이야기에서 존슨은 구성, 배경, 인물 설정, 작가의 설명을 최대한 생략하면서 동시에 이 모든 것을 암시하는 목소리를 찾아낸다. 조각난 목소리는 서사가 결핍된 이유이며, 그리하여 그 자체로 일종의 설명이 된다.

처음 두 단락은 이야기 속 행위를 전부 드러낸다. "술을 나눠주고 내가 자는 동안 운전한 세일즈맨…… 버번으로 가득한 체로키족의 차…… 폴크스바겐은 대학생이 모는 대마초 연기 덩어리일 뿐이었고…… 그리고 미주리주 베서니에서 서쪽으로 빠져나온 한 남자를 들이받아 영원히 죽여버린 마셜타운 출신 어느 가족의 남자……" '영원히'라는 한 단어를 제외하고는 사건을 직설적으로 설명하는 것처럼 보인다. "영원히 죽여버린"이라는 말이 무엇을 뜻하는지는 분명하지 않다. 사람이 일시적으로 죽을 수 있다는 말은 이상하다. 곧, 예사롭지 않은 또 다른 진술이 등장한다. "출장 중인 세일즈맨이 혈관 내막이 벗겨져 나가는 듯한 느낌을 주는 약을 먹였다. 턱이 아팠다. 나는 모든 빗방울의 이름을 알았다. 일어나기도 전에 모든 일을 감지했다. 어떤 올즈모빌 자동차가 속도를 줄이기도 전에 내 앞에 멈춰 설 것을 알았고, 차에 탄 가족의 다정한 목소리만 듣고도 우리가 폭풍우 속에서 사고를 당할 것을 알았다."

그리고 뜻밖의 진술이 이어진다. "아무래도 상관없었다."

이야기 속으로 스무 줄쯤 들어갔는데, 우리 아래로 땅이 무너졌다. 이 남자는 누구인가(단편소설집의 다른 소설에서는 그저 '멍청한 놈'으로만 드러난다)? 무슨 일이 일어났기에 남자는 변화한 상태에 놓였는가? 임박한 죽음을 신경 쓰지 않으면서 왜 날씨에 관해 예언 비슷한 말을 하고, 사람들의 목소리에서 다정함을 감지할 수 있는가? 어떠한 설명도 없다. 이야기가 진행되면서 각각의 문장들은 창밖으로 목을 빼고 사고 현장을 구경하듯이, 시적인 몽상에서("거대한 회색 두뇌 같은 중서부 지역의 구름 아래") 냉담한 논평으로("그 시절 미주리주 서쪽을 통과하는 주간고속도로는 대부분 양방향 도로로 되어 있었다") 이동한다. 사건에 대한 묘사는 끔찍함이 극단으로 치닫다가 병원 장면으로 옮겨간다. 병원에서 사고당한 남자의 아내는 남편의 죽음을 알게 된다. "의사가 여자를 복도 끝 책상이 있는 방으로 데려갔고, 닫힌 문 아래쪽에서 어떤 경이로운 과정을 거쳐 다이아몬드를 소각하는 것처럼 휘황찬란한 빛살이 퍼져 나왔다. 폐란 얼마나 대단한가! 어디선가 독수리가 소리를 지른다고 생각할 정도로 여자가 날카롭게 비명을 질렀다. 살아서 그 소리를 듣다니 대단하다는 느낌이 들었다! 나는 늘 그런 느낌을 찾아다녔다."

이 대목을 어떻게 해석해야 할지 독자는 알 수 없다. 관습에 따른 서사의 절차는 사라졌고 독자는 '멍청한 놈'의 세계에 들어섰음을, 또는 빨려 들어왔음을 깨닫는다. 이야기에서 합리적인 연관성을 생략하고, 화자가 받아들일 만한 행동을 부여하지 않음으로써 존슨은 이런 것들이 더 이상 기능하지 않은 곳, 다시 말해 중독자의 비틀린 마음속으로 독자를 데려간다. 이 이야기는 경험에 관해 많은 말을 하지 않는다. 그저 경험을 독자의 것으로 만들어버린다. 이야말로 내가 생각할 수 있는 소설 쓰기의 가장 좋은 정의다.

그러나 이 대목이 아무리 오싹한 분위기를 자아낼지라도,

아직은 제대로 된 이야기가 아니다. 존슨이 놀라운 움직임을 보이는 마지막 단락에 이르러서야 비로소 이야기가 성립된다. 도입부 단락에서 차례대로 보여준 일탈 행위들을 거울처럼 비추며 순식간에 앞으로 도약한다. "몇 년이 흘러 시애틀 종합병원의 중독 치료센터에 들어갔을 때 한 번은 똑같은 방법을 택했다." '멍청한 놈'이 병실에서 그에게 말을 거는 목소리와 눈앞에 나타나는 화려한 환각을 묘사하는 동안 "아름다운 간호사"가 그에게 주사를 놓는다.

이야기가 끝날 무렵에서야 독자는 화자가 약물로 인한 정신 이상에 빠져드는 모습을 목격하고 어떻게 그가 사건들을 그렇게 명확하게 쓸 수 있었는지 그 이유에 대한 실마리를 얻는다. 이 이야기는 "지상의 한 인간의 삶을 향한 지극한 연민"에 관한 묘사이자 감상이나 영속이 가능하리라는 기대조차 없는 속죄의 증언이다("중독 치료센터에 들어갔을 때 한 번은"이라고 말한 것을 보면 입원이 한 번 넘게 일어났음을 알 수 있다). 화자는 회복했기에 이러한 사건들을 만날 수 있었지만, 그렇다고 그의 냉담함이 용서되는 것은 아니며 죽은 사람들이 살아나지도 않는다. 이것이 바로 "영원히 죽여버린"의 의미다. 온전한 정신과 절제는 그 자체로 소중하지만, 삶의 비극적인 무감각을 보완해주지는 못한다. 속죄는 훌륭하지만, 그것만으로 충분하지 않다. 속죄는 한 번에 한 사람만을 구하고 세계는 사람들로 가득하다.

이 엄혹한 진실을 강조하듯이 이야기는 분노에 찬 마지막 문장으로 결말을 맺는다. "그리고 당신, 어이없는 당신들, 당신은 내가 도와주길 바라지." '멍청한 놈'은 예수가 아니다. 그는 예수의 아들이고 이는 완전히 다른 문제다. 그는 천국의 통찰력이라는 은총을 입었지만, 여전히 지상의 지옥을 살아가는 한 사람이다.

이 모든 것을 데니스 존슨은 1,000개의 단어가 조금 넘는 이야기에서 시간과 어조의 기록을 하나로 합함으로써 해낸다. 어느 비 오는 밤에 일어난 사고를 통해 개인이 영원에 맞서는 하나의 서사를 전달한다.

제프리 유제니디스

Jeffrey Eugenides

1960년 미국 디트로이트의 이민 가정에서 태어났다. 1993년 발표한 첫 장편소설 《처녀들, 자살하다》는 미국도서관협회의 올해의 책으로 선정되었으며, 25개 이상의 언어로 번역되었다. 장편소설 《미들섹스》로 2003년 퓰리처상을 받았다.

Dimmer

어렴풋한

시간

조이 윌리엄스
Joy Williams

1944년 미국 매사추세츠에서 태어났다. 단편소설 〈돌보기Taking Care〉로 전미도서상 후보에 올랐다. 이 밖에도 장편소설《은총의 상태State of Grace》, 단편소설 〈도피Escapes〉 등을 썼다. 삶에서 겪는 상실을 신비롭고 영적으로 다루는 글쓰기로 이름을 알렸다. 레아 단편소설상, 밀드레드 앤 해롤드 슈트라우스상 등 여러 문학상을 받았다.《병든 자연Ill Nature》을 비롯한 환경문제를 날카롭게 다룬 글로도 호평을 받았다. 〈에스콰이어〉, 〈그란타Granta〉, 〈그랜드 스트리트Grand Street〉 등 다수의 매체에 글을 발표했다.

I

맬 베스터의 아빠는 호주 사막에서 자신의 랜드로버 자동차 냉각수를 모두 마시고 죽었다. 그의 엄마는 검시관이 말한 모습대로 죽었는데, 그 사실을 증명해줄 신문기사 스크랩을 잃어버렸다. 정확히 말하면 잃어버린 것은 아니다. 기사 조각을 잘 접어서 1년 반 내내 청바지 주머니에 넣어두었는데, 하나밖에 없는 그 바지에서 인쇄물은 보풀로 변했다가 주머니 자체가 되었고, 나중에는 청바지 자체가 어릴 때 엄마가 부스럼에 발라준 달걀껍데기처럼 얇아지고 회색으로 변해버렸다.

맬은 아직도 그 청바지를 가지고 있다. 여행 가방 밑

바닥에 납작하게 펼쳐두었지만, 사실 바지는 누더기일 뿐이고, 심지어 누더기조차 못 되어 거리에서 마주친 고양이를 덮어주기에도 충분하지 않은 실오라기 몇 가닥에 불과하다.

검시관은 엄마의 죽음에 책임이 있는 어떤 사람 혹은 모든 사람의 죄를 면제했고, 도베르만핀셔처럼 코가 푸르고 큼직한 검은 정장을 입은 마르고 젊은 남자가 대표로 나와 언론에 다음과 같이 발표했다.

> 물이 혼탁하고 해안에서 멀리 떨어진
> 곳이기에 사건의 끝을 정확히 목격하기는
> 불가능했다. 만약 피해자가 큰 물고기에게
> 상지가 물어뜯기는 상황에 처했었다고
> 하더라도 손을 흔들거나 목소리를 내어
> 구조 요청을 할 기회는 없었을 것이다…….
> 죽음은 불가피했으며 사고사였다…….

맬은 그의 표현이 냉정하지만 고상하다고 생각했다.

다들 엄마가 한가하게 주위를 돌아다녔을 거라고 짐작했다. 땅거미가 질 무렵이었고 해변에는 수백 명이……고기를 굽고, 아이들은 아이스크림 파이를 먹고, 노인들은 지는 해를 바라보았다. 한 남자가 바닷물이 고인 웅덩이에서 그레이하운드를 씻겼다. 물은 차갑고 희뿌연 색이었으며, 닭고기 스튜에 뜬 찌꺼기처럼 초록빛이 도는 더러운 거품이 끼었다. 맬은 오두막에서 저녁 준비를 하며 젤리 분말에 뜨거운 물을 붓고, 전기냄비에 바닷물고기인 모양취청이를 구웠다. 옆집에 사는 프레디 곰킨은 자동차를 잘 달래서 언덕 너머 시드니의 경마장에 가려고 애쓰다가 클러치를 또 하나 태워 먹었다.

확실히 누군가 죽을 수 있다고 생각할 만한 시간은 아니었다. 그런 계절이 아니었다. 더반*의 계절이었다.

실제로 관심을 기울인 사람도 없었다. 그녀는 공중화장실에서 해변 쪽으로 30미터 떨어진 곳에, 늑골 높이보다 더 깊지 않은 물속에 혼자 있었다. 그리고 그녀는 사라졌다. 나중에 누군가 그녀가 사라지는 모습을 본 것 같기도 하다고 말했다. 그러나 상어 지느러미는 보지 못했다. 종이 접시처럼 밝고 선명한 작은 피 얼룩들이 해변 쪽으로 밀려왔다. 물론 맬 베스터가 계속할 수 있던 유일한 일은 엄마가 다시 돌아오지 못하리라는 생각뿐이었다. 며칠 후 누군가 식인 상어를 잡아 배를 갈랐을 때 창자 둘레에 세탁소 마크가 찍힌 수영복이 나왔다. 그러나 세탁소 마크를 추적해보니 수영복은 터움바에 사는 애니 화이트 부인의 것이었고, 부인은 여전히 살아서 인형 병원에서 일했다.

* 남아프리카공화국 동부의 인도양에 면한 항구 도시이자 관광 휴양지

그 일이 있고 난 후, 맬은 그런 일은 일어나지 않았다고 확신하지 못했다. 그는 오두막에 누워 뭘 해야 할지 몰랐다. 엄마는 수영을 할 줄 몰랐고 늘 사람들이 물속에서 오줌을 싼다고 굳게 믿어서 언제나 물을 싫어했다. 물에 대한 사소한 강박이 있었다. 여자들이 모래 언덕에서 파도를 향해 다리를 쭉 뻗어 허벅지 사이로 물이 찰랑거리게 앉은 모습을 보면 얼굴이 하얗게 질려 몸을 떨었다. 맬은 열한 살이었고 엄마는 늘 맬을 가까이에 붙잡아두었다. 해변은 아버지 없는 아이를 키울 만한 곳이 못 된다고 언제나 말했다. 해변에서 남자들과 스노클은 침을 뱉었다. 여자들은 타월 뒤에서 몸을 움직이며 옷을 벗었다. 피를 흘리고 기침을 했다. 어디에나 머리카락이 있었고 썩어가는 샌드위치가 있었다. 입에 담기도 민망한 것들이 파도에 실려 왔다.

맬은 바퀴 달린 침대에 누워 살짝 쥔 주먹으로 엉덩이를 두들겼다. 모양취청이는 까맣게 타버린 채 싱크대에 버려졌다. 시계들은 멈췄다. 그는 오두막에서 울적한 나날을 보내면서 엄마와 엄마의 냄새를 떠올리며 말 그대로 굶어 죽어갔다. 엄마는 그에게 노래를 불러주었다. 미국의 모든 유행가를.

세상엔 아무것도 없어
오직 소년과 소녀뿐

그리고 사랑, 사랑, 사랑뿐……

엄마는 샐러드 스푼으로 박자를 맞췄다. 얼마 전까지만 해도 그는 엄마 품에서 몸을 꿈틀거리면서 부드럽고 납작한 가슴을 오물거리며 음식 냄새를 맡았고, 나뭇가지 사이 어디선가 밤이 흘러갔다. 마치 동전을 빨아들이는 것 같았다.

어떤 일도 그에게 직접 찾아오지 않았다. 어떤 일도 노골적으로 일어나지 않았다. 그를 변화하게 한 일들은 흐릿하고 조심스러웠고, 그래서 이상하게 거추장스럽고 있을 법하지 않은 삶을 살게 했다. 죽음은 철저하지 않았다. 죽음에는 선명한 테두리가 없었다. 모든 사랑과 책임만 남겨두고 야옹거리며 영영 사라졌다.

Ⅱ

비장의 무게는 15그램, 얇게 주름진
장기의 막은 자주색이다. 절단된
비장 표면에 혈관 울혈이 보인다.
림프샘과 골수에 눈에 띄는 점은 없다.
간의 무게는 1,500그램, 붉은 갈색을
띠며 매끄럽고 윤기가 난다.

그들은 1년 동안 사막에서 농사를 지었다. 남자는 키가 크고 팔다리가 가늘었으며 엉덩이 부분에 반짝이는 징이 박힌 청바지를 입었다. 걸을 때면 부츠 뒤축이 모래밭에 널찍한 관 모양 구덩이를 만들었다. 여자는 부루퉁한 얼굴로 가느다란 다리에 박힌 스피니펙스 가시를 뽑아내고 흙 묻은 발목을 문질렀다. 여자가 자기 배에 귀를 대고 심장 박동 소리를 들어보라고 졸라대서 남자는 거의 돌아버릴 지경이었다. 태동이 들릴 때도 들리지 않을 때도 있다고 남자가 말했다. 때로 태동은 늙은 개처럼 남자를 향해 으르렁거렸다. 여자는 벌레 먹은 밀가루를 먹었고 이런저런 상상을 했다. 여자는 몸무게가 겨우 1.4킬로그램 늘었다.

그러나 여자는 확신했다. 늑대는 공복을 싫어해서 진흙으로 배를 채웠다가 먹이를 찾으면 진흙을 토해낸다고. 여자는 공복을 싫어한다. 여자는 채워지길 기다리는 유리잔이었고 여자의 배는 씨앗이 오기 전 희망으로 묵직했다. 한동안 어린 맬은 피였고 공기였고 발효된 밀가루 반죽이었지만, 시간이 흘러 여자의 가슴은 노란 젖이 차올라 흔들렸다. 여자는 남자가 한 번도 말해주지 않은 것들을 꿈꿨다. 여자는 본 적도 없는 눈을 꿈꿨다. 여자는 책을 먹는 꿈을 꾸었고, 누군가 곧 죽으리란 걸 알았다.

맬은 어느 정오에 덥수룩한 머리카락에 촛농처럼 하얗고 부드러운 얼굴을 하고 예정보다 일찍 자궁에서 떨어졌지만, 그들이 아기가 기뻐하는 웃음소리라고 믿었던 것은 찍찍거리는 쥐 소리와 똑딱거리는 스토브 소리일 뿐이었다. 며칠 동안 맬은 별다른 모습을 보이지 않았다. 몇 주가 흘러도 그는 아직 태어나지 않은 것처럼 보였고, 작은 눈은 은밀한 틈에 박힌 무언가처럼 특이한 초록색을 띤 눈동자뿐이었으며, 뼈들은 그의 얼굴 아래에서 잡초처럼 자라났다.

그의 눈은 계속 괴상한 상태였다. 또렷하지 않았고 빈 손짓처럼 때가 맞지 않았다. 그의 엄마는 날씨와 열기 때문에 뼈로 만든 고급 손잡이 머리빗이 망가져 버렸듯이 자신의 꿀 색깔 눈도 망가졌다고 말했다. 엄마는 아빠가 자기와 하는 짓을 멈추지 않았기 때문에 꿀 색깔 눈이 흐릿해졌다고 했다.

엄마는 그에게 말하기를 세상은 결코 보이는 것과 같지 않으므로 얼마나 많이 볼 수 있는지는 별로 중요하지 않다고 했다.

낮 시간에는 남자가 곁에 있던 날이 없어서 남자에 관한 기억이라고는 목 매달린 사람처럼 갈고리에 걸린 청바지와 가죽 부츠가 전부였다. 부츠는 청바지 무릎까지 신겨져 있어서 바닥에 닿지 않았는데, 청바지에 땀과 기름기 많은 계곡 진흙이 묻어 가죽 부츠에 철썩 들러붙은 탓이었다. 밤이면 어린 맬은 희끄무레한 상반신이 엄마의 몸 위에서 부르르 떠는 동안 엉덩이와 다리의 그림자가 벽에 어른거리는 모습과 어느새 그 상반신이 폭풍 밖으로 달아나는 흰 새처럼 소리 없이 뚝 떨어지는 모습을 보았다.

아침이면 남자는 가고 없었다. 남자의 입만이 기름진 양고기 냄비에 꽂힌 포크의 맛으로 남아 있었다.

어느 밤 그는 죽은 채 말 등에 실려 왔다. 달빛에 비친 말의 다리가 키 큰 꽃줄기 같았다. 어린 맬은 남자의 목구멍이 파랗게 변하고 부풀어 오른 뇌가 갈라진 두개골 틈으로 새어 나와 시드니의 상점에서 파는 산호처럼 흰 레이스 모양으로 굳어서 들러붙은 모습을 보았다. 그가 깔쭉깔쭉한 손톱으로 눈을 비비자 눈앞의 장면이 왼쪽으로 흔들렸다가 사라졌다. 그는 매트리스 위에 무릎을 꿇고 앉아 크게 벌린 입안에 커튼 자락을 쑤셔 넣고서는 사람들이 아버지를 범포로 동여맨 후 땅에 묻는 것을 보았다. 맬은 머리카락이 모래처럼 거칠고 따뜻하며 부스럼투성이인 허약한 아이였다.

대낮에 그는 집 반대편 땅을 팠다. 찾아봤는데 아무것도 발견하지 못하면 어쩌려고? 가득 찬 무덤이 없으면 어쩌려고?

Ⅲ

심장의 무게는 350그램, 양쪽 심실에
팽창이 있다. 상대정맥, 하대정맥,

간문맥, 간정맥이 뚜렷하다.
판막 측정값은 정상 수치다.
심근은 균질한 적갈색이다.

그는 먼 친척 하나 없었고 항구에 있는 집에서는 개집 냄새가 났다. 열한 살 반에 진을 마시기 시작했고, 자동차 앞에 쓰러져 운전자들을 위협했다. 사랑받는 일은 생각보다 시간이 더 걸렸다. 머리카락과 다리가 길어졌다. 개울 속 돌멩이처럼 치아에 이끼가 꼈다. 바다 옆에서 빵을 먹고 부스러기는 물에 던졌다. 세계는 맬의 잿빛 묘지였고 비는 수의처럼 희끄무레한 하늘에서 바다로 곧장 떨어졌다. 비가 새우잡이 어부들의 번들거리는 재킷 위로 떨어지며 노래했다. 비는 모래를, 그의 앙상한 턱을 때렸다.

맬은 기쁨 없는 삶에서 믿을 수 있는 것은 없으며, 죽음은 어디에나 있으므로 꼭 시체가 있어야 애도할 수 있는 것은 아니라는 것을 배웠다. 복숭아씨에는 청산가리가 차오른다. 접은 냅킨에 수막염이, 젖은 샤워장에 소아마비가 있다. 영원은 저녁 공기 속에 있다.

그는 헨리 왕은 칠성장어를 너무 많이 먹어 죽었고, 크리스틸라 공주는 채소를 너무 적게 먹어 병에 걸렸다는 이야기를 책에서 읽었다. 사람들의 취향을 설명할 방법이 없다. 그는 〈더 선〉에서 한 농부가 돼지우리에서 뇌졸중으로 쓰러졌는데 어떤 흔적도 발견되지 않았다는 기사를 읽었다. 농부의 모자와 손대지 않은 옥수수자루만 남았다. 세상의 취향을 설명할 방법이 없다.

밤이면 그는 요란한 냄새를 풍기는 색색의 악몽을 꾸고 침대에서 떨어져 벽에 부딪히고는 했다. 추위에 발끝을 오므리고 길고 누런 손톱으로 부스러기를 떼어내면서 어둠 속에서 살짝 룸바 스텝을 밟으며 방 안을 왔다 갔다 했다. 마침내 정신이 또렷해지면 무엇 때문에 그렇게 겁을 먹었는지 기억나지 않았다.

사람들은 대부분 그에게 친절했다. 그를 향해 미소지었고 그의 집 창문을 부수지 않았으며, 이따금 덮개가 있는 접시나 밀봉한 병에 무언가를 담아 창턱에 두고 갔다. 그러나 사람들은 그를 불안해했다. 그는 심히 실체감이 없었고 과거는 끔찍했으며 미래는 불확실했다. 그는 뜀박질하며 도로에 먼지를 피워올렸고, 타는 듯한 날에 떨어지는 비처럼 쉭쉭거렸다.

봄이 오자 맬은 사춘기에 접어들었다. 그는 면도칼이 필요했다. 그는 몹시 말랐고 사랑의 결핍이 상처처럼 얼굴에서 입을 벌렸다. 그는 멜론 냄새를 풍기고 박쥐처럼 겁이 많았지만, 여자들은 숱이 많은 예쁜 머리와 껌 씹는 모습을 매력적으로 여겼다. 그가 벽오동 숲속을 달릴 때면 소년의 신음이 들려왔다. 그의 머리카락에 꽃가루가 묻은 게 보였다.

봄이었고, 며칠 동안 그의 오두막 앞에 커다란 검은 개 한 마리가 소리 없이 앉아 있었다. 개는 더러운 잔디밭에 앞발을 깊숙이 파묻었고 바다 쪽으로 꼬리를 내려뜨린 채 털이 덥수룩한 엉덩이를 고사리처럼 하고 앉았다. 개는 아주 온순하고 무척 조용했지만 모두가 수상쩍게 보았고 나쁜 징조로 여겼다. 이전까지 누구도 본 적 없는 개였다. 낯설고 망각처럼 검었다. 그러나 정작 맬 베스터는 그 개의 존재를 알아채지도 못한 것처럼 보였다. 사람들은 그 짐승이 피할 수 없어서 또렷하게 보이는 맬의 운명이자 암울한 미래라고 믿게 되었다. 개는 열기 속에서 암캐를 기다렸다. 암캐가 나타나지 않자 개는 가버렸다. 개는 무척 온순했고 다른 동네에서 온 듯했지만, 그 무렵 다들 그 개가 평범한 녀석은 아니라고 확신했다.

맬 베스터는 열네 살이 되었고 진 대신 호밀 위스키를 마셨다. 결혼식에서 맞은 쌀알과 휴일에 만난 색종이 조각이 그의 풍성한 노란색 머리에 깊숙이 박혔다. 그는 이제 너무 작아진 부드러운 스웨터와 가랑이 부분에 올이 풀린 바지를 입고 초대받지 않아도 어디에든 갔다. 그는 그가 가진 전부인 붉은색 실로 바짓가랑이를 꿰맸다. 목까지 단추를 잠근 회색 셔츠를 입고 통조림에서 떼어낸 깡통따개로 끈 넥타이를 조였다. 그의 눈 밑에 멍이 생겼다. 어린 딸이 있는 집의 아버지들은 욕구가 풀려나 굶주린 사냥개처럼 날뛰기 시작하면 사랑하는 사람을 사랑으로부터 어떻게 지킬지 걱정하며 두려움에 잠을 이루지 못했다.

암양 같은 얼굴을 한 프레디 곰킨의 아내가 일월에 쌍둥이를 낳았는데, 다들 가엾은 프레디가 전쟁에 나갔다가 생식 능력을 잃었고…… 가스 공격을 당했으며…… 머리에 금속판을 박고, 한쪽 눈은 유리알이 되고, 옷 안쪽에는 고무주머니를 매달았다는 걸 알았다. 모두 그가 생존자라고 할 수 없다는 것을 알았다. 그의 유일한 욕망은 단 두 가지, 죽는 것과 경마에서 이기는 것이었지만 후계자가 생겼다는 데에 기뻐했다. 그는 브랜디와 맥주로 파티를 열었고 한마디도 하지 않았지만, 사람들은 그가 매일 낮이 찾아오고 낮이 떠나가는 적절하고 익숙한 나날을 보내면서 다른 사람들과 똑같은 실제 삶을 살아가는 데에 흡족해한다는 걸 알았다.

맬은 초대받지 않았지만 왔다. 머리에 쏟아진 물이 귓가로 흘러드는 동안 난방 장치 앞에 팔짱을 끼고 웅크린 채 단정치 못한 눈빛으로 방을 둘러보았다. 종이컵에 담긴 브랜디가 진흙처럼 흔들렸다. 부인이 미소를 지으며 혀끝을 구부려 썩은 이를 수줍게 가렸다. 맬은 쌍둥이가 보고 싶었지만, 누군가 아기들은 식료품 창고에서 자고 있다고 말했다. 창고 문은 허술하게 달려 있었지만, 빈틈마다 신문지를 끼워 넣어 단단히 닫혀 있었다. 그래도 집은 깔끔하고 구석마다 해가 비쳐 들어 밝았다. 바닥은 햇별이 내려앉은 욕조처럼 흰색이었다. 벌레나 쥐는 없었다. 여자들의 턱에는 털이 없었고 남자들의 콧구멍에는 때가 없었다. 모인 사람들 모두 갈색과 흰색으로 단정하게 차려입었다. 셔츠와 드레스와 얼굴과 손은 흰색, 바지와 묵주와 부츠와 머리카락은 갈색이었다. 갈색과 흰색이 브레드 푸딩처럼 움직였다.

그러나 아기들 흔적은 없었다. 손자국도 배설물도 없었다. 거친 소나무 벽에서 떨어진 나무껍질도 없었다. 갈라진 의자 틈에 걸려 찢어진 천 조각도 없었다.

다들 선물을 가져왔지만 당장 사용할 만한 물건은 없었다. 맬은 속이 빈 달걀에 화사한 색을 칠하고 작은 구멍 사이로 실을 꿰어 고리를 만들어 가져왔다. 그는 아기들이 달걀을 손으로 치면서 노는 상상을 했다. 그러나 프레디의 아내는 달걀을 크리스마스트리에 매달았다. 트리는 아직 서 있지만 떨어지고, 떨어지고 있었다. 그러나 아직 무너지지는 않은 채 밀처럼 희끄무레하게 바랜 모습은 주변과 어울리지 않았으며, 몸이 불편한 사람처럼 기울었고, 거기 매달린 열매는 썩어갔다. 달걀이 공중에서 앞뒤로 흔들렸다. 바늘 같은 잎이 툭 소리를 내며 바닥에 떨어졌다.

젊은 여자들은 몸을 숙이고 싱크대 옆 빵 도마에 올려둔 쌍둥이의 장난감을 구경했다. 털로 덮인 토끼 발이었다. 여자들은 뜨거운 설탕물을 마셨고, 브랜디를 들이

키는 맬 쪽을 보며 킥킥거렸다.

"문은 닫히기 전까지 문이 아니야." 맬은 자신의 새끼 둥지를 감춰둔 신문에 실린 컬러 만화를 곁눈질하며 기분 좋게 생각했다. 신문지는 낡고 구겨졌다. 기사 자체가 역사였다. 실종된 사람들의 이름이 크리켓 점수처럼 아주 작은 문자로 줄줄이 적혀 있었는데, 지금은 그들 모두 발견되었다.

"오, 저 남자가 그토록 대단한 이유는 뭘까?" 젊은 여자들은 치맛자락 속에서 다리를 가볍게 흔들며 생각했다.

다들 그 옆에 앉고 싶은 듯 간절한 눈빛을 보냈지만, 누구도 그러지 않았다. 맬은 컵 깊숙이 얼굴을 밀어 넣으며 브랜디를 삼켰다. 마른 바닥을 핥고 컵을 내려놓았다. 그는 아기들이 어두운 식료품 창고에서 요람에 누워 옥수수처럼 흔들리는 것이 유감스러웠다. 그들은 그가 만든 아기들을 망가뜨렸을까? 그녀는 암탉 구덩이에 모래주머니를 던져버릴 때처럼 그의 씨앗 자루를 가져가 단단히 묶고 던져버렸을까?

그는 걸어 나갔다. 아무도 잘 가라고 인사하지 않았다.

Ⅳ

양쪽 신장은 크기와 모양이 같다.

장기의 막은 쉽게 벗겨진다.

식도 점막은 회색빛이 도는 흰색이다.
모양이 온전한 익힌 콩 몇 알을 제외하고
다른 음식물은 보이지 않는다.

하늘은 무척 파랗고 바다는 검었지만 지금 바다는 엽총의 총구처럼 무시무시하게 파랗고 하늘은 검고 구름이 휙휙 지나간다. 항구의 물은 금방이라도 죽은 자를 내어줄 것처럼 부글거리며 위아래로 요동쳤다. 맬은 바람에 실려 번화가까지 밀려왔고 어느 문 앞에 서서 폭풍을 바라보았다. 문 안쪽은 흙 묻은 장화를 벗어두는 곳이었고 거기서 카우보이들과 왁스플라워 꽃으로 가득한 싸구려 식당으로 이어졌다. 카우보이 녀석들이 걸어가며 축축하게 입맛을 다셨다. 그들이 이야기하는 동안 공중에 조그만 음식 조각들이 날아다녔다. 식당은 따뜻했고 김이 서렸으며 고약한 양 냄새가 풍겼다. 그는 창문과 변기 물 내리는 소리가 들리는 화장실 옆 모퉁이에 놓인 작은 2인용 테이블에 앉았다. 누구도 맬 베스터를 신경 쓰지 않았다. 주문을 받으러 오는 사람도 없었다.

그는 유일하게 카우보이가 아닌 손님이었다. 카우보이가 되고 싶었던 적도 없었다. 카우보이들은 음식을 씹고 웃고, 큼직한 주머니칼로 플라스틱 꽃의 철사로 된 줄기를 잘랐다. 서로에게 꽃을 던졌고 자르르 흘러내리는 축 처진 머리에 꽃을 꽂았다. 칼을 휘둘러 물고기처럼 희고 물기 있는 것을 톱질하면 꽃들이 그들 손에 볼품없이 떨어졌고 이어서 바닥에 고인 웅덩이로 떨어졌다. 손가락 상처에 친친 감은 양털이 짐승의 물갈퀴처럼 검고 흉하게 튀어나왔다. 손톱 밑에는 양의 굳은 피가 들러붙어 있었다.

그들의 검은 팔뚝에는 문신이 있었다. 전설에 나오는 장미와 호랑이 그림이었다. 암갈색 바늘이 박힌 자리. 모세혈관에 생긴 얼룩. 여자들이 만지고 싶어 하는 근육질의 꽃잎들.

그러나 가장 보잘것없는 것에서 가장 좋은 것이 나올지 누가 알겠나? 늙은 말의 뼈에서 가장 아름다운 감청색이 만들어진다.

비가 내리고 또 내렸다. 맬은 젖은 소맷부리를 꾹 쥐어짜고 김이 서린 창 너머 어둑한 바깥을 바라보았다. 누군가 유리에 글자를 써놓았다. '좋아'라고. 거리가 뒤틀렸다. 비가 추운 날의 치아처럼 맞부딪쳤다. 아이들 없는 공원에서 빈 그네는 기둥 사이를 오갔고, 바다는 말뚝에 부딪히며 게들을 쏟아냈다. 세상의 모든 것이 분비샘처럼, 내장을 제거당한 채 밧줄에 묶여 나무에 매달린 무언가처럼 번들거리며 떨렸다.

늘 그렇듯이 맬의 눈이 흐릿해졌다. 그는 조심스럽게 눈을 만져 모래알 하나를 꺼냈다. 그는 넓은 속눈썹을 뒤로 젖혀 침을 발라 눈두덩이에 붙였다. 한쪽 눈에서 무언가 새어나와 뺨을 타고 흘러내렸다. 그는 울기에 나이가 너무 많았다. 그는 고깔 모양 종이에 담긴 머스터드소스를 손가락으로 찌르고는 거기에 소금을 뿌렸다. 이 테이블은 거리가 내다보인다는 점에서 가장 좋은 자리였지만, 계속 변기 물 내려가는 소리가 들렸고 찬바람에 화장실 나무문이 움직이며 쿵 소리를 냈다. 메뉴판은 테이블 유리 밑에 깔려 있었다. 습기를 먹은 메뉴판이 갈색으로 얼룩졌다. 오징어는 알아볼 수 없었다. 튀긴 빵과 콜라가 있는 음료 목록도 마찬가지였다. 사실 맬은 어떤 단어도 알아볼 수 없었다. 삶은 더러운 메뉴판이었다. 난독증으로 인한 죽음. 그러나 모든 것이 아주 똑같았다.

그는 기억하고 있을지도 모를 이런저런 것을 생각해내려 했다. 태어났던 때를 떠올릴 수 없었다. 다른 사람들의 들쑥날쑥한 기억에, 괴상한 회상에 의존해왔다. 엄마는 그의 조그만 음경이 쏠트워터태피 사탕 한 조각처럼 밝고 맛있는 활 모양이었다고 했다. 아빠는 떠나기 전에 아무 말도 하지 않았다. 아기 맬이 바닥을 기어가는 동안 그는 맬이 빠지고 싶지 않은 협곡이라도 되는 것처럼 양다리를 벌려 피했다.

카우보이들은 코를 훌쩍이면서 털투성이 가슴 위 장미를 자유자재로 움직이며 음식을 먹어댔다. 코치가 밀크크리크에서 열린 시합에서 돌아왔다. 자주색 실크 후드 재킷을 입은 모습이 십자가 대신 호루라기를 목에 건 신부처럼 보였다. 그는 여전히 학교에서 일했지만 전성기는 3년 전에 끝났다. 그는 맥주 500밀리리터와 고기 파이를 주문했다.

"내가 왜 수영하지 않고 둑 위로 달려왔냐고 애들한테 화를 냈거든." 코치가 말했다. "그 애가 물에 빠져 죽은 걸 내가 어떻게 알았겠어?"

그는 접영을 가르치겠다고 고집했다. 바지 속에 입은 수영복이 흠뻑 젖은 탓에 바지 위로 지도 같은 얼룩이 생겼다. 그는 고집했다. 자기가 담당하는 학생 하나가 물살에 휩쓸려 얇은 막 같은 팔을 마구 휘저어대다가 햇살 가득한 물속에서 가슴이 굴렁쇠처럼 부풀어 오른 채 죽었다고 해서 접영을 멈출 수는 없었기 때문이었다. 그 소년은 익사 전까지 잘하고 있었다. 빠른 속도로 헤엄쳤다. 물 밖으로 끄집어냈을 때 손끝을 제외하고는 아주 정상처럼 보였다.

코치는 허겁지겁 먹었다. 고기 파이의 육즙이 늘어진 턱살을 따라 흘러내렸다. 당황한 맬은 고개를 돌려 줄줄 흘러내리는 '좋아'라는 글씨 너머 거리를 다시 내다보았다. 웨이트리스가 새처럼 꼬리를 흔들며 잽싸게 지나갔다. 그녀의 입술에는 긴 털 두 가닥이 돋아난 점이 있어서 미소라도 지으면 털이 아래로 늘어져 치아를 예쁘게 덮었다. 그러나 그녀는 맬 베스터에게는 미소 짓지 않았다. 복수심에 불타는 행주를 들고 할 일을 할 뿐이었다. 그녀는 포개놓은 맬의 손에 행주를 가져다댔고 마치 포크를 문질러 닦듯이 그의 손가락 틈새 깊숙한 곳까지 행주질을 했다. 불쌍한 맬의 손이 냄새를 풍기며 움찔거렸다. 손이 테이블에서 튀어 올라 장갑 한 켤레처럼 가장자리 너머로 떨어질 뻔했다.

그는 모른 척했다.

카우보이들이 케이크로 접시를 닦았고 코치는 사타구니 언저리를 살짝 두드리며 의자에서 꿈틀거렸다. 벽에 난 구멍에서 음식 접시가 밀려 나오고, 손가락들은 샌드위치를 만지작거리며 튀어 나온 상추 조각을 자비와 사랑으로 잘라냈다.

빗속에서 배수로 밖으로 나온 손 하나가 희미하게 흔들렸다. 맬은 그게 뭔지 확신할 수 없었다. 그는 '좋아'를 문질러 지웠다. 거리에는 아무도 없었다. 모든 것이 노란 어스름으로 변해갔고, 쓰러져 가라앉은 힘없는 작은 손 위로 비가 지루한 소리를 내며 떨어졌다. 그는 깜짝 놀라 문밖으로 달려 나갔다가 장화를 벗어두는 곳에서 미끄러져 자빠지면서 바닥에 귀가 닿았다. 그는 아무 일도 없었던 것처럼 일어나 배수로를 향해 달려갔다. 광대뼈가 따끔거렸고 옅은 눈썹에는 실오라기와 먼지가 들러붙었다. 대기는 노랬다. 나무 우듬지도. 약국 진열창에 사탕을 덮어놓은 비닐도. 도시 가장자리가 언덕으로 이어졌다. 그에게 간 질환이 있었던가? 실수로 변기 아래로 미끄러진 적이 있었던가? 그는 고함을 지르며 비틀거렸다.

길 잃은 손이 빈 자루처럼 펄럭였다. 새 둥지 하나가

물이 차지 않은 상태로 둥둥 떠다니다가 손가락과 가볍게 부딪히더니 사라졌다. 이 도시의 하수구에는 쇠살대가 없었다. 이런저런 것들이 하수구 속으로 떨어져 도시 밑에서 살았다. 똥처럼 검은 조랑말과 오줌처럼 얼룩진 고양이 들이. 아가미가 빛나는 흰 뼈 물고기가. 결국 모든 것이 떨어졌다가 달과 조수의 힘으로 움직였다. 뾜난 발굽과 발톱과 부드러운 고기가 해초가 자라는 바위 턱에서 날아오르는 새들처럼 비스듬히 선회하는 상어에게 떠밀려갔다.

맬은 몰아치는 물속에 무릎을 꿇고 돼지고기처럼 부드러운 손을 붙잡아 끌어당겼다. 반지를 끼지 않은, 야위고 닳아빠진 늙은 여자의 손을 맞잡지 않았다. 그는 메스꺼움을 느꼈고, 아까 식당에서 핥아먹은 소금이 목구멍 뒤에서 차올랐고, 눈물이 핑 돌고 머리가 지끈거렸다. 샤워 배수구가 물을 꼬르륵 빨아들이는 것 같았다. 힘줄이 보이는 팔이 밖으로 나오더니 이어 조그만 잿빛 머리가 귓불 없는 귀를 달고 약 올리듯 맹렬하게 솟구쳤다. 그는 아주 잠깐 그것이 죽은 엄마인 줄 알았다. 엄마도 귓불이 없었고, 그의 말을 들을 때면 입을 벌렸고, 그에게 마른 입맞춤을 해주었다. 그는 기쁨에 여자를 다시 떨어뜨릴 뻔했다. 사람은 차이점에 관해서는 그리 오래 곱씹지 않는다. 정체를 오해할 때 충실할 수 있다.

그러나 그가 거리로 끌어올린 미끄럽고 울적하고 가

였은 사람은 당연히 엄마가 아니었다. 그때쯤 수많은 이가 모여들어 구조 장면을 구경했고, 노부인은 절제된 기쁨을 중얼거리는 사람들에게 둘러싸인 채 젖은 몸이 말라갔다. 여자의 작은 발이 연석 위로 걸쳐졌고 핏기 없는 손은 손등을 위로 한 채 허공을 향해 움찔거렸다.

다음 날 부인은 땅에 묻혔다. 그날 밤 입가에 과산화수소수 화상 자국과 함께 죽은 채로 발견되었다.

V

머리에 외상을 입은 흔적은 없다.

중추신경계는 검사하지 않는다.

믿을 것도 없고 구원받은 것도 없으니까. 태어날 때 머리에 쓰고 나오는 젖은 대망막은 우리를 무(無)로부터 지켜주지 않으며 사람은 바다가 보이지 않는 곳에서도 물에 빠져죽을 수 있다.

도로에 검은 젤리가 나무들 사이로 따뜻하게 흘러갔다. 그리고 어딘가에서 우리를 기다리고 있다…….

맬은 열여섯 살이 되었고 도시는 감사 표시로 그를 미국에 보내주기로 했다. 모두가 그의 선의를 인정했지만, 죽음과 홍수와 임신으로 이어진 맬의 청소년기 트라우마와 목초지의 어린 양들이 굶주려서 젖을 먹으러 가는 길에 쓰러지고 마는 도시의 현실을 모른 척할 수가 없었다. 남자들은 딸들이 자기 말을 집중해 듣지 않고 빨래방에서 작은 라디오에 맞춰 춤을 추고 겁먹은 소년들이 보는 앞에서 비누칠한 레이스 속옷에서 보푸라기를 골라냈기 때문에, 아내들이 베갯잇을 입에 물고 침대에 누워 움직임 없이 토끼들이 꽃을 먹어 치우는 소리에 귀를 기울였기 때문에 저녁 수프에 피를 뱉었다.

시장은 목소리가 높고 희미했고 골치 아픈 곳에 종양이 있었다. 시청은 춥고 기울어갔고, 쥐약을 놓은 접시가 가득했으며, 끊임없는 맹세의 위협을 느끼며 서둘러 지은 건물이었다. 맬은 과도한 칭찬 앞에 소심하게 서서 땀을 흘렸다. 가슴에 착색된 훈장을 매달아주었을 때 그는 무게에 기우뚱했고 눈은 낮고 두꺼운 눈꺼풀 아래서 우윳빛으로 빛났다. 그날 그의 눈은 회색으로 보였다.

시장은 도넛 모양 고무 쿠션에 앉아 움찔댔고, 분홍색 입술은 약 숟가락의 무게로 귀퉁이가 늘어졌고, 배는 붕대로 감긴 채 모든 희망을 잃었다. 시의 예산은 사라졌고 시장 자신의 돈은 상어 그물과 음수대 가림막과 공공 병동을 유지하는 데 모두 써버렸다. 그리고 그는 내내 죽어가는 중이었다. 그는 죽어갔고 그의 아내는 비석값을 모으려고 빨래 일을 했지만, 그에게 충실하지 않았다. 매일 밤 점점 야위어갈수록 그가 후덥지근한 황동 침대를 차지하는 공간이 줄어들었고 물컵에 대고 혀 짧은 소리를 내는 동안 하늘은 약쑥 꽃이 떨어진 것처럼 밝은 불꽃으로 변했는데, 그때 이 성가시고 방탕한 소년이 자살자를 구하러 나갔다.

시장과 맬과 의원들이 줄지어 앉았다. 그들은 아침으로 먹은 묵직한 와플 때문에 속이 더부룩했다. 그들이 맬의 볼품없는 주머니에 비행기표와 접은 지폐를 조금 넣어 주었다. 그가 나쁜 일을 당하지 않기를 바랐기 때문이다. 그들의 입술 사이로 가스가 터져 나왔다. 위생 검사관의 소매에 버터가 묻은 자국이 있었다.

시장은 빈틈없고 개 이빨처럼 튼튼한, 희고 완벽한 자기 치아를 부드럽게 핥았다…….

구조를 했으니 적절한 보상을 받아야 했다. 피해자가 회복하지 못한 일은 안타깝지만, 그건 요점이 아니었다. 노부인에게는 맬의 용감한 배려가 좌절될 만한 요인들이 있었다.

……물론 이제 한 가지 요인은 사라졌지만. 시장은 혀로 치아를 밀어냈고, 썩어가는 잇몸에서 치아를 깔끔하게 뽑아내 목구멍으로 넘겼다. 그는 전보다 더 창백해져서 급히 밖으로 나갔다. 뼈만 남은 앙상한 엉덩이가 책상에 부딪히면서 머리리본과 통에 담긴 물 풀과 동전처럼 색칠한 동그란 석고판이 마구 엉킨 서랍이 벌컥 열렸다.

……그리고 살아가며 단단히 보호하는 자기만의 방식이란 무엇일까? 가장 사랑하고 가장 좋아해서, 밤이면

두려움의 가장 큰 이유가 되는 그 부분은 무엇일까?? 척추 고환 머리 가슴 폐 안구?????? 누구나 그런 것이 있다. 낭종이랄지 장기의 파열이랄지 종양, 간균 포자, 골절 혹은 열 같은 것이 누구에게나 있다.

……그리고 마지막으로 떠올릴 장소는 어디일까? 버려진 냉장고? 기차 화장실? 감전사 당한 조랑말?

죽음은 어디에나 있고 동물원 사육사는 영혼 속에서 동물의 공격을, 사냥개는 주인의 고기를, 하녀는 피투성이 침대보를 기다린다…….

맬은 완전히 두려움에 빠져 힘없이 가라앉은 채로 온순하게 경사로를 따라 하늘로 올라갔다. 가슴에 단 훈장 위에 여권을 핀으로 고정했고, 사진에 초록색 구멍이 뚫렸다. 가엾은 젖은 눈은 감았지만, 눈꺼풀 뒤에서 스카프에 그려진 그리스도처럼 빛났다. 비행기가 이륙하자 그는 모든 죽은 이를, 거품 이는 물속에 빠진 엄마를, 기울어진 잔디밭에서 씩 웃는 검은 개를, 아빠가 묻힌 땅 구멍 위를 돌아다니는 토끼들을 남기고 떠났다.

Ⅵ

공격은 입구에 좁은 수로가 있는
작은 만에서 발생했다. 피해자는 구급차에
실려 갔지만 물가에서 언덕길을 오르는

동안 가파른 경사와 미끄러운 표면 때문에
구급차 클러치가 타버렸다. 지난주
이 지역에서 개 몇 마리가 붙잡혔다.

그는 겨드랑이가 꽉 끼는 황갈색 양복을 입었다. 목 단추가 두 조각으로 갈라져 계속 단춧구멍 밖으로 빠져나가는 바람에 하얀 목이 드러났다. 그는 저녁 식사와 잡지를 사양했다. 죽어가는 기분이 들었다. 귓속에서 둔중하게 펑 소리가 들렸다. 혀뿌리에서 쓰레기 맛이 났다. 구름이 입을 벌리자 심술궂게 일렁이는 검은 바다가 보였다. 바다 색이 암초와 모래톱 위에서 노란색과 초록색으로 변했다. 승무원이 미친 사람처럼 웃으면서 빠르게 스쳐 지나갔다. 그는 냄새나는 좌석에 몸을 웅크렸다. 바닥에서 발꿈치를 들어 올렸다. 사람들이 그를 새처럼 묶을까? 북극곰에게 그러듯이 입술에 숫자로 문신을 새길까? 애정이나 보호의 문제가 아니다. 그들은 그가 죽을 때 얼마나 멀리 갔는지 알고 싶어 할 뿐이다. 승무원이 걸음을 멈추고 그의 엉덩이를 향해 손을 뻗었다. 그는 애원하는 눈빛으로 승무원을 바라보며 뒤로 물러나려고 했다. 손톱 부근이 새파란 승무원의 길쭉한 네 손가락은 포크 같고 엄지손가락은 숟가락 같은 모습으로 다가왔다. 허브 사탕을 가득 문 입이 그를 씹어 영원히 잠재울 준비를 하며 그의 귓가에서 흔들릴 때, 그의 무릎은 흙 묻은 어린아이의 모직 장갑처럼 취약해 보였다. 승무원이 얼굴을 찌푸리며 더듬거리다가 실수로 그의 배꼽을 찔렀다. 경기에서 득점을 내듯이 손가락이 2.5센터미터는 족히 쑥 들어갔다. 그의 몸은 구멍들로 가득했다. 핀볼 기계 같았다. 사람들은 그의 몸 어디에나 홈을 파고 금을 새기고 꼬리표를 붙일 수 있었다. 여러 방법이 있었다. 그들은 그의 뇌를 파낼 수 있는 데다 너무 영리해서 흉이 지지 않게 상처를 내 누구도 알아채지 못할 거라고 그는 생각했다.

승무원이 그의 안전띠를 단단히 매주고 떠났다. 안전띠 버클이 꽉 조여서 맬은 주머니에 넣어둔 치즈 샌드위치가 두 동강 났음을 알았다. 그의 척추는 포커 칩처럼 한데 묶였다. 그러나 그는 자신이 안전하고, 치명적인 운명은 아직 닥치지 않았다는 것을 알았다. 피가 다시 눈에서 뻣뻣한 몸 끝을 향해 돌기 시작했다.

비행기가 흔들렸다. 통로 건너편 아기가 〈내셔널 지오그래픽〉 잡지에 침을 뱉었다. 맬은 배 속이 요동쳤고 위벽의 지방이 늑골에 기름칠을 했다. 바다에는 비가 내리고 바람이 불었다. 저 아래 폭풍의 모습을 상상할 수 있었다. 그는 가슴에 성호를 긋고 눈을 감았다. 밤사이 대형 유조선이 떠내려가고, 참치잡이 어선의 어부들은 죽은 남자들의 눈 위로 그물을 훑으며 지나가고, 요트에 탄 여자들이 속이 비치는 가운을 입고 선실에서 울 때 그들의 귀걸이가 울부짖음에 날아가고 날카로운 힐이 갑판에

박히는 모습이 보였다.

한 여자가 아픈 아기를 안고 있었다. “우리가 추락할까요?” 여자가 맬에게 물었다. “이게 우리 모두의 끝일까요? 하와이에 있는 내 남자와 나도요?” 여자의 목소리가 높아지며 한 쌍의 날개처럼 윙윙거렸다. 아기가 여자의 손에 침을 뱉었다. “아기는 아직 어려서 냄새를 못 맡아요. 적어도 그 점은 감사하죠.”

맬은 대답하지 않았다. 그는 진지해 보이는 게 자신의 매력임을 알았다. 그는 아기에게 집중할 수 없었다. 아기는 코를 흘렸고 작은 얼굴은 비행기 좌석과 색이 같았다. 그의 손이 붓고 있었다. 눈에는 눈곱이 차올랐다. 여자는 그가 대답할 마음이 없다는 것을 알아채고 말을 걸지 않았던 체하면서 시선을 위쪽으로, 왼쪽으로 옮겨가며 아기 옷에 손을 닦았다.

“그리고 나는.” 여자가 말했다. “겨우 스무 살인데 우리 자기는 군인이고 먼 곳에 있어요.”

비행기는 어느 거대한 짐승의 앞발 물갈퀴에 걸린 것처럼 이리저리 휘둘렸다. 젤리 롤 케이크 한 조각이 쟁반에서 미끄러져 통로로 철썩 떨어지더니 머리핀 하나가 딸려 올라왔다. 통로에 깔린 융단에 먼지 뭉치가 굴러다녔다. 담뱃재가 피어올랐다. 승무원이 사라지고 승객들은 느린 예배처럼 통곡하기 시작했다. 등이 깜박이고 아기가 숨을 멈추더니 콧마루가 파랗게 변했다.

젊은 여자가 아이의 뺨을 꼬집었다. “네가 조금만 더 컸다면 껌을 씹을 수 있었을 텐데. 그러면 한결 나아졌을 거야.” 침 범벅이 된 둥글고 사랑스러운 옷깃이 달린 드레스를 입은 여자는 어머니였고, 머릿속은 부드럽게 부서지는 뼈와 작은 생각들로 가득했다. 여자는 입이 바짝바짝 말랐고 앞니로 입술을 물었지만, 폭풍에 놀라지는 않았다. 맬은 머지않아 이 아이가 극장이든 성냥과 비누 뒤편이든 어딘가에 남겨지리란 걸, 어떠한 악의도 의도도 없이 버려진 채로 접시에 놓인 감자처럼 애매하게 남게 될 걸 알았다. 그러나 아이는 살아남을 것이고 어떻게든 살아갈 것이다. 마르고 절박하지만 똑똑해 보이니까. 관자놀이가 으스스하게 뛰었다. 길쭉한 귀가 안테나처럼 고동쳤다. 여자의 남자는 꽃무늬 트렁크 수영복을 입고 해변 무늬 깔개를 쓰며 하와이에 있었다. 여자의 안색은 맬 자신은 제대로 먹어본 적도 없는 쌀과 땅콩버터를 너무 많이 먹는 바람에 영양 상태가 좋지 않은 잿빛이었다. 여자는 피부가 송어처럼 회색이고 매끄럽고 시원했으며, 아이는 어딘가에서 기어 나와 주황색 달빛으로 들어갔다가 원주민에게 받아들여져 아주 멋진 물고기로 자라날 것이다. 상어에 관해서라면, 아이는 상어들과 친하게 지내다가 나중에 놈들을 불러들여 입안에 수류탄을 던져 넣는 법을 배울 것이다. 아이는 맬이 그랬듯이 바닷물을 끓여 맑은 물을 모으는 방법을 배울 것이고, 고기는 우유처럼 흘러갈 것이다. 그러나 어떤 여자와 함께라면 아이는 괜찮을 것이다. 깨끗한 수돗물로 손을 씻을 것이다.

맬은 욱신거리는 엄지손가락으로 눈을 찔렀다가 곧 손등으로 속눈썹을 뽑아내는 작업을 시작했다. 순백의 뿌리가 달린 거친 속눈썹이 아주 작게 뻑 소리를 내며 뽑혔다. 비행기의 작은 창문에 묻은 앞서 탑승했던 사람들의 기름진 머리 자국과 창에 비친 승객들의 지친 안색 너머에는 오직 창백함만이 메아리쳤다. 하얗게 거품이 일었다. 누군가의 탄산수 잔으로 오해받은 맬은 익사 중이었다. 그는 잘라내야 하는 대망막을 머리에 쓰고 태어났던가? 기억이 나지 않았다. 하지만 무엇이 그를 공기로부터 지켜줄 것인가? 그의 엄마는 바람도 부서지지 않는 수면 아래서 파도를 가르며 걸었다, 엄마는 비행기를 따라 잡으려 애썼지만, 기장은 혀 짧은 소리를 냈고, 그의 훈장은 풀리지 않고 심장을 찔러댔다.

화물칸에서 반려견들은 엔진을 향해 울부짖어대기를 포기했다. 그들은 언제나 비현실적으로 살았다. 믿음에 분개했다. 그들은 꼬리 밑에 코를 깊숙이 묻고 몸을 단단히 웅크렸다.

그러나 폭풍에는 한계가, 정해진 순서가, 지도에 표시된 위도와 경도가 있었으며, 비행기는 그 지역을 통과했다. 갑자기 날이 밝았다. 열과 오한이 지나간 다음처럼 날카롭고 놀랍고 수의처럼 하얀빛이 드리운 병자의 아침이었다. 다들 얼굴을 훔쳐내고 나쁜 습관으로 돌아갔다. 영혼이 겨드랑이와 늑골 사이 어딘가로 가라앉았다. 지금까지 견뎌왔는데 이 일을 해냈으므로 죽을 필요는 없었다. 여자가 꿈을 꾸듯 팔뚝에 난 털들을 입에 물었다. 죽음의 냄새, 아픈 짐승의 냄새, 견과처럼 달콤하고 유황불 같은 냄새 위로 고무와 양모가 주는 편안한 공허감이 내려앉았다. 모든 것이 적당했다. 차처럼 잘 우러나고 있었다.

맬은 치즈 샌드위치를 먹었다. 빵은 겁에 질린 그의 엉덩이 때문에 축축했다. 둥글게 뭉쳐져 엉망이 된 샌드위치에서 따뜻하고 뒤섞인 맛이 났다. 단 한 번의 동작으로 빵은 사라졌고 그들은 음악을 들으며 피지의 상공을 날았다. 아기를 안은 여자는 다른 사람을 바라보며 바보 같은 머릿속 눈으로 그에게 프랑스식 키스를 했다.

여자가 작고 밝은 이로 물어뜯기라도 한 것처럼 그는 심장이 아팠다. 아버지면서 아버지가 없는 맬은 가슴을 문지르며 여자가 관심을 보이는 남자를 곁눈질했다. 남자는 턱의 일부를 떼어내고 이마 끝까지 깁스를 한 신사로, 얼굴을 찌푸린 채 여자의 응시에도 아랑곳하지 않았다. 그의 팔꿈치에 덧댄 스웨이드 천 조각은 도무지 쓰임새를 알 수 없었고 몹시 반들반들했다. 여자는 언제나 페티시를 느낄 만한 사람이나 전문 직업이 있는 사람을 원했지, 누구든지 어떤 식으로든 설명되어야 하는 나라에서 카우보이도 서퍼도 사냥꾼도 누군가의 제자도 아닌 채로 어떤 수단이나 특징 없이 사랑하는 맬 같은 소년을 원하지 않았다. 맬은 독약을 먹은 토끼들조차 땅에 누워 있게 두는 호주에서 거부당한 사람, 거의 아무것도 반대하지 않는 나라인 호주에서도 추방당한 사람이었다.

남자는 확실히 전문적으로 보였다. 무엇이든 취미나 치료법이 있는 남자. 그의 눈이 반짝였다. 햇볕에 입술이 갈라졌다. 파란색과 빨간색으로 된 큼직한 넥타이핀에 글씨가 새겨져 있었다.

몬차 아우토드로모*

맬은 불안하게 딸꾹질을 시작했고 목구멍 뒤쪽에서 주황색 치즈 냄새가 올라왔다. 목을 꿀꺽거리며 숨을 참아보려 했지만, 어쩌다 미소를 지을 때 드러나는 양 끝 두 개의 치아 틈새로 공기가 흘러나왔다. 좌석을 붙잡고 조용히 트림하자 부끄럽게도 치즈가 늪에서 솟아나는 거품처럼 코를 통해 올라왔다. 전문적인 남자가 자리에서 일어나 서둘러 뒤쪽 칸으로 가다가 오른쪽 무릎이 꺾이면서 몸이 맬의 어깨와 부딪히는 바람에 남자는 마치 밧줄처럼 맬의 상반신을 옭아매고 말았지만, 안전띠 아래쪽은 무사했다. 이상하게 생긴 넥타이핀이 신의 눈처럼 이글거

* 이탈리아 몬차에 있는 세계 최고 속력을 낼 수 있는 자동차 레이싱 경주장

리며 무뚝뚝하게 맬의 눈을 때렸다. 맬은 손을 들다가 남자가 입은 트위드 재킷의 넓은 단춧구멍에 손가락이 걸려 손톱 바로 아래쪽 살이 찢어졌다. 남자는 아무 말 없이 가던 길을 갔고 여자는 립스틱을 덧발랐고 아기는 마치 그것이 인생에 주어진 유일한 일이라도 되는 것처럼 다른 잡지에 한 번 더 침을 뱉었다. 맬은 손가락 끝을 빨았다. 눈물이 짐승처럼 솟구쳐 안구 가득 차올라 반짝였지만, 흘러내리지는 않았다.

맬은 사람들이 자신을 대하는 방식에 겁을 먹었다. 사람들은 테이블이나 의자나 거리의 돌멩이라도 되는 것처럼 그를 대했지만, 적어도 그런 물건은 사람들이 사용하거나 피하고 말 뿐이니 맬의 처지가 더 나빴다. 사람들은 마치 맬이 보이지 않는 것처럼 굴었다. 그가 다른 곳으로 가버렸다는 듯이 사람들은 그가 떠난 자리에서 계속 할 일을 했다. 그리고 그는 기계에서 막 나온 코카콜라 병에서 생쥐가 발견되는 미국으로 가고 있었다. 셀러리를 뜯고 밀을 탈곡하고 체리를 따고 피칸 껍질을 벗기는 기계로 여자들의 머리 가죽을 벗기는 곳. 서커스와 로데오와 기능 경기가 있는 곳, 그리고 그로서 생각도 해본 적 없는 것을 아는 사람들이 사는 곳.

그는 탈출할 수 있을까? 죽은 소년들은 모든 것을 오해한 채 바다로 달아났다. 그들이 원한 것이라고는 오로지 돌아가는 것뿐이었다. 그는 있는 그대로의 모습으로 자기를 봐주고 사랑해줄 귀여운 젤리를 찾을 수 있을까? 치유법을 찾고 엄마의 심장을 쉬게 할 수 있을까?

그는 위스키를 주문했다. 술은 어린이용 티 세트처럼 아주 작은 병과 술잔, 냅킨과 함께 나왔다. 땅콩 여섯 알이 든 작은 종이 접시도 있었다. 그는 위스키를 세 번 더 주문했고 위스키를 삼키는 사이에 찢어진 손톱 아래쪽 살을 원래대로 돌려놓으려고 손가락을 빨았다.

……다정한 엄마는 그와 함께 춤추며 그를 안정적인 집으로 들여 이 방 저 방으로 안내했고 귓가에 나방이 스쳐 지나가는 곰팡내 나는 옷장으로 이끌며 이리저리 춤을 추고 몸을 흔들었고, 그는 고개를 까딱이다 엄마의 툭 튀어나온 골반에 부딪혔다. 그는 피곤하면 파리똥이 묻은 엄마의 넓은 발등에 올라탔다. 뒤틀린 레코드 소리에 맞춰 돌고 돌았다. 거대한 새들이 한쪽 발로 잔디밭에 섰다. 엷게 파도의 냄새가 났다. 아이는 야외 화장실 벽에 고무공을 튀겼다.

가엾은 엄마는 옷 밖으로 모래를 퍼내다가 산 채로 잡아먹혔다. 바로 전날 그의 손톱을 다듬어주고 면봉으로 눈을 소독해준 사람이. 그는 언제나 눈 앞머리를 후벼서 살짝 피가 났다. 눈이 가렵고 따가웠다. 치아도, 손가락이 닿지 않는 귓속 깊은 곳도 마찬가지였다.

다정한 엄마는 뼈가 뾰족해서 그에게 가까이 다가올 때마다 그를 멍 들게 했고, 매일 그를 낫게 했고, 손가락으로 덥수룩한 그의 머리를 빗겨주었고, 맬 스스로 죽어 간다는 생각이 들 만큼 기분이 나아질 때까지 머리를 빗겨주고 쓸어주고 쓰다듬어주었다.

그는 위스키를 두 번 더 주문했고, 팔꿈치에 천 조각을 덧댄 남자가 휘청거리며 다시 통로로 돌아와 머뭇거림 없이 여자 옆 빈자리에 앉는 동안 양손을 가슴 가까이 끌어당겼다. 남자는 여자를 향해 웃었는데 치아가 전부 금으로 되어 있었다. 남자가 자리에 앉을 때 장신구라기보다 길잡이 장치에 가까운 남자의 넥타이핀이 위로 솟구쳤다. 잠수부들이 사방이 온통 검은 세상에서 수면의 방향이 어디인지 알 수 있도록 중량 벨트에 연결하는 플라스틱 공과 같았다.

맬은 남자가 트위드 재킷을 입은 널찍한 등으로 여자와 아기가 보이지 않게 가리는 모습을 보다가 잠이 들었다.

Ⅶ

낙타는 주저앉아 있을 때도 옆차기로
충격을 가하거나 쓰러뜨린 사람을
가슴판으로 깔아뭉개 부상을 입힐 수 있다.

거대한 비행기 바퀴가 착륙하면서 그는 로스앤젤레스에서 깨어났다. 비행기에는 그밖에 없었다. 통로 건너편 좌석에 파우더 퍼프와 딸랑이가 있었다. 맬은 소맷부리로 침을 닦으면서 입을 벌린 채 자지 않았기를 바랐다. 안전띠 버클을 풀 수 없었다. 열쇠를 찾아 승무원을 불러봐야 소용없을 것이다. 승무원은 보이지 않았고 안전띠 어디에도 열쇠가 들어갈 만한 구멍이 없었다. 그는 계속 몸부림쳤고, 셔츠 단추 몇 개가 떨어져 나갔다. 옷깃도 비뚤어졌다. 철사 옷걸이에서 묻어난 녹 자국이 드러났다. 교회 자선 단체 사람이 소매에 눌어붙은 다리미 자국을 지워낸 흔적과 여태 반들거리는 콘밀 얼룩도 보였다.

마침내 그는 안전띠 밑으로 빠져나왔다. 아직 개봉하지 않은 술 두 병을 주머니에 넣고 양복 상의 단추를 목까지 채워 찢어진 셔츠를 감추었다. 그는 문으로 걸어 나가 아래로 향하는 경사로가 아닌 검은색 캔버스로 된 평평한 터널에 들어섰는데, 순간 균형을 잃고 부드러운 벽에 부딪혔다. 안개 낀 밤은 덥고 습했다. 입장료 없는 시드니 체육관에서 종종 본 땀 흘리는 레슬링 선수와 충돌한 느낌이었다. 뼈대와 함께 아래로 늘어진 흠뻑 젖은 살 같았다. 털 없는 배가 몸을 짓눌러 눈앞이 보이지 않는 듯했다. 충격으로 모든 것이 어두워 보였다. 달걀처럼 매끄러웠다.

맬은 뭘 어떻게 해야 할지 몰라서 며칠 동안 공항 터미널에 머물렀다. 공항은 광활하고 하얗고 붐비고 시간을 초월한 곳이었다. 밤이든 낮이든 증기와 굉음을 피워올리며 끊임없이 지루하게 날아오르는 비행기와 번들거리는 하늘이 내다보이는 유리창을 찾으려면 꼬박 20분을 걸어야 했다.

화장실과 영화는 무료였다. 그는 〈워 러버〉를 열네 번 보았다. 통로는 끔찍하게 더러웠고 맬은 부츠로 토닉 병을 부숴다. 돌아보는 사람은 없었다. 다들 화면이 뿜어내는 빛의 역류로 회색이 된 채 자고 있었다. 맬은 남자 주인공처럼 가죽으로 된 항공 재킷이 있었으면 했다. 안감이 양모로 된, 몸에 딱 맞고 캐주얼한 그런 재킷이 있다면 어디든지 갈 수 있을 텐데.

그는 극장에서 하루하고 반을 보냈다. 메인 터미널로 돌아왔을 때 냉장고에 들어간 기분이었다. 모든 것이 하얗고 거대한 형광등 불빛과 함께 윙윙거리며 돌아갔다. 호주에 있던 때보다 더 추웠고, 그는 찢어진 셔츠 위로 양복 상의를 세게 끌어당겼다.

맬의 또래로 보이는 소년이 간이식당 밖에서 시식용 쟁반을 들고 서 있었다. 프랑크푸르트 소시지 조각들이 셀로판 띠를 감은 이쑤시개에 꽂힌 채 노란색 소스에 묻혀 있었다. 맬은 조용히 다가가 소시지 조각 하나를 집어 서둘러 입으로 가져가다가 이쑤시개로 입술을 세게 찌르고 말았다. 하나를 더 집으려고 때 묻은 팔을 내밀었지만, 소년은 쟁반을 가지고 돌아섰다.

“그 더러운 거 들이대지 마.” 소년이 씩씩댔다. “경찰

부를 거야."

맬은 재빨리 몸을 돌려 반대편 벽에 기대놓은 주황색 슬링 의자 쪽으로 걸어갔지만, 소년은 목이 메는 듯한 소리로 "머저리, 머저리, 머저리"라고 말하며 맬의 뒤를 쫓아갔다. 맬이 의자에 앉자 소년은 몇 걸음 떨어진 곳에서서 의도치 않게 소시지에 침을 뱉었다.

"머저리, 머저리, 머저리, 머저리, 머저리." 소년이 말했다. "등신." 소년은 화를 내며 쿵쿵대는 걸음으로 원래 있던 자리로 돌아갔다. 소년의 손가락은 노란색 소스로 더럽혀졌고, 이마는 넓고 머리 선은 모양이 깔쭉깔쭉했다.

맬은 북쪽으로 꽃집, 남쪽으로 오락실이 경계에 있는 약 1,200평 면적의 터미널 구역에 머물렀다. 오락실 입구에는 철로 된 조랑말이 있는데, 한쪽 눈은 페인트가 벗겨지고 갈기 위에 장착된 상자에는 1쿼터 동전이 박혀 있었다. 그는 대부분 조용히 무릎을 모으고 앉아 딱딱하고 기름진 번에 납작하게 누른 고기를 넣어 만든 빵을 먹었다. 벽을 따라 약을 먹인 고양이들이 든 케이지가 놓였다. 케이지 철망에 꼬리표가 매달려 있었다. 쨍강 소리를 내며 돛대에 부딪히는 활대 고리 같았다. 오줌과 나뭇조각 냄새가 풍겼다. 부인들이 음수대에서 약을 먹었다. 사방에 붙은 치클 껌 덩어리가 굳어갔다.

맬의 얼굴에 사마귀가 생겼다. 몸을 정돈하려고 화

장실에 갔을 때 벽에 나사로 고정된 유리 돔에 든 액체 비누가 피부에 염증을 일으켰다. 그의 손에서 마치 지난 10년 동안 종이 여행 가방에 있었던 것 같은 냄새가 났다. 그는 사마귀에 관해 여러 이야기를 들었다. 어쨌든 사마귀를 건드리고 싶지 않았다. 화장실에서 낡은 카키색 바지와 초록색 티셔츠로 갈아입었다. 양복은 접어서 조심스럽게 여행 가방에, 지금은 읽을 수 없게 된 검시관의 진술 위에 놓았다. 엄마의 머리빗과 그가 살면서 유일하게 찾아낸 물건인 해변의 그을린 벽돌 틈에서 발견한 필레 나이프 사이에 놓았다. 여기저기 가느다란 뼈들이 있었다. 작고 사나운 이빨이 돋아난 턱이 바다를 가리켰다.

그는 플라스틱 슬링 의자에 앉아 눈과 미끌거리는 사마귀를 만지며 생각하려 애썼다. 여섯째 날, 시식용 쟁반을 든 소년이 맬에게 다가왔다. 그는 엄지손톱만 한 브라우니 조각을 들고 있었다. "사람을 부를 거야." 소년이 으르렁거렸다. "네 놈에게 가져갈 수 있는 건 전부 가져갈 거야. 거기 앉아 있는 모습이 아주 수상하다고. 네 놈에게 가져갈 만한 건 전부 빼앗겠어."

소년은 쟁반에서 브라우니가 통통 튈 정도로 쿵쿵거리며 떠났고, 잠시 후 회색 제복을 입고 격자무늬 땀받이 헤어밴드를 두른 남자를 데리고 돌아왔다. 아주 작은 트럭이 남자의 머리둘레를 밟고 지나간 것처럼 보였다. 남자가 맬의 오른쪽을 보고 다시 위쪽을 보았다. 맬이 서 있었더라도 남자는 맬의 머리가 있을 법한 곳보다 더 높아 보였다.

“그으래.” 남자가 큰 소리로 말했다. “그으래, 여기서 대체 무어를 하려는 거야? 여기서 평생 살 생각이야? 어? 도대체 여기서 무어를 하고 있느냐는 말이야.”

맬은 미친 사람처럼 주위를 둘러보다가 숨을 헐떡이기 시작했다. 얇은 티셔츠 아래 어깨가 피부밑에 솜씨 좋게 꿰매놓은 나무 옷걸이처럼 느껴졌다. 그는 몸의 모든 뼈가 자신을 의자 쪽으로 짓누르는 것 같아 몸을 웅크리고 더 힘겹게 숨을 헐떡였다.

“지금 당장 할 일이 없어 보이니.” 남자가 말했다. “나랑 가서 카운티 감옥 주변의 잔디나 깎는 게 어때?”

맬은 고개를 저었다. 티셔츠 아래에서 가슴팍이 들썩였다. 그는 가슴팍이 천을 뚫고 나와 모두 다 죽여버리겠다고 위협하는 상상을 했다.

“오, 그럼 넌 누군가를 기다리고 있는 모양이군.” 남자가 말했다.

“저 자식, 아무도 기다리지 않아요. 내 말을 믿는 게 좋을걸요. 그냥 완전히 이상한 놈이에요. 1주일째 저기 앉아 있다고요. 이득만 누리면서요. 아주 날 돌아버리게 하려고 저래요.”

분노로 얼굴이 하얗게 질린 소년이 브라우니를 쥐어뜯었다. 쟁반에는 부스러기뿐이었다. 부스러기가 주위로 날아가 사방에 내려앉았다.

"누굴 기다리니, 꼬마야?" 남자가 맬에게 물었다.

한 여자가 오락실 밖으로 걸어 나왔다. 여자는 색이 바랜 짧은 원피스를 입고 노란색 긴 머리를 땋아서 허리까지 늘어뜨렸다. 땋은 머리끝을 리본으로 묶었는데 고리매듭이 원피스 자락 밑에서 흔들렸다. 여자는 검은 선글라스를 쓰고 노란색 테니스화를 신고 카드 한 장을 들고 있었다. 여자가 다가와 남자와 맬 사이에 서더니 말했다. "우린 동행이고 이제 출발할 거예요. 이분이 나를 텍사스까지 안내할 겁니다."

여자가 맬의 어깨를 두드렸다. 여자는 방금 호수에서 헤엄치다 온 사람처럼 깨끗한 나뭇잎 냄새를 풍겼다. 맬은 의자에서 일어나 언제든 그럴 수 있던 것처럼 여자를 따라갔다.

Ⅷ

링컨 공장 팀의 유일한 생존자 월트 포크너는
미친 사람처럼 운전하고 있었다. 멕시코시티에
들어서자 50번 도로 양쪽 깊이 농민들이 줄지어
서서 우르르 지나가는 자동차들을 손끝으로 만졌다.
포크너는 돌격을 늦추지 않았다. 그는 굉음을 내며
죽어라 인간 터널을 통과했다. 훗날 누군가

그러다가 군중이라도 마주쳤으면 어쩌려고 했냐고
묻자 그는 대답했다. "앞유리 와이퍼를 작동했겠지."

커다란 흰색 자동차였다. 아주 육감적인 차였다. 흰색 차의 화끈하고도 냉담한 에어컨이 그의 무릎을 서늘하게 했다. 주황색 나비가 왼쪽 헤드라이트에 섬약하게 부딪혔다. 맬은 사랑을 느꼈다. 덥수룩한 머리카락이 눈가를 스치고 움푹 팬 뺨에 들러붙었다. 남자의 상반신 모양을 한 풍선이 조수석의 색유리 쪽으로 살짝 기울었다. 풍선 남자는 총알 모양의 머리에 점토 가면을 쓰고 진짜 천으로 만든 상의를 입었으며 클립온 넥타이를 맸다. 크림색 카우보이모자도 썼다. 여자가 풍선 남자의 무릎으로 짐작되는 곳에 달린 조그만 고무마개를 돌려 바람을 빼더니 납작하게 접어 새들백에 집어넣었다.

두 사람은 텍사코 주유소에서 나비를 비누로 씻어내고 기름을 98리터 정도 넣었다. 그러는 동안 여자는 쉬지 않고 말하면서 맬에게 종이상자에서 꺼낸 에스키모파이 아이스크림과 닭튀김과 꿀을 먹였다. 차가운 아이스크림이 그의 잇속에서 노래를 했다. 꿀은 손가락을 타고 흘러내려 여자가 그에게 보여준 카드 위로 떨어졌다. 어떤 카드는 두꺼운 판지로 만들었는데 한쪽 면에 이렇게 쓰여 있었다.

낯선 이가 길이다.

반대편에는 말발굽 그림과 함께 이런 글이 있었다.

저를 당신 집 어딘가에 놔두면
당신의 사랑은 결코 헤매지 않을 거예요.

“오락실 점술 기계에서 나온 거야.” 여자가 말했다. “내 손에 이 니켈 카드가 떨어지는 순간 네가 거기 앉아 있는 걸 봤어. 하키 게임과 곰 쏘기 기계 사이 모퉁이에 집시 인형이 있잖아? 알지?”

여자가 맬에게 다른 카드를 건넸다. 거기 이렇게 쓰여 있었다.

운전자 구함
어디든 상관없음
기름값 전액 지급 502-3061118

“내가 먹고사는 방식이야. 뭐든 운전하지. 멋진 차들이 대부분이지만. 캐딜락. 뷰익. 링컨. 이런 서비스를 원하는 사람들은 부자라서 집까지 비행기를 타고 가고, 또 거의 늙고 약하거든. 나는 앞뒤로 움직이거나 멈추는 데 필요하지 않은 부품은 전부 떼어내. 에어컨이나 스테레오, 배터리, 타이어, 잭은 최종 배달 장소에서 16킬로미터 또는 32킬로미터 정도 떨어진 야적장에서 쓰레기로 바꿔 달아. 아무도 눈치 못 채. 도착하기 전에 적당히 씻어 주거든. 자동차야 치질약을 사러 가는 약국까지만 굴러가면 돼. 그 사람들을 무덤까지만 데려다주면 돼. 그 사람들 머리는 온갖 예방약들로 포장되어 있거든. 머릿속에 '어떤 것도' 허락하지 않아. 그래서 내가 먹고사는 거야. 크게 한몫 잡지는 못해도 이 나라 곳곳을 구경하는 게 좋고 또 운전이 좋아. 이렇게 커다란 방주를 공짜로 운전하기에 이만한 일이 없지. 빠르고 멋진 차를 몰고 모르는 곳을 다니는 거야…… 너, 사마귀가 많이 났구나. 그게 뭘 뜻한다고 어디서 읽었는데, 기억이 안 나네. 뭔가에 관한 뭔가였는데."

맬은 새의 날개 같은 머리카락을 뺨에 잔뜩 붙인 채 고개를 끄덕였다.

"운전은 할 줄 알아? 몰라? 그럼, 내가 가르쳐줄게."

그러나 여자는 가르쳐주지 않았다. 그저 둥근 팔꿈치를 서남부의 태양 아래 그을리면서 자동차 바닥에 다리를 넓게 벌렸고, 고리 모양 귀걸이는 반짝이며 흔들리고 노란색의 긴 머리채를 교회 종탑에 달린 밧줄처럼 순수하게 매단 채 경적과 기름으로 무거운 차를 빠르고 공격적으로 몰 뿐이었다.

여자는 끊임없이 말했다. 그것이 즐거웠다. 엄마가 헤아릴 수 없는 사랑의 말을 들려준 이후로 누구도 그에게 이렇게 말해주는 사람은 없었다. 몇 년이 지나자 엄마가 들려준 말은 그를 숨 쉬게 했다. 철제 호흡 보조 장치처럼 그의 머리에 산소를 공급했다. 그를 계속 움직이게 했다. 그를 적절히 보살폈다. 눈꺼풀을 내려주고 콧구멍을 꼬집어 막았다. 그에게 입 맞추려고 다가오는 손가락 옆에서 입술이 움직였다.

"그거 진짜 네 눈이야? 어느 은행에서 가져온 게 아니고? 뭐, 네 머리로 거짓말을 제대로 할 것 같지는 않다만."

여자는 거칠고 흔들림이 없었으며, 금발에 날씬하고 반짝였다. 맬은 여자의 머리카락을 만져보았다. 부드럽고 색이 무척 노래서 꽃을 문질렀을 때처럼 손에 묻어날 것 같았다. 여자는 1,600킬로미터를 가는 동안 계속 그를 먹였다. 그는 계속 먹었지만 점점 더 허약해지는 느낌이었다. 새우와 초코바를 먹었다. 복숭아와 포도와 피칸 파이를 통째로 먹었다. 통에 든 라자냐를 먹었다. 짭짤한 호밀빵을 먹었다. 그들은 그것들을 보드카와 오렌지 크러시로 전부 씻어 내리며 갔다. 거대한 자동차가 덜컹거리며 도심의 교통 체증을 뱀처럼 통과해 평원으로 나오자 그의 귓가에 새가 지저귀었다. 속도가 어찌나 빠른지 새가 지저귐을 끝냈을 무렵 자동차는 3킬로미터 넘게 앞서가고 있었다.

여자는 달이 뜨지 않은 밤에도 검은 선글라스를 쓰고 자동차가 자신의 연장선이라도 되는 것처럼 다루며 열심히, 성실하게 운전했다. 자동차는 손 없는 손목에 붙인 강철 발톱 같았다. 요금소를 지날 때면 여자는 뒤에 온 차의 모르는 사람들의 요금까지 지불하고 당황한 그들 앞에 푸르스름한 연기를 회오리 모양으로 뿜어내고 떠났다.

“저 사람들 당황했어.” 여자가 말했다. “그러면 뒤처지거든.”

맬은 머뭇거리다 여자의 팔을 꽉 잡았다. 단단하고 뜨겁고 결단력 있는 작은 근육이 만져졌다. 여자는 초콜릿색이 도는 붉은색 병에서 크러시를 한 모금 먹을 때마다 보드카를 두 모금씩 마셨다. 여자는 그에게 이름을 묻지 않았다. 그는 만약 물어보면 몬차라고 대답해야겠다고 결심했다. 맬은 여자의 겨드랑이 밑에 머리를 기댔다.

“난 그런 거 많이 해보지 않았어.” 여자가 말하며 그의 목에 입을 맞추기 시작했다. 여자는 아티초크를 씹듯이 치아 밑으로 그의 피부를 빨아들였고 그의 빗장뼈 부근에 둥글고 푸른 꽃을 남겼다. 여자에게서 개울물에 빨아 여름 햇볕에 말린 것 같은 무척 깨끗하고 먼 냄새가 났다. 자기에게 늑대가 오줌을 갈기는 나무 냄새가 난다는 것을 그는 알았다. 배꼽이 가렵고 악취가 났다. 그의 예쁜 머리카락이 단단히 뭉쳤다. 그러나 여자는 계속 그를 먹이고 그의 옆구리를 살짝 꼬집었다. 타코와 튀김을 먹였다. 칠리 핫도그와 설탕을 입힌 꽈배기 도넛을 먹였다. 감자 칩이 그의 잇몸을 찌르자 잇몸이 떨렸다. 그의 입은 블루베리 타르트로 파랗게 얼룩졌다. 여자는 택사스 러벅에서 버번 한 병과 포춘 쿠키 한 상자를 샀다. 맬은 열렬히 입을 벌렸지만, 몹시 지쳤다. 에어컨에서 물이 떨어져 뜨거운 아스팔트에 맺혔다. 공장에서 실수가 있었다. 과자 봉지가 잘못 인쇄되어 글자가 유혹적으로 구겨졌다가 이어졌다. 인쇄 선이 겹치고 미래 시제가 틀렸다. 여자가 지친 얼굴로 고개를 흔들었는데, 짧고 얇은 원피스를 입고 캔버스 운동화를 신어서 무면허에 순진해 보였다. 여자가 슈퍼마켓 주차장에서 차를 빼 햇볕에 그을린 포장 직원 소년에게서 멀어지더니 해변을 향해 도로로 들어섰다.

여자는 자동차를 주인에게 전달하는 동안 맬을 해변 집에 있게 했다. 소뼈가 창틀을 떠받치고 있었다. 구석마다 차가운 모래로 막혀 있었다. 누더기로 감싼 배관 옆에는 곤충들이 있었다. 모든 물건의 아래쪽은 녹이 슬었다. 여자가 택시를 타고 돌아올 무렵 맬은 목욕을 마쳤다. 상단이 잘린 욕조에 쭈그려 앉아 베갯잇으로 몸을 문질렀다. 물에 유황 성분이 있어서 비누칠을 하자 물이 점점 짙은 초록색으로 변했다. 보기 싫지는 않았다. 매력이 없지도 않았다. 건강할 때 그의 눈동자가 띨 법한 초록색이었다. 초록색 물이 도기로 된 욕조 옆면에 실체 없이 완강하게 매달렸다. 그는 어떤 것에도 손을 댈 수 없었다.

바다 공기가 그의 머리를 휘감았다. 휴일 기분이 들었다. 집에서 맞이하는 박싱데이 같았다. 그는 호주 울렁

공 출신의 몬차 동이었다. 바닷새가 빽빽이 모여 날아가자 여자가 말했다. "칠레까지 날아갔다가 다시 그린란드로 날아가는 새들이야. 세가락도요라고 해. 길이도 키도 얼마 안 돼."

여자가 판잣집에서 갯포도나무까지 빨랫줄을 묶고 옷을 빨아 널었다. 여자는 눈을 가린 검은 선글라스를 제외하고 온몸을 흰곰팡이로 뒤덮인 하얗고 낡고 편안한 이불보로 감쌌다. 여자의 노란색 머리카락이 버터 바른 비스킷처럼 따뜻했다. 밤이면 맬은 두툼하게 땋은 머리채가 뺨을 스치는 느낌과 쏙독새 울음에 어지럼을 느끼며 잠에서 깼고 여자가 냉장고 문을 여는 모습을 보았다. 서둘러 채운 냉장고 선반 안쪽 전등에서 뿜어져 나오는 가로막힌 빛이 목을 한껏 뒤로 젖히고 곽째로 우유를 마시는 여자의 모습을 드러냈고, 냉장고 돌아가는 소리 아래 빛나는 여자의 작은 가슴과 한껏 휜 늑골을 보여주었다. 서리를 맞은 밀처럼 빛나는…… 돌아온 여자의 가슴은 서늘했고 입술은 차갑고 신맛이 났다. 여자가 그를 만질 때면 마치 다른 무언가에 닿으려고 애쓰는 것 같았다. 삐걱거리고 축축한 매트리스 속에 있는 무언가, 구멍이 송송 뚫린 거품 속의 무언가를. 여자는 그의 몸을 뚫고 그것에 닿으려는 듯 손을 똑바로 내밀었고 그의 가슴을 뚫고 지나가 자신이 좋아하는 그 무언가를 끄집어내는 것처럼 손을 오므렸다. 맬은 눈을 굴리다가 감았다. 그는 발작하듯 잠들었다. 사물들이 반짝이는 모래밭을 가로질러 달렸다. 여자의 드레스가 솟아올라 소리 없는 바람을 포착했다.

Ⅸ

> 빅토리아에 사는 젊은이가 수년 전 웜뱃이
> 사는 굴 입구에 올라갔다고 한다. 놀란 동물이
> 밖으로 빠져나오기 시작했는데, 젊은이 밑을
> 지나다가 등에 압력을 느껴 굴이 무너지는
> 줄로 알고 등을 한껏 들어 올리는 바람에
> 젊은이는 동굴 천장에 짓눌려 죽었다.

여자가 땋은 머리를 잘랐는데 달라진 게 없어 보여 맬은 놀랐다. 여자는 무딘 빵칼로 머리채를 톱질하듯 잘라내 껍질이 벗겨진 맬의 축 처진 허리둘레에 묶어놓고는 다시 꽃무늬 커피잔에 따른 버번을 마셨다.

"적당한 길이로 자르면," 여자가 말했다. "6개월 정도면 다시 자라. 게가 가장 큰 집게발을 완성하는 것처럼 말이야." 여자는 머리카락과 손톱이 아주 잘 자란다고 그에게 말했다. 묘지에서 자라는 것들처럼.

맬은 수줍어했다. 별 노력을 하지 않아도 그 안에 시든 얼굴이 보였다. 막힌 콧구멍도. 작은 유리 눈알도. 그는 땋은 머리채를 그늘에 걸어놓고 마지막 위스키 병에 모래를 붓고, 파도를 타고 하얗게 치솟던 물고기들 떼를 지켜보던 해안 쪽을 돌아보았다. 여자는 해변으로 가서 잠을 잤다. 귓불 주변에 머리카락이 엉겨 붙은 채 작은 우울에 매달려 심장처럼 배를 고동치면서 네모난 발톱을 물에서 피어오르는 안개 방향으로 둔 채 잤다.

나중에 여자는 그의 몸에 땋은 머리채를 감은 채 어둠 속에서 손을 잡고 땀을 흘리며 열기가 피어오르는 도로를 걸었다. 머리채는 샴푸로 감고 매일 새로 땋았는데도 왕겨처럼 거칠었다. 황금색이었다. 욕조는 이제 단호한 초록색이 되었다. 아주 현대적으로 보였다. 맬의 머리카락은 호두색이었고 척추에 솟아난 고통스러운 혹을 숨겨주었다. 그는 햇볕에 머리카락이 그을릴까 봐 겁이 났다. 밤이면 머리카락에서 김이 피어오르는 것 같았다.

도로는 모래를 쏟아부어 허술하게 만든 탓에 군데군데 구멍이 패어 위험했다. 차들이 도로에 난 구멍에 빠졌다. 비가 오면 어떤 부분은 부풀고 어떤 부분은 부풀지 않았다. 이 지역의 모든 것이 모래로 만들어졌다. 집도 다리도 벤치도. 도시의 암소 조각상도. 장난감들은 모래로 속을 채웠다. 사람들이 모래로 사기를 치고 모래로 때린다고 여자가 말했다. 사용하는 모든 물건을 모래로 가공하고 모래를 섞는다고 했다. 해변에서 모래가 사라져갔다. 남은 거라고는 자갈투성이 주머니와 파도가 씻고 지나간 매끄러운 바닥에 'ORAMIT'라고 쓰는 사람들뿐이었다. 여자는 그 글자를 본 적이 있다. 글자는 아주 커서 비행기나 헬리콥터나 칠레로 날아가는 새들만 볼 수 있을 정도다. 여자는 사람들이 소금물에 흘러가는 모래로 자동차를 만들기를 기다렸고, 그때가 되면 공주처럼 행복해서 영원히 그 상태로 으스댈 거라고 말했다. 사람들이 벌써 나무와 유리 틀로 자동차를 만들었다. 자동차가 무너지면 피부밑으로 은이 들어가 악마라도 된 것처럼 심장을 박살낼 것이다. 자동차는 짓눌리면서 2,000파운드 맥주병처럼 사람을 조각낼 것이다. 고드름이 튀어나올 것이다. 오버헤드 캠샤프트 엔진의 열기로 모든 것이 눈처럼 갈라질 것이다.

그녀는 모래 자동차를 타고 플로리다로 가서 코코넛 아이스크림을 먹을 거라고 말했다. 파충류 쇼도 볼 것이다. 빨대를 준비했다가 만약 모래 자동차가 무너지면 모래더미 위로 빨대를 밀어 올려 구조대가 모래를 파내 구조해줄 때까지 그것으로 숨을 쉴 것이다. 그전까지는 여자가 보온병에 담아갈 언 다이커리 칵테일을 빨아 먹는데 쓸 것이다. 맬은 천천히 웃으며 머리카락 고치를 매만졌다. 그는 동작을 멈추고 여자에게 키스했다. 여자의 혀가 그가 씹던 껌을 채갔다.

정오에 여자는 종종 그의 허리에 얼음 조각을 굴렸다. 여자는 그의 손바닥에 손금이 없다는 사실을 알아챘다.

어느 날 아침 두 사람이 해변에서 불 게임을 하고 있는데 트럭과 크레인 몇 대가 도로 위로 올라오는 것이 보였다. 그들은 멀지 않은 수로에 차를 세웠다. 남자들이 차에서 내려 마을 쪽으로 걸어갔다. 맬과 여자는 그들을 무시하려 했지만, 차들은 거대했고 밝은색으로 칠해져 있었다. 누구도 차들을 신경 쓰거나 도로 위쪽으로 더 움직이지 않았다. 차들은 그저 모래밭에 비스듬히 선 채 햇빛에 빛났다. 크롬 외장이 너무 밝아서 홍관조들이 종일 차 위로 뛰어올라 차체에 비친 근사한 선홍색 자신을 감탄하며 바라보았다.

맬은 다시 불 게임을 하러 돌아갔다. 공중에서 무겁게 휘며 날아가는 공의 모습과 공끼리 부딪칠 때 나는 소리가 맬은 퍽 만족스러웠다. 태양은 연어 색으로 안개 속을 누비며 지나갔다. 구름은 거품이 이는 진 같았다. 맬은 가끔 선 채로 잠들었다.

여자는 아침에 라임을 구하러 떠났다. 조수가 빠져나가자 모래톱이 드러났다. 하늘에 여전히 달이 떠 있었다. 그는 고무 타이어라고 생각하고 다가갔는데 가까이서 보니 상어였다. 누군가 상어 주둥이를 도려냈다. 상어는 쪼그라들어 배가 옆면을 덮었고 썩은 호박처럼 온통 검은색과 주황색이 섞여 있었다. 그는 자리에 앉아서 상어를 보다가 더는 상어에 대해 생각나는 것이 없다는 사실을 발견했다. 그는 또 뭘 찾을 수 있는지 보려고 해변을 따라 걸었다. 돌아가는 길에 집이 무너진 모습이 희미하게 보였다. 차들은 도로 멀리 물러나 있었고 남은 거라고는 판자 더미와 모래밭을 날아다니는 벌레들, 그리고 너덜너덜한 둥지에 담긴 불 게임용 공뿐이었다.

맬은 제 꼬리를 물려고 애쓰는 개처럼 작은 원을 그리며 뛰었다. 안테나에 매어놓은 땋은 머리채가, 여자가 축축하고 좁고 불안한 입술로 바람을 넣은 구명조끼 옆에서 다람쥐꼬리 풀처럼 오른쪽으로 채찍질하듯 나부끼는 것을 보게 될지 몰랐다. 그는 도로에서 지나쳐간 것들 가운데 무엇을 자기 것으로 여겨야 하는지 알 수 없었다.

누구도 안전하지 않았다. 황야가 야생 여우처럼 재빠르게 지나갔다. 그의 귓가에 그것이 어스름 속에서 돌아가고 굴러가는 소리가, 크게 웃는 소리가 들렸다. 바다의 사막이었다. 정글의 습지였다. 여자는 몰랐을까? 광포한 여우들과 느슨한 죔쇠가 있었다. 물이 재잘거리며 비데를 통과했다. 돛들이 바람 부는 방향으로 움직였다. 머리가 휘고 탔다.

맬은 달리기 시작했다. 자동차 안테나에서 깃발과 꽃들과 속옷이 나부꼈다. 안쪽에서 사람들이 몸을 움직이며 종이컵에 든 뭔가를 마셨다. 그 모든 것 위로 빛과 밝은 햇살 속에서 고무와 기름과 소금 냄새가 풍겼다. 해변은 끝이 없었고 맬은 달리고 또 달렸다.

1969년 48호

귀에 대고 속삭이는 것같이 생생한 글

다니엘 알라르콘

조이 윌리엄스는 글만 보고 누가 썼는지 바로 알아볼 수 있을 만큼 독특한 문체가 돋보이는 작가로, 인간의 가장 평범한 행동에서도 신비롭고 마법 같은 마음을 발견한다. 그의 이야기는 뜻밖의 장소에서 시작해 깜짝 놀랄 전환을 거쳐 결말로 치닫는다. 그는 삶을 묘사하지 않고 그저 드러낸다. 장면을 쓰지 않고, 세밀하게 관찰한 몸짓으로 불러낸 장면을 무심코 재해석해 독자에게 최대치의, 때로 충격적인 통찰력을 안겨 준다.

"아기 맬이 바닥을 기어 가는 동안 그는 맬이 빠지고 싶지 않은 협곡이라도 되는 것처럼 양 다리를 벌려 피했다."

이 놀라운 장면 속 아기는 〈어렴풋한 시간〉의 사랑받지 못하는 불운한 주인공 맬 베스터다. 맬은 생존자지만 그의 고통에는 낭만적인 광채가 없다. 맬은 거칠고, 길들지 않았고, 고통에 시달리며, 절망적이고, 외롭다. 그를 원하지 않았던 그의 아버지는 첫 문장에서 죽고, 한없이 그를 사랑한 유일한 사람이었던 어머니는 두 번째 문장에서 죽는다. 어머니의 죽음은 아름답고 감동적인 이 이야기가 마지막 문장에 이를 때까지 출몰한다. 그러나 이야기를 끝까지 읽게 하는 것은 문장이다. 독창적이고 충격적인 이미지를 그려내는 작가의 문장은 있을 법하지 않은 맬의 세계를 설명한다. 조이 윌리엄스는 특별한 일을 해낸 것이다. 맬의 표류와 우유부단을 매력적인 서사로 완성했다.

맬에게 삶은 우연히 발생했고, 충격적으로 가해졌으며, 잇따른 불운은 마침내 망명으로 치달았다(짧은 소설에서 이보다 더 쓸쓸한 공항 장면을 본 적이 없다). 맬은 결코 말하지 않지만, 어쨌든 나는 〈어렴풋한 시간〉를 세 번째 읽었을 때 비로소 깨달았다. 내가 맬을 아주 잘 알고, 그의 불확실한 기쁨과 두려움을 아주 가까이에서 느꼈으며, 그가 마치 내 귓가에서 내내 속삭이는 것 같았다고.

다니엘 알라르콘

Daniel Alarcón

1977년 페루 리마에서 태어났다. 〈뉴요커The New Yorker〉, 〈그란타〉, 〈버지니아 쿼터리 리뷰Virginia Quarterly Review〉 등 유수의 매체에 소설을 발표해왔다. 미국 공영라디오에서 팟캐스트를 진행하며 라틴 아메리카의 인권과 사회문제를 알리고 있는 언론인이기도 하다. 2019년에 아서 C.클라크상을, 2021년에 맥아더재단의 천재상을 받았다. 미국 컬럼비아대학교에서 방송저널리즘을 가르치고 있다.

Why Don’t You Dance

춤추지 않을래

레이먼드 카버
Raymond Carver

20세기 후반 미국 단편소설의 부흥기를 이끈 작가. 1938년 미국 오리건에서 가난한 노동자의 아들로 태어났다. 고등학교를 졸업하고 곧바로 제재소, 병원 등에서 일하며 틈틈이 글쓰기 수업을 들었다. 1976년 첫 단편소설집 《제발 조용히 좀 해요》를 발표하고 그해 전미도서상 후보에 올랐다. 1983년 발표한 단편소설집 《대성당》으로도 전미도서상과 퓰리처상 후보에 올랐다. 헤밍웨이 이후 가장 영향력 있는 소설가, 리얼리즘의 대가라는 찬사를 받았다. 1988년 50세의 나이에 암으로 사망했다.

남자는 부엌에서 술을 한 잔 더 따르고 앞마당에 나와 있는 침실 가구 세트를 바라보았다. 매트리스는 시트를 벗긴 채였다. 빨간색 줄무늬 시트는 베개 두 개와 함께 서랍장 위에 놓였다. 그것만 빼면 나머지는 침실에 있었을 때와 꽤 비슷해 보였다. 침대 양옆으로 그가 눕는 쪽에 있던 침실용 탁자와 독서 등, 그녀가 눕는 쪽에 있던 침실용 탁자와 독서 등이 있었다.

그가 눕던 쪽, 그녀가 눕던 쪽.

그는 위스키를 홀짝이며 이것을 생각했다.

서랍장은 침대 발치에서 몇 걸음 떨어진 곳에 놓여 있었다. 그는 그날 아침 서랍을 비우고 물건들을 종이 상자에 담아 거실에 두었다. 이동식 난방기가 서랍장 바로 옆에 있었다. 침대 발치에는 장식용 쿠션이 있는 등나무 의자가 있었다. 윤이 나게 닦은 알루미늄 주방 도구들이 진입로 한구석을 차지했다. 선물로 받은 노란색 모슬린 식탁보는 너무 커서 식탁을 덮고 양옆으로 늘어졌다. 고사리 화분이 식탁에 놓였고 그 옆에 역시 선물로 받은 은식기 상자와 전축이 있었다. 커피 테이블에 커다란 콘솔형 TV가 있고 거기서 몇 발 떨어진 곳에 소파 의자 하나와 바닥에 세우는 스탠드가 있었다. 책상은 차고 문에 닿게 밀어두었다. 몇 가지 가재도구가 책상 위에 있고 그 옆에 벽시계 하나와 그림 액자 두 개가 있었다. 또 진입로에는 컵, 유리잔, 접시 등을 일일이 신문지로 감싸 담은 종이 상자가 하나 있었다. 그날 아침 그는 옷장을 전부 비우고, 거실에 둔 상자 세 개를 제외하고 모든 물건을 집 밖에 내놓았다. 거기까지 전기 선을 끌어와 모든 것을 연결했다. 물건들은 집 안에 있을 때와 전혀 다름없이 작동했다.

가끔 자동차들이 속도를 늦추고 쳐다보았다. 그러나 멈추는 사람은 없었다.

자기라도 멈추지 않았을 거라는 생각이 들었다.

¶

“마당에서 벼룩시장을 하나 봐.” 여자애가 남자애에게

말했다.

여자애와 남자애는 작은 아파트에 가구를 들이고 있었다.

"침대가 얼마나 하는지 보자." 여자애가 말했다.

"그리고 TV도." 남자애가 말했다.

남자애는 차를 몰고 진입로로 들어와 식탁 앞에 멈췄다.

두 사람은 차에서 내려 물건들을 살펴보기 시작했다. 여자애는 모슬린 식탁보를 만져보고, 남자애는 믹서기에 플러그를 꽂고 다이얼을 '다지기'로 돌렸다. 여자애는 풍로가 달린 냄비를 집어 들었고, 남자애는 텔레비전 전원을 켜고 채널을 맞춰봤다. 그리고 소파에 앉아 TV를 보았다. 담배에 불을 붙이고 주위를 둘러보다가 성냥을 풀밭에 튕겨 날렸다. 여자애는 침대에 앉았다. 신발을 벗고 드러누웠다. 샛별이 보일 것 같았다.

"이리로 와, 잭. 이 침대에 한번 누워봐. 그 베게 하나 가져와." 여자애가 말했다.

"어때?" 남자애가 말했다.

"직접 와봐." 여자애가 말했다.

남자애가 주위를 둘러보았다. 집 안은 어두웠다.

"기분이 별로야." 그가 말했다. "집 안에 누가 있는지 보는 게 좋겠어."

여자애가 침대 위에서 뛰었다.

"먼저 침대에 누워보고." 여자애가 말했다.

남자애는 침대에 올라와 베개를 베고 누웠다.

"느낌이 어때?" 여자애가 물었다.

"단단해." 남자애가 말했다.

여자애가 옆으로 누워 남자애 얼굴에 손을 올렸다.

"키스해." 여자애가 말했다.

"일어나자." 남자애가 말했다.

"키스해줘." 여자애가 말했다.

여자애가 눈을 감았다. 그녀는 그를 안았다.

남자애가 말했다. "집에 누가 있는지 보고 올게."

하지만 그는 그냥 윗몸만 일으키고 앉아 그 자리에서 텔레비전을 보는 척했다.

거리에 늘어선 집들마다 불이 켜졌다.

"이러면 웃기지 않을까?" 여자애가 씩 웃더니 말을 하다 말았다.

남자애는 웃었지만, 딱히 이유는 없었다. 별 이유 없이 남자애가 독서 등을 켰다.

여자애가 모기를 쫓았고, 남자애는 일어나 셔츠를 바지에 밀어 넣었다.

"집에 누가 있는지 보고 올게." 남자애가 말했다. "누가 있는 것 같지는 않아. 하지만 만약 사람이 있다면 물건 값이 얼마나 되는지 알아볼게."

"얼마를 달라고 하든 10달러만 깎아달라고 해. 늘 통하는 방법이야." 그녀가 말했다. "게다가 그 사람들은 틀림없이 절박한 상태일 거라고."

"TV가 진짜 좋네." 남자애가 말했다.

"얼마인지 물어봐." 여자애가 말했다.

¶

남자는 가게에서 가져온 봉지를 들고 인도를 걸어왔다. 그에게는 샌드위치와 맥주와 위스키가 있었다. 그는 진입로에서 자동차와 침대 위의 여자애를 보았다. 텔레비전이 켜져 있고 남자애가 현관 앞에 서 있는 게 보였다.

"안녕." 남자가 여자애에게 말했다. "침대를 봤구나. 잘됐네."

"안녕하세요." 여자애가 말하며 일어났다. "그냥 한번 앉아봤어요." 여자애가 침대를 쓰다듬었다. "꽤 좋은 침대네요."

"좋은 침대지." 남자가 말하고 봉지를 내려놓은 다음 맥주와 위스키를 꺼냈다.

"아무도 없는 줄 알았어요." 남자애가 말했다. "침대를 살까 하는데, 어쩌면 TV까지 살지도 모르겠어요. 어쩌면 책상도요. 침대는 얼마나 하죠?"

"침대는 50달러를 생각하고 있어." 남자가 말했다.

"40달러는 안 돼요?" 여자애가 물었다.

"좋아, 40달러에 주지." 남자가 말했다.

그는 종이 상자에서 유리잔 하나를 꺼냈다. 신문지를 벗겨내고 위스키 마개를 열었다.

"TV는요?" 남자애가 물었다.

"25달러."

"15달러는 안 돼요?" 여자애가 말했다.

"15달러도 좋아. 그렇게 받아도 돼." 남자가 말했다.

여자애가 남자애를 쳐다보았다.

"너희들, 한잔할래?" 남자가 말했다. "상자에 유리잔이 있어. 나는 좀 앉을게. 소파에 앉을 거야."

남자가 소파에 앉아 등을 기대고 남자애와 여자애를 물끄러미 보았다.

¶

남자애가 유리잔 두 개를 찾아 위스키를 따랐다.

"그 정도면 됐어." 여자애가 말했다. "내 거엔 물을 타줘."

여자애가 의자 하나를 끌고 와 식탁 앞에 앉았다.

"저기 수도에 물이 나와." 남자가 말했다. "수도꼭지를 틀어봐."

남자애가 물을 탄 위스키를 가지고 돌아왔다. 그는 헛기침을 한 번 하고 식탁 앞에 앉았다. 씩 웃었다. 그러나 아무것도 마시지 않았다.

벌레를 잡으려는 새들이 머리 위에서 날쌔게 날았다. 작은 새들이 아주 빨랐다.

남자는 텔레비전을 뚫어지게 보았다. 그는 술잔을 비우고 한 잔을 새로 마시기 시작했고, 바닥에 놓인 스탠드를 켜려고 팔을 뻗다가 쿠션 사이로 담배를 떨어뜨렸다.

여자애가 일어나 담배 찾는 것을 도와주었다.

“또 뭘 사고 싶어?” 남자애가 여자애에게 물었다.

남자애가 수표책을 꺼내더니 생각에 잠긴 듯 수표책을 입술 사이에 물었다.

¶

“책상을 사고 싶어.” 여자애가 말했다. “책상은 얼마예요?”

남자가 엉뚱한 질문에 손사래를 쳤다.

“가격을 불러봐.” 남자가 말했다.

그는 식탁에 앉은 두 사람을 보았다. 스탠드 불빛 아래서, 두 사람의 얼굴에 뭔가가 서려 있었다. 다정한 표정 같기고 하고, 심술궂은 표정 같기도 했다. 어느 쪽인지는 구별할 수 없었다.

“TV를 끄고 레코드를 틀어야겠어.” 남자가 말했다. “이 전축도 팔아. 싸게 줄게. 값을 불러봐.”

그는 위스키를 더 따르고 맥주 캔을 땄다.

"전부 팔 거야."

여자애가 유리잔을 내밀자 남자가 위스키를 부어주었다.

"고마워요." 여자애가 말했다. "아주 친절하시네요."

"이거 취하네." 남자애가 말했다. "점점 취하고 있어." 남자애가 잔을 든 손을 까딱까딱 흔들었다.

남자는 술잔을 비우고 또 한 잔을 따르더니 레코드가 든 상자를 찾았다.

"골라봐." 남자가 여자애에게 레코드들을 내밀며 말했다.

남자애는 수표를 쓰고 있었다.

"이거요." 여자애가 뭔가를 고르고 말했다. 레코드판에 쓰인 이름은 몰랐지만 어쨌든 골랐다. 여자애는 식탁에서 일어났다가 도로 앉았다. 가만히 앉아 있고 싶지 않았다.

"바로 현금으로 바꿀 수 있게 할게요." 남자애가 말했다.

"물론이지." 남자가 말했다.

그들은 술을 마셨다. 레코드를 들었다. 그러고 나서 또 다른 레코드를 틀었다.

꼬마들, 춤추지 않을래? 남자는 이렇게 말하려고 결심했다가 대신 이렇게 말했다. "너희, 춤추지 않을래?"

"별로요." 남자애가 말했다.

"어서." 남자가 말했다. "내 마당이야. 원하면 얼마든지 춤을 출 수 있어."

¶

남자애와 여자애는 서로 팔을 두르고 몸을 바짝 붙인 채 진입로를 오르내렸다. 두 사람은 춤을 추었다. 음악이 끝나자 다시 틀었고, 그 음악이 끝나자 남자애가 말했다. "나 취했어."

여자애가 말했다. "너 안 취했어."

"음, 나 취했어." 남자애가 말했다.

남자가 레코드를 뒤집자 남자애가 말했다. "취했다니까."

"나랑 춤춰." 여자애는 남자애에게 말하다가 남자에게 다가갔다. 남자가 일어나자 여자애는 두 팔을 벌리고 그에게 다가갔다.

¶

"저기 저 사람들, 쳐다보고 있어요." 여자애가 말했다.

"괜찮아." 남자가 말했다. "내 집인걸." 그가 말했다. "춤춰도 돼."

“보라고 해요.” 여자애가 말했다.

“그렇지.” 남자가 말했다. “저 사람들은 여기서 무슨 일이 벌어지는지 다 봤다고 생각하겠지. 하지만 이건 보지 못했잖아?” 그가 말했다.

그는 목에 닿는 여자애의 숨결을 느꼈다. “침대가 마음에 들면 좋겠다.” 그가 말했다.

여자애가 눈을 감았다가 떴다. 여자애는 남자의 어깨에 얼굴을 기댔다. 남자를 더 가까이 끌어당겼다.

“틀림없이 절박한 상태겠죠.” 여자애가 말했다.

¶

몇 주일 후 여자애가 말했다. “그 남자는 중년쯤 되었어. 집 안 물건을 죄다 마당에 내놓았더라고. 진짜야. 우리는 완전히 취해서 춤을 췄어. 진입로에서 말이야. 맙소사. 웃지 마. 그 사람이 우릴 위해 이 레코드들을 틀어줬어. 이 전축을 봐. 그 나이 든 아저씨가 우리한테 줬어. 이 낡은 레코드들도. 이 쓰레기들 좀 볼래?”

여자애는 계속 말했다. 모두에게 말했다. 뭔가 더 있었지만, 그 모든 것을 다 말로 할 수는 없었다. 얼마 후 여자애는 더는 말하지 않았다.

1981년 79호

위대한 이야기는 영원한 가려움

데이비드 민스

위대한 이야기는 영원히 긁어야 하는 가려움과 같다. 이런 이야기는 전형적이면서 특별한 감정을 영원히 안겨준다. 우리에겐 대답보다 더 많은 질문이, 질문보다 더 많은 대답이 주어진다. 좋은 이야기는 역설적이다. 우리에게 필요한 모든 것을 채우는 듯하면서도 완벽하게 충만하지는 않다. 주어진 거라고는 조금 더 큰 존재의 작은 조각, 사소한 것들의 집합체, 관점의 전환, 몇 주 늦게 듣는 진술이 전부다.

현대 소설의 시학은 구시대적이면서(신화와 민담의 오래된 양식을 활용하므로) 현대적이다(대중가요, 30초짜리 중간 광고처럼). 작가도 독자도 몇 가지 사소한 몸짓으로 깊은 의미를 구체화해야 한다. 레이먼드 카버의 〈춤추지 않을래〉에서는 한 남자가 집 안의 가구를 잔디밭에 전부 끌어낸다. 젊은 남자애와 여자애가 지나가다 버려진 가구로 가득한 마당을 발견한다. 나이가 더 많은 남자가 음식과 술이 든 봉지를 들고 집으로 돌아왔다가 이들과 잠시 대화를 주고받는데, 이 대화는 외로운 영혼들 사이에 놓인 어찌할 수 없는 슬픈 거리감을 나타낸다. 나이 많은 남자와 젊은 여자가 함께 춤을 춘다. 몇 주 후 여자는 그 남자와 잔디밭에 나와 있던 그의 가구에 대한 이야기를 한다. 여자는 목소리가 매우 밝고 생생하며 예리함까지 내비친다. 푸른 초원으로 옮겨 간 여자는 아마도 현실에 대한 깨달음을 얻은 것 같다.

여자의 말은 이전 서사의 한 조각을 돌이키면서 마당에서 있었던 그 장면에 조명을 비추고, 다시금 역설적으로 모든 것을 무한한 침묵 속으로 던져버리면서 이야기의 끝에서 앞을 열어젖힌다. "뭔가 더 있었지만, 그 모든 것을 다 말로 할 수는 없었다. 얼마 후 여자애는 더는 말하지 않았다." 덧붙이자면, 여자는 그 시도를 멈추었지만 독자는 절대로 멈출 수가 없다.

레이먼드 카버는 예술을 본연의 고유한 형태로 끌고 왔다. 그는 단편소설을 새롭게 발전시켰지만 문학의 원형에서부터 자신의 스타일을 발굴하고 개작해온 것으로 보인다. 제임스 조이스 역시 《더블린 사람들》에서 같은 작업을 했다. 그는 서정적 견고함이라는 새로운 유형의 글쓰기를 통해 이야기를 단단히 다지는 방향으로 단편소설을 재설계했다. 카버의 글은 무척 단순하고 간결해서 마치 글쓰기는 짧고 명징해야 한다는 교훈을 전하는 것처럼 보일 수 있다. 헤밍웨이의 영화적 르포르타주 기법으로 돌아가야 한다는 교훈을 전하는 것 같기도 하다. 이는 의미 있는 행동과 이미지가 절정에 이르는 순간을 포착해 집중하는 한편 나머지는 전부 수면 아래로 가라앉히는 글쓰기다. 이러한 해석은 적절할 수도 있고 그렇지 않을 수도 있다. 어쨌든, 카버는 이야기의 형식이 아무리 화려하거나 이리저리 꼬였더라도 그 순수한 뼈대는 언제나 단순하고, 근본적이며, 깊은 인간적 원천에서 출발해야 한다고 전한다. 감정과 형식과 이야기는 반드시 하나로 통합되어야 한다. 다시 말해 우리는 마음을 써야 하고, 많이 써야 한다. 놀라울 만큼 흥미로운 매너리즘, 신랄한 농담, 기묘한 만화적 미래와 같은 꾸밈이 많은 문장은 그것의 뼈대가 순수하고 솔직하고 인간적인 관심에서 우러나올 때 비로소 세련되고 멋진 글이 된다.

결론적으로 독자에게 허구의 세계에서 무엇을 볼지 이끄는 일은 그리 어렵지 않다. 소설에는 모방적이고 미학적인 복잡한 공식이 있다. 그중에는 당연히 잘못된 방식도 있어서 이야기가 붕괴하거나 폭발할 수 있다. 하지만 등장인물이 허구의 풍경에서 움직이게 하고 독자가 그 모습을 볼 수 있는 데는 단 몇 마디만 있으면 된다. 이것이 진실이다. 카버는 부엌에서 시작해 술을 따르는 장면으로 나아간다. '우리'는 창문 너머 앞마당에 나와 있는 침실 가구 세트를 바라보는 화자의 시선을 따라간다. 순식간에 우리는 깊은 내면의 생각으로 끌려 들어간다. 남자의 내면과 여자의 내면으로. 이 모든 일이 겨우 예순 개의 단어 안에서 이루어진다.

한 줄 띄운 문장에서 한 여자애와 남자애가 마당에 나타나 이것저것 살펴본다. 여자애는 침대에 눕고 둘은 키스하려 한다. 거리에 빛이 지나가고 위아래로 오르내린다. 또 한 번 줄을 띄운 문장에서 남자가 샌드위치와 맥주, 위스키가 든 봉지를 들고 도착한다. 그 순간부터 모든 것이 나이 많은 남자와 젊은 여자애가 술에 취해 몽롱한 상태로 춤을 추는 장면으로 나아간다.

비평가 휴 케너는 이 단편소설이 헤밍웨이나 제임스 조이스의 글쓰기를 이어받아 그전에는 오락적이었던 문학의 전통에서 고급 예술의 형태로 나아갔다고 주장했다(나는 '고급 예술'이라는 표현에 누구보다 진저리를 치지만, 달리 표현할 방법이 없다). 그런 관점에서 보면 이 단편소설의 시학은 작가만큼이나 독자에게도 많은 것을 요구한다.

'모든 것이 중요하다'라는 오래된 격언은 이 소설을 읽을 때 더욱 무게 있는 진실이 된다. 예를 들어, 카버는 한 줄 띄우기를 적절하게 사용하면 시적인 힘이 생긴다는 사실을 안다. 이야기 막바지에 갑자기 다른 이야기가 연결되더니 시간의 흐름에 따라 전개된다. 몇 주가 지나고 여자애는 아주 멀리 떨어진 곳에서 그날 밤을 회상한다. 그 광활한 거리는 페이지 위에 단지 몇 개의 빈 줄로만 나타난다. 나는 그 마지막 한 줄 띄우기가 이 이야기를 특별하게 만드는 비결이라고 생각한다. 마지막 빈 줄이 이야기를 접는다. 그 정도로 간결하다. 독자로서 우리는 마지막 부분을 읽으면서 저절로, 투명하게, 내장과 심장의 비틀림을 느끼며 이야기의 도입부를 떠올린다.

자칫 글이 장황해질 수 있다는 부담감을 무릅쓰고 말한다.

좋은 단편소설은 어떤 작품이든 베르너 헤어조크 감독의 다큐멘터리 영화 〈잊혀진 꿈의 동굴〉에 등장하는 동굴벽화와 같다. 인간이 어떤 상황에서든 예술을 하는 존재이게 만드는 조건은 본질적인 신비로움만 남기고 축소될 수 있다. 어둠 속에 있다가 깜박거리는 횃불 빛에 드러난 몇 차례의 붓질, 원시의 생생한 흔적, 완전히 벌거벗은 뼈처럼 말이다. 현대에 이르러서는 매우 섬세한 심미안과 이성을 갖춘 독자가 자신의 영혼을 깜박이며 텍스트를 가로지르는 형태로 바뀌었다.

정규 학력 없이 독학을 한, 그래서 지식이 풍부하지 않은 노동자 작가로 잘못 알려진 카버는 사실 많이 읽고 교육받은 지적인 사람이었다. 그는 엄청난 세심함과 강렬한 지성으로 작업했다. 그러나 그는 자신의 이야기를 세심하게 길러나가면서도 때로는 감출 만큼 영리하기도 했다. 작가의 이력이나 배경을 지나치게 따지던 시대였다. 카버는 편집자 고든 리시가 든 파란색 연필의 도움을 받아서 피카소만큼이나 급진적이고 실험적이었던 초기 면모를 숨겼다. 다시 말해 그는 자신이 뭘 하는지 정확히 알고 있었다. 그는 한 줄 띄우기의 힘을 이해하고 있었다.

데이비드 민스

David Means

1961년 미국 미시간에서 태어났다. 《수세인트마리Sault Ste. Marie》와 《교차로The Junction》로 미국 예술과학협회가 가장 뛰어난 단편소설에 수여하는 오헨리상을 두 차례 받았다. 2011년 단편소설집 《여러 가지 화재 사건Assorted Fire Events》으로 로스엔젤레스 타임스 도서상을 받았으며, 2016년에는 첫 장편소설 《하이스토피아Hystopia》를 발표하고 그해 맨부커상 후보에 올랐다.

The Palace Thief

궁전 도둑

이선 캐닌

Ethan Canin

미국의 소설가이자 시나리오 작가, 의사. 1960년 미국 미시간에서 태어나 자랐으며, 1991년 하버드대학교 의과대학에서 석사 학위를 받았다. 1985년 첫 소설《공중의 황제Emperor of the Air》를 발표했다. 1993년 발표한 단편소설 〈궁전 도둑〉은 2002년 영화 〈엠퍼러스 클럽〉으로 각색되어 큰 사랑을 받았다. 캘리포니아 도서상, 린드허스트상 등 다수의 문학상을 받았다.

내가 이 이야기를 하는 것은 나의 명예 때문이 아니라 명예가 거의 없기 때문이다. 경고하기 위해서도 아니다. 나 같은 직업을 가진 사람이라면 모든 경고가 헛됨을 재빨리 알게 되기 마련이다. 또 내가 이 이야기를 하는 것은 세인트 베네딕트 학교 일로 사과하기 위해서가 아니라 그 학교는 사과할 필요가 없기 때문이다. 내가 이 이야기를 하는 것은 오로지 어느 유명인의 삶에서 일어난 예측 가능한 사건들을 기록하기 위해서고, 그가 사는 시대의 짤막한 촛불이 언젠가는 다른 역사학도의 조사를 받게 될 날이 올지도 모르기 때문이다. 그게 전부다. 별로 놀랍지 않은 이야기다.

사실 세인트 베네딕트 같은 곳에서 내가 무슨 일을

겪을지 미리 알았어야 했다고 말하는 사람들이 있다. 나 또한 그들의 생각이 옳다고 여기지만 나는 그 학교를 사랑했다. 나는 그곳에서 3세대에 걸친 남학생들의 지성을 위해 일했고, 만약 내가 성공했다면 그들의 문화에 섬세한 각인을 남겼을 것이다. 나는 훈육으로 학생들의 게으름과 싸웠고, 철학으로 그들의 천박함과 싸웠으며, 앞서 살아간 위인들의 역사로 신분에 대한 그들의 오만함과 싸웠다. 나는 상원의원 19명의 아들들을 가르쳤다. 타블로이드 신문의 복수심에 불타는 비난만 아니었더라면 오늘날 미국 대통령이 되었을지도 모르는 소년을 가르쳤다. 그 학교는 내 삶이었다.

그래서 지난해 말, 그러면 안 되는 줄도 모르고 세지윅 벨의 초대를 받아들였던 것 같다. 나는 신속하게 답장을 보내고 초대한 행사에서 치를 시험문제를 준비하기 전에, 42년 전 그가 세인트 베네딕트 학교에서 어떤 학생이었는지 돌이켜봤어야 했다. 그는 워싱턴 D.C.의 저택에서 말을 키우고 남부 주들을 웬델 윌키* 편으로 바꿔놓은 웨스트버지니아주의 선동가였던 상원의원 세지윅 하이럼 벨의 아들이다. 아들 세지윅 벨은 부진한 학생이었다.

처음 그 아이를 만난 건 세인트 베네딕트 학교에서 이제 겨우 5년째 역사를 가르치고 있을 때였다. 그해 가을, 세지윅 벨의 아버지가 철강과 광산업 노동조합 결성

* 1940년 대통령 선거 당시 공화당 후보

에 겁을 먹은 남부 귀족들의 등에 업혀 상원의원으로 선출되었다. 1945년 11월, 세지윅은 반바지 교복을 입고 내 교실에 나타났다. 가을 학기 중간이었고, 그 학기에 나는 학생들을 그리스의 철학적 이상주의로부터 율리우스 카이사르에게 마케도니아부터 세비야에 이르는 특혜를 안겨준 로마의 상업과 군사력, 법률 영역으로 이끌고 있었다. 물론 학생들은 열광했다. 플라톤의 도덕적 노력을 포기하고 아우구스투스의 강력한 실용주의를 받아들이는 열정이야말로 그 나이대 집단의 슬픈 특징이다. 예민한 편인 아이들은 조용해졌고 몇 주 동안 조금 더 조악한 학생들의 전투 본능이 학급 안의 토론을 장악했다. 물론 나는 이런 면을 유감스럽게 생각했지만, 내가 세인트 베네딕트 학교에서 가르치는 내용의 중요성 또한 잘 알았다. 우드브리지 교장은 우리 학생들이 장차 이 나라의 국정에서 맡게 될 역할을 지속해서 인지시켰다.

사실 내 수업은 학생들이 교훈을 얻길 바라는 인간의 고매한 이상을 향해 바치는 헌사인 동시에 인간 성취의 덧없음을 향한 헌사였다. 나는 학생들이 겸허함을 통해 그들의 야망을 누그러뜨리길 희망했다. 이는 우드브리지 교장 또한 기꺼이 동의한 이중 전략이었다. 내 교실 문틀 위에는 명판 하나가 걸려 있었다. 이는 헨리 L. 스팀슨이 이 학교 학생이던 시절 만든 기말 과제물로, 나는 이 명판이 학생들에게 역사가 야망에 부여한 모순을 가르쳐주길 바랐다. 명판에는 점토 양각으로 이렇게 새겨져 있었다.

> 나는 안샨과 수사의 왕,
> 엘람 땅의 군주, 슈트루크나훈테다.
> 인슈시나크의 명령을 받아
> 시파르를 멸망시키고 나람신의 비석을 뽑아
> 엘람으로 되돌려놓으니,
> 나의 신 인슈시나크에게 바치는 공물로
> 여기 비석을 세우노라.
>
> – 슈트루크나훈테, 기원전 1158년

나는 수업 첫날마다 학생들에게 이 명판을 주제로 이야기했다. 세인트 베네딕트 학교 선배들을 알려주는 한편 이토록 위대한 야망과 정복도 그들이 태어나기 전 수백 년 동안 완전히 잊혔다는 사실을 일깨우기 위해서였다. 명판을 보여준 다음 학생 한 명을 지목해 내 책상 위 벽에 걸린 셸리의 시 〈오지만디아스〉를 낭송하게 했다. 누구나 시간의 모래밭 앞에서 자신의 하찮음을 이해하는 일은 몹시 중요하며 언제나 내 수업에서 학생들에게 보여주고자 한 교훈이었다.

그러나 어린 세지윅이 세인트 베네딕트에 온 첫날 내

교실 문 앞에 섰을 때 그 아이에게는 그러한 노력이 아무 소용이 없을 게 분명해 보였다. 나는 세지윅이 멍청할 뿐만 아니라 잡역부 유형인 것도 알아볼 수 있었다. 마침 학생들은 전날 침대보와 안전핀으로 만든 토가*를 입고 치안판사처럼 무릎을 쫙 벌린 채 나무 걸상에 앉아 있었고, 나는 아이들과 로마 황제들의 이름을 암송하고 있었다. 그때 우드브리지 교장이 붉고 통통한 얼굴의 세지윅을 데려와 학급에 소개했다. 아까 말했듯이 나는 당시 5년째 가르치고 있었기 때문에 새 전학생들이 겁을 먹고 절박한 상태에서 부리는 고도의 예술적 기교를 잘 알았다. 그러나 세지윅은 그런 표정을 짓고 있지 않았다.

오히려 세지윅은 사람을 업신여기는 표정을 짓고 있었다. 전부 열다섯 명이던 급우들은 즉시 위협을 느끼고 자신들이 얼렁뚱땅 만든 토가의 우스꽝스러움을 자각하기 시작했다. 그들 가운데 얼간이들의 우두머리라고 할 수 있는 클레이 월터(물론 그는 전혀 얼간이가 아니었다)가 가볍게 웃음을 터뜨리며 말했다. "네 토가는 어쨌냐, 꼬맹아?"

세지윅이 응수했다. "오늘은 네 엄마가 바지 안 입혀줬냐?"

학생들을 집중시키기 위해 시간이 조금 걸렸다. 세지윅이 자리에 앉자 나는 그를 칠판 앞으로 불러 로마 황제

* 고대 로마 남성이 주로 입은 긴 겉옷

들의 이름을 쓰게 했다. 물론 그는 어떤 이름도 알지 못했다. 그가 몹시 엉성한 글씨체로 황제의 이름을 하나씩 베껴 쓰는 동안 학생들은 그의 틀린 철자를 계속해서 고쳐주면서 그 이름들을 큰 소리로 외쳐 불러야 했다.

아우구스투스

티베리우스

칼리굴라

클라우디우스

네로

갈바

오토

그러는 내내 그는 새 급우들이 입은 토가를 흉내 내 반바지 입은 제 다리를 올렸다 내렸다 했다. "학생." 나는 주의를 주었다. "이건 진지한 수업이고, 나는 네가 이 수업을 진지하게 여기길 바란다."

"그렇게 진지한 수업에 왜 걔들은 전부 드레스를 입고 있어요?" 세지윅이 대꾸하고 다시 웃었다. 이번에는 클레이 월터마저 허리에 묶은 밧줄 허리띠를 풀었고, 주변 학생들도 토가 차림의 불편한 몸을 이리저리 움직였다.

첫날부터 세지윅은 다른 아이들을 괴롭히는 야비한 학생으로 등극하면서 학생들의 열정적인 지성의 빛을 꺾고 우리 학교에서 쓰는 등유처럼 저열한 농담을 피워올렸다. 그 학기에 내가 학생들에게 요구한 것은 단 하나, 그동안 가르쳐온 것들을 요약해 정확히 네 장에 빽빽하게 타자한 '고대 로마 역사 개요'를 배우는 것이었다. 그러나 세지윅은 그조차 하지 않으려고 했다. 그는 실력이 형편없는 학생이었다. 첫 시험에서 마르쿠스 안토니우스와 옥타비아누스가 필리피 전투에서 궤멸시킨 사람이 누구인지, 옥타비아누스가 나중에 누가 되었는지도 대답하지 못했다. 그 정도는 내 수업 시간에 교실 바닥을 기어 다니는 딱정벌레도 쉽게 맞힐 수 있는 문제였다.

게다가 그는 전학을 오자마자 씹은 종이 뭉치, 껌 뭉치, 압정 등을 이용해 일련의 분별없는 짓을 저지르기 시작했다. 새로 전학 온 학생이 그런 식으로 동지를 만들어가는 일은 흔했지만, 세지윅은 유치한 장난질일 뿐이었을 행동에 신체적인 힘의 특징을 이용해 타고난 지도력의 위험 요소를 덧붙이기 시작했다. 그는 소년들을 조직했다. 정확히 15분마다 학생들은 일제히 연필을 떨어뜨리거나 기침하거나 책을 소리 나게 덮어 판서 중인 내 손이 공중에 풀쩍 뛰어오를 만큼 나를 놀라게 했다.

물론 남학교에서 처벌은 개척된 기술인 만큼 그런 터무니없는 일이 벌어질 때마다 나는 세지윅을 지목해 질문에 대답하게 했다. 그가 이런저런 대답을 시도할 때마다 학생들은 웃음을 터뜨렸고, 세지윅 자신도 다른 학생들과 함께 웃기는 했다. 그러나 나는 대단한 통찰력이 없어도 내 전략이 효과적임을 알 수 있었다. 이후 조직적인 장난질이 점점 줄어들었다.

그러나 돌이켜보면 결국 내 전략은 실패였다. 한 소년에게 자신의 어리석음을 확인시키는 일이야말로 독화살을 쏘는 일과 같기 때문이다. 내가 그의 동기를 곧바로 이해하고 처음부터 다르게 대했더라면 그 아이의 삶은 더 고결한 방향으로 바뀌었을지도 모른다. 그러나 교사의 이런 성찰 따윈 아무런 의미가 없다. 반박할 수 없는 진실만 말한다면 그는 시험마다 형편없는 결과를 보여주었다. 그래서 나는 그를 내 사무실로 호출했다.

당시 나는 대강당 뒤쪽에 떨어져 있는 작은 숙소에 살았다. 그곳은 세인트 베네딕트 학교 터가 말 사육자이자 자선사업가 사이러스 벡의 영지였을 때 노예 숙소로 쓰던 곳이었다. 학교에 오래 재직하게 되면서 내 방 뒤에 있는 1학년 기숙사에 더는 살지 않게 되었지만, 여전히 기숙사 감독 임무를 맡아 급한 일이 있을 때만 학생들을 불렀다. 학생들은 보통 멋쩍어하면서 내 앞에 섰다.

침대를 접어 벽에 붙여놓으면 내 방은 사무실이 되었다. 겨울의 어느 날, 저녁 식사 직후에 세지윅이 노크하고 들어왔다. 곧바로 그는 제 아버지에게 물려받았을 귀족의 눈으로 책상부터 책장, 접어놓은 침대까지 방 안을 살펴보기 시작했다.

“앉아라.”

“선생님은 결혼 안 했죠?”

“안 했다, 세지윅. 하지만 우린 ‘네’ 이야기를 하려고 여기에 있다.”

“그래서 우리한테 토가를 입히고 싶은 모양이에요?”

솔직히 그런 학생은 처음 만나보았다. 고작 열세 살에, 다른 학생들이 보고 있지도 않은데 선생을 모욕하는 학생은 본 적이 없었다. 그는 턱에 손을 올리고 나를 따분하게 바라보았다.

“학생.” 나는 불현듯 그의 동기를 분명하게 감지했다. “우리 학교는 너의 수행 정도가 심히 우려된다고 판단했고, 내가 너희 아버지를 만나기로 했다.”

사실 벨 상원의원과 만날 약속은 하지 않았지만, 그 순간 그래야만 한다고 생각했다. “의원님에게 내가 뭐라고 말씀드리면 좋을까?”

그의 시선이 흔들렸다. “지금부터 더 열심히 노력하겠습니다, 선생님.”

“그래, 세지윅. 좋아.”

그 주에 학생들은 《율리우스 카이사르》의 핵심 장면들을 재현했는데, 세지윅은 정말로 자기 대사를 꽤 그럴듯하게 읽었고, 부진한 학생들 사이에서 가끔 발생하는 킥킥 소리에 기여하는 모습은 볼 수가 없었다. 그다음 주에 크라수스, 폼페이우스, 카이사르의 삼두정치로 시험을 봤는데, 그는 처음으로 C^+를 받아 통과했다.

그래도 나는 세지윅에게 그의 아버지를 만나야겠다고 이미 말했기 때문에 실행에 옮기기로 결심했다. 당시 상원의원 세지윅 하이럼 벨은 트루먼의 국민건강보험 계획에 반대하는 입장을 표명하면서 신문과 라디오에 자주 등장했고, 나는 아들의 품행 문제로 그렇게 유명한 사람을 호출하기가 몹시 꺼려졌다. 라디오에서 들은 적 있는 그의 목소리는 웨스트버지니아주 전역에 대중영합주의를 호소해 승리를 따낸 흡연자 특유의 걸걸하고 느릿한 목소리였다. 순전히 정책만으로 승리를 일궈낼 수는 없었을 것이다. 당시 나는 20대 후반이었고 양심과 지성으로 무장했지만, 그의 집무실에 전화를 거는 손이 떨렸다. 놀랍게도 전화가 연결되었고, 상원의원은 곧바로 알아들을 수 있는 그 걸걸하고 느릿한 목소리로 다음 주 어느 오후에 날 만나겠다고 했다. 여느 아버지라면 당연히 직접 세인트 베네딕트 학교까지 왔겠지만 당시 그는 이미 전국적인 명성을 누리고 있었기에, 나는 그의 집무실에서 만나기로 한 약속에 솔깃했음을 인정해야겠다. 그래서 내가 수도 워싱턴까지 직접 갔다.

세인트 베네딕트 학교는 버지니아주 시골의 목가적인 목장 부지에 자리 잡아서 정신적으로는 메릴랜드주보다 캐롤라이나주에 더 가까웠지만, 워싱턴까지는 차로 한 시간밖에 안 걸렸다. 버스가 안개 낀 구불구불한 파사믹

강을 따라가다가 지금은 가짜 벽돌집이 늘어선 워싱턴 교외가 되어버린 습지대에 들어서더니 마침내 수도 중심가에 내려주었다. 남은 길은 걸어갔다. 상원의원 집무실 건물에 도착했을 무렵에는 정원의 벌거벗은 벚나무 너머로 해가 설핏 기울고 있었다. 어쩐지 겁이 났지만 나는 마음을 다잡았다. 세지윅 하이럼 벨은 상원의원이면서 동시에 한 학생의 아버지다. 나는 그의 아들과 관계된 일로 이곳에 왔음을 상기했다. 집무실은 공작의 방처럼 웅장했다.

대기실에서 기다린 지 얼마 되지 않아서 그가 옆문을 벌컥 열고 나타나더니 사냥용 닭처럼 거침없는 걸음으로 내 어깨를 붙잡고는 집무실 안으로 나를 밀어 넣었다. 당시 나는 정치 세계를 몰랐기 때문에 무엇보다 그런 사람들이 호감을 산다는 사실을 미처 깨닫지 못했다. 그는 나를 가죽 의자에 앉히더니 시가를 한 대 권했다. 내가 사양하자 진심인지 가식인지 어쨌든 놀라워하면서(아마 모든 손님에게 그렇게 했을 것이다), 내게 골동품 총을 보여주었다. 그날 아침 한 유권자가 보내준 것으로 로버트 E. 리 장군의 마부가 허리에 차고 다닌 무기라고 했다. "선생은 역사 애호가라지요? 맞습니까?" 그가 말했다.

"예, 그렇습니다."

"그럼 이거 가져요. 딱 선생 물건이네."

"아닙니다. 그럴 순 없습니다."

"이 빌어먹을 걸 가져가요."

"그럼 그러겠습니다."

"자, 이 누추하고 따분한 사무실까지 온 용건이 뭡니까?"

"아드님 문제로 왔습니다."

"그 악마 놈이 또 무슨 짓을 저질렀습니까?"

"사소한 문제입니다만 아드님이 수업 내용을 공부하지 않아서 걱정됩니다."

"무슨 내용입니까?"

"지금 로마를 배우고 있습니다. 공화정을 다 배우고 제국으로 들어갔지요."

"아." 그가 말했다. "그런데 그거 조심해요. 아직도 발사됩니다."

"아드님이 통 집중하지 않습니다."

그는 다시 책상 너머로 내게 시가 상자를 내밀었고, 자기 시가를 입에 물었다. "말해봐요." 그가 불이 붙을 때까지 시가를 빠끔거리며 말했다. "선생이 가르치는 것들이 학생들에게 무슨 소용이 있지요?"

다행히도 대비를 잘해둔 질문이었다. 한 학생이 똑같은 도전을 해왔기에 최근 세인트 베네딕트 교지에 짧은 글을 발표했었다. 나는 주저하지 않고 대답했다. "학생들이 아우구스투스 카이사르의 통치를 읽고, 상업과 우편제도와 예술로 또 원로원 개혁과 불공정한 세금제도 개혁으로 그의 통치가 강화되었음을 배운다면, 인구조사와 부러

울 정도의 로마 도로망을 통한 과학적 진보의 효과를 알게 된다면, 이러한 발전이 어떻게 인류를 흉포한 권력 다툼에서 두 세기 동안의 '팍스 로마나'로 이끌었는지 보게 된다면 인격과 고결한 이상이 얼마나 중요한지 이해하게 될 겁니다."

그는 시가를 빼끔거렸다. "와, 망아지에게 말을 하라고 요구하는 격이군요. 그리고 내 아들 세지윅의 머리에는 구름만 잔뜩 끼었다는 말이고요." 그가 말했다.

"아드님 인격을 형성하는 것이 바로 제가 할 일입니다."

그는 게으르게 성냥을 만지작거리며 잠시 생각하더니 곧 엄중한 표정으로 바뀌었다. "미안합니다, 선생." 그가 천천히 말했다. "선생은 신경 쓰지 마십시오. 그 녀석 인격은 내가 만듭니다. 선생은 그냥 가르치기만 해요."

그것으로 면담은 끝났고, 나는 예의 바르게 문 앞으로 안내받았다. 나는 적잖이 당황했는데, 도대체 무슨 일이 일어났는지 알아차리기도 전에 어느새 엘리베이터에 올라타 있었다. 벨 상원의원은 앞서 말했듯이 꽤 호감형이었지만 의문의 여지 없이 나를 잘라냈다. 나는 가방 깊숙이 골동품 권총을 집어넣고 버스정류장으로 가는 동안 그런 독재자 아버지 밑에서 자란 게 어땠을지 생각해보았다. 내 마음이 어린 세지윅 쪽으로 조금 기울었다.

게다가 세인트 베네딕트로 돌아갔을 때 내 말이 소년에게 어느 정도 영향을 미쳤음을 알 수 있었다. 이후 몇 주 동안 세지윅은 계속 노력하며 꾸준히 오르막길을 올라갔던 것이다. 그는 두 번의 시험을 더 통과했고, 그중 하나는 A⁻를 받았다. 중간고사 수행평가로 하드리아누스 황제의 문을 지점토로 적절히 만들어냈고, 수업 중에도 사실상 집중하고 있지는 않더라도 주변의 다른 학생들을 방해하는 일은 줄어들었다.

교사의 지도를 받으며 어둠에서 빛으로 걸어 나오는 학생들을 보는 일은 교직 생활의 꿀처럼 달콤한 부분이다. 그래서 내가 그 학기에 세지윅에게 특별한 관심을 품었던 것인지도 모르겠다. 이제 막 공부에 호기심을 보이는 그가 한 번에 두 등급이나 뛰어오른 시험에서 내가 증거 불충분을 이유로 무죄 추정을 했더라도, 또 수업 시간에도 그가 대답할 수 있을 만한 질문만 골라서 던졌다고 하더라도 나는 어느 모로 보나 아버지의 무시무시한 그늘에서 벗어나고자 용감하게 애쓰고 있는 소년을 격려하려고 했을 뿐이었다.

가을 학기가 끝을 향해 가고 있었고, 학생들은 매년 열리는 미스터 율리우스 카이사르 선발대회에 출전하기 위한 열광적인 예선 준비에 돌입했다. 다시 말하지만, 당시 나는 세지윅을 응원하고 있었던 것 같다. 미스터 율리우스 카이사르 선발대회는 학생들이 몹시 기대하는 세인트 베네딕트의 전통으로, 우리 같은 사립학교에서는 일종의 신화적 의식으로 통했다. 대회는 두 단계로 나누어 진행되었다. 1단계는 10여 개 문항의 필기시험으로, 1학년 전체에서 세 명의 본선 진출자를 가렸다. 2단계는 이 세 학생이 전 학년이 모인 강당 무대에 올라 한 명의 우승자가 나올 때까지 고대 로마를 주제로 질문에 대답하는 공개적인 대회였다. 최종 우승자는 마치 크라수스와 폼페이우스 사이에서 두각을 드러낸 카이사르처럼 나타났다. 학부모와 졸업생들까지 참석해 강당 관객석을 가득 메웠다. 교장실 앞에는 지난 반세기 동안 미스터 율리우스 카이사르로 선발된 학생들의 명단이 붙어 있는데, 이 명단은 1901년 우승자인 존 F. 덜레스부터 시작한다. 세인트 베네딕트에 다니지 않는 사람들이 보기엔 다소 별스러운 행사로 보일 수도 있겠지만, 우리 같은 학교에서는 마상 창시합과도 같은 공개적인 대회가 굉장한 중요했다.

그해 세 명의 본선 진출자는 명백해 보였다. 앞서 암시했듯이 어느 정도 재능 있는 클레이 월터, 학구적인 유형의 마틴 블라이스, 무서울 정도로 조용하지만 내 수업의 최우수 학생이자 인도 수학자의 아들 디팩 메타가 있었다. 사실 수업 교재와 상관없이 카르타고부터 이집트에 이르기까지 로마가 정복했던 지역의 다양한 인물을 공부한 사람은 디팩이었다.

그런데 1차 예선이 끝나자 놀라운 상황이 벌어졌다. 세지윅이 몇 점 차이로 3위에 올랐다. 이게 나의 첫 번째 실수였다. 이전보다는 분별 있게 행동했어야 했지만, 그

의 노력에 너무 감동한 나머지 교육의 가장 중요한 원칙을 위반하고 말았다. 그저 B를 받을 만한 시험에 A를 줘버리는 바람에 세지윅의 총점이 마틴 블라이스의 총점을 뛰어넘어 버렸다. 3월 15일, 세 명의 본선 진출자가 학교 전체가 모인 강당 무대에 자리를 잡았다. 그곳에 세지윅도 끼어 앉게 되었고, 청중석에는 그의 아버지도 와 있었다.

세 학생은 그날의 행사를 위해 토가 차림으로 연단에 앉았고, 연단 위 백랍 쟁반에는 대회가 끝나면 내 손으로 우승자에게 씌워줄 초록색 실크 월계관이 놓였다. 심판 역할을 맡은 나는 맨 앞줄 한가운데, 우드브리지 교장 옆에 섰다.

"사비니족은 어떤 언어를 썼을까요?"

"오스칸어입니다." 클레이 월터가 주저 없이 대답했다.

"제2차 삼두정치는 누구로 구성되었을까요?"

"마르쿠스 안토니우스, 옥타비아누스, 마르쿠스 아이밀리우스 레피두스입니다." 디팩 메타가 대답했다.

"필리피 전투에서 패배한 쪽은?"

세지윅의 눈빛에는 아는 문제라는 신호가 전혀 보이지 않았다. 그는 지성의 한계까지 자신을 밀어붙이겠다는 듯 고개를 푹 숙였고, 맨 앞줄에서 지켜보는 내 심장이 덜컥 내려앉았다. 청중석의 학생들 몇 명이 재잘대기 시작했다. 토가 안에 숨은 세지윅의 다리가 덜덜 떨리기 시작했다. 세지윅이 다시 고개를 들었을 때 나는 지켜줄 수 없는 자리에 그를 집어넣은 사람이 바로 나, 여린 꽃봉오리를 너무 일찍 태양의 열기 아래 데려온 사람이 바로 나라는 생각이 들었다. 과연 그는 나를 용서해줄까 하는 생각도 들었다. 그러나 잠시 후 그가 별안간 살짝 웃더니 양손을 포개고 말했다. "브루투스와 카시우스입니다."

"좋아." 나도 모르게 말했다. 나는 침착을 되찾고 말했다. "서로마제국의 마지막 황제였던 로물루스 아우구스툴루스를 퇴위시킨 사람은?"

"오도아케르입니다." 클레이가 대답하고 나서 덧붙였다. "기원후 476년입니다."

"로마에 지원병 제도를 도입한 사람은 누구일까요?"

"가이우스 마리우스입니다." 디팩이 대답하고 역시 덧붙였다. "기원전 104년입니다."

그다음, 세지윅에게 제2차 포에니 전쟁을 지휘한 카르타고의 장군은 누구인지 질문을 던졌을 때 내가 쉬운 문제로 세지윅을 봐주고 있음을 청중석의 학생들이 눈치챈 것처럼 보였기 때문에 약간의 불안감을 느꼈다. 그런데도 세지윅은 조금 전보다 더 깊숙이 고개를 숙였고, 다시 한번 제 기억력의 한계를 최대한 시험하는 것처럼 굴었다. 이윽고 고개를 들고 명백한 답을 내놓았다. "한니발입니다."

나는 기뻤다. 그가 나의 도박 같은 모험의 가치를 증명하고 있기 때문만은 아니었다. 그가 포화 속에서도 청중석에서 재잘대는 학생들에게 훈육은 정확한 사고를 낳는다는 사실을 보여주고 있기 때문이기도 했다. 이제 학생들은 조용해졌다. 나는 세지윅이 결국 우리 모두를 놀라게 할 것이고, 대회가 끝나면 거북이 같은 그의 노력이 월계관을 거머쥘 거라는 희망적인 예감이 들었다.

이후 몇 차례 문제는 앞서 두 차례와 상당히 비슷하게 진행되었다. 디팩과 클레이는 망설임 없이 대답했고, 세지윅은 일부러 시간을 끄는 건지 약간 지루하고 긴 고민을 거치고 나서야 겨우 대답했다. 그의 태도는 뛰어난 무대 효과를 연출했다. 학부모들은 그의 모습에 강한 인상을 받은 것처럼 보였고, 내 옆에 앉은 우드브리지 교장도 다가올 연례 기금모금 행사를 생각하며 활짝 웃고 있었다.

2학년 학생이 본선 진출자들에게 물을 한 잔씩 가져다준 후 나는 다음 단계로 넘어갔다. 이번에는 더 어려운 문제들로 이루어졌는데, 첫 번째 질문에서 클레이가 아우구스투스의 아이들 이름을 못 맞히는 바람에 탈락했다. 그는 무대를 떠나 청중석에 앉은 우둔한 친구들 곁으로 돌아갔다. 시계방향으로 도는 규칙에 따라 같은 질문을 디팩에게 던지자 그는 정확히 대답했고, 다음으로 누미디아의 왕 유구르타를 묻는 문제도 대답했다. 이제 선택의 여지 없이 세지윅에게도 어려운 문제를 내야 했다. "기원전 88년, 내전에서 귀족층을 지지한 장군은 누구일까요?"

결눈으로 입을 꾹 다문 채 이마를 찌푸린 몇몇 학부모의 얼굴이 보였지만, 세지윅은 질문의 엄청난 난이도도 알아채지 못한 것 같았다. 그는 다시 제 손 쪽으로 고개를 숙였다. 이제 청중들은 세지윅에게 생각할 시간이 필요하다는 걸 예상했기 때문에 다들 조용히 기다렸다. 환기 장치가 윙윙대는 소리와 바깥의 고드름 떨어지는 소리까지 들릴 정도였다. 세지윅이 아래쪽으로 시선을 던진 그 순간 나는 그가 부정행위를 하고 있음을 알아챘다.

나는 칼튼 칼리지를 졸업한 스물한 살 나이에 근시 때문에 입대에 실패하고, 내가 전공한 고전학이 내게 준 것보다 더 큰 영감을 학생들에게 심어줄 수 있길 소망하며 교사 일을 시작했다. 나는 학생들이 도전에 맞설 때 가장 크게 성장할 수 있음을 알았다. 그 나이대 아이들을 오냐오냐하는 교사는 오히려 아이들을 퇴보시킬 뿐이며, 어쩔 수 없이 어머니 품에 안겨 있을 때처럼 나약한 마음으로 대입준비반과 이후 대학을 통과하게 할 것을 알았다. 내 선생님들 가운데 최고의 교사는 독재자들이었다. 나는 이를 잘 기억하고 있었다. 그러나 그 순간 나는 그 소년에게 도저히 설명할 수 없는 연민을 느꼈다. 그의 아버지에게 우리 둘 다 고통을 당했던 수치심 때문이었을까? 나는 안경 너머로 무대를 흘낏 보았고, 그가 토가 안쪽에 '고대 로마 역사 개요'를 붙여두었음을 대번에 알아챘다.

거기 얼마나 오래 서 있었는지는 모르겠다. 내 뒤에는 학교 전체가 모여 있었고, 내 앞에는 두 소년이 앉아 있었다. 그렇게 내면의 동요를 느끼며 서 있는 동안 청중석의 술렁임이 점점 커졌고, 나는 결국 세지윅이 발각되는 편이 최선이라고 결정했다. 고작 말 한 마리가 부족해 전투에서 패배할 수도 있는 법! 나는 내 옆에 앉아 있는 우드브리지 교장 쪽으로 몸을 숙이고 속삭였다. "세지윅 벨이 부정행위를 하고 있습니다."

"모른 척해요." 교장이 속삭였다.

"예?"

물론 나는 우드브리지 교장이 우리와 함께한 세월 동안 세인트 베네딕트를 위해 해온 여러 일로 그를 대단히 존경한다. 교장의 세계란 교사의 세계보다 훨씬 더 복잡하고, 어린 시절 단 한 번의 사건으로 인생을 망칠 수 있을 만큼의 비난을 가하는 것 또한 역사적으로 봐도 부당하다. 그러나 그 순간 교장이 "모른 척해요, 헌더트 선생. 아니면 다른 직장을 알아보든가요"라고 말하지 않았더라면 나는 원칙을 고수했을 것이다.

교장의 말에 나는 깜짝 놀랐다. 하지만 남학교에서 일어나는 어쩔 수 없는 일들에 익숙해져 있었고, 최근에는 언젠가 나도 교장이 될 거라는 생각을 은근히 즐겨왔기 때문에 세지윅이 루시우스 코르넬리우스 술라라는 정답을 맞혔을 때 그저 고개를 끄덕이기만 했다. 그리고 다음 질문인 스키피오 아프리카누스 장군으로 넘어갔다. 디팩이 정답을 맞혔고, 다시 세지윅에게 질문했다.

물론 도덕적 지도자의 자리에서 타협은 더 큰 타협을 부를 뿐이다. 또한 지금 나는 경험을 통해 이런 사실을 잘 알지만, 당시에는 경험이 아닌 오직 역사 공부를 통해서만 알고 있었다. 어쩌면 그래서 도저히 변호할 수 없는 연민이 내 생각을 흐리게 만들었던 것 같다. 도대체 어떤 절망감이 공개적인 무대에 오른 한 소년을 부정행위로 내몰았단 말인가? 그의 아버지와 어머니는 붐비는 강당 어딘가에 뚝 떨어져 있었지만, 뒤를 흘낏 돌아보자마자 내 눈은 곧바로 그들에게 향했다. 마치 그들이 캔자스시티에서 온 내 부모인 것만 같았다. "분열된 로마 제국을 통치한 최초의 황제는 누구일까요?" 나는 세지윅에게 물었다.

사람들이 마술사의 속임수를 알게 되면 그 빤한 속성에 놀라기 마련인데, 세지윅이 다시 고개를 숙였을 때 나는 그의 시선이 마구 흔들리며 토가 안쪽을 향하는 걸 분명히 보았다. 그의 시선이 토가의 능직물을 뚫고 들어가 아우구스투스부터 요비아누스에 이르기까지 '고대 로마 역사 개요' 전체를 훑어보다가 잠시 숙고하는 척하면서 큰 소리로 대답하는 모습을 상상할 수 있었다. "발렌티니아누스 1세와 발렌스입니다."

순간 상원의원 벨이 외쳤다. "저 애가 내 아들입니다!"

군중이 큰 소리로 환호했고, 바로 그때 이 대회를 어

린 세지윅 벨에게 유리한 방향으로 이끌어야 한다는 누를 길 없는 충동이 불쑥 솟구쳤다. 그러나 잠시 후, 가라앉는 환호성 아래서 디팩 메타의 이름을 외치는 어느 여성의 가늘고 억양 강한 목소리가 들려왔다. 디팩의 어머니가 마침내 내 정신을 돌려놓았다. 디팩은 디오클레티아누스를 묻는 문제의 답을 정확히 맞혔고, 이제 나는 세지윅에게 물었다. "하밀카르 바르카는 어떤 사람일까요?"

'고대 로마 역사 개요'에 나오지 않는 이 질문의 정답은 오직 디팩만이 알았다. 하밀카르 바르카는 로마에게 멸망당한 카르타고의 장군이다. 앞서 말했듯이 로마가 정복한 다른 민족까지 공부한 사람은 디팩뿐이었다. 디팩이 잠시 휘둥그레진 눈으로 나를 쳐다보았다. 그건 인정의 눈빛이었을까, 감사의 눈빛이었을까, 불만의 눈빛이었을까? 그 사이 세지윅은 또 고개를 숙이고 제 손을 보았다. 긴 침묵 끝에 세지윅은 질문을 한 번만 더 해달라고 요청했다.

나는 질문을 반복했고, 또 한 번의 긴 침묵이 흐른 뒤 세지윅이 머리를 긁으며 마침내 입을 열었다. "아이참."

청중석의 학생들이 웃음을 터뜨렸고, 나는 돌아서서 그들을 조용히 시켰다. 같은 질문을 디팩에게 하자 그는 정확히 대답했고, 예의를 갖추었지만 그리 오래가지는 않은 환호를 한차례 받았다.

디팩에게 월계관을 씌우려고 옆에 섰을 때 우드브리지 교장을 바라보았다. 교장이 내가 세지윅에게 유리하

게 대회를 이끌어가길 얼마나 간절히 원했는지 비로소 알 수 있었다. 동시에 상원의원 벨이 강당 뒷문으로 나가는 모습도 보였다. 어린 세지윅은 내 옆에 힘없이 서 있었는데, 그때 나는 처음으로 그 소년의 삶의 방향을 크게 바꿀 엄청난 힘을 어렴풋이 감지했다. 그의 어머니가 상원의원 벨을 따라잡으려고 종종걸음을 치며 방화문을 빠져나가는 동안 어린 세지윅이 무대 위에서 무슨 생각을 했는지는 오직 상상에 기댈 수밖에 없었다. 다음 날 아침 교장실 밖에 걸린 명판에 디팩 메타의 이름이 추가되는 동안, 어린 세지윅 벨은 눈앞에서 놓쳐버린 영광을 평생 추구하는 삶을 시작할 것이다.

그러나 우드브리지 교장의 눈빛에서 엿본 실망감 때문인지 왠지 내가 그 소년을 패배하게 만든 당사자인 것만 같았다. 강당이 비자마자 세지윅의 방으로 찾아갔다. 그는 여전히 토가를 입은 채 침대에 앉아 작은 창 너머로 라크로스 운동장을 물끄러미 바라보고 있었다. 그의 토가 안쪽에 내가 만든 '고대 로마 역사 개요' 종이가 붙은 것도 보였다.

"어이, 젊은이." 나는 문틀을 두드리며 말했다. "오늘 아주 흥미로웠다."

그는 창문에서 고개를 돌리며 나를 차갑게 쳐다보았다. 그가 다음으로 보인 행동을, 그 행동에 복잡하게 얽힌 간교함을 나는 그 후로도 오랫동안 여러 차례 생각했다. 그가 가정에서 받아온 씁쓸한 교육 때문에 그런 조숙한 책략을 썼을 거라고 생각할 수밖에 없었다. 내가 문간에 서 있는 동안 세지윅은 토가 안에 손을 넣어 한 번에 한 장씩 '고대 로마 역사 개요' 종이를 뜯어냈다.

나는 안으로 들어가 문을 닫았다. 교사라면 누구나 퇴학을 당하고 싶어 안간힘을 쓰는 학생을 만나게 된다. 이런 학교에서 흔히 일어나는 일이었지만, 세지윅이 고양이 같은 미소로 자기 행위를 인정하자마자 퇴학은 결코 세지윅이 원하는 바가 아님을 알 수 있었다.

"선생님이 본 거 다 알아요." 그가 말했다.

"그래, 네 말이 맞다."

"그런데 왜 아무 말도 하지 않았죠, 헌더트 선생님?"

"이건 복잡한 문제야, 세지윅."

"아빠가 거기 있었기 때문이죠?"

"너희 아버지와는 아무 상관 없다."

"아뇨, 확실해요."

솔직히 말하자면 처음에는 강당에서 들은 교장의 말 때문에, 지금은 소년의 뻔뻔한 비난 때문에 당황해서 어쩔 줄을 몰랐다. 이번에는 내가 창가로 가서 세지윅의 비난의 눈초리를 피해 교정 곳곳을 마구 바라보았다. 내가 눈감아버린 행위는 결국 무엇이었을까? 물론 병사가 지휘관을 탓할 수 없듯이 교장을 탓하지는 않는다. 내가 나의 도덕규범을 행사하지 않은 대가로 세지윅이 자신의 도덕규범으로 나를 즉결심판하고 있었다. 당시에는 내가 어떤 잘못을 저질렀는지 잘 알지 못했다. 그런데도 나는 소름 끼치게도 세지윅이 고작 열세 살 나이에 비리를 저질렀다고 믿고 있었다.

물론 세지윅도 내가 그 문제를 추궁하지 않을 것을 알고 있었지만, 나는 이어지는 며칠 동안 그를 어떻게 훈육할 것인가 곰곰이 생각하며 지냈다. 그러나 학교 상벌위원회에 세지윅을 회부하려고 결심할 때마다 확신은 시들해졌다. 나 또한 다른 사람을 몰래 고자질하는 범죄자나 다름없어 보였기 때문이다. 소박한 내 방에서, 내가 감독하는 식당의 이가 빠진 길쭉한 식탁에서, 학생들 앞 먼지 날리는 칠판에서 나는 끊임없이 싸움을 벌였다. 나는 바다에서 헤엄치다 물 밖으로 나가려고 미끄러운 벽면을 기어오르다가 기진맥진한 사람 같았다.

게다가 나는 학생의 그릇된 행동을 공개적으로 논의하지 않는 중세 법정처럼 위험한 기숙학교 교직원 가운데 유일하게 곤경에 빠진 사람이었다. 학생의 아버지가 상원의원이 아니라도 이는 마찬가지였다. 내가 처한 곤란한 상황을 유일하게 믿고 털어놓을 수 있는 사람이, 신임 라틴어 교사이자 고대 역사를 사랑하는 동족 찰스 엘러비였다. 나는 찰스를 처음 만났을 때부터 호감을 품었는데, 그가 확고한 도덕주의자였기 때문이다. 찰스에게 세지윅의 부정행위와 우드브리지 교장의 반응을 털어놓자 그는 교장을 거치지 않고 상원의원 벨을 만나 이야기하는 게 내 임무라고 말했다.

그러나 마음을 먹은 지 1주일도 안 되어 상원의원이 먼저 '내게' 전화했다. 그는 잠시 가벼운 이야기를 건넨 뒤 전에 내게 준 골동품 권총을 묻더니 이윽고 퉁명스럽게 말했다. "선생, 내 아들이 그러는데 한니발 바르카 문제는 녀석이 공부해야 했던 자료에 없었다던데요?"

나는 정말로 충격을 받았다. 어린 세지윅이 이 정도로 뻔뻔스러운 줄은 몰랐다. "이런 독사 같은 녀석을 봤나." 나는 정신을 차리기도 전에 중얼거렸다.

"뭐라고요?"

"포에니의 장군 이름은 '하밀카르' 바르카입니다, 의원님. 한니발이 아니고요."

상원의원은 잠시 멈칫했다. "선생이 자료에도 없는 문제를 냈다고 했어요, 내 아들이. 게다가 그 동양인 친구는 답을 미리 알고 있었고요. 아들 녀석 말이 선생이 불공정했답니다."

"그건 복잡한 상황이었습니다, 의원님." 나는 이런 상황에서 찰스 엘러비라면 어떻게 행동했을지 상상하며 의지를 모았다. 그러나 상원의원에게 맞서겠다고 결심하자마자 내 근성이 부족함을 더욱 뚜렷하게 느꼈다. 이런 사실을 어린 세지윅도 오래전부터 분명히 알았을 것이다.

"분명 복잡한 상황이겠지요." 상원의원이 말했다.

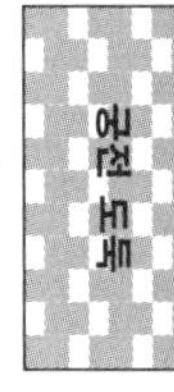

"하지만 내 분명히 말하는데, 그보다 더 복잡한 상황도 있어요. 이번에는 어떤 일도 바로잡으라고 요구하지는 않을 거요. 알아들어요? 내 아들이 선생에 관해 대단한 이야기를 합디다, 헌더트 선생. 내가 선생이라면 똑똑히 기억해둘 거요."

"예, 의원님." 대답하고 나서야 그가 이미 전화를 끊은 뒤라는 걸 깨달았다.

이렇게 나는 어린 세지윅과 그가 세인트 베네딕트 학교에 다닐 동안 계속될 불편한 협정을 맺게 되었다. 그는 그날부터 계속 부진한 학생이었고, 지난날 영광의 자리를 차지했던 존 덜레스와 헨리 L. 스팀슨과는 천지 차이로 학급의 맨 밑바닥에서 기었다. 그의 시험 성적은 끔찍한 상태였고, 과제물은 옆자리 학생들의 것을 애처롭게 되새김질한 수준이었다. 그는 자습실에서 즐겁게 떠들었고, 3학년 세탁물실에서 담배를 피웠으며 수업 중에 이름이 불리면 방금 잠에서 깬 사람처럼 눈을 깜박이고 말을 더듬는 것으로 때우려 했다.

그러나 어떻게 보면 우리가 그 소년에게 어떠한 행동도 취하지 않아 커다란 문제들이 우리를 괴롭히기 훨씬 전부터, 세인트 베네딕트의 전성기는 이미 저물기 시작했는지도 모르겠다. 그때조차도 세지윅은 찰스 엘러비와 내 눈에 학교 기둥과 대들보를 휘감고 올라가는 것처럼 보였던 도덕적 부패의 첫 번째 증거였다. 우리는 다른 사람들에겐 세지윅과 관련한 비밀을 절대 말하지 않았지만, 소년은 자신의 우둔한 고집 때문에 곧 거의 모든 학생과 거리가 멀어졌다. 그의 2학년과 3학년 생활은 1학년 때와 마찬가지로 수치스럽게 흘러갔고, 마지막 학년이 시작될 무렵에는 학교의 전성기를 기억하는 교직원들 사이에서 신화적인 불명예로 통했다.

물론 소년은 이제 몸집이 더 커졌고, 교정에서 우연히 마주치기라도 하면 어두운 눈빛으로 못마땅해하는 내 시선에 맞섰다. 그는 야비한 성격인데도 급우들 사이에서 눈에 띌 만큼 끌어모으는 복잡한 상황을 자주 연출했고, 몇몇 교사가 교묘하게 개입해 그가 총학생회장으로 선출되지 못하게 두 번이나 막아내야 했다. 그는 거들먹거리는 걸음걸이로 걸었다. 다른 소년들은 그의 신체적인 우월함과 아이답지 않게 사악한 태도, 우렁찬 목소리 때문에 그를 지지했다. 그런 조잡함이야말로 부모가 지켜보지 않는 곳에서 살아가는 집단의 소년들에게 한결 인상 깊은 특징이었다.

그렇다고 세인트 베네딕트의 교사들이 세지윅을 향한 희망을 포기했다는 말은 아니다. 사실 교사의 경력은 세지윅처럼 어려운 학생들 덕분에 더욱 빛을 발하는 데다가 인간은 원래 아무리 승산이 적어도 궁극적인 갱생을 향한 희망을 버리지 못하는 법이다. 나는 다른 교사들과 마찬가지로 세지윅을 향한 기대를 버리지 않았다. 그가 발작처럼 비행을 저지르고 부진한 성적을 보여도 계속 해서 훈육하고 개선할 수 있는 기회를 엿보았다.

그러나 세지윅이 4학년이 되고 내가 상급반 교무부장이 되었을 때 그가 변하지 않을 것이 분명해졌다. 적어도 이 학교에 있는 동안에는 아니었다. 그는 막강한 신분에도 주립대학에 입학하지 못했고, 1949년 봄 대운동장 북쪽 끝에 세운 무대 위에서 나는 패배감을 느끼며 마침내 그에게 졸업장을 건넸다. 그는 무대로 올라오며 못마땅해하는 내 시선을 풀 죽은 눈빛으로 마주했고, 다시 터벅터벅 걸어가 친구들 사이에 앉았다.

¶

38년 후 〈리치먼드 가제트〉에서 세지윅 벨이 당시 미국에서 두 번째로 큰 기업이던 이스트아메리카 철강의 회장직에 올랐다는 기사를 읽고 나는 조금 놀랐다. 세인트 베네딕트 학교가 가장 어려움을 겪었던 해인 1987년 겨울 어느 아침에 동쪽으로 향한 교감 관사 식당에서 신문을 읽다가 우연히 그 기사를 접했다. 다들 알다시피 세인트 베네딕트는 당시 어려운 시기를 지나고 있었고, 기부자를 계속 찾아다니는 일이 내 업무의 꼴사나운 면이었다. 나는 곧바로 세지윅에게 편지를 썼다.

세지윅의 급우가 그의 동향을 학교 신문 〈베네딕틴〉에

기고했던 5~6년의 세월을 제외하면 나는 그 소년의 졸업 이후 소식을 거의 듣지 못했다. 물론 세인트 베네딕트는 졸업생의 근황을 주기적으로 추적하는 편이었기 때문에 그의 소식이 뜸한 건 아주 이례적인 일이었다. 그래서 연간 동창회보에 그의 근황이 실리지 않은 것도 그의 뜻이었다고 추측할 수 있었다. 누구나 한 소년의 특징이 어른이 되어서도 어느 정도나 남아 있을지 궁금해한다. 우리나라 정치인과 정책결정자, 산업 분야 최고책임자의 반바지 시절과 교실 안 장난질을 안다는 것은 세인트 베네딕트 교사의 귀한 혜택이었기에, 나는 약간의 향수를 느끼며 세지윅에게 편지를 썼다고 인정해야겠다.

훌륭한 학교라면 헌신적인 교사에게 아량을 베푸는 게 당연한 일이듯이 세지윅이 졸업한 후 내 경력도 꾸준히 풍부해졌다. 세지윅이 떠나고 10년 후 나는 상급반 교무부장에서 진학반 교무부장으로 승진했고, 거기서 10년 후에 다시 학습부장이 되었다. 누구는 이를 강등이라 생각하겠지만 나는 한 세대의 지성에 영향을 끼칠 기회라 여기며 이 자리를 경건하게 받아들였다. 당시 이 나라는 전통을 거부하는 격통을 겪고 있었고, 나는 한 세기의 소년들에게 고대 문명의 흥망성쇠를 가르치는 교과과정을 지켜내야 한다는 임무에 특별한 다급함을 느꼈다.

당시 교사들과 운영위원회는 오랜 세월에 걸쳐 유효성을 증명한 학교 교과과정을 바꾸려는 시도들로 압박감이 컸고, 그만큼 각 진영의 원한이 가득했다. 교과과정 논의는 전쟁터에 나가는 것과 같았고, 신임교사 채용은 새 왕을 등극시키는 일과 같았다. 누구라도 퇴직하거나 다른 학교로 옮겨갈 때마다 서로 다른 분파끼리 채용에 영향력을 행사하려고 이를 악물고 싸웠다. 앞서 말했듯이 나는 학습부장이었기 때문에 당연히 내 참호 주변에서 이러한 소규모 접전이 끊임없이 벌어졌다. 상대적으로 작은 인선을 위해 더 큰 자리의 인선은 힘을 모으는 척했을 뿐 사실은 포기한 채로 싸웠다.

특히 우리나라가 길을 잃었던 그 10년을 통과하는 어느 시점에 세인트 베네딕트 학교는 교차로에 이르렀다. 인문학부장이 퇴직하자 그의 후임 자리를 놓고 찰스 엘러비와 외부 후보 사이에 격전이 벌어졌다. 회의가 소집되고 내 친구 찰스와 외부 후보가 교사들과 운영위원들에게 공약을 발표했다. 자세한 이야기는 하지 않겠지만, 당시 외부 후보는 우리 사회가 진보한 만큼 역사는 과거의 유물이 되어버렸다고 주장했다.

오, 얼마나 시야가 좁았던 시대였던가! 두 진영이 예배당에 마주 앉았고, 각 후보가 차례로 연단에 올라가 전쟁을 벌였다. 논쟁은 곧바로 과거 역사가 얼마나 타당한가로 나아갔다. 교사들이 차례로 여러 세대에 걸친 역사 교육의 중요성을 주제로 논쟁을 벌였고, 각 주장은 야유와 환호를 받았다. 분위기가 달아올랐다. 꽤 힘 있는 어느 운영위원이 청바지와 홀치기 염색 티셔츠를 입고 회의에 나타났고, 몇 시간 논쟁 끝에 다들 기진맥진한 틈을 타 연단에 오르더니 내게 개인적으로 도전장을 내밀었다. 나는 곧장 그와 로마 역사 교육의 장점을 주제로 논쟁을 벌였다.

그는 웅변가가 아니라 호소로 시작했는데, 그가 고대 역사를 향한 공격을 마쳤을 무렵 나는 찰스 엘러비와 역사 자체를 위한 나의 싸움이 패배했음을 감지했다. 마음이 무겁게 가라앉았다. 교사들 사이에서도 이기지 못한다면 도대체 누구와 싸워 이길 수 있단 말인가? 좌중이 침묵했고 예배당 반대편에 앉은 우리 적수들이 하나둘 가까이 모여앉기 시작했다.

그러나 내가 연설할 차례가 되어 자리에서 일어났을 때 승리가 내 손에서 완전히 벗어나지는 않았음을 감지했다. 나는 특별히 웅변적인 사람은 아니었지만, 머리 위 장미꽃 무늬 창의 호박빛 광채를 받으며 성단소 난간에 자리를 잡고 서자 갑자기 역사적인 위인들이 나를 자신의 수호자로 삼아 연단으로 내보냈다는 확신이 들면서 힘이 났다. 찰스가 입술을 깨물고 나를 올려다보았다. 오래전 〈크라이어〉에 실었던 대답이 기억났다. 그 말들이 입 밖으로 막힘없이 흘러나왔고, 연설을 끝냈을 때 나는 우리가 이겼음을 알았다. 세인트 베네딕트 시절 가운데 가장 자랑스러운 순간이었다.

교사들 사이에 표가 지독하게 갈렸지만 결국 찰스 엘러비가 인문학부장이 되었고, 우리는 함께 꿈꿔온 일들을 펼칠 수 있게 되었다. 우리는 고전 교육에 두 배의 노력을 투입했다. 대격변의 시대에 고전 교육을 지키는 일은 무엇보다 중요했고, 아마 그 덕분에 세인트 베네딕트는 그 10년과 향후 10년을 무사히 보낼 수 있었다. 우리의 운은 완만한 곡선을 그리며 오르내림을 반복했고, 나는 이미 오래전부터 그런 변동에 익숙했다. 우리 학생들은 각종 스포츠 대회에서 우승했고, 소소한 추문과 이따금 생긴 비극을 견뎌낸 뒤 좋은 대학으로 진학했다. 공화당이 정권을 잡을 때 학교 기부금이 올라갔고, 민주당이 정권을 잡을 때 학생들의 역량이 올라갔다. 벨 상원의원의 명성은 쇠락했고 몇 년 후 그가 세상을 떠났다는 기사를 읽었다. 그 후 나는 교감이 되었다. 몇 년 전까지만 해도 특별한 일이 전혀 없었는데, 1980년대 후반 일부 투자 실수가 일어났고 기부금도 감소했다.

그 무렵 우드브리지 교장은 일흔네 살이 되었고 꽤 원기 왕성한 사람이었다. 그런데 5월의 어느 일요일 아침 학교 전체가 예배당에서 기다리는 동안 자기 침대에서 눈을 뜬 채로 죽었다. 곧바로 그의 후임을 둘러싸고 복잡미묘한 비잔틴식 싸움이 벌어졌다. 그때까지만 해도 내가 교장 자리를 탐낸다고 해서 잘못된 점은 전혀 없었다. 교장 자리를 향한 애착도 없이 한 학교에 40년 넘게 근무하는 사람은 없을 것이다. 그러나 우드브리지 교장의 죽음은 워낙 갑작스러웠고, 나 또한 어떤 준비도 되어 있지 않았다. 당연히 더는 젊지도 않았다. 나는 사실 카이사르가 브루투스와 카시우스에게 그랬던 것처럼 나보다 젊은 적수들을 과소평가하는 바람에 내 이점을 놓쳤다고 생각한다.

며칠 동안의 물밑 작업 후 가장 강력한 경쟁자가 찰스 엘러비임이 드러났을 때도 나는 놀라지 말았어야 했다. 알고 보니 찰스는 이미 몇 년 전부터 교장 자리를 두고 조직적으로 내부 운동을 벌여왔고, 내가 아무리 그를 영원한 동지이자 친구로 생각해왔을지라도 운영위원회 첫 회의에서 그는 나를 향한 비난의 연설을 시작했다. 그는 내가 너무 늙었고 시대에 맞춘 변화에 실패했으며 내 교육 방법이 40년 전에는 적절했을지 몰라도 지금은 그렇지 않다고 말했다. 또 교장은 활력이 필요한데 내겐 활력이 없다고도 말했다. 나는 그가 연설하는 내내 그를 쳐다보았지만, 그는 내 쪽으로 눈길 한 번을 주지 않았다.

나는 당연히 상처를 받았는데, 직업적으로나 내 마음 깊은 곳에서나 언제나 찰스 엘러비를 과거의 장엄함을 향한 평생의 탐구 작업에 동반자로 생각해왔기 때문이다. 연로한 교사 몇 명이 찰스를 향해 야유를 보냈을 때 힘이 났다. 바로 그때 교장직을 향한 내 노력이 혼자만의 것이 아니고 단지 뒤처졌을 뿐임을 깨달았기에 방어 연설을 하지 않고 그냥 회의장을 떠났다. 어느새 저녁이 되었고 나는 동지들과 함께 공동식당으로 걸어갔다.

인생을 건 싸움을 하면서 아이들과 함께 식사한다는 건 얼마나 대단한 일인지! 교복 차림의 학생들이 생선튀김 접시와 식빵 그릇 사이를 지나가는 동안, 속임수를 모르는 그들의 우아함이 내 심장을 꿰뚫고 지나갔다. 이 아이들은 얼마나 빨리 세상의 진실을 보게 될까? 얼마가 지나서야 내가 언제나 그들에게 가르쳐주고자 했던 것들이 단지 날짜와 이름이 아님을 이해하게 될까? 누구도 소나기구름처럼 교사들의 머리 위를 덮친 근심을 알아보지 못한 것 같았다. 입맛을 잃은 아이도 없어 보였다.

식사를 마치고 교감 관사로 돌아왔다. 내가 아직 동지라고 생각하는 이들과 내 진로에 대해 상의하기 위해 준비하려던 참이었다. 시작도 하기 전에 누군가 문을 두드렸다. 찰스가 붉어진 뺨을 하고 서 있었다. "몇 가지 물어봐도 되나?" 그는 숨 가쁘게 말했다.

"질문은 내가 해야 할 것 같은데?" 내가 대답했다.

그는 불쑥 들어와 내 테이블 앞에 앉았다. "자넨 결혼한 적이 없지, 헌더트?"

"이봐, 찰스. 난 자네가 예비학교에 다닐 때부터 세인트 베네딕트에 있었어."

"그래, 그렇지." 그는 과장되게 지루한 척하며 말했다. 그는 당연히 내가 결혼한 적이 없고 가족을 이룬 적도 없음을 알았다. 나는 언제나 역사만으로 충분했다. 그는 뭔가를 생각하는 것처럼 머리를 문질렀다. 나는 지금도 여전히 그가 곧 입 밖에 낸 사실을 어떻게 알았는지 궁금하다. 내가 상원의원을 찾아갔던 일은 세지윅이 말해주지 않았다면 그로선 도저히 알 수가 없었다. "이봐. 자네 책상 서랍에 권총이 있다는 소문이 있어."

"말도 안 되는 소리."

"그럼 서랍을 열어보겠나?" 그가 서랍 쪽을 가리키며 말했다.

"아니, 그러진 않겠네. 난 20년간 이곳의 부장으로 일했어."

"그럼 이 집에 권총이 없다는 말인가?"

그는 나를 빤히 내려다보았다. 그러나 그는 기개가 부족한 사람이었고 곧 시선을 돌렸다. 나의 단호한 시선에 그가 굴복하고 말았을 때 나는 교장직이 내 것이 되었다고 믿었다. 내 생각에 정치권력의 상당 부분과 그에 따라 국가가 그리는 포물선도 지성의 발전이나 사회적 책무에 따라 오르내리는 게 아니라, 찰스와 내 경우처럼 테이블에 둘러앉은 이들 사이의 단순한 기 싸움에서 발생한다. 이런 관점은 역사상 충분히 검토되지 않은 미개척 분야지만 나는 여기에 오랫동안 매혹되었다.

나는 책상 서랍을 열고 무기를 휘두르지 않았는데, 그래봤자 내겐 아무런 의미도 없고 당연히 찰스에게 주도

권만 뺏겼을 것이기 때문이다. 나는 무기의 존재를 부인했다. 이유는 나도 모른다. 나는 역사 교사일 뿐 최고의 엔진을 가진 무기가 아니라서 그랬을까? 반면 찰스는 시대를 지나가는 일시적인 도덕을 향한 잔소리꾼에 불과했다. 그는 자기 물건을 챙겨서 내 집을 떠났다.

그날 저녁 나는 서랍에서 권총을 꺼냈다. 세공된 손잡이에 녹 자국이 보였다. 화려한 솜씨에도 이제 그 무기는 비율이 형편없고 뭉툭하며 폭력적이고 역사의식도 빈약한 남자의 조악한 도구가 되었음을 똑똑히 보았다. 심지어 벌컥 화나 내는 선동정치가 벨이 이 물건을 억지로 떠안겼을 때도 딱히 원하지 않았고, 권총이 나의 단호함을 증명해줄지 모른다는 막연한 감상으로 가져왔었다. 언젠가 극적인 순간이 오면 이 총을 발사할 거라고 늘 상상해왔던 것 같다. 그러나 지금 이 무기는 무기력한 순간에 내 앞에 놓여 있다. 나는 그것을 제자리에 되돌려놓고 저주했다.

그날 밤 무기를 다시 서랍에서 꺼내 외투 주머니에 숨긴 채 교정에서 가장 먼 가장자리로 걸어갔다. 거기서 2킬로미터 가까이 떨어진 습지를 건너가 신발을 벗고 졸졸 흘러가는 파사믹강의 그림자 속으로 걸어 들어갔다. “주사위는 던져졌다”고 말한 뒤 총을 던졌다. 총은 20미터쯤 날아가 물속에 떨어졌다. 교장직을 향한 마지막 장애물을 뛰어넘고 물가로 걸어 나왔다. 휘파람을 불며 집으로 돌아와 잘 준비를 하며 옷을 갈아입을 무렵까지만 해도 나는 황홀에 빠졌다.

그러나 그날 밤 나는 잠을 이루지 못했고, 다음 날 아침에 일어나 교직원 회의에 갔을 때는 불굴의 용기가 어느새 내 어깨 밑으로 미끄러졌음을 느꼈다. 종말은 언제나 조용히 숨죽인 채 다가오는 법! 교무실 앞 복도에서 교사 대부분이 내게 말도 건네지 않고 줄지어 안으로 들어갔다. 교무실로 들어가자 나는 확신이야말로 권위의 시작이자 끝이라는 과거의 가장 기본적인 교훈을 놓치고 말았다는 생각에 사로잡혔다. 지금 생각해보니 나는 권총을 강물에 집어 던지는 순간 이미 확신을 잃고 패배할 운명이었다. 세지윅 벨이 무수한 세월이 지난 후 갑자기 일어나 나를 다시 밑으로 끌어내리는 것만 같았다. 실제로 회의가 시작되자마자 연로한 교사들이 나를 향한 지지를 철회했고, 젊은 교사들이 맥빠진 짐승을 에워싸듯 내 주변으로 몰려왔다. 망토 차림 남자들 사이에서 단검을 만나는 편이 더 나았을지도 모른다. 그날 오후 네 시에 한때 내가 인선을 도왔던 동료이자 고대 학문 애호가였던 찰스 엘러비가 교장으로 임명되었고, 그달 말에 그는 내게 퇴직을 요구했다.

¶

세인트 베네딕트 학교에서의 날들을 마무리하기 위해 준비하고 있을 때 세지윅 벨의 답장을 받았다. 기쁘게도 잘 쓴 편지였고 원망의 흔적도 없었다. 이는 모든 교사가 무례했던 학생들이 성인이 되었을 때 보고 싶어 하는 모습이었다. 세지윅은 편지를 끝맺으며 이스트아메리카 철강으로 연락해달라고 했고, 그날 오후 나는 그에게 전화를 걸었다. 비서에게 내 이름을 말하고 두 번째 연결된 비서에게도 이름을 알리고 나서, 세지윅의 애써 순수한 척하는 인사를 들었을 때 곧바로 40년 전 그의 아버지와 통화했을 때가 떠올랐다.

세상을 떠난 그의 아버지를 향한 조의와 함께 가벼운 안부를 나누고 나서 그는 내 편지에 답장한 이유를 설명했다. 그는 요즘도 가끔 미스터 율리우스 카이사르 대회에서 재시합을 벌이는 꿈을 꾸는데, 만약 내가 그 행사에 동의한다면 세인트 베네딕트 학교에 상당한 금액을 기부할 뜻이 있다고 말했다. 당연히 나는 농담이라고 생각하고 아주 재치 있는 대답으로 그의 말을 받아넘겼지만, 그는 재시합을 반복해서 말했다. 또한 디팩 메타와 클레이 월터와 다시 무대에 서고 싶다고 했다. 지금 생각하면 그때 나는 놀라서는 안 되었다. 위대한 인물을 끌고 가는 힘은 정확히 이런 종류의 어린 시절 모욕이었으니까. 나는 곧 은퇴할 예정이라고 말했다. 그는 연민의 뜻을 표했지만, 준비할 시간이 생길 테니까 내가 그 행사를 주관하는 게 이상적이라고 말했다. 그리고 자기 인생에서 지금 이 시기는 물질적으로 원하는 건 뭐든 가질 수 있는 여유가 있다고 덧붙였다. 이는 당연히 연례 기금마련 행사에 기부할 생각이 있음을 암시했다. 그러면서 무엇보다 자신의 지적 명예를 회복할 기회를 갖고 싶다고 말했다. 나는 그의 입바른 말에 넘어가고 말았다.

그는 내게도 개인적으로 상당한 금액을 제시했다. 그때까지만 해도 나는 경제에 별 관심이 없는 삶을 살아왔는데, 그제야 학교 관사와 식당에서 살 시간이 끝나가고 있음을 뚜렷하게 자각했다. 찰스 엘러비가 교장으로 있는 동안에 쓰일 기부금을 확보하는 데 열정을 쏟고 싶진 않았지만 내게도 돈이 필요했고, 또 한편으로 연례 기금마련 행사를 생각하자 학교를 향한 깊은 충성심도 올라왔다. 그날 저녁 나는 시험문제를 준비하기 시작했다.

교감으로 재직하면서 몇 년 동안 내가 사랑해 마지않았던 로마 역사를 가르치지 않았다. 그래서 수많은 노트를 열심히 살피는 것은 마치 어린 시절 집으로 돌아가는 일과 같았다. 나는 여러 문서 사이에서 자주 멈추었다. 어린 데릭 보크가 기말 과제로 쓴 '디오게네스 연구'를 다시 읽었고, 제임스 왓슨이 휘갈겨 쓴 '아르키메데스의 방법론'도 다시 읽었다. 미술 과제물 사이에서 존 업다이크가 모사한 클레오파트라의 오벨리스크를 발견했고, 추상표현주의 화가 로버트 마더웰이 목탄으로 그린 카라칼라 황제의 욕장 그림도 발견했는데 안타깝게도 두 조각으로 찢어져 더는 가치가 없었다.

나는 언제나 부지런히 기록을 보관하는 사람이었기에 거의 반세기 전 클레이 월터와 디팩 메타와 세지윅 벨에게 준 시험문제를 놀랍도록 정확히 복원해냈다고 확신한다. 대회 문제를 내기 위해 필요한 자료를 모으는 데 겨우 이틀 저녁이 걸렸다. 너무 열심히 하는 것처럼 보이고 싶지 않아 일부러 며칠 기다렸다가 세지윅에게 편지를 보냈는데, 그는 곧바로 내게 연락했다.

자기 한 몸 건사하려고 고생하는 사람의 눈에는 우리 산업계의 수장들이 눈앞의 임무를 거침없이 해치워나가는 모습이 실로 놀라워 보이는 법. 세지윅과 통화한 다음날 아침, 그의 비서 두 명과 대외협력팀 직원 한 명, 그리고 뉴욕 여행사의 직원 한 명이 각각 전화를 걸어왔다. 두 달 후인 7월 말에 행사가 잡혔다고 전달받았다. 행사는 이스트아메리카 철강이 소유한 캐롤라이나 아우터 뱅크스 앞의 어느 섬에서 열릴 예정이었고, 나는 세지윅의 학급 전체가 초대받을 수 있도록 학교 자료실에서 찾은 명단을 보냈다.

하지만 나는 중간에 낀 은퇴 시기에 대비가 되지 않았다. 얼마 남지 않은 학기 일정이 재빨리 지나갔고 어느

새 학생들은 기말고사를 치르고 있었다. 나는 되도록 내 미래를 생각하지 않으려고 애썼다. 6월 졸업식에 나를 위한 작은 순서가 마련되었지만, 찰스 엘러비가 주관한 그 행사를 보고 있으려니 목구멍에서 구리 맛이 올라왔다. "우리는 사랑하는 헌더트 선생님에게," 그는 이렇게 시작했다. "작별을 고합니다." 그는 내 쪽으로 팔을 뻗은 채 청중 쪽을 응시했다. 그러고는 양복 차림의 사업가들과 양산을 쓴 숙녀들과 세인트 베네딕트 교복을 입은 학생들과 교회용 정장을 입은 아이들과 나처럼 교장의 겉치레에 몸서리치는 사람들을 보며 내가 학교에서 보낸 세월을 향수 어린 추억으로 포장하기 시작했다.

하지만 그 또한 얼마나 쏜살같이 지나갔는지! 이윽고 상장을 수여하고, '아름다운 베네딕트여, 영원하라'를 부르고, 자작나무가 저 멀리 습지 가장자리 쪽으로 좁다란 그림자를 드리우자 졸업생들이 앞으로 나와 졸업장을 받았다. 어머니들이 눈물을 훔쳤고, 동창들은 젖은 눈으로 섰고, 졸업생들은 공중에 사각모를 던졌다. 이후 다들 교장이 마련한 축하연 자리를 향해 흩어졌다.

지금 생각하면 나도 그 자리에 갔어야 했다. 내 경력의 마지막 순간이었던 그 자리를 놓쳤다는 사실은 찰스 엘러비보다 오히려 나에게 훨씬 더 큰 타격이었다. 게다가 재학 중에 역사의 벌침에 쏘인 적이 있는 소수의 졸업생은 당연히 나를 그리워하거나 적어도 내 불참을 의아하게 생각했다. 나는 남은 오후를 관사에서 보냈고 저녁에는 습지를 따라 산책했다. 어느 농부가 피운 모닥불에서 나는 연기 냄새와 멀리서 들려오는 졸업 축하연 소음이, 교육을 향한 대단하고도 서글픈 자부심으로 내 가슴을 가득 채웠다. 학생들은 나 없이 한 번 더 세상 속으로 건너가고 있었다.

다음 날 부모들이 학생들을 데리러 속속 도착했다. 소형버스가 공항과 기차역으로 학생들을 실어 날랐고, 관리인이 여기저기 돌아다니며 라크로스 골대와 야구 야외석을 일으키고, 길쭉한 검은색 스프링클러 호스를 트랙터 뒤에 싣고 들판으로 나갔다. 그날 대부분과 다음 날을 서재 책상에 앉아 창밖으로 퇴직 이틀째의 학교가 새만 가득한 오후의 낯설고 차분한 공간으로 시계태엽처럼 천천히 감겨가는 모습을 바라보았다. 학생들은 모두 떠났고 또다시 나만 홀로 여름의 기이한 고요 속에 남았다. 서류철과 책을 제외한 몇 가지 소지품을 짐으로 쌌고, 다음 날 관리인이 우드미어까지 태워주었다.

거기서 나는 냇 터너*의 후손이 운영하는 멋들어진 빅토리아시대 하숙집을 구했다. 내가 이제 막 은퇴한 교사라고 소개하자 하숙집 주인이, 이 집은 원래 탈출한 노예들을 환영하는 전통이 있다고 농담했다. 나는 그 농담에 진심으로 웃는 내 모습에 놀랐는데, 덕분에 집주인과

* 1831년 버지니아주 노예 반란을 주도한 인물

곧바로 친해질 수 있었다. 우리는 월세를 협상했고, 나는 위층으로 올라가 혼자만의 새로운 삶을 계획하기 시작했다. 나는 일흔한 살(정말로 교장이 되기엔 너무 늙은 나이였다)이었지만 여전히 저녁 식사 전에 5킬로미터는 걸을 수 있었고, 자유의 몸이 된 첫날 오후에도 그렇게 걸었다. 그러나 막상 저녁이 되자 내 정신은 무너지고 말았다.

다행히도 내겐 준비할 행사가 있었다. 그 일마저 없었다면 처음 며칠 낮과 밤을 견딜 수 없었을 것이다. 나는 옛 기록을 여러 차례 반복해 훑어보면서 까다로운 질문들을 뽑아냈다. 그러나 그 일도 하루에 몇 시간밖에 하지 못했고, 늦은 오전이 되면 내 눈은 벌써 지쳐버렸다. 객관적으로 말하자면 그해 여름의 출발은 다른 해와 다를 바가 없어야 했지만, 달랐다. 저녁을 먹으러 내려가는 길에 계단 밑에 걸린 거울로 내 모습을 보게 되면 속으로 생각하곤 했다. '저게 너냐?' 다시 내 방으로 돌아가는 길에는 '지금은 뭐냐?'라고 생각했다. 형제자매에게 편지를 썼고 가끔은 제자들에게도 편지를 썼다. 하루가 느릿느릿 지나갔다. 나는 지역 도서관에서 사람들과 안면을 텄다. 은퇴한 철도 직원과 알고 지냈는데, 그는 나만큼이나 넓고 안전막까지 있는 하숙집 베란다에 나가 앉아 있는 걸 좋아했다. 나는 몇 차례 버스를 타고 워싱턴까지 나가서 박물관을 돌며 시간을 보냈다.

그러나 여름이 무르익는 동안 마음속에 어떤 두려움

이 생겨났고 그것을 무시하려고 부지런히 걷고 박물관에 찾아가고 책을 읽었지만, 세지윅 벨이 그 행사를 까맣게 잊었으면 어떡하나 겁이 나기 시작했다. 마을 외곽을 따라 긴 오솔길을 걷는 도중에 별안간 그런 생각이 떠올랐고, 파사믹강에 도착해 잠시 쉬었다가 다시 하숙집으로 돌아올 때면 세지윅에게 연락하고 싶은 충동과 싸워야 했다. 나는 몇 번이나 아래층에 있는 전화기 쪽으로 갔고, 두 번은 편지를 쓰기도 했지만 부치지는 않았다. '그가 고작 나를 놀리려고 그 모든 수고를 감내했을 리가 없어.' 그렇게 생각했지만 세지윅이 세인트 베네딕트에 다니던 때를 떠올리면 갑자기 더 암울한 우울이 달려들곤 했다. 나는 반세기 전에 일어난 사건들을 다시 생각해보기 시작했다. 대회 도중에 세지윅에게 정면으로 맞서야 했던 걸까? 아니, 다른 학생보다 좋은 점수를 줘서 본선에 진출하게 한 일부터 잘못된 걸까? 벨 상원의원에게 목소리를 높였어야 했나?

그러나 7월 초에 세지윅의 비서가 드디어 전화했고, 나는 집행유예를 선고받은 기분이었다. 비서는 연락이 늦었음을 사과했고 음식과 숙소에 관한 내 취향을 몇 가지 묻더니 3주 후에 자동차가 와서 나를 윌리엄스버그 공항까지 데려갈 거라고 전했다. 공항에서 이스트아메리카 철강 소속 제트기가 나를 태우고 샬럿까지 갈 것이고, 거기서부터는 헬리콥터를 타고 섬으로 이동할 거라고 했다.

헬리콥터라니! 한 달도 안 되어 나는 6인승 헬리콥터 앞에 섰다. 헬리콥터는 머리부터 꼬리까지 이스트아메리카 철강의 초록색과 황금색으로 표장을 칠하고 뒷바퀴 위쪽 돌출 부분에 붉은색과 흰색, 파란색을 칠해 번쩍번쩍 광이 났다. 50년 동안 세인트 베네딕트 학교에 재직했으면서 특권에 어느 정도 친숙해지지 않은 교사는 없을 것이다. 그럼에도 헬리콥터가 나를 태우고 샬럿의 탑승장을 출발해 잠시 공중을 맴돌다가 이윽고 앞코를 낮추고 동쪽으로 선회해 완만한 언덕을 올라 삼각파도가 펼쳐진 해협 위로 나갔을 때 나는 한 번도 느껴보지 못한 낯선 흥분을 맛보았다. 수천 년 전 아우구스투스 카이사르도 가마를 타고 거만하게 테베레강을 지나갈 때 이런 감정을 느꼈을 것이다. 이런 감정을 젊은 시절 느껴봤다면 내 인생은 얼마나 달라졌을까? 나는 자료를 품에 꼭 끌어안았다. 헬리콥터 회전날개가 마치 쑤셔놓은 벌집처럼 윙윙거렸다. 섬에 도착해서 높은 층에 자리한 스위트룸을 배정받았다. 방에는 바다가 내려다보이는 창문과 발코니가 있었다.

아동기 교육의 미래라든지 미국 노년층의 곤경을 주제로 회의를 열어도 지금 이곳에 온 사람의 10분의 1도 모을 수 없을 것이다. 그러나 특권층이 사유지 섬에서 놀이를 벌이려고 한다면 그저 이런저런 준비만 하면 되는 문제였다. 내 방 창가에 서서 헬리콥터가 해협을 왕복하며 미국에서 가장 큰 기업과 대학과 정책기관의 인물들을 섬에 실어 나르는 장면을 지켜보았다.

아, 옛 제자들을 보는 기분이란 얼마나 대단한지! 잠시 후 나는 직접 비행장으로 건너갔고, 헬리콥터가 착륙장에 내려앉고 제자들이 하나둘 휙휙 돌아가는 회전날개를 피해 양복 옷깃을 붙잡고 밖으로 나올 때마다 내 직업이 얼마나 대단한 특권이었던가 새삼스럽게 깨닫곤 했다.

그날 저녁 다 함께 모여 식사했고, 제자들은 나를 위해 건배하며 차례로 내 자리로 건너왔다. 그들은 몇 번이나 내게 어서 식사를 계속하라고 재촉해야 했다. 세지윅 벨이 내게 느릿느릿 다가와 매력적이고도 겸손한 태도로 이스트아메리카 철강의 사무실 책상에 보관하고 있었다는 로마 역사 낱말 카드를 보여주었다. 이윽고 세지윅이 겸손한 태도를 벗어던지더니 연단으로 나가 걸걸한 목소리로, 세인트 베네딕트 시절의 온갖 장난질과 비행을 언급하며 축배를 들었다. 나는 한 번도 들어본 적이 없는 이야기였지만 제자들은 일제히 발을 구르고 휘파람을 불며 맞이했다. 8시 45분에 제자들이 일제히 바닥에 포크를 떨어뜨렸고 나도 모르게 눈물을 흘렸다.

그러나 무엇보다 인상적인 부분은 그들의 얼굴에 너무도 명백하게 40년 전 1학년 시절의 간절한 표정이 드러난 점이었다. 마틴 블라이스는 한국전쟁에 장교로 참전했다가 다리 절반을 잃었고 지금은 급우들에게 절룩거리는 걸음걸이를 감추려고 애썼지만, 내 수업 시간 때와 똑같이 이마를 찡그리고 있었다. 아시아 역사 교수가 된 디팩 메타는 살짝 구부정한 모습으로 걸어왔지만, 눈을 아래로 깔고 말하는 모습은 여전했다. 급우들보다 신체적으로 우월해 보이는 클레이 월터는 광고업계 인사답게 이탈리아제 양복과 악어가죽 구두를 신고 돌아다녔지만, 여전히 아무것도 하지 않는 부류 속으로 금세 끌려 들어갔다.

그러나 모두의 관심을 한 몸에 받은 이는 당연히 세지윅 벨이었다. 그는 중년을 지나면서 살이 붙고 정수리가 벗겨졌으며, 교묘하게 감추기는 했지만 귀에 피부와 같은 색의 보청기가 끼어 있는 게 보였다. 그는 마치 예언가처럼 사람들 사이를 누비고 다녔다. 그가 다가가면 사람들의 얼굴에 생기가 흘렀고 테이블마다 그의 관심을 사려고 경쟁하는 모습도 보였다. 그는 한 사람의 등을 토닥이며 다른 사람의 귀에 대고 속삭였고, 손을 잡고, 어깨를 움켜잡고, 동창 아내들의 입술에 입을 맞추었다. 그의 걸음걸이는 단호했고 내가 보기엔 그 직위다운 진지함보다는 편안함이 배어 있었는데, 테이블 사이를 돌아다닐 때의 발걸음은 익살스러웠다. 그는 행사의 주최자였고, 이는 마땅히 그가 해야 할 역할이었다. 그의 웃음은 거침없었다.

나는 제자들끼리 아래층에서 즐겁게 놀라고 일찍 자러 갔고, 침대에 누워 그들의 노래와 홍청거리는 소리를 들었다. 그들이 나를 놀리고 흉보는 시간을 보내지 않을 거라고는 생각하지 않았다. 당연히 예상할 수 있는 일이었고 실제로 내가 자리를 비켜준 이유 가운데 하나기도 했다. 아래로 내려가 연회장 밖에서 무슨 소리를 하나 몰래 엿듣고 싶은 생각도 들었지만, 그러지 않았다.

다음 날은 뱀처럼 뻗은 섬의 후미와 해변을 산책했고, 잔디 구장에서 테니스를 치고, 숙소 뒤 작은 내륙호에서 나무배를 타고 노를 저으며 보냈다. 사람은 얼마나 빨리 사치에 적응하는가! 남자들과 여자들이 갑판형 테라스와 해변과 건물 안뜰을 한가롭게 오가며 물개처럼 햇볕을 쬐고, 주인이 아낌없이 내준 것들을 게걸스럽게 먹었다.

내 경우는 제자들이 돌아가며 나를 즐겁게 해주느라 혼자 있을 시간이 거의 없었다. 나는 디팩 메타와 함께 해변을 걸었고, 그가 학문의 길을 통과해 컬럼비아대학교 교수 자리에 앉기까지의 이야기를 들었다. 분명히 그의 성공은 희생을 치렀을 것이다. 내 눈에는 꽤 건강하게 보였지만 그는 최근 가벼운 심장발작을 일으켰다고 말했다. 그러나 그런 이야기를 제자와 나누는 건 편치 않아 아무 말 없이 이 놀라운 사실을 들어넘겼다. 나중에 클레이 월터가 테니스장으로 데려가 공 맞히는 법을 가르쳐주었는데, 이 구경거리를 놓치지 않으려고 손님들 한 무리가 떠들썩하게 관중석으로 모여들었다. 그들은 클레이의 과장된 익살에 소리를 질러댔고, 내가 네트 너머로 공을 보낼 때마다 발을 구르며 환호했다. 오후에는 마틴 블라이스가 나를 보트에 태우고 호수로 나갔다.

당연히 세인트 베네딕트는 다른 학교보다 학생들의 삶에 훨씬 더 심오한 영향을 미쳤지만, 그렇다 해도 마틴이 기우뚱거리며 노를 저어 호수 한가운데까지 나가서는 노를 걸이에 내려놓고 내게 늘 묻고 싶었던 게 있다고 털어놓았을 때는 기분이 이상했다.

"그래, 말해보게."

그는 손으로 머리카락을 쓸어넘겼다. "디팩과 클레이와 함께 거기 있어야 했던 사람은 '저'인 거죠? 그렇죠, 선생님?"

"설마 여태 그 일을 생각하는 건 아니겠지?"

"그냥 그때 무슨 일이 있었는지 가끔 궁금했어요."

"그래, 자네가 거기 있어야 했지."

아, 어린 시절의 모욕을 쉽게 잊을 수 있다고 생각한다면 인간을 얼마나 제대로 이해하지 못한 것인지! 마틴이 빙긋 웃었다. 그는 그 이야기를 더 꺼내지 않았고, 내가 40년 전 세지윅 벨을 위해 그를 누락시킨 이유를 설명하는 게 좋을지 어떨지 혼자 따져보는 사이 배를 돌려 호수 기슭으로 돌아갔다. 그의 의혹을 확인해준 것만으로도 충분히 만족한 것처럼 보여서 나는 더 이상의 말을 보태지 않았다. 그는 한반도에서 전쟁이 벌어졌을 때 공군 소령으로 참전했지만, 그가 호수 기슭에 배를 대는 동안 나는 그를 고통으로부터 구해냈다는 분명한 느낌을 받았다.

실제로 그날 저녁, 숙소의 작은 강당에 손님들이 모여들고 디팩 메타와 클레이 월터, 세지윅 벨이 미스터 율리우스 카이사르 선발대회를 재현하기 위해 무대에 자리를 잡았을 때 마틴 블라이스의 얼굴에서 전에는 한 번도 보지 못한 편안함을 엿볼 수 있었다. 그는 이마를 찡그리지 않았고, 다들 한쪽 양말 위로 솟은 색칠한 나무 의족을 볼 수 있게 다리를 꼬고 앉았다.

순간 오래전 그날, 내게 가장 집중했던 학생들은 내 앞의 무대에 앉았던 그들이었음을 깨달았다. 그들은 상황이 내 쪽에 유리하게 흘러가는 걸 보고도 가만히 놔두었다. 그 생각은 몹시 오싹했지만, 마음에서 몰아내고 마이크 앞으로 걸어갔다. 그날 오후 다시 한번 준비해온 자료를 검토했고 처음 한 차례의 질문은 외워서 물었다.

관중은 묘기를 놓치지 않았다. 내가 열다섯 명의 황제 이름을 순서대로 줄줄 외운 뒤 이 중 빠진 사람이 누구냐고 클레이에게 물었을 때 휘파람과 발 구르는 소리가 들려왔다. 내가 "주사위는 던져졌다"라는 카이사르의 말을 조심스럽게 라틴어(Iacta alea est.)로 발음하며 세지윅에게 어떤 상황에서 이 말이 나왔는지 설명해보라고 했을 때는 환호성이 터졌다. 그는 몇 달 동안 이 대회 준비를 하며 오후를 보냈다고 내게 말했는데, 이 질문을 받자 빙긋 웃었다. 물론 제자들은 그때처럼 토가를 입지는 않았다. 하지만 나는 그들이 토가를 입었으면 하고 바랐는데,

세지윅의 미소가 잦아들고 그가 잠시 머뭇거리다가 대답했을 때는 갑자기 불안이 솟구칠 만큼 기시감이 느껴졌다. 그러나 세월이 많이 흐른 지금, 세지윅은 똑바로 청중석을 보면서 학자 같은 분위기로 정답을 말했다.

머지않아 클레이가 탈락했고, 이번에도 그때처럼 세지윅과 디팩 사이의 막상막하 경합이 벌어졌다. 나는 세지윅에게 카이사르의 파르살루스 전투와 타프수스 전투를, 콘스탄티노플을 향한 권력 변동을, 귀족과 평민 사이 전쟁을 물었다. 디팩에게는 포에니 전쟁과 이탈리아 정복, 공화정의 몰락을 물었다. 물론 디팩은 대학에서 역사를 공부해온 게 분명하므로 더 유리한 입장이었지만, 세지윅의 굳은 투지가 내 마음을 움직이기 시작했다. 전날 저녁 세지윅이 수줍게 역사 암기용 낱말 카드를 보여주던 모습이 떠올랐고, 지금 마이크 앞에 서 있으려니 오래전 관둔 그를 향한 애정이 되살아나는 것만 같았다.

"로마군이 트라시메노 호수에서 궤멸된 것은 몇 년의 일일까요?" 나는 세지윅에게 물었다.

그는 잠깐 머뭇거리다가 답했다. "기원전 217년입니다."

"훗날 스키피오 아프리카누스 장군이 된 사람은 누구일까요?"

"푸블리우스 코르넬리우스 스키피오입니다." 디팩 메타가 차분하게 대답했다.

내 경험으로 미루어 사고력을 향한 열정은 청소년기

훨씬 전에 뿌리내리기 때문에 영리하지 못한 소년이 영리한 어른으로 자라는 일은 흔치 않다. 그러나 세지윅 벨은 확실히 그 일에 성공한 것처럼 보였다. 그는 침착한 학자 같은 분위기로 대답했다. 나는 단순한 역사적 사실에 감동하는 사람을 좋아하기 때문에 세지윅에게 던질 다음 질문을 머릿속으로 정리하는 동안 혹시 내가 그의 소년 시절 게으름을 과장했던 건 아닐까 하고 생각했다. 그는 세인트 베네딕트 시절 자신의 진가를 제대로 발휘하지 못했던 건 아닐까? 그가 무릎에 팔꿈치를 괴고 무대에 앉아 나를 유심히 쳐다보았다. 나는 어려운 질문을 던져야겠다고 결심했다. "벨 회장님." 내가 말했다. "기원전 102년에 로마를 침략한 부족은 누구일까요?"

세지윅의 눈빛이 멍해지고 양복 입은 어깨가 움츠러들었다. 그때까지 그는 미국에서 영향력 있는 인물 중 한 사람이었고 나는 그의 성장을 기꺼워하고 있었다. 그런데 그는 갑자기 오래전 무대 위에 앉아 있던 겁먹은 소년의 모습으로 돌아갔다. 기억은 얼마나 힘이 세던가! 나는 또다시 그를 배신한 사람이 바로 나일까 봐 두려웠다. 그는 머리에 손을 올리고 생각했다.

"천천히 하세요." 내가 말했다.

청중석이 웅성대기 시작했다. 그는 산만하게 계속 머리 옆을 만졌다. 헤라클레이토스는 한 사람의 성격이 곧 그의 운명이라고 말했는데, 그가 손으로 관자놀이께를 만

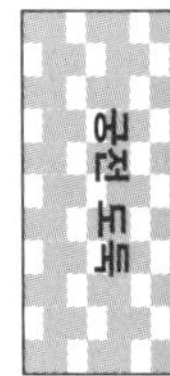

지는 순간 나는 그의 귀에 꽂은 피부 색깔 장치가 보청기가 아니라 내 질문에 대한 정답을 수신받는 장치임을 깨달았다. 속이 메스꺼웠다. 당연히 증거는 없지만, 나는 이런 상황을 정확히 예상했어야 하지 않을까? 그는 머리를 매만지며 깊이 생각하는 척했는데, 이때 나는 그가 보여주기라도 한 것처럼 상황을 정확히 파악했다. "테우토네스족." 그가 더듬거리며 덧붙였다. "그리고 이건 그냥 찔러보는 건데 킴브리족?"

나는 오래도록 그를 바라보았다. 그 순간 그는 내가 무슨 생각을 하는지 알았을까? 모르겠다. 관중들 앞에서 참을 수 있을 만큼 오래 기다린 끝에 나는 목청을 가다듬고 그의 답이 맞았다고 인정했다. 환호성이 터졌다. 그는 손을 흔들며 환호를 물리쳤다. 솔직하게 말하는 게 내 임무임을 알았다. 나 또한 그와 함께 저지른 도덕적 태만을 벗겨내는 것이야말로 교사로서 내 임무임을 알았다. 그러나 동시에 나는 동요와 패배감의 물살에 휩쓸리고 있었다. 그 소년이 기어이 나를 다시 쥐고 흔들었다. 그는 손짓 한 번으로 환호를 잠재우려고 했지만, 오히려 박수 소리만 더 커졌다. 내가 끝내 원칙대로 하지 못했던 건 순전히 그 떠들썩한 관중의 함성 때문이었다고 말할 수는 없을 것이다. 갑자기 오늘 이 자리는 세인트 베네딕트 시절과는 다르다는 생각이 들었다. 우리는 어느 주요 인사가 자신의 화려한 영지에서 개최한 행사의 손님이고 그를 폭로한다면 꽤 심각한 행위가 될 것이다. 나는 돌아서서 관중을 조용히 시켰다.

세지윅 벨의 옆자리에서 디팩 메타가 체념한 자의 어두운 눈빛으로 나를 쳐다보았다. 어쩌면 그도 사실을 알아챘거나 오래전부터 전부 알고 있었을지 모르지만, 어쨌든 나는 그저 다음 질문을 던졌다. 그가 정답을 말하면 다시 세지윅에게 다음 질문을 던지는 것 말고는 달리 할 수 있는 일이 없었다. 이제 다시 디팩에게, 다음은 세지윅에게, 또 디팩에게, 이렇게 내가 세지윅의 속임수를 알아챈 다음 세 차례 질문을 던질 무렵 어떤 생각이 불쑥 떠올랐다. 나는 세지윅을 향해 물었다. "슈트루크나훈테가 누구지요?"

청중석에서 몇 명이 웃음을 터뜨렸고 세지윅이 대답을 생각하는 동안 점점 많은 이들이 웃음에 가세했다. 누구인지 몰라도 그의 귀에 대고 말하는 용병 교수는 이번 문제의 답을 모르는 게 분명했다. 세인트 베네딕트에 다니지 않았다면 슈트루크나훈테를 들어본 적이 없을 것이다. 잠시 후 세지윅은 눈에 띄게 불편해하기 시작했다. 그는 다리를 들고 양말 쪽을 긁었다. 웃음이 커졌고, 이윽고 포식자 무리에서 살아본 적 없는 아내들이 남편들을 자제시키려고 애쓰는 소리까지 들려왔다. "어이, 벨!" 누군가 외쳤다. "빌어먹을 문을 봐!" 다시 웃음이 터졌다.

순간 내 심장은 어쩌자고 그를 위해 피를 흘렸을까?

그도 웃으려고 애썼지만, 반은 억지웃음이었다. 그는 자세를 바꿔가며 양복 입은 팔을 흔들어보고 도저히 모르겠다는 표정으로 낄낄 웃는 청중을 바라보다가 턱을 당겨 긴장한 얼굴로 말했다. “음, 디팩이 정답을 안다면 이번 대회도 ‘그의’ 승리가 되겠네요.”

곧바로 이어진 요란하게 발 구르는 소리와 휘파람에 묻혀 디팩의 대답은 거의 들리지 않을 정도였다. 세지윅을 제외한 모든 동창이 교실 문 위에 걸린 헨리 스팀슨의 명판을 떠올렸던 게 분명했다. 그러나 이상하게도 나는 실망감을 느꼈다. 디팩이 웃으며 정답을 말하고 자리에서 일어났을 때 나는 세지윅의 얼굴에 스쳐 간 혼란과 뒤이어 깜박이는 공포를 보았다. 그는 멈칫거리며 자리에서 일어났다. 순간 그의 성격상 부정의 원인은 언제나 공포였음을 분명하게 깨달았고, 어쩔 수 없이 교사로서 내가 예전에 그의 우둔함을 확신시키려고 얼마나 애썼던가도 떠올랐다. 나는 그날을 저주했다. 그러나 그는 곧바로 미소를 짓고 나를 무대 위로 부르더니 연극적인 태도로 우승자를 축하하러 갔다.

다음에 일어난 일을 어떻게 설명할 수 있을까? 선발대회가 그날 저녁 행사의 끝이라고, 심지어 가장 중요한 순서라고 생각했던 나는 얼마나 순진했던가. 세지윅 벨은 디팩 메타에게 줄 트로피를 가져오고 다음으로 나를 위한 트로피를 가져와서는 완전히 달라진 모습을 보여주었다.

그는 다시 연단으로 가더니 손님들에게 집중해달라고 요청했다. 그는 날카롭게 마이크를 두드렸다. 이윽고 오래전 라디오에서 들은 적이 있는 그 목소리로, 버드나무처럼 길게 끄는 제 아버지의 음성으로, 크게 시작했다가 갑자기 속삭이듯 바꾸는 현란한 말솜씨로 우리나라의 문제에 관해 연설을 시작했다. 재능이 덜한 사람이라면 목소리를 높였을 순간에 그는 성량을 뚝 떨어뜨리는 유능한 웅변가였다. "우리는 전 세계를 향한 문을 열어젖혔습니다." 그는 천둥 같은 소리로 말했다가 잠시 쉬고 거의 중얼거림에 가깝게 뚝 떨어진 소리로 말했다. "그런데 지금 이 세상은 우리를 완전히 발가벗겼습니다." 그는 손동작을 취했다. 처음에는 웃었던 청중들도 이제 진지해졌다. "우린 너무나 오랫동안 너무나 많은 것을 퍼주기만 했습니다." 그가 말을 이었다. "우리는 이 나라의 납세자들을 조금도 배려하지 않는 이들에게 재정 주도권을 넘겨주었고, 역사상 우리의 역할을 더 이상 이해하지 못하는 자들에게 도덕 정책을 맡겼습니다." 이 대목에서 그는 나를 가리켰지만 나는 그의 시선을 똑바로 바라보지 못했다. "우리는 가정의 도덕 교육을 포기했습니다." 급우들 사이에서 군데군데 환호가 떠돌았고 이 대목에서 나는 하마터면 무슨 말을 입 밖에 낼 뻔했다. "우리나라가 위험한 바다 위를 떠돌게 했습니다." 이제 환호는 더 진심이 되었다. 이윽고 그는 목소리를 다시 낮추고 애원이라도 하듯 고개를 떨구더니 자기는 미합중국 상원의원에 출마할 예정이라고 발표했다.

나는 어쩌자고 놀랐을까? 그 소년은 어린 시절부터 권력의 외피에 너무 가까이 서 있어서 권력의 그늘이 그 시절 집처럼 익숙했을 텐데 말이다. 그가 알았던 궁전에는 미덕이 차지할 자리가 없었다. 나는 다른 이유도 아닌 동창들에게 정치 헌금을 받기 위해 마련한 자리에 미스터 율리우스 카이사르 선발대회의 재대결을 궁리해냈다는 사실에 수치심을 느꼈다. 그의 야망을 미리 깨닫지 못했다는 사실 때문에 여전히 나 자신을 책망할 따름이었다. 그의 웅변 솜씨나 신체적인 조건이나 확신 넘치는 태도는 충분히 지도자의 재능을 담고 있었고, 그는 그 재능을 쓰고 있었다. 그가 반바지 교복 차림으로 내 교실 문간에 서서 급우들을 잠잠하게 만들었던 그 첫날부터 나는 이 일을 예상했어야 했다. 그는 이미 국정에 강력한 힘을 행사하고 있었고 가문의 뻔뻔함을 즐겼으며 역사를 맹목적으로 무시했다. 그래서 역사 속에서 자신이 맡은 역할을 두려워하지 않았다. 당연히 내가 오래전에 알아봤어야 했던 일이 최고조에 이른 순간이었다. 청중이 일어서서 환호했다.

박수가 잦아들자마자 그의 뒤쪽에서 커튼이 올라갔고 밴드가 〈딕시〉를 노래하기 시작했다. 옆문에서 웨이터들이 나타났고 오케스트라 자리에서 댄스 무대가 펼쳐졌다. 세지윅 벨이 무대에서 아래로 뛰어내리더니 친구들에게 갔다. 그들이 세지윅을 에워싸고 아우성쳤다. 그는 친구들의 어깨를 두드리고, 아내들에게 입 맞추고 속삭이고 웃고 고개를 끄덕였다. 수표책들이 밖으로 나왔다. 웨이터들이 어깨 위로 쟁반을 들고 샴페인을 날랐고, 여자들이 댄스 무대 가장자리에 핸드백을 내려놓고 남편들의 품으로 향했다. 나는 그 모습을 지켜보다가 옆문으로 빠져나가 숙소로 돌아갔다. 손님들이 체념한 채 춤을 추는 모습은 내가 아는 진실과 견딜 수 없이 상충했기 때문이다. 내 감정이 어땠을지 상상할 수 있을 것이다. 밤늦도록 소음이 들려왔다.

당연히 남은 기간 나는 세지윅 벨을 피하기로 마음먹었다. 그날 밤 나는 끊임없이 벌어졌던 인류의 부정과 악행, 배신의 역사를 마음속으로 훑었다! 잠을 이루지 못했고 몇 번이나 창가로 가 떠들썩한 술자리 소음을 들었다. 유리창 앞에 서 있으려니 쫓겨난 군주가 첨탑에 갇힌 채 발코니 아래로 지나가는 가짜 군주의 행렬을 내려다보는 기분이 들었다.

그러나 내 확신은 금세 시들기 시작했다. 주인을 피하겠다고 마음먹자마자 그를 향한 내 의심이 정확한지 확신이 들지 않았다. 다른 생각들이 떠올랐다. 그가 어떤 짓을 저질렀는지 내가 어떻게 확신할 수 있단 말인가? 게다가 내게 어떤 증거가 있는가? 그날 밤 멀리서 들려오는 축하연 소리를 들으며 내 의심이 점점 터무니없게 느껴졌고 고요한 아침이 찾아오자 혼란스러워지기까지 했다. 나는 아침 식사를 걸렀다. 제자들이 하나둘 내 방에 들러 안부 인사를 건넸을 때도 나는 세지윅 벨이 대회에서 보여준 모습이나 상원의원 출마 선언에 관한 언급을 한사코 피했다. 그날은 혼자서 해변을 산책했는데, 그때까지도 그 사건에 대한 나의 판단력이나 제자들을 향한 나의 분별력을 믿지 못했기 때문이다. 오후 내내 섬 건너편에 있는 작은 만에 혼자 있었다.

온종일 세지윅 벨과 대화하지 않았다. 사실 다음 날 저녁까지 그를 피했다. 그때쯤 되자 손님들이 거의 섬을 떠났고, 육지로 가는 헬리콥터를 기다리며 탑승장에 서 있었더니 그가 작별 인사를 하러 다가왔다. 그가 걸어오며 내게 플랫폼에서 물러나라고 손짓했지만, 나는 못 본 척하고 계속 하늘만 쳐다보았다. 갑자기 반짝이는 헬리콥터가 파도 너머에서 급히 내려와 해협을 휘젓더니 잠시 공중에 멈추었다가 이내 성조기 색깔 돌출 부분이 땅에 닿게 우리 앞에 내려앉았다. 바람과 굉음이 한 사람을 내동댕이칠 수 있을 만큼 강력했고, 세지윅이 자석처럼 내 쪽으로 끌려오는 것 같았지만 나는 물러서지 않았다. 결국 그가 내 쪽으로 달려왔고, 옷깃을 부여잡은 채 고개를 숙이고는 내게 손을 내밀었다. 나는 주저하다 그 손을 잡았고, 헬리콥터 회전날개가 우리 양복 소매를 마구 흔들었다. 그 순간을 충분히 예상했고 무슨 말을 할지도 지난 밤에 다 생각해두었다. 나는 그를 향해 몸을 숙였다. "자네, 언제부터 귀가 잘 안 들렸나?" 내가 물었다.

그의 미소가 사라졌다. 그 소년의 마음속에서 내가 어떤 존재가 되었는지 상상할 수 없었다. "와, 대단해요." 그가 말했다. "아주 대단해요. 선생님이 알아챘을지도 모른다고 생각했어요."

지금 생각하면 별 의미가 없지만, 내 의혹은 꽤 다정하게 입증되었다. 내가 헬리콥터 사다리에 발을 올렸을 때 그는 한 번 더 나를 제 쪽으로 잡아당기더니 어두운 눈빛으로 내 눈을 똑바로 들여다보았다. "그리고 '당신'도 하나도 변하지 않았네요." 그가 말했다.

¶

그랬던가? 헬리콥터가 이륙하고 저 멀리 해안선을 가린 구름층을 향해 서쪽으로 돌았을 때 나는 신중하게 상황을 분석해보았다. 숙소의 나무 첨탑이 점점 작아지다가 이내 나무 사이로 사라지자 생각하기가 훨씬 쉬워졌다. 그 섬에 있는 모든 것이 그 남자의 절대적인 권력에 물들어 있었다. 나는 자리에 앉은 채 긴장을 조금 풀었다. 어떤 이는 내가 이 상황에 적절히 대처했다고 말할 수도 있을 것이다. 무죄인 사람에게 유죄를 선고하는 것보다 유죄인 사람을 무죄로 풀어주는 쪽이 덜 극악무도하다고 생각하는 게 우리 사법 제도의 자랑이 아니던가? 게다가 대회 중에 세지윅 벨의 부정행위를 입증할 증거가 전혀 없었다.

그러나 우드미어로 돌아오자 시간이 남아돌았고 얼마 지나지 않아 그날의 사건이 고스란히 떠오르기 시작했다. 널빤지를 깐 오솔길을 따라 강으로 갈 때나 해가 질 녘 베란다에 나가 산들바람을 맞을 때면, 그날의 결말이 달라졌다면 우리 모두에게 훨씬 더 유익했을 거라는 생각이 들곤 했다. 또다시 나는 확신에 실패했다. 내 생각이 어리석은 위로일 뿐임을 잘 알았지만, 그날 내가 취해야 했던 올바른 행동을 생생하게 상상했다. 내가 원칙을 옹호하는 소리가 들렸다. 무대 위 그의 자리를 향해 단호하게 걸어가는 내 모습이 보였다. 그 교활한 피부색 장치를 손에 들고 청중을 향해 걸어가는 내 모습이 보였다. 더듬거리는 그의 목소리가 들렸다.

그러나 어떤 행동도 하지 않은 나의 무력함을 조롱하듯 그의 선거운동 기사가 신문에 보이기 시작했다. 국내 정치에 원한과 앙심이 난무하던 해였고, 웨스트버지니아주의 선거운동은 차라리 검투사들의 난투극에 가까웠다. 현직 의원은 세지윅 벨만큼 배반에 능숙했고, 나는 아침 차를 마시며 그들의 싸움을 훑어보았다. 세지윅은 현직 의원을 "입만 열면 거짓말, 행동은 사기꾼"이라고 비아냥댔고, 현직 의원은 세지윅을 더 나쁜 말로 공격했다. 공항에서 양쪽 선거운동원들이 마주치면 꼭 주먹싸움이 벌어졌다.

그 모습에 혐오감이 들었지만 구미가 당기기도 했다. 개인적으로 현직 의원을 응원하고 있었으면서 세지윅 벨이 주도하는 공격이 시간순으로 정리된 뉴스를 볼 때마다 한편으론 환호했다. 어쩌다 이렇게 되었을까? 우리 모두 기본적으로는 미덕이 없는 동물에 지나지 않는 걸까? 우리는 그저 과열만을 추구하며 살아가는 존재일까?

말할 것도 없이 그해 가을은 내 생애 가장 힘든 시기였다. 학생들을 육상경기 대회장에 실어나르는 세인트 베네딕트 학교 버스가 우드미어 하숙집 옆을 우렁차게 지나가던 때는 특히 힘든 나날이었기에 상원의원 선거에 내 관심이 분산되었던 건 어쩌면 건강한 일이었을지도 모른다. 정말이지 내겐 주의를 분산할 곳이 필요했다. 운동장에 나와 있는 100여 명의 학생들 소리를 듣지 않고 조용히 나뭇잎이 변해가는 모습을 지켜보고, 나무통 안에 든 사과 냄새를 맡는 일을 더는 견딜 수가 없었다. 산책길은 점점 길어졌고 몇 번은 과감하게 강을 건너 습지 가장 깊숙한 곳까지 갔다. 거기 서면 저 멀리 세인트 베네딕트의 모습이 희미하게 보였다. 이런 행동은 별로 좋지 않다는 것을 알았다. 그래서 그해 10월 말 세지윅 벨이 버지니아주 경계 근처에 있는 석탄 광산 광부조합 강당에서 선거운동을 벌인다는 기사를 읽었을 때 직접 가서 연설을 들어봐야겠다고 결심할 수 있었다.

어쩌면 그때 이미 그 소년은 내게 일종의 강박(우리 상처를 치료할 가장 얇은 붕대는 바로 시간임을 나는 누구보다 잘 알고 있었기에 이 강박을 인정한다)이 되었겠지만, 한편으론 선거가 눈앞으로 다가왔고 모두의 자연스러운 관심사가 되어 있었다. 세지윅 벨은 승산이 적은 약자에서 어느새 도전자 자리에 올라섰다. 이제 선거의 승패가 전적으로 노동계 표심에 달리게 되자 세지윅은 귀족의 아들이자 막강한 기업의 회장이면서도 노동자의 대변자 역할을 자처했다. 신문 기사를 통해 나는 세지윅이 특유의 목소리와 태도에 도움을 받았다는 소식을 주워들었고, 노동자들이 세지윅에게 넘어가기가 참 쉽겠다고 생각했다. 나는 그 소년의 카리스마를 잘 알았다.

그날이 왔고 나는 점심을 싸서 여행을 갔다. 버스가 구불구불한 계곡을 따라 서쪽으로 향하는 동안, 미리 연설 장면을 그려보면서 지금 이 시점에 세지윅 벨이 굳이 나를 보고 싶어 할까 궁금했다. 확실히 나는 세지윅에 관련된 어떤 진실을 대표하는 사람이지만 동시에 그가 주변 사람들을 속여 넘겼던 그 기만의 일부분이 되어버렸다는 생각도 들었다. 제자들은 언제나 세계라는 무대 위에 올라 멀리멀리 뻗어갔다. 그러나 나는 언제나 그들을 바꾸어내길 간절히 소망했다. 버스가 일찍 도착하는 바람에 광부조합 강당에 들어가 기다렸다.

정오 직전 광부들이 하나둘 강당에 들어왔다. 무엇을 예상했었는지 모르지만, 나는 그들이 정말로 방금 광산 밖으로 걸어 나온 것처럼 보여 놀랐다. 먼지 묻은 얼굴에 단단한 안전모를 쓰고 허리에 장갑과 연장 벨트를 둘렀다. 나는 아무 생각 없이, 지금은 없애버린 세인트 베네딕트 재킷을 입고 갔다. 기자들도 하나둘 안으로 들어오기 시작했고, 정오를 알리는 호루라기가 울릴 무렵에는 강당에 사람들이 넘쳐났다.

호루라기 소리가 잦아들자 세지윅이 타고 온 헬리콥터 소리가 들렸고, 순간 문 너머로 공중에 뜬 먼지 돌풍이 보였다. 내가 소년 시절을 잘 아는 그 남자는 참으로 영리했다! 헬리콥터에 군사용 위장 무늬를 새로 칠했지만, 뒷바퀴 위 돌출 부분은 예전 모습 그대로 빨간색과 흰색, 파란색의 성조기 색깔이었다. 헬리콥터가 지상으로 30센티미터 가까이 내려왔을 때 그가 뛰어내려 강당으로 뛰어 들어오자 박수갈채가 터졌다. 선거운동원들이 계단부터 연단까지 줄지어 섰고, 현수막과 깃발이 드리운 연단 위에 마이크가 서 있었다. 세지윅이 군중을 지나 연단으로 향하는 동안 광부들이 서로 가까이 가겠다고 몸싸움을 벌였다. 그들은 그가 쓴 안전모에 주먹을 부딪쳐 인사하고 그의 손과 어깨를 향해 손을 뻗는 등 전차 경기장에 나온 로마인들처럼 환호했다.

앞서 자세히 말한 적이 있으므로 그의 웅변 솜씨는

군이 말할 필요가 없겠다. 그가 계단에 이르러 연단으로 향하다가 층계참에서 한 번 멈춰 서서 손을 흔들었고, 다시 끝까지 올라가 머리 위에 내걸린 깃발을 향해 경례했을 때 군중 사이에 한바탕 환호성이 휩쓸고 지나갔다. 그 순간 나는 그가 선거운동에 성공했고, 광부들은 그가 자신들의 편이라고 생각한다는 사실을 깨달았다. 그가 연설을 시작하고 간간이 광부들의 환호가 끼어들었다. 그들의 관심을 상원의원 자리로 끌고 가기 위해 그가 내건 공약은 충분히 예상 가능한 것들이었다. 그는 연설의 대가였다. 나도 모르게 팔을 높이 쳐들었다.

그 강당에는 500명 정도가 모여 있었지만, 세인트 베네딕트 재킷을 걸치고 머리에 안전모를 쓰지 않은 사람은 단 한 명이었다. 그러므로 몇 분 지나지 않아 그의 선거운동원 한 사람이 내 옆에 나타나 후보자가 나를 연단으로 모시고 싶어 한다고 말했을 때 놀라서는 안 되었다. 순간 세지윅 벨의 시선이 잠시 내 얼굴 위에 머무르는 게 보였다. 그의 입술에 미소가 스쳤지만, 곧바로 시선을 돌렸다.

개인전 말고 다른 전투 방법은 없는 걸까? 그때 세지윅 벨은 자신의 어린 시절 악마로 남아 있을 내게 기꺼이 정치적 미래를 걸고자 한 걸까? 그가 다시 내 쪽을 보고 바닥을 가리키는 동작을 취하자 그의 선거운동원이 내 팔을 잡아끌며 연단 쪽으로 데려갔다. 우리가 지나가자 군중이 길을 터주었고, 환호하는 광부들이 잘 알지도 못하면서 손을 뻗어 내 손을 잡고 흔들었다. 정말이지 격렬한 감정이 솟구쳤다. 나는 계단을 올라 세지윅 옆에 있는 더 작은 마이크 앞에 섰다. 저토록 환호하는 군중 위에 선다는 건 얼마나 대단한 일인지! 세지윅이 손을 들자 군중이 환호했고 손을 내리자 조용해졌다.

"오늘 이 자리에 제 인생에서 감히 헤아릴 수 없이 중요한 분이 오셨습니다." 그가 자기 마이크에 대고 나지막이 말했다.

환호성이 일었고 몇 명은 휘파람을 불었다. "감사합니다." 나는 내 마이크에 대고 말했다. 안전모 500개의 푸른색 안감이 일제히 내 쪽으로 올라오는 게 보였다. 심장이 터질 것만 같았다.

"이분은 제 역사 선생님입니다." 그가 말하자 군중이 다시 환호하기 시작했다. 플래시가 터졌고 나는 본능적으로 연단의 앞쪽으로 움직였다. "헌더트 선생님은," 그가 외쳤다. "45년 전 리치먼드 센트럴 고등학교에서 저를 가르치셨습니다."

나는 잠시 후에야 그가 뭐라고 말했는지 간신히 깨달았다. 그는 박수를 치면서 동시에 아래에 모인 사람들에게는 틀림없이 나를 향한 존경의 뜻으로 보이도록 고개를 숙였다. 핏줄마다 피가 마구 내달렸다. "잠시만요." 나는 내 마이크 쪽으로 뒷걸음질 쳤다. "나는 당신을 버지니아주 탤리우드에 있는 세인트 베네딕트 학교에서 가르쳤지요. 여기 재킷이 있잖아요."

내가 재킷을 들어 올리려는 순간 세지윅이 재빨리 연단을 가로질러 다가와 내 손을 잡아채더니 제 손과 함께 번쩍 들어 올렸다. 그날의 행사 가운데 그 자세가 광부들의 열렬한 환호를 받았다고 해서 역사의 흐름에는 어떤 의미도 없을 것이다. 내가 마이크에 대고 말하려고 할 때 세지윅이 손짓을 보내자 선거운동원 한 사람이 내 마이크 전원을 꺼버린 일도 별로 중요하지 않다. 확신 없이는 역사를 바꿀 수 없기 때문이다. 내가 '실제로 말했다'는 사실을 아는 것으로도 충분하고, 세지윅도 마침내 내가 말할 것을 깨달았다는 사실이 분명한 위안이 되어주었다.

세지윅은 광부들에게 자신도 그들 중 한 사람이라고 어쨌든 확신을 심어주었기에 선거에서 적지 않은 승리를 거두었다. 그들은 무지했고, 그들이 세지윅의 약삭빠른 대중영합주의 수사를 좋아했다고 해서 그들을 비난할 수는 없다. 나는 다음 날 아침 〈가제트〉에 실린 사진을 따로 보관했다. 제 아버지에게 물려받은 대중영합주의자의 매력을 뿜어내며, 자랑스러우면서 동시에 어리숙한 미소를 짓고 있는 어느 노인의 팔을 번쩍 치켜든 상원의원 벨의 사진이었다.

나는 여전히 우드미어에 살고, 파사믹강 너머로 세인트 베네딕트 학교의 뾰족탑이 보이는 높은 언덕으로 가는 오솔길을 발견해 이따금 그곳을 찾아간다. 매일 두 번씩 산책하며 이 생활에도 이제 익숙해졌다. 심지어 이런 생활을 좋아하게 되었다. 예전에는 무시했던 고대 일본 문명도 읽고, 제자들도 자주 찾아온다.

최근 어느 오후에 디팩 메타가 찾아와 함께 브랜디를 나눠 마셨다. 작년 가을의 일이다. 그는 언제나 그랬듯이 조용한 소년이었고, 소파에 앉은 지 얼마 되지 않아 그에게서 대화의 부담감을 덜어주려고 텔레비전을 켜야 했다. 마침 상원 사법위원회가 당시 유명했던 청문회를 개최하고 있었다. 우리 두 사람은 청문회를 보면서 고개를 끄덕이거나 카메라가 의장과 나란히 앉은 세지윅 벨을 비출 때마다 껄껄 웃었다. 나는 브랜디를 마음껏 따랐고, 디팩은 세지윅이 마이크 쪽으로 몸을 숙이고 증인에게 질문할 때마다 그의 허세 가득한 남부 억양을 흉내 내곤 했다. 나는 그런 행동을 부추길 수는 없었지만, 굳이 말리지도 않았다. 디팩이 술잔을 비우자 한 잔 더 따라주었다. 소년 시절을 아는 남자와 어느 날 술을 마시는 일이야말로 교사의 삶이 주는 가장 큰 기쁨일지도 모르겠다.

그래도 나는 우리가 실제 그랬던 것보다 더 많은 대화를 나눌 수 있었으면 좋았겠다고 생각한다. 그러나 교사와 제자 사이에는 언제나 삼가는 태도가 있어야 한다고 생각하기도 한다. 디팩은 또 한 번 가벼운 심장발작을 일으켰다고 말했지만, 더 자세히 캐묻는 건 적절하지 않은 것 같았다. 내 쪽에서 먼저 세지윅 벨 이야기를 꺼내 볼까 싶었지만, 교사가 되어서 제자와 다른 제자 이야기를 나누는 건 옳지 않다는 느낌이 들었다. 디팩 또한 당연히 세지윅에 관해 알고 있겠지만, 그도 세인트 베네딕트에서 배운 도덕관에 따라 내 앞에서 세지윅 이야기를 꺼내지 않았다. 우리는 세지윅이 증인에게 질문하는 모습을 지켜보았고 이윽고 의장의 귀에 대고 속삭이는 모습을 보았다. 우리 둘 다 그의 우세한 모습에 놀라지 않았는데, 내 생각에는 우리가 역사를 배운 사람들이기 때문이다. 그러나 우리는 이를 두고도 아무런 의견을 나누지 않았다. 나는 여전히 디팩이 무슨 말이라도 더 물어봐 주길 바랐고, 그래서 계속 그의 술잔을 채워주었다. 그가 내게 "그 나이에 혼자 살기가 어떤가요?"라고 물어봐 주길, 또는 "헌더트 선생님은 제 인생을 바꿔주셨습니다"라고 말해주길 바랐다. 그러나 디팩은 그런 말을 할 사람이 아니다. 한 사람의 성격은 쉽게 변하지 않는다. 그럼에도 어쩌다 고개를 숙인 그의 머리에 햇빛이 내려앉는 모습을 볼 때 제자들 가운데 가장 조용했던 소년 디팩도 이제 노인이 되었음을 깨닫고 화들짝 놀라고 말았다.

1993년 128호

엄청난 깊이의 지혜, 수수께끼, 치밀함

로리 무어

이 길고 운명에 사로잡힌 이야기가 이선 캐닌을 미국의 거장으로 만들었다. 작가의 탁월한 시간 처리 능력(때로는 삶을 송두리째 폭발시켰다가 순차적으로 조금씩 짜 맞추어가며 경험의 진정한 의미를 유려하게 드러낸다)은 엄청난 깊이와 지혜, 건축적인 복잡성을 지닌 소설을 탄생시켰다.

〈궁전 도둑〉의 서사는 삶을 약화하는 여러 얽매임을 돌이켜보는 한 남자의 회한에 찬 목소리로 이루어져 있다. 그는 고행길에 나선 수도승처럼 도덕이라는 거친 베옷을 걸치고 극단적으로 좁은 프로크루스테스의 침대 끝에 앉아 있다. 감옥과 감방과 노예제도 같은 비유가 이야기 속에 등장한다. 그러면서 이 남자의 생계뿐만 아니라 전반적인 정신세계를 구성해온 부유층과 권력층을 향한 섬김을 강조한다. 남자가 자기연민이 부족한 점은 일종의 맹점인데, 그가 고대 로마에 전문 지식을 갖춘 인물이라는 영리한 우연을 독자들은 놓치지 않는다. 캐닌은 자신의 주인공을 감성적으로 그리지 않고 오히려 실제 모습보다 더 존경받거나 칭찬받거나 힘 있게 만든다. 이야기는 지배층을 계속해서 황금 궁전에 머무르게 하고, 부자들이 언제나 승리하는 것은 아니라는 어쩌면 우리에게 위안이 되는 선물(또는 그렇게 상상하게 만드는 어떤 요소)을 절대로 허락하지 않는다(우리는 때때로 다윗과 골리앗 이야기에서 다윗이 금세 권력과 힘을 거머쥔 인물이 된다는 사실을 잊는다. 한 인물에게 아무리 작가의 애정이 덧씌워지더라도 그의 왜소함은 그대로 유지되지 않는다). 여기서 우리는 허먼 멜빌을 떠올릴 수도 있다. 《필경사 바틀비》나 《빌리 버드》, 《베니토 세레노》가 이러한 모델일지도 모른다.

캐닌은 화자가 우리의 경외심을 불러일으킬 만한 이미지와 사건을 돌이켜보게 한다. 특히 권력과 사회 계급에 집착하는 사람들뿐만 아니라 봉사와 헌신, 정의를 실천하는 것을 중시하는 사람들을 돌이켜보게 한다. 이는 그들을 박살내고 무너뜨리기 위해서가 아니라 누그러들고 약해진 신념으로 그들을 재조명하기 위해서다. 이야기의 막바지에 이르면 우리는 주인공과 화자보다 훨씬 더 많은 것을 볼 수 있게 된다.

뮤리얼 스파크가 쓴 《진 브로디 선생의 전성기》의 주인공 미스 진 브로디부터 제임스 힐턴이 쓴 《굿바이 미스터 칩스》의 주인공 미스터 칩스에 이르기까지 교사들의 순진함을 그린 선례가 없지는 않다. 하지만 단편소설에서는 꽤 까다로운 일이 된다. 게다가 20세기 미국 특권층의 교사로 산다는 것은 그 자체로 어떤 관점과 수수께끼를 내포한다. 이 긴 이야기가 단 한 사람이 아닌 몇 사람의 삶으로 요약되는 점은 독창적인 성과다. 게다가 여기에는 작가들이 너무나 자주 무시해온 국가적 경험으로서의 공적인 사건과 사적인 사건을 뒤섞는 캐닌만의 특별한 기술이 담겨 있다.

캐닌의 소설은 문학평론가 제임스 우드가 '생기'라고 부른 바 있는 생생한 놀라움이 잘 표현되어 있고, 완벽하게 질감을 살린 문장으로 이루어져 있다. 그는 개인의 삶이 전환되는 순간, 운명을 거스르는 순간, 설명할 수 없는 이유로 등장인물이 드러나거나 해부되는 순간에 관심을 기울인다. 그는 《위대한 개츠비》의 개츠비가 타는 자동차나 《모비 딕》의 주인공 에이해브의 배처럼 시간을 앞으로 돌진시키지만, 그의 인물들은 늙은이의 몸에 깃든 어린아이로 남는다. 가슴 아픈 일이지만, 그는 여기서 이 일을 능숙하게 해낸다.

로리 무어

Lorrie Moore

1957년 뉴욕에서 태어났다. 1997년에 출판된 《그런 사람들만이 여기 있습니다People Like That Are the Only People Here》로 오헨리상을 받았다. 위스콘신대학교 매디슨 캠퍼스에서 인문학과 교수로 30년 동안 학생들을 가르쳤다.

Flying Carpets

하늘을 나는 양탄자

스티븐 밀하우저
Steven Millhauser

1943년 미국 뉴욕의 유대인 가정에서 태어났다. 1965년 컬럼비아대학교에서 문학을 전공하고 브라운대학교에서 박사 과정을 공부하던 중 처음 소설을 썼다. 이 시기에 쓴 소설《에드윈 멀하우스, 완벽하고 잔인한 인생》으로 1975년 메디치상을 받았다. 이후에도 퓰리처상, 래넌문학상 등 다수의 문학상을 받았다. 일상과 초현실의 경계를 허무는 환상적인 분위기의 작품 세계를 구축했다. 단편소설 〈환상마술사 아이젠하임Eiesenheim The Illusionist〉은 2006년 〈일루셔니스트〉로 영화화되었다.

어린 시절 기나긴 여름이 오면 우리의 놀이는 갑자기 불이 붙어 밝게 타오르다가 영원히 사라지곤 했다. 여름은 길고 길어 한 해 전체보다 점점 더 길어졌고, 우리 삶의 가장자리를 넘어 천천히 뻗어나갔지만 그 광활한 순간마다 결국 끝을 향해 다가갔다. 그게 주로 여름이 하는 일이었다. 여름은 금세 끝날 것처럼 감질나게 우리를 놀려댔고 방학이 끝날 무렵이면 언제나 뒤로 길쭉한 그림자를 드리운 채 뚜벅뚜벅 앞으로 걸어갔다. 여름은 언제나 끝이 있었고 그러면서 영원히 이어졌다. 그래서 우리는 놀이에 안달하면서 언제나 새로운 놀이, 더 강렬한 놀이를 찾아다녔다. 8월의 귀뚜라미가 점점 더 큰 소리로 울어대고 여름의 초록빛 가지에 처음으로 붉은 잎이 나타나면 절대로 변치 않는 기나긴 나날이 지루함과 그리움으로 묵직해졌다. 그러는 동안 우리는 절박한 마음으로 새로운 모험을 향해 몸을 던졌다.

양탄자를 처음 본 건 다른 동네 뒤뜰에서였다. 위층 베란다에서 높다란 회색 장대까지 도르래 빨랫줄이 뻗어 있는 2층 주택 모퉁이에 화사한 색깔이 나부꼈다. 그러더니 차고 뒤쪽에서 내 쪽으로 다가오는 양탄자가 얼핏 눈에 들어왔다. 허리 높이까지 자란 옥수수와 토마토가 있는 밭고랑 사이에서 밀짚모자를 쓴 이탈리아 노인들이 괭이질을 하고 있었다. 한 번은 두 채의 회칠한 집 사이에서 쓰레기통 높이로 가볍게 날아가는 양탄자를 본 적도 있다. 길쭉하게 뻗은 띠 모양 잔디밭 끝자락에서였다. 하지만 그것들이 내 눈에 들어왔다고 해서 학교 운동장에서 심심찮게 보았던 줄넘기 놀이나 사탕 가게 뒤쪽에서 나이가 좀 더 든 소년들이 잭나이프를 가지고 벌이는 위험한 놀이를 지켜볼 때보다 딱히 더 흥미롭지는 않았다. 어느 아침에는 우리 동네 뒤뜰에서도 양탄자를 목격했다. 네 명의 소년이 긴장한 채 그 모습을 지켜보고 있었다. 며칠 후 아버지가 지푸라기 색깔의 실로 묶은 긴 꾸러미를 겨드랑이 아래 끼고 퇴근했을 때도 나는 놀라지 않았다. 두꺼운 갈색의 포장지 위로 따끔따끔한 털 오라기가 밖으로 삐져나와 있었다.

생각보다 색깔이 흐릿했고 마법 같은 느낌도 덜했다.

그냥 밤색과 초록색이었다. 갈색에 가까운 밤색 바탕에 진한 녹색의 구불구불한 고리 무늬가 있었다. 양쪽 가장자리에는 굵고 거친 술이 달렸다. 나는 이국적인 새의 깃털처럼 진홍색, 에메랄드색, 주황색으로 빛나는 양탄자를 상상했다. 양탄자 아랫면은 삼베처럼 거친 재질로 덮였다. 한쪽 귀퉁이에 작은 상표가 보였다. 빨간색 원 안에 가운데 선이 살짝 기운 대문자 H가 검은색으로 찍혀 있었다. 나는 뒤뜰에 나가 흐릿한 파란색으로 인쇄된 사용설명서를 들여다보면서 땅에서 가까운 높이부터 조심스럽게 연습을 시작했다. 설명서 종이가 어찌나 얇은지 종이 반대편에 닿은 손가락이 고스란히 비쳐 보였다. 결국, 얼마나 능숙하게 무게중심을 바꾸는가의 문제였다. 양탄자 한가운데에서 조금 뒤쪽에 가부좌를 틀고 앉아 몸을 앞으로 살짝 기울이면 양탄자가 앞으로 갔고, 왼쪽으로 기울이면 왼쪽으로, 오른쪽으로 기울이면 오른쪽으로 갔다. 손바닥을 아래로 오므린 채 팔을 양옆으로 들어 올리면 양탄자가 떠올랐고 팔을 아래로 살짝 내리면 양탄자도 내려갔다. 바닥이 표면의 압력을 느끼면 양탄자가 서서히 멈추었다.

밤이면 양탄자를 둘둘 말아 침대 발치와 책꽂이 사이 좁은 공간에 있는 오래된 퍼즐 상자들 옆에 내려놓았다.

며칠 동안은 마당에서 앞뒤로 날아오르는 연습을 하는 데 만족했다. 꽃사과나무 가지 아래를 지나 노란색 그네와 사다리 사이를 비집고 들어갔다가, 빨랫줄에 걸린 이불보 밑을 지나서 정원 가장자리에 심은 백일초 위로 떠올라 당근밭과 네 줄 옥수수밭 위를 스치듯이 날아갔고, 차고 뒤쪽에 지붕과 기둥만 남은 낡은 닭장의 나무 바닥 위를 오갔다. 그동안 엄마는 걱정스러운 얼굴을 하고 부엌 창문 너머로 그 모습을 지켜보았다. 가슴 위로 팔짱을 낀 채 자전거를 타고 언덕 아래로 질주하고 싶은 마음보다 하늘을 향해 솟구치고 싶은 유혹이 더 강하지도 않았다. 가끔은 땅 위로 움직이는 내 양탄자의 그림자를 보는 쪽이 더 좋았다. 그림자는 나보다 조금 아래쪽에 있었고 한쪽으로 설핏 기울기도 했으며, 가끔은 근처 마당에 드리우기도 했다. 나보다 나이가 많은 소년이 양탄자를 타고 부엌 창문보다 높이 올라가거나 햇볕이 내리쬐는 차고 지붕 위로 날아가는 모습을 지켜보기도 했다.

가끔 내 친구 조이가 제집 낮은 말뚝 울타리를 넘어 우리 집 마당으로 날아오곤 했다. 그러면 나는 조이 뒤를 따라 꽃사과나무 주위를 맴돌다가 사방으로 뚫린 닭장을 통과했다. 조이는 나보다 속도가 더 빨랐다. 훨씬 더 앞쪽으로 몸을 숙이거나 왼쪽이나 오른쪽으로 날카롭게 방향을 틀었다. 심지어 내 머리를 덮치듯이 스쳐 가서 내 위로 잠시 양탄자 그림자가 지나가기도 했다. 어느 날 조이는 타르 종이를 바른 평평한 닭장 지붕에 착륙했고 나도 곧 그 옆으로 갔다. 양손을 엉덩이에 올리고 서서 얼굴 가득 이글거리는 햇빛을 받고 있으려니 높은 뒤뜰 울타리 너머로 지난여름 개구리와 정원 뱀을 사냥했던 공터가 보였다. 잡초가 우거진 공터 너머로는 햇살이 반짝이는 도로를 따라 집들과 전화선이 언덕 위로 이어졌다. 여기저기, 빨랫줄이 널린 뒤뜰마다, 흰색 지붕들 뒤쪽으로, 베란다 난간과 경사진 지하실 위쪽으로, 희미한 무지개를 뿜으며 솟구치는 스프링클러의 둥근 물살 위로, 붉고 푸르고 초록인 양탄자를 탄 아이들이 맑은 공기를 가르며 날아다녔다.

어느 오후 아버지가 출근하고 어머니는 어두운 침실에서 천식으로 축축한 숨을 내뱉으며 누워 있었다. 그 동안 나는 침대 발치에서 양탄자를 꺼내 펴고 거기에 앉아 기다렸다. 어머니가 부엌 창문으로 지켜보고 있지 않을 때는 양탄자를 타지 않기로 약속했었다. 조이는 사촌 메릴린이 사는 다른 도시에 가고 없었다. 메릴린은 에스컬레이터가 있는 백화점 근처에 살았다. 평평한 모양이든 계단 모양이든 에스컬레이터를 타고 올라갔다가 다음 에스컬레이터를 타고 내려와서 다시 올라갔다 내려오는 일은 생각만 해도 지루하고 짜증이 났다. 창문 가리개 너머로 거대한 시계가 째깍거리는 것처럼 날카롭고 쨍한 망치질 소리가 들렸다. 누군가 산울타리를 깎는지 사각거리는 가위질 소리도 들렸는데, 영화에서 본 검투극 장면이 떠올랐다. 날아올랐다가 내려가는 꿀벌이 고르지 않게 붕붕

거리는 소리도 들렸다. 나는 양탄자 가장자리를 올려 방 안을 떠다니기 시작했다. 잠시 후 문을 지나 계단을 내려가 작은 거실과 커다란 노란색 부엌으로 가봤지만, 계속 냄비와 의자 윗부분에 걸려 부딪혔다. 그래서 곧 계단 위를 스치듯 날아올라 내 침대에 착륙하고 창문 너머로 뒤뜰을 내려다보았다. 그네 기둥이 풀밭에 검고 날카로운 그림자를 드리웠다. 다리와 팔이 따끔거리고 욱신거리는 것 같았다. 나는 꿈이라도 꾸는 것처럼 창문을 더 높이 밀어 올리고 창문 가리개를 올렸다.

잠시 방 안을 날아다니다가 몸을 낮게 웅크리고 양탄자를 구겨가며 열린 창틈을 통과했다. 위로 들쳐진 창틀이 아래쪽으로는 등을 긁고 옆쪽으로는 몸을 짓눌렀다. 아주 좁은 문틈을 비집고 들어가는 바람에 뼈가 아프고 살갗이 긁혀 쓰라렸다. 몸이 빠져나가자마자 순식간에 자유로워지는 꿈을 꾸는 기분이었다. 순간 창문 너머 공중에 가만히 앉아 있는 것 같았다. 아래쪽에 초록색 호스가 둘둘 감긴 채 고리에 걸려 있고 호스 끝에 달린 손잡이 그림자가 금속 쓰레기통 위에 드리운 게 보였다. 산월계수 덤불이 지하실 창문에 닿을 만큼 자랐다. 어느새 나는 그네와 꽃사과나무 위쪽에 떠 있었다. 아래쪽 풀밭에 양탄자 그림자가 굽이치는 게 보였다. 이어서 산울타리를 넘고 아무도 없는 공터 위로 날아가 햇볕에 빛나는 높이 자란 풀밭을, 아스클레피아스 꼬투리와 분홍색 엉겅퀴를,

햇빛에 반짝이는 코카콜라 병을 보았다. 공터 너머 언덕에 집들이 연달아 솟아 있었다. 파란 하늘을 배경으로 보이는 붉은 굴뚝의 색이 쨍했다. 주변이 화창하고 평화롭고 고요했다. 날벌레의 잉잉 소리, 멀리서 들려오는 잔디 깎는 소리가 먼 곳의 가위질 소리처럼 들려왔고, 졸음을 안겨주는 따스한 공기 속에 아이들의 부드러운 고함이 들렸다. 내 눈꺼풀도 무겁게 감겨왔지만, 저기 아래쪽에 갈색 반바지를 입은 한 아이가 손으로 눈을 가린 채 나를 올려다보고 있었다. 그 아이를 본 순간 불쑥 내가 지금 어디에 있는지 깨달았다. 나는 공중에 위험하게 떠 있었다. 두려움이 솟구쳐서 얼른 한쪽으로 몸을 기울여 양탄자를 우리 집 마당 쪽으로 되돌렸다. 그네를 지나 뒷문 계단 근처 풀밭에 내려앉았다. 마당에 안전하게 내려앉아 열린 창문을 올려다보았다. 창문 너머로 붉은색 지붕이 햇빛에 반짝였다.

무거운 양탄자를 끌고 내 방으로 돌아갔지만, 다음 날에는 조이보다 더 높이 그네 위쪽으로 올라갔다. 누군가 먼 곳의 어느 마당의 차고 지붕 위를 스쳐 날다가 밑으로 가라앉아 모습을 감추었다. 밤이면 깬 채로 여행을 계획했다. 심장이 격렬하게 뛰어 양손을 가슴에 대고 달래고 다독였다.

어느 밤, 귀뚜라미 소리에 잠에서 깨어났다. 창문 가리개 너머로 달빛이 내려앉은 뒤뜰에 그네 그림자가 보였다. 들판 옆 빵집 건너편으로는 가로등이 보였다. 가로등 세 개가 도로를 따라 언덕 꼭대기까지 뻗어 있었다. 밤하늘은 탁자 등 전구에 대고 비춰보기 좋은 검푸른색 구슬 같았다. 나는 얼른 옷을 입고 양탄자를 꺼냈다. 끼익하는 소리를 내지 않으려고 조심해가며 창문과 가리개를 밀어 올렸다. 침대 아래쪽에 말아둔 양탄자를 들어 올리자 병에서 검은 액체가 쏟아지듯 양탄자가 스르르 펼쳐졌다. 몸을 한껏 숙이고 창틈을 빠져나가는 사이 창틀이 내 등을 짓눌렀다.

푸른 밤, 나는 뒤뜰 위를 날다가 산울타리를 넘어 공터로 갔다. 달빛을 받은 높이 자란 풀 위로 양탄자 그림자가 물결쳤다. 나는 마당으로 돌아가 차고 지붕 위를 스쳐 위층 창문 높이를 맴돌며 반짝이는 검은 유리에 비친 내 모습을 구경했다. 그러다가 조금 더 높이 떠올라 꿈처럼 검고 푸른 대기로 솟구쳤다. 아래를 보니 어느새 조이네 집 뜰을 지나 시카렐리 씨의 공터를 향해 가고 있었다. 높이 자란 잡초와 가시덤불 사이로 구불구불 이어진 막다른 오솔길에서 나보다 나이가 많은 소년들이 몸을 흔들고 있었다. 순간 허리까지 오는 물속에 서 있다가 불쑥 다리를 굽혀서 어깨까지 차가운 물이 닿는 느낌이 들었다. 나는 검푸른 밤 속으로 뛰어들어 시카렐리 씨의 공터를 가로질러 거리와 차고, 지붕 위를 지나 더 높이 떠올랐다. 어느새 달빛에 젖은 것처럼 번들거리는 전화선이 내려다보였다. 달빛에 물든 초록색 나무 우듬지에 어둠이 잔뜩 차올랐고, 경사진 뗏목과 반쯤 지은 집의 뚫린 공간에 그림자가 엇갈렸다. 저 멀리 거울 같은 개울이 도로 아래로 지나갔다. 점점이 보이는 가로등 빛이 저 멀리 뻗어간 거리가 어떤 모양인지 보여주었다. 지붕 위 굴뚝 가까운 곳을 날아갈 때는 벽돌 한 장 한 장이 달빛 속에서 뚜렷하게 보였다. 붉은색과 황토색 표면의 작은 돌기와 구멍까지 알아볼 수 있었다. 달빛이 가득 내린 지붕 꼭대기에 굴뚝 그림자가 세로무늬를 드리웠고 바람이 내 머리카락을 위로 날리며 지나갔다. 아래쪽으로 흰색 교회 첨탑과 소방서의 꼭대기, 알뜰 잡화점의 커다란 붉은색 글자, 서랍처럼 바깥쪽으로 삐져나온 영화관의 거대한 차양, 가로등 불빛에 검게 빛나는 상점 창문들, 자동차 후미등의 붉은 광채가 늘어선 거리가 보였다. 마을 끝에 줄지어 선 지붕들 위로 불 밝힌 창문을 단 검은 공장과 빛처럼 가물거리는 흰색 연기, 저 멀리 뻗어나간 들판, 번들거리는 물도 보였다. 마침내 나는 세계의 가장 끝 가장자리에 다다랐다고 느꼈다. 다시 방향을 돌려 달빛이 빛나는 마을 위를 높이 날다가 어느새 가로등 세 개가 늘어선 언덕과 빵집, 그네 기둥과 닭장이 있는 곳으로 돌아왔다. 차고 지붕에 잠시 내려앉아 왠지 뿌듯한 마음으로 겁없이 세모난 지붕 모서리에 다리를 벌리고 걸터앉았다. 푸른 밤하늘 높이 또 다른 양탄자가 사람을 태우고 하얀

달을 천천히 가로지르며 지나가는 모습을 쳐다보았다.

신이 나면서도 슬픔을 닮은 피로함을 느끼며 천천히 내 방 창문을 향해 올라갔다. 몸을 숙이고 창틈을 통과해 침대에 뛰어들어 잠들었다.

다음 날 아침, 무거운 머리로 느릿느릿 잠에서 깨어났다. 바깥에서 조이가 제 양탄자를 타고 나를 기다렸다. 조이는 집 주변에서 경주하고 싶어 했다. 하지만 나는 왠지 양탄자를 타고 싶은 마음이 들지 않아서 고집스럽게 낡은 그네를 탔다. 테니스공을 차고 지붕으로 던졌다가 튕겨 되돌아오는 것을 잡는가 하면, 산울타리를 비집고 들어가 언젠가 유리병에 개구리를 잡았던 공터로 건너갔다. 밤에는 침대에 누워 나만의 여행을 낱낱이 떠올렸다. 줄무늬 그림자 위로 달빛을 받아 반짝이던 전화선과 굴뚝의 깨끗한 벽돌들을. 창문 가리개 너머로 귀뚜라미가 귀뚤귀뚤 울었다. 나는 침대에서 몸을 일으켜 창문을 닫고 잠금장치를 돌렸다.

다른 이들의 여행 이야기도 들었다. 마을 가장자리를 넘어 더 멀리, 구름까지 닿게 더 높이 갔던 이야기들을. 조이는 너무 높이 올라가 더는 그 모습을 볼 수 없게 된 어느 소년의 이야기를 들려주었다. 소년은 점점 더 작아지다가 갑자기 시야를 벗어나 푸르른 영역으로 사라져 버리는 풍선 같았다. 저 위에도 마을이 있다고들 했다. 뾰족탑이 있는, 내가 모르는 흰 구름 마을이 있다고. 저

위 푸르른 영역 너머 더 푸르른 곳에 다리 밑을 걸어가듯 아래로 지나갈 수 있는 강이 있다고 했다. 그곳에는 죽은 자들이 사는 마을이 있다고 했다. 그 마을에서는 무지개 꼬리가 달린 새들이 날고, 얼음 산과 눈의 도시가 있고, 빛의 덩어리들이 회오리치는 원반처럼 납작하게 반짝이고, 푸른 정원에는 가죽 날개가 달린 생물들이 느리게 움직인다고 했다. 언젠가 아버지가 화성인과 우주선에 관한 이야기들은 전부 거짓말이라고 했다. 이 이야기들도 화성 이야기와 비슷했다. 믿지 않으려고 해도 보였고, 믿지 않으려고 애쓸수록 마음속에서 더욱더 또렷하게 빛났다. 그런 이야기들이 아니어도 나는 산책하듯 지붕 위를 지나가는 금기와 같은 밤 여행에 길들었다. 내 안에 어두운 욕망이 무르익어가는 게 느껴졌지만 나는 고집스럽게 예전의 놀이들로 돌아갔고, 양탄자들은 각자의 뒤뜰로 옮겨가 초록색과 붉은색 가로막대처럼 하얀 지붕 널 방향으로 길게 놓였다.

그러던 어느 날 어머니가 나를 집에 혼자 두고 언덕 위 시장에 갔다. 어머니 등에 대고 외치고 싶었다. 멈춰요! 나도 데려가요! 어머니가 풀밭을 가로질러 열린 차고로 걸어가는 모습을 지켜보았다. 그날 아버지는 버스를 타고 출근했다. 나는 방 블라인드를 올리고 눈부시게 푸른 하늘을 내다보았다. 한참 하늘을 보다가 창문 잠금장치를 풀고 가리개를 밀어 올렸다. 나는 뒤뜰 위로 높이 떠올랐다가 푸른 하늘로 매끄럽게 솟구쳤다. 계속 위쪽만 쳐다보다가 이따금 시선을 떨어뜨려 양탄자 가장자리 너머를 내려다보았다. 저 아래 붉고 검은 작은 지붕들이 마치 바람을 맞아 전부 옆으로 쏠린 것처럼 한 방향으로 그림자를 드리우고 있었다. 햇살이 반짝이는 띠 모양 도로가 날카롭게 기운 나무 그림자를 옆으로 두른 채 뻗어 있었다. 깔끔하고 네모난 풀밭 위로 작은 양탄자들이 그림자를 밑에 드리운 채 날아다녔다. 하늘은 맑은 푸른빛이었다. 다시 아래를 보니 공장 굴뚝 위로 하얀 연기가 뭉게뭉게 공처럼 매달려 있었고 반짝이는 갈색 강 옆으로는 석유 탱크가 흰색 동전처럼 점점이 박혀 있었다. 저 멀리 위쪽에는 푸른 하늘에 하얀 구름이 딱 한 점 찍혔다. 누가 손으로 찢은 것처럼 구름 아래쪽이 조금 갈라져 있었다. 텅 빈 하늘이 눈이 시리게 푸르렀다. 손을 뻗으면 호숫물이나 눈처럼 만져질 것 같았다. 언젠가 호수에 들어갔다가 호수 밑바닥 마을로 가버린 어느 소년의 이야기를 읽었는데, 지금 내가 호수 깊이 풍덩 뛰어든 기분이었다. 물론 나는 올라가는 중이었지만. 아래쪽에 새하얀 구름 조각이 보였다. 진한 초록색과 버터 스카치 색과 갈색의 직사각형 땅들이 보였다. 푸른 대기가 눈밭처럼, 불길처럼 뻗어갔다. 나는 마당에 서서 푸르름 너머로 사라져가는 양탄자를 올려다보는 상상을 했다. 내가 푸르름 속으로 사라지는 것 같았다. 양탄자 밑으로도 오직 푸르름만 보였다. 푸르름 너머 푸르름 속에 있어도, 주변에 아무것도 없는 이곳에 있어도 나는 여전히 나일까? 나는 지상에 매어놓은 끈을 잃은 채 시야를 벗어났다. 이 푸르름의 영토에는 강물도 흰색 마을도 신비로운 새들도 보이지 않았다. 오직 하늘 같은 푸른색, 천국 같은 푸른색이 저 멀리까지 반짝였다. 불타는 듯한 푸르름 속에서 나는 호수로 들어간 소년이 끝내 돌아왔는지 기억해보았다. 도무지 움켜잡을 수 없게 양쪽으로 곤두박질치는 푸르름을 내려다보는 순간 초록 풀밭 아래 닿는 단단함이, 내 등에 까칠하게 닿는 나무껍질이, 인도가, 검은 돌바닥이 그리워졌다. 어쩌면 다시는 돌아갈 수 없을지도 모른다는 두려움 때문일 것이다. 어쩌면 내 안을 통과해 내면에 스며든 푸르름 때문일지도 몰랐다. 어지러움이 덮쳐와 나도 모르게 눈을 질끈 감았다. 하늘을 뚫고 추락하는 것 같았다. 날카로운 바위로 떨어지는 꿈처럼 양탄자가 날아가 버리고 나만 바람을 가르며 추락하다가 곧 죽어버릴 것 같았다. 아니, 이미 죽은 것 같았다. 푸르름에 쫓겨 달리고 구르고 기는 기분이었다. 이윽고 눈을 떠보니 어느새 집 꼭대기가 보이는 곳까지 내려와 있었고 양손을 새 발톱처럼 웅크리고 양탄자 가장자리를 꽉 잡고 있었다. 내려가는 동안 우리 동네 옥상들이 보였다. 조이네 집 뜰이 보였고 우리 집 정원이 보였고, 우리 집 닭장과 내 그네가 보였다. 마당에 내려앉을 때 느껴지는 땅의 무게가 기쁨처럼 몸을 뚫고 폭발하듯 솟구쳤다.

저녁 식사 때 눈을 뜰 수 없을 정도로 피곤했다. 잘 시간이 되자 열이 났다. 기침은 하지 않았고 눈이 가렵거나 콧물이 줄줄 흘러 코가 헐지도 않았다. 그저 열이 꾸준히 들끓었고 묵직하게 피로한 증상이 사흘 내리 계속되었다. 창문 블라인드를 내리고 이불을 덮고 침대에 누워 자꾸만 가슴 위로 쓰러지는 책을 읽었다. 나흘째 되던 날 경계심과 살갗이 서늘하게 식는 느낌과 함께 잠에서 깨어났다. 사흘 내내 내 이마를 어루만지며 심각한 표정으로 내 얼굴을 살피던 어머니가 빠르게 방 안을 돌아다니다가 가늘고 날카로운 소리를 내며 블라인드를 걷어 올리더니 덜컥 소리와 함께 블라인드를 고정했다. 아침에 마당에 나가 조용히 놀아도 좋다는 허락을 받았다. 오후에는 어머니 뒤쪽에 서서 에스컬레이터를 타고 남아용 바지를 사러 갔다. 개학이 2주일도 남지 않았다. 나는 모든 면에서 불쑥 자랐다. 할머니가 놀러 왔다. 조이의 삼촌은 진짜 말발굽을 가져왔다. 시간이 없었다. 어떤 일도 할 시간이 없었다. 이윽고 단풍나무가 늘어선 뜨거운 인도를 걸어, 시카렐리 씨의 공터를 가로질러, 모래가 깔린 도로변을 따라 프랭클린 가를 지나고, 콜린스 가를 따라 학교까지 걸어갔다. 그동안 나는 여름처럼 따뜻한 9월의 공기 속에서 초록색 사이에 거대한 모반처럼 반짝이는 붉은 나뭇잎의 얼룩을 보았다.

비 내리는 어느 날 내 방에서 슬리퍼를 찾다가 침대 밑에 말아둔 양탄자를 발견했다. 먼지와 보풀이 꿀벌 떼처럼 들러붙어 있었다. 나는 짜증스럽게 양탄자를 지하실로 끌고 가 계단 아래 낡은 트렁크 위에 내려놓았다. 눈 내리는 1월의 어느 오후, 탁구공을 쫓아가다 줄무늬 빛이 드리운 지하실 계단 밑 어둠으로 들어갔다. 길쭉한 거미줄이 복잡하게 얽힌 어선 장비처럼 나무통 테두리부터 계단 밑바닥까지 뻗어 있었다. 트렁크와 나무통 사이, 금방이라도 무너져내릴 것 같은 바닥에 나의 옛 양탄자가 보였다. "찾았다!" 나는 끈적한 거미줄 뭉치가 묻은 흰색 탁구공을 붙잡아 엄지로 문질러 닦았다. 그러곤 몸을 낮게 숙이고 지하실의 노란 빛 안으로 들어갔다. 진한 초록색 탁자 위로 어룽거리는 광채가 비단처럼 매끄럽게 보였다. 높은 창 너머로 눈이 사선으로 내리며 유리창 너머에 차곡차곡 쌓여가는 게 보였다.

1997년 145호

평범한 일상을 환상으로 만드는 세밀한 감각의 축적

다니엘 오로즈코

> 내가 아이였을 때, 나는 아이처럼 말했고,
> 아이처럼 이해했고, 아이처럼 생각했지만,
> 어른이 되자 아이의 일을 그만두었다.
>
> 고린도전서 13:11

성 바울의 금언은 노스탤지어에 관한 드라마가 싹트는 씨앗이다. 돌이킬 수 없는 과거를 향한 그리움의 이야기는 잘 쓰기 어려운데, 이는 감상에 빠지기 쉽기 때문이다. 과도하게 뻗어나간 감정은…… 뭐랄까, 부자연스럽고 가짜 같다. 역설적으로 노스탤지어에 관한 이야기는 바로 그 과도하게 뻗어나간 것에 관한 이야기라서, 작가는 모방의 오류에 빠진다. 지나치게 감상적인 글을 피하는 동시에 감상에 관한 이야기를 쓰려면 어떻게 해야 할까?

〈하늘을 나는 양탄자〉는 작가의 회고록 같다. 화자는 소년 시절의 기억을 구현한다. 어린 시절 여름은 세밀한 감각들과 함께 매일 흔하게 일어나는 일인 것처럼 생생하게 펼쳐진다. 빨랫줄 위에서 펄럭이는 이불보와 붕붕거리는 곤충들, 풀밭에서 빛나는 유리병. 우리에게 가장 강력한 감정을 불러일으키는 것은 감각 기억이다. 그게 우리가 기억하는 방식이다. 우리는 감각을 통해 세계를 경험하고, 기억을 되짚을 때는 과거에 존재했고 지금은 사라진 것을 어떻게든 느껴보기 위해 감각 기억을 향해 손을 뻗는다. 잃어버린 사랑을 느끼려면 아만다를 사랑했다고 생각할 게 아니라 그녀의 웃음과 그녀의 머리카락 냄새, 턱에 난 작은 흉터를 떠올려야 한다. 노스탤지어는 구체적이고 세밀한 감각이 쌓일 때 생긴다. 다시 말해 작가들의 진부한 문구인 "말로 하지 말고 보여줘라"를 따를 때 가능하다.

기억의 대상이 아무리 평범하고 진부하더라도 그 기억과 감정을 심오하게 하고 느껴지게 하고 사실이게 하는 것은 이와 같은 정밀함과 축적이다. 이불보와 코카콜라 병도 마찬가지다. 아, 하늘을 나는 양탄자도 정말 그렇다. 이런 방식으로 노스탤지어에 관한 이 드라마는 대가의 솜씨로 숭고한 작품이 된다. 하늘을 나는 양탄자는 진기함이 사라질 때까지 여름철 오락거리가 된다. 동네 아이들은 양탄자를 타고 지붕 위를 스쳐 날아가고 뒷마당 울타리를 넘어 다른 집 뒷마당으로 날아간다. 여름이 기울고 지구가 돌고 장난감은 버려진다. 환상이 평범한 일상처럼 그려지고 어린 시절의 마법은 다시는 마법을 경험할 수 없게 된 어른의 멜랑콜리와 함께 회상된다.

다니엘 오로즈코

Daniel Orozco

1957년 미국 캘리포니아에서 니카라과 이민자의 아들로 태어났다. 단편소설 〈오리엔테이션Orientation〉은 1995년 세계적 출판사인 호튼 미플린 하코트에서 매해 발간하는 《미국 최고의 단편소설The Best American Short Stories》에 실렸다. 아이다호대학교에서 문예창작을 가르치고 있다.

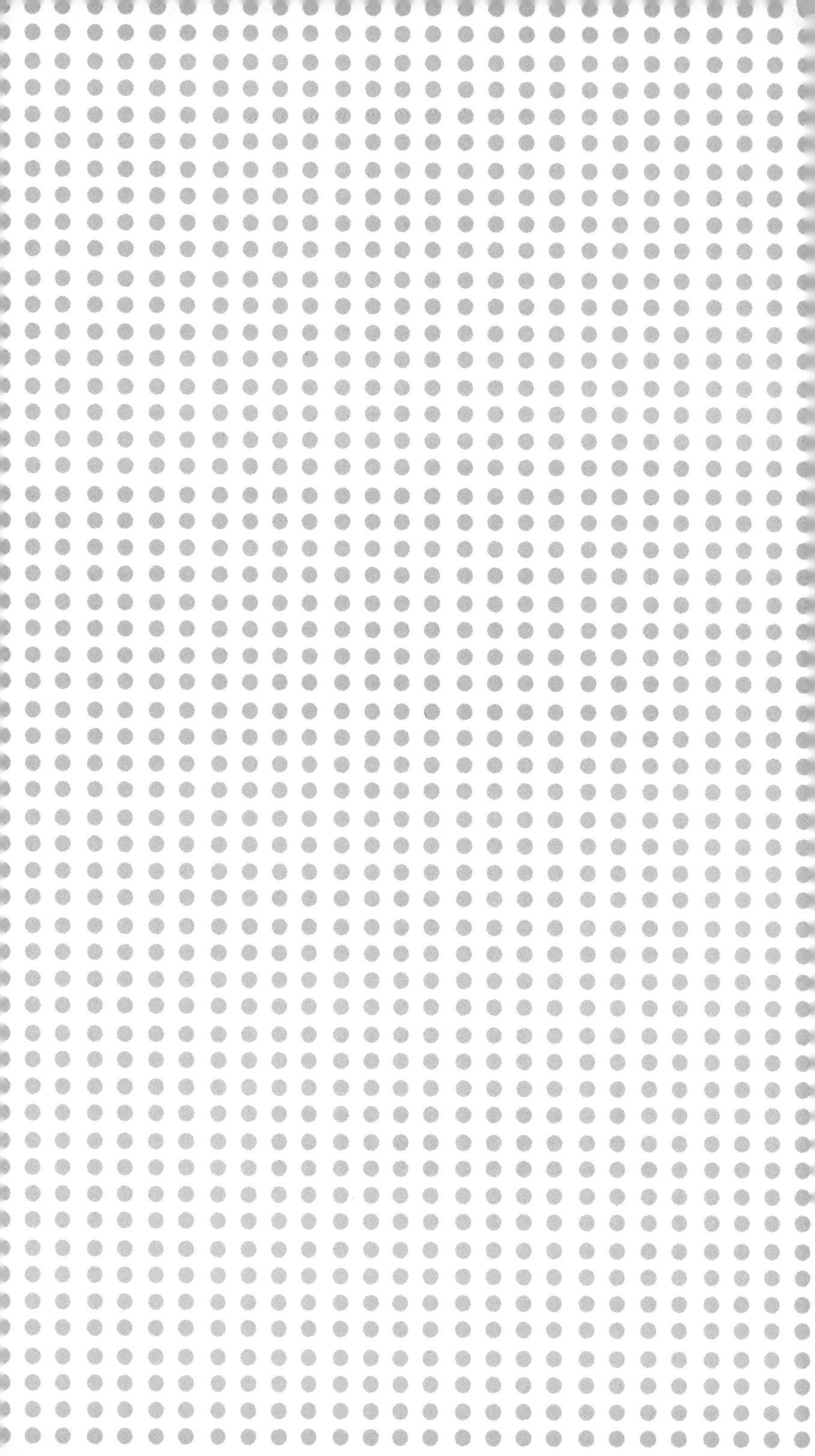

Emmy Moore's Journal

에미 무어의 일기

제인 볼스
Jane Bowles

1917년 뉴욕에서 유대인의 딸로 태어났다. 태어날 때부터 무릎에 장애가 있었고 알코올중독, 뇌졸중, 시력 장애 등 평생 여러 병마와 싸우며 날카로우면서도 유머러스한 작품 세계를 확립했다. 양성애자임을 숨기지 않았고 결혼한 이후에도 세계 각지에서 여러 연인과 자유롭게 사랑했다. 1938년 결혼한 작곡가 폴 볼스와는 평생 절친한 친구이자 동반자로 지냈다. 브로드웨이 뮤지컬 〈여름 집에서In The Summer House〉의 각본을 쓴 극작가이기도 하다. 1973년 스페인에서 사망했다.

어떤 날은 내가 왜 여기에 와 있는지 잊는다. 오늘 한 번 더 남편에게 내가 여기 온 이유를 전부 밝힌 편지를 썼다. 의문이 들 때마다 그는 내게 오라고 격려했다. 그는 내게 최악의 위험은 흐리멍덩한 상태라고 했고, 그래서 나는 그에게 내가 왜 헨리 호텔에 왔는지 이유를 설명하는 편지를 썼다. 이 주제를 두고 내가 쓴 여덟 번째 편지였다. 그러나 새로 편지를 보낼 때마다 나는 내 지위를 강화한다. 여기에 그 편지를 다시 옮겨 쓰고 있다. 실수가 없게 하자. 내 일기는 출판하기 위해 쓰는 거니까. 나는 내 영광을 위해 출판하기를 원하기도 하지만, 다른 여성들을 원조하기 위한 목적도 있다. 이 글은 내가 16년 전 결혼한 남편 폴 무어에게 보내는 편지다(내겐 아이가 없다). 남편은 북아일랜드 출신의 몹시 진지한 변호사다. 고독을 즐기고 조국을 사랑한다. 버섯과 덤불, 나무라면 모르는 게 없고 지질학에 관심이 많다. 그러나 이러한 관심사 때문에 나를 소외시키지 않는다. 그는 내게 동정적이고 다정하다. 내가 행복하기를 바라고, 내가 행복하지 않아서 걱정한다. 그는 내가 나 같은 부류의 여성스러운 사람임을 얼마나 개탄스러워하는지를 포함해 내 모든 것을 안다. 사실 나는 앵글로 혈통의 미국인이라기엔 이상할 정도로 여성스럽다(보스턴에서 태어났다). 나는 거의 '터키' 유형이다. 신체적으로는, 완전히는 터키 유형이 아니다. 나는 뚱뚱하지만 스코틀랜드인의 불그레한 뺨을 가졌고, 눈도 아몬드 형태가 아닌 둥근 모양이기 때문이다. 그러나 나는 때때로 내가 터키 여성들과 매우 비슷한 분위기를 뿜어낸다고 확신하고 그럴 때면 나 자신이 경멸스럽다. 내 나라의 여성들은 특별히 남성적이고 독립적이라 연대를 지휘하거나 필요하면 무인도에서도 삶을 꾸려나갈 수 있을 정도다(예가 허술하지만, 요점을 전달하고 있다). 내겐 이곳 헨리 호텔에 혼자 와서 홀로 저녁과 점심을 먹는 일만으로 대단한 경험이다. 가능하다면 죽기 전에 조금 더 독립적으로 되고 싶고 지금보다 조금 덜 터키 유형이 되고 싶다. 더 깊이 들어가기 전에 터키 여성들에게 불쾌함을 안겨줄 의도가 전혀 없음을 밝히는 게 좋겠다. 아마도 그들은 내가 내 안에서 통제하고 있는 것과 똑같은 터키식 특성과 싸우느라 바쁠 것이다. 나 또한 (적절치 않지만) 많은 터키 여성들이 아름답고, 자신의 베일을 벗어 던졌다는 것을 안다. 미국 여성이라면 누구나 이를 확신할 것이다. 미국 여성들은 어떤 식으로든 베일이 벗겨졌음을 알겠지만, 나는 명백한 진술을 내놓기가 두렵다. 나는 그들이 정말로 베일을 벗었다고 느끼지만, 그렇다고 맹세하지는 않을 것이다. 또 그들이 베일을 벗었다고 해도 언제 그랬는지는 모른다. 수년 전의 일일까, 아니면 최근의 일일까?

여기 남편 폴 무어에게 보내는 편지가 있고, 이 안에 터키 여성들의 이야기가 더 있다. 나는 출판을 기대하고 일기를 쓰기 때문에 내가 이 세상의 모든 공간을 차지하기라도 한 것처럼 장황하게 떠들고 싶지는 않다. 어떤 출판사도 무명의 여성이 쓴 '거창한' 일기를 출판하지는 않을 것이다. 재정상의 위험이 클 것이다. 사업에 무지한 나조차도 그 정도는 안다. 그러나 그들도 작은 일기라면 출판할지도 모른다.

다음은 내 편지다(내가 술에 취해 호텔에 있는 블루 보닛* 룸이라는 바에서 사교계 영업사원에게 다가갔던 저녁의 다음 날인 어제 쓴 편지다).

* 푸른색 양모로 만든 스코틀랜드 전통 베레모로, 주로 노동자, 농민이 썼다

사랑하는 폴에게

나는 편지에 헨리 호텔에 와 있는 이유를 정당화하거나 적어도 설명하려고 시도하지 않고는 이곳에서 계속 실험적으로 살아갈 수가 없어. 당신은 생각을 분명히 다듬어야 한다고 느낄 때마다 글을 쓰라고 독려했잖아. 하지만 내 행위를 정당화해야 한다고 생각하면 안 된다고 말하기도 했지. 그러나 나는 내 행위를 정당화할 필요를 분명하게 느끼고, 간절히 바랐던 변화가 일어날 때까지는 계속해서 이 필요를 느낄 거라고 확신해. 오, 나는 당신을 너무 잘 알아서 이즈음 당신이 끼어들어 너무 많이 기대하지 말라고 경고할 것까지 알고 있어. 그러니 변화 대신 간절히 바랐던 발전이라고 말해야겠어. 하지만 그때까지도 나는 매일 자신을 정당화해야만 해. 어쩌면 당신은 매일 편지를 받을지도 몰라. 어떤 날은 반드시 토해내야 하는 울음처럼 글을 쓰고 싶은 욕구가 목구멍에 걸려 있어.

터키 문제라면, 나는 그 문제에 다가가고 있어. 당신은 내가 서구 문명의 찬양자임을, 다시 말해 이 집단의 구성원인 여성들의 찬미자임을 알아야 해. 나는 내가 그 구성원이 되기엔 자격 미달이라고, 어떤 수상한 사건 때문에 내가 태어났어야 할 곳인 터키에서 태어나지 못했다고 느껴. 평소 받는 인상 때문에 나는 얼마나 많은 나라가 서구 문명에 속하는지조차 알 수가 없지만, 터키가 동양과 서양이 만나는 곳이라고 믿어. 그렇지 않아? 나는 그 나라에 관해 들은 이야기와 본 사진들로 미루어 그곳의 여성들을 상상할 수 있을 뿐이야. 진짜 동양의 여성들에게 집착하거나 괴로워하는 문제라면 나는 그렇지 않아(중국, 일본, 또는 힌두교도 여성들을 말하는 거야). 당연히 나는 극동의 여성들에게 신경을 덜 쓰지. 내가 그들과 같을 위험은 없으니까(터키 여성들은 충분히 가까이에 있어). 극동의 여성들은 아주 멀리 지구 반대편에 떨어져 있어서 서구 여성들처럼 쉽게 독립적이고 남성적일 수 있을 거야. 남성적인 두 지역 사이에 사는 여성들은 온화하고 여성적이야. 물론 나는 잠시라도 이를 믿지 않지만 그래도 진짜 동양인들은 너무 멀리 떨어져 있고, 내겐 수수께끼와 같아서 그게 사실일지도 몰라. 그들이 실제로 어떻든 내게 영향을 끼치지는 못해. 그들은 외모도 나와는 너무나 달라. 하지만 터키 여성들은 그렇지 않지(그들의 외모는 정확히 나와 같아, 세상에).

이제 요점을 말할게. 내가 지금까지 한 말들을 당신이 일종의 농담으로 받아들일 것을 아주 잘 알아. 그렇지 않다면 당신은 그토록 광범위하고 부정확한 속성을 언급했다고 내게 짜증을 내겠지. 당신은 분명 내가 제시한 세계의 그림이 정확하지 않다고 생각할 테니까. 이렇게 여성들을 모두 세 가지 집단(서양, 중앙, 동양)으로 나눈 개념이 미숙하다는 거, 나도 알아. 완전히 멍청한 짓이라고 해도 좋을 정도지. 하지만 나는 이런 식으로 세계를 바라본다고 자신 있게 말할 수 있어. 조금 더 느긋한 마음으로 내 머릿속에 든 것을 나 자신의 눈으로 들여다보는 거지(내 모방 능력 덕분에 원할 때면 교육받은 사람의 눈으로 바라보는 척할 수도 있지만). 나는 당신에게 솔직한 내 모습을 보여주기 때문에 세계에 대한 내 은밀한 그림이 심하게 부정확하다는 걸 확실히 인정하는 게 좋겠어. 나는 라틴 국가들(프랑스, 이탈리아, 스페인)을 포함하는 것도 까맣게 잊고 있었어. 예를 들어, 앵글로 세계에서 곧바로 반(半)동양으로 건너뛰었어. 마치 그 사이에 다른 나라가 전혀 존재하지 않는 것처럼 말이야. 나는 그 나라들이 존재한다는 걸 알아(심지어 그중 두 나라에서 살기도 했잖아). 그러나 그들은 내 분류표에 맞지 않아. 나는 중국이나 자바, 일본의 여성들을 생각하지 않는 것만큼 라틴 사람들을 많이 생각하지 않아. 내가 설명하지 않아도 당신은 그 이유를 잘 알 거야. 나는 프랑스 여성들이 과거보다 스포츠에 더 관심을 보이고 지금은 앵글로 여성과 별로 구분되지 않는다는 것도 알아. 최근 프랑스에 다녀온 적이 없어서 확신할 수는 없어. 하지만 어떤 경우든 이 나라들의 여성들은 내가 그린 세계의 그림에 맞지 않아. 아니면 내가 그들을 고려하는 것을 완전히 잊어버렸다고 해서 세계의 여성을 시각적으로 분류하는 방식을 바꾸지는 않았다고 말해야 할까? 당신에겐 놀라운 일로 보이겠지만 어떤 것도 바뀌지 않았어(내가 라틴 국가들을 전부 잊었다고 말할 때는 남아메리카도 포함해서야).

나는 당신이 내 모든 진실을 알았으면 좋겠어. 하지만

내가 원하더라도 당신에게 내 무지를 숨길 수는 없을 거라고 상상하지는 말아줘. 나는 꾀가 많고 또 여성스러워서 평생 당신 곁에 살면서 매일 당신을 속일 수도 있어. 하지만 여성스러워 보이기 위해 이리저리 머리를 굴리며 살아가지는 않을 거야. 그런 일이 시간을 어떻게 잡아먹어 버리는지 잘 아니까. 많은 여성이 자리에 앉아 거미줄을 치는 일에서 기쁨을 느끼지. 몰두할 만한 일이고 또 여성들은 그 일이 성공적이라고 느끼니까. 또 실제로 성공하지만, 그것도 속아 넘어갈 남자가 있을 때의 일이야. 게다가 잔꾀를 부리는 여자가 홀로 있는 걸 보면 참 딱해. 당연하지.

난 당신과 함께 살고 또 딱해지고 싶지 않으니까 솔직해지도록 노력할게. 매력적으로 보이려는 노력을 창밖으로 내던지는 일이 문맹의 오지 주민보다, 또는 바다 밑바닥을 기어다니는 납작한 물고기들보다 나을 게 없이 홀로 남겨지는 일을 의미하더라도 나는 이편을 선택할 거야. 너무 피곤해서 더 못 쓰겠다. 물론 아직 내 뜻을 충분히 밝히거나 정당화했다고 느끼지는 않아.

곧 전쟁이 내게 남긴 영향에 관해 쓸게. 그 이야기를 당신에게 한 적이 있지만, 당신이 별로 진지하게 받아들이는 것처럼 보이지 않았거든. 내가 느끼는 바를 흑백 논리로 바라보는 일이 나에 대한 당신의 의견에 영향을 미치게 되겠지. 어쩌면 당신은 나를 떠날지도 몰라. 나는 도전을 받아들일 거야. 내가 헨리 호텔에 와 있는 경험에는 이런 위험도 포

함되어 있지. 이틀 전 밤에 나는 술에 취했어. 내가 마흔일곱 살이라는 게 믿어져?

사랑을 담아,

에미

편지를 일기에 베껴 썼으니까(카본지에 복사해둔다는 걸 깜박 잊었다) 산책하러 나가야겠다. 어떤 일을 시도하기 전에 헨리 호텔에서 홀로 몇 주일을 보내는 것도 계획에 있었다. 심지어 시작하자마자 일기를 쓸 생각도 없었다. 다만 가만히 앉아 내 생각을 정리하고 습관의 매듭이 저절로 풀리기를 기다렸다. 하지만 여기 온 지 1주일 만(이틀 전)에 나는 과거의 삶과 단절된 채 혼자 있음을 느끼고 깜짝 놀랐다. 그래서 일기를 쓰기 시작했다.

흥미로운 첫 접촉은 블루 보닛 룸에서 만난 영업사원이었다. 이곳에 오기도 전에 시가 사람을 통해 이 괴짜 이야기를 들은 적이 있다. 남편의 사촌인 로런스 무어가 내가 여기 올 것이라는 말을 듣고 그 남자 이야기를 해주었다. "그레이 앤 보틀스 백화점을 지나 산책하다 보면 물건을 다발로 판매하는, 마른 얼굴은 붉고 머리카락은 불그스름한 남자를 보게 될 거예요. 그 남자는 수입이 상당하고 휴잇 몰레인과도 친척이에요. 일할 필요가 없죠. 제 대학 동기였는데, 어느 날 사라졌어요. 나중에 그레이 앤 보틀스 백화점에서 일한다는 소식을 들었죠. 인사나 하려고 들른 적이 있어요. 괴짜라기엔 그 친구는 아주 점잖게 보였죠. 당신은 그 사람과 한잔할 수도 있을 거예요. 그 친구, 일반적인 대화는 꽤 잘할 거예요."

나는 사교계 영업사원에게 로런스 무어 이야기는 하지 않았다. 그러면 그가 짜증을 낼 것 같았다. 나는 헨리 호텔에 묵은 지 겨우 2주일에 접어들었으면서 몇 달 동안 이곳에 머무르는 척 거짓말을 했다. 다들 내가 여기 오래 있었다고 생각하면 좋겠다. 사람들에게 인상적으로 보이고 싶어서 그런 건 아니다. 헨리 호텔에 장기 투숙하는 일이 인상적인가? 제정신인 사람이라면 내가 그런 질문을 던지기만 해도 놀랄 것이다. 하지만 마음 깊은 곳에서는 헨리 호텔에 장기 투숙하는 일이 인상적이라고 '생각하기' 때문에 그런 질문을 던진다. 내가 그렇게 보이기가 아주 쉽고, 또 그게 인상적이라고 생각하는 내가 제정신일지라도 다른 사람이, 특히 낯선 사람이 그렇게 생각하기를 기대한다면 나는 제정신이라고 볼 수가 없다. 어쩌면 나는 그렇게 말하는 내 말을 듣고 싶은 것일지도 모르겠다. 나는 그러기를 바란다. 내일 조금 더 쓰겠지만, 지금은 나가봐야겠다. 코코아 재료를 살 것이다. 취하지 않았을 때는 자기 전에 코코아 한 잔을 마시는 것을 좋아한다. 남편도 그것을 좋아한다.

¶

여자는 과열된 방을 한시도 더 견딜 수가 없었다. 약간 어렵게 창문을 올리자 찬 바람이 불어왔다. 종이 몇 장이 바람에 날려 책상을 미끄러지더니 책꽂이에 찰싹 달라붙었다. 창문을 닫자 종이가 바닥에 떨어졌다. 찬 공기에 기분이 바뀌었다. 여자는 종이를 주워 들었다. **"충분히 해명하지도 정당화하지도 않은 것 같아."** 여자가 읽었다. 눈을 감고 고개를 저었다. 편지를 일기에 베껴 쓰고 무척 행복했지만, 지금 흩어진 종잇장을 살펴보는 여자의 열정은 희미해졌다. "아무 말도 하지 않았어." 여자는 놀란 마음으로 중얼거렸다. "어떤 말도 하지 않았어. 헨리 호텔에 왜 묵는지 이유를 밝히지 않았어. 나 자신을 정당화하지도 않았어."

자기도 모르게 방 안을 둘러보았다. 서랍장 다리 옆 바닥에 위스키 한 병이 서 있었다. 여자는 앞으로 걸어가 병목을 잡고, 가장 좋아하는 고리버들 의자에 술병과 함께 앉았다.

1973년 56호

화자, 서술, 유머
모든 것이 명징하다

리디아 데이비스

제인 볼스 서사의 전형적으로 뛰어난 특징은 이 소설의 초반부에 나온다. 즉 명징하고 힘 있는 화자의 목소리, 이상한 여성 주인공, 이 괴짜 주인공의 세계관에서 발생하는 유머, 그녀의 명백히 미약한 '현실' 장악력, 어김없이 뚜렷하고 재미있는 주변 인물들(여기서는 화자가 블루 보닛 룸에서 '다가가 말을 건' '사교계 영업사원'), 주인공의 용기, 방향감각 상실, 그리고 궁극적인 패배가 자아내는 비애 가운데 상당수가 이 짧은 이야기의 처음 두 페이지에 명백하게 드러난다.

이 두 페이지에 걸쳐 진행되는 이야기를 한 문장, 한 문장 따라가며 자세히 들여다보면 다음과 같은 변화를 알 수 있다. 이야기는 프롤로그나 서두 없이, 강력한 1인칭 목소리의 단순하고 힘 있는 언어로 이루어진 분명한 선언으로 시작한다. "어떤 날은 내가 왜 여기에 와 있는지 잊는다." 이미 우리는 화자와 공감하게 되지만, 동시대 화자나 유능한 화자로 경험하지는 않는다. 우리는 두 번째 문장에서 어떤 불안정을 감지한다. "오늘 한 번 더 남편에게 내가 여기 온 이유를 전부 밝힌 편지를 썼다." 그녀가 그를 이름이 아닌 '남편'으로 소개한 것은 좀 더 넓은 공적 세계에서 그가 차지하는 개별적인 고유한 정체성보다는 자신과의 관계에서 맡은 역할을 강조했음을 암시한다. 세 번째 문장에서 그녀의 불안정("의문이 들 때마다") 뿐만 아니라 남편을 향한 의존성("그는 내게 오라고 격려했다")이 더욱 강조된다. 그녀는 머뭇거리고 그는 충고한다. 이 처음 세 문장에서 우리는 볼스의 글이라면 어디에서나 볼 수 있는 유머의 흔적을 아직 만나지 못했다. 유머는 네 번째 문장에서 등장한다. 우선 남편의 권위를 반복해서 언급하면서 '흐리멍덩한 상태'라는 말을 기이하게 쓴다. "그는 내게 최악의 위험은 흐리멍덩한 상태라고 했고"라는 문장으로. 그리고 호텔에 붙이기에 너무 평범하고, 일부러 단조롭고 낭만적이지 않게 지은 호텔 이름이 등장한다. "그래서 나는 그에게 내가 왜 헨리 호텔에 왔는지 이유를 설명하는 편지를 썼다." 볼스의 단편 〈캠프 캐터랙트Camp Cataract〉에 등장하는 캠프의 작명과 비교해보라. 두 번째 유머임을 알 수 있다. 바로 이어지는 문장에서 세 번째 유머가 등장한다. "이 주제를 두고 내가 쓴 여덟 번째 편지였다."

그러나 이 진술과 함께 다른 내용이 끼어들었다. 화자는 왜 헨리 호텔에 갔는지 이유를 설명하는 여덟 번째 편지를 남편에게 쓰고 있다고 선언한다. 이 정도면 다른 사람과 비교할 때 논란의 여지 없이 많은 횟수이므로 화자가 강박적이거나 불안이 높은 사람, 어쩌면 신경증일지도 모르고 어쩌면 훨씬 더 심각한 정신적인 문제가 있는 사람일지 모른다는 암시를 준다. 이제 어조가 바뀐다. "그러나 새로 편지를 보낼 때마다 나는 내 지위를 강화한다." 이 어조의 변화와 함께 또 다른 유머의 순간이 찾아온다. 유머는 화자가 외교나 국제관계에서나 쓸 법한 언어를 사용한 점("내 지위를 강화한다")과 자신이 왜 헨리 호텔에 갔는가 하는 주제 사이의 불균형에서 발생한다. 새로운 어조는 갑작스러운 자신감으로 표현된다.

이제 똑같이 자신 있는 어조로 문장이 이어지는데, 이 문장은 심지어 반항의 느낌이 묻어날 정도로 발전한다. "실수가 없게 하자. 내 일기는 출판하기 위해 쓰는 거니까." 그리고 나아가 장엄한 망상으로 채색된 영웅적 어조로 발전한다. "나는 내 영광을 위해 출판하기를 원하기도 하지만, 다른 여성들을 원조하기 위한 목적도 있다." 평범한 '도움'이 아니라 오만한 '원조'라는 표현을 선택함으로써 단 한 단어로 주인공의 비현실적으로 높은 야망을 암시하는 효과를 높인다(〈캠프 캐터랙트〉의 놀라운 대화와 비교해보라. "남자나 야수에게는 단 하룻밤도 적합하지 않아." [해리엇은] 열정적이면서 동시에 멋스럽다고 생각하는 목소리로 새디에게 외쳤다).

다음 문장은 약간 느긋해지면서 남편, 남편의 버섯에 관한 지식, 그녀 자신, 그녀의 신체적인 속성과 앵글로 혈통("보스턴에서 태어났다"), 그리고 "내 나라의 여성들"을 두고 일관성 없는 일반화에 관해 종잡을 수 없는 정보를 장황하게 늘어놓는다.

결국 화자의 목소리는 점점 잦아들면서 터키 여성들과 그들의 베일을 둘러싼 불확실하고 반복적인 짐작으로 이어진다.

전형적으로 볼스의 인물들이 보여주는 편향된 위계질서를 고려해보면 일종의 드라마가 벌어질 최고의 가능성이 있는 사건은 세 번째 단락에서 등장한다. "내가 술에 취해 호텔에 있는 블루 보닛 룸이라는 바에서 사교계 영업사원에게 다가갔던 저녁의 다음 날인 어제 쓴 편지다." 음주라는 주제는 소설의 뒷부분에 무표정하고 감동적일 만큼 단순한 진술을 통해 다시 등장한다. "취하지 않았을 때는 자기 전에 코코아 한 잔을 마시는 것을 좋아한다. 남편도 그것을 좋아한다." 낯선 용어인 '사교계 영업사원'은 이야기가 전개되면서 그 개념이 드러날 것이고(어떤 일이 있었는지는 완전히 진술되지 않는다), 이례적으로 부유한 백화점 직원인 그 남자는 곧 볼스 특유의 생생하고 정밀한 표현과 마치 타악기 소리를 듣는 듯한 효과를 자아내는 언어로 다음과 같이 묘사된다. "물건을 다발로 판매하는, 마른 얼굴은 붉고 머리카락은 불그스름한 남자."

볼스의 기이하고 반쯤은 세속적이지 않은, 상태가 나쁜 여자 주인공들은 당연히 작가 자신이 겪어온 고통스러운 삶의 단면들을 보여준다, 볼스는 알코올중독과 이전의 뇌졸중으로 약해진 상태로 〈에미 무어의 일기〉를 쓴 직후인 1973년 5월, 쉰여섯의 나이에 스페인의 한 병원에서 종종 화려하거나 이국적이었던 보헤미안의 삶을 마감했다. 모든 일이 끝난 뒤 말하기엔 너무 안이한 생각일 수도 있지만, 이야기의 끝부분에 술병으로 돌아가는 비관(사실 이야기 전체에 퍼져 있다)은 볼스가 수십 년에 걸쳐 싸운 도전적인 삶에서 임박한 항복을 선언하는 것처럼 보인다.

조울증과 주기적으로 재발했던 혹독한 창작 슬럼프로부터 힘겹게 얻어낸 글쓰기에 관련된 수많은 일화가 볼스의 작품에 담겨 있다. 이미 오래전인 1967년, 현대시의 거장 존 애시버리는 볼스를 가리켜 "모든 언어를 망라해 가장 세련된 현대 소설가"라고 했다. 볼스는 수많은 동시대 작가들과 독자들에게 최고의 작가로 여겨지지만, 여전히 지독할 만큼 평가절하되었었다.

리디아 데이비스
Lydia Davis

번역가이자 소설가. 1947년 미국 매사추세츠에서 태어났다. 단편소설집《갖가지 소동 Varieties of Disturbance》으로 2007년 전미도서상 최종 후보에 올랐다. 이 밖에도 펜/헤밍웨이상 최종 후보에 오른《그럴 리 없어Break It Down》,《거의 기억이 없는Almost No Memory》,《이야기의 끝The End of the Story》 등의 소설을 썼으며, 2013년에는 맨부커 국제상을 받았다. 마르셀 프루스트, 구스타브 플로베르 등의 작가들이 쓴 프랑스 문학을 영어로 옮겼다.

Bangkok

방콕

제임스 설터
James Salter

미국 문단에서 작가들의 작가, 스타일리스트라는 격찬을 받은 소설가. 1925년 미국 뉴저지에서 태어났다. 본래는 사관학교를 졸업하고 12년 동안 비행기 조종사로 복무하며 중대장까지 지낸 군인이었다. 한국전쟁 때의 경험을 바탕으로 쓴 소설《사냥꾼들》을 1956년 발표한 것을 계기로 전업 작가가 되기로 결심한다. 이후 발표한《스포츠와 여가》,《가벼운 나날》 등의 소설이 큰 호평을 받았다. 1989년《아메리칸 급행열차》로 미국의 대표적인 문학상인 펜/포크너상을 받았다. 이 밖에도《어젯밤》,《올 댓 이즈》 등으로 뜨거운 찬사를 받았으며, 2012년에는 펜/포크너 재단이 뛰어난 단편소설 작가에게 수여하는 펜/맬러머드상을 받았다. 2015년 뉴욕에서 90세의 나이로 사망했다.

홀리스가 가게 뒤쪽 책이 쌓인 테이블 앞에 앉아 책들 사이에서 글을 쓰고 있을 때 캐럴이 들어왔다.

안녕, 여자가 말했다.

어, 이게 누구야, 그가 서늘하게 말했다. 안녕.

여자는 회색 저지 스웨터와 통이 좁은 스커트를 입었는데, 언제나 그렇듯 잘 차려입었다.

내 메시지 못 받았어? 여자가 물었다.

받았어.

전화 안 걸었잖아.

응.

전화 안 할 작정이었어?

물론, 그가 말했다.

그는 지난번 봤을 때보다 몸집이 커진 것 같았고 머리는 이발해야 할 만큼 어깨에 닿으려고 했다.

당신 아파트에 들렀는데, 없더라. 팸과 얘기했는데, 그 여자 이름 맞지? 팸.

응.

우린 이야기를 나눴어. 그렇게 오래는 아니고. 그 여자는 이야기하는 데는 통 관심이 없어 보이더라. 수줍어했던 걸까?

아니, 수줍음은 별로 없어.

그 여자한테 물어봤어. 뭘 물어봤는지 알고 싶지 않아?

별로, 그가 말했다.

그는 뒤로 몸을 기댔다. 재킷은 의자 등받이에 걸쳐 놓았고 소매는 걷어 올렸다. 여자는 갈색 가죽끈이 달린 손목시계를 들여다보았다.

그 여자한테 당신이 아직도 거길 빨아주면 좋아하느냐고 물었어.

여기서 나가, 그가 말했다. 어서, 나가.

그 여자는 아무 대답도 안 하더라, 캐럴이 말했다.

순간 그는 무슨 일이 벌어질까 두려웠고 죄책감마저 들었다. 한편으론 방금 들은 말을 믿지 않았다.

그럼, 당신 아직도 좋아해? 여자가 말했다.

어서 가줘. 제발, 그는 예의를 차리려 애쓰며 말했다. 그는 나가라는 손짓을 했다. 정말이야.

오래 머무를 생각은 없어, 몇 분이면 돼. 보고 싶었을 뿐이야. 왜 전화 안 했어?

캐럴은 순수혈통의 경주마 서러브레드처럼 코가 길고 우아하며 키가 컸다. 사람의 외모는 기억과 똑같지 않다. 언젠가 캐럴이 식당 밖으로 걸어 나온 적이 있다. 엉덩이에 들러붙는 실크 드레스를 입고 있었다. 바람에 치맛자락이 들려 다리가 드러난 채, 점심 시간이 한참 지나서야 계단을 내려왔다. 그날 오후를 그는 잠깐 생각했다.

여자가 맞은편 가죽 의자에 앉아 잠시 어렴풋한 미소를 지었다.

여기 멋지다.

1층에는 방을 한두 개 만들 공간이 있고 작은 잔디밭이 딸렸으며, 뒤쪽으로는 작은 집들의 뒤편이 보였다. 하지만 창이 하나뿐이었고 바닥 마룻널은 낡았다. 홀리스는 주로 명저와 편지의 필사본을 팔았는데 사업 규모에 비해 재고가 너무 많았다. 그는 의류 소매점을 10년 한 뒤에야 진정한 삶을 찾았다. 방들은 천장이 높았고 책장마다 책이 가득했으며 바닥에는 사진 액자 몇 점이 책장에 기대어 놓여 있었다.

크리스, 여자가 말했다, 물어볼 게 있어. 그날 다이애나 월드가 자기 엄마 집에서 점심을 대접했을 때 찍어준 우리 사진 어떻게 됐어? 낡은 자동차들로 가짜 언덕을 만들어놓고 그 위에서 찍었잖아. 그 사진 아직도 가지고

있어?

틀림없이 잃어버렸어.

나 정말 그 사진 갖고 싶어. 근사한 사진이었어. 좋은 시절이었잖아, 여자가 말했다. 우리 보트하우스 기억해?

물론.

내가 기억하는 것처럼 생각나는지 궁금하네.

그건 말하기 어렵겠지. 그는 낮고 설득력 있는 목소리로 말했다. 그 안에는 자신감이, 어쩌면 너무 많은 자신감이 배어 있었다.

당구대, 그거 기억해? 그리고 창문 옆에 침대도?

그는 대답하지 않았다. 여자는 테이블에서 책 한 권을 집어 들고 훑어보았다. **e. e. 커밍스,《거대한 방》, 책 표지 밑에 약간 뜯긴 부분이 있고 속표지에 작은 얼룩이 있지만, 상태는 매우 양호함. 초판.** 면지 위쪽 귀퉁이에 연필로 가격이 적혀 있었다. 여자는 느긋하게 페이지를 넘겼다.

여기 당신이 아주 좋아하는 대목이 있잖아. 뭐였더라?

장 르 네그르.

맞아.

여전히 비교 불가야, 그가 말했다.

왠지 앨런 배런이 생각나네. 지금도 그 사람이랑 연락해? 그가 무슨 책을 내기는 했던가? 늘 나한테 탄트라 요가 이야기를 하면서 나도 한번 해보라고 했었는데. 자기가 가르쳐주겠다고 했어.

그래서, 가르쳐줬어?

농담해?

여자는 긴 엄지로 책장을 훑었다.

그 사람들은 맨날 탄트라 요가 이야기를 했어, 여자가 말했다. 아니면 자기 거기가 크다고 하던가. 당신은 아니었지만. 그런데, 팸은 어떻게 지내? 나는 잘 모르겠던데. 행복해?

아주 행복해.

잘됐네. 그리고 이제 딸도 있지. 그 애가 몇 살이라고?

클로에야. 여섯 살이고.

아, 많이 컸네. 그 나이면 많은 걸 알지 않아? 아는 것도 있고 모르는 것도 있고, 여자가 말했다. 여자는 책을 덮고 내려놓았다. 애들 몸은 아주 순수하지. 클로에 몸도 멋져?

죽이지, 그가 무심코 말했다.

완벽한 작은 몸. 그려진다. 아이 목욕도 시켜줘? 물론 그럴 거야. 모범적인 아빠니까. 딸에게 필요한 그런 아빠. 그 애가 더 크면 어떨지 궁금한걸? 남자애들이 얼쩡거리기 시작하면 말이야.

얼쩡거릴 남자애들이 많지는 않을 거야.

아, 제발. 당연히 많겠지. 남자애들이 몸을 떨면서 몰려올 거야. 알잖아. 그 애는 가슴이 커질 거고 또 부드러운 음모도 나기 시작할 테니까.

있잖아, 캐럴, 역겨워.

당신은 생각하고 싶지 않은 것뿐이야. 하지만 그 애는 여자가 될 거야, 알다시피 젊은 여자를, 그 나이 젊은 여자들을 어떻게 느꼈는지 기억해봐. 뭐, 당신만 그러고만 게 아니라고. 그런 일은 계속되고, 그 애도 그 일부분이 될 거야. 완벽한 몸과 그 모든 것들. 그런데, 팸의 몸은 어때?

당신 몸은 어떤데?

보면 모르겠어?

집중하지 않아서.

아직도 섹스를 해? 여자가 무심하게 물었다.

하지.

나는 안 해. 거의.

믿기 힘든 말이군.

그럴듯한 적이 한 번도 없어, 그게 문제야. 제대로 되지도 않고 예전 같지도 않아. 지금 몇 살이지? 살이 좀 붙은 거 같아. 운동해? 사우나서 몸을 보기도 해?

그럴 시간이 없어.

뭐, 시간이 '있다면' 말이야. 시간이 나면 사우나도 하고 샤워도 하고 새 옷으로 갈아입고, 음, 너무 이른 시간이 아니라면 오데온 같은 곳에 가서 술도 한잔하면서 거기 누가 있는지, 여자들이 있는지 볼 수도 있잖아. 바텐더를 시켜 그 사람들한테 술을 주게 하거나 아니면 직접 가서 말을 걸 수도 있어. 혹시 저녁을 먹으러 갈 생각인지, 약속이 있는지 물어보는 거야. 쉽잖아. 언제나 치열이 가지런한 여자들을 좋아했잖아. 팔이 가느다란 여자들도 좋아했고, 또 뭐라고 말할까, 가슴이 훌륭한 여자도 좋아했지. 꼭 크지 않아도 크기가 적당한 가슴 말이야. 그리고 다리가 긴 여자들도. 아직도 여자들 손을 묶는 걸 좋아해? 옛날에는 그랬잖아. 여자들이 그걸 허락할지 아닐지 알고 싶어 안달이 났었잖아. 말해봐, 크리스, 날 사랑했어?

사랑? 그는 의자에서 뒤로 몸을 기댔다. 처음으로 여자는 그가 요즘 평소보다 술을 더 마시는 게 아닐까 하는 생각이 들었다. 그의 얼굴을 보니 그랬다. 나는 하루의 매 순간 당신 생각을 했어, 그가 말했다. 당신이 하는 모든 일을 사랑했어. 당신이 절대적으로 새로운 게 좋았고 당신이 말한 것, 행동한 것이 전부 좋았어. 당신은 누구와도 비교할 수 없었어. 함께 있으면 난 삶의 모든 것을 가진 것 같았어. 누구나 꿈꿔왔던 모든 것을. 나는 당신을 숭배했어.

다른 여자들은 그렇지 않고?

심지어 비슷한 여자도 없었어. 나는 당신을 영원히 탐닉할 수도 있었을 거야. 당신은 내가 정한 상대였어.

그러면 팸은? 팸은 탐닉하지 않았어?

조금. 팸은 좀 달라.

어떤 면에서?

팸은 그 모든 것을 가져가서 다른 사람에게 주지 않아. 여행에서 돌아왔다가 뜻밖에도 다른 남자와 즐거운 시간을 보냈던 헝클어진 침대를 발견하지 않아도 돼.

그렇게 즐겁지 않았어.

안됐군.

즐거움과 거리가 멀었어.

그럼, 그때 왜 그랬어?

나도 몰라. 그냥 다른 것을 해보고 싶다는 어리석은 충동이 들더라고. 진정한 행복은 내내 같은 것을 가지는 데 있다는 걸 몰랐어.

여자는 자기 손을 보았다. 길고 유연한 엄지가 다시 그의 눈에 들어왔다.

그렇지 않아? 여자는 서늘하게 물었다.

추하게 굴지 마. 그나저나, 진정한 행복에 대해 뭘 안다고 그래?

오, 나는 누려봤어.

정말?

응, 여자가 말했다. 당신과 살 때.

그는 여자를 보았다. 캐럴은 그의 시선을 마주 보지 않고 웃지도 않았다.

나는 방콕에 갈 거야, 여자가 말했다. 음, 우선 홍콩부터 가고. 페닌슐라 호텔에 묵은 적 있어?

홍콩에 가본 적 없어.

어디든 그 호텔이 최고라고 하더라고. 베를린, 파리, 도쿄.

난 몰라.

호텔에 가봤잖아. 베네치아에서 극장 옆에 있던 그 작은 호텔 기억나? 거리에서 물이 무릎까지 차올랐잖아.

나는 할 일이 많아, 캐럴.

아, 제발.

할 일이 있어.

그럼, 이 e. e. 커밍스 얼마야? 여자가 말했다. 내가 살 테니까 몇 분 정도 시간은 낼 수 있잖아.

이미 팔렸어, 그가 말했다.

여기 아직도 가격이 있어.

그는 살짝 어깨를 으쓱했다.

베네치아에 대해 얘기해줘, 여자가 말했다.

그 호텔 기억해. 이제 그만 가줘.

나 친구랑 방콕에 갈 거야.

그는 미약하지만, 심장 박동이 한 번 건너뛰는 환영을 느꼈다.

잘됐네, 그가 말했다.

몰리. 당신도 그 여잘 좋아할 거야.

몰리.

우린 여행할 거야. 알겠지만, 아빠가 돌아가셨잖아.

몰랐어.

응, 1년 전에. 돌아가셨어. 그래서 내 걱정도 끝났지. 기분이 좋아.

그러겠네. 난 당신 아버지를 좋아했어.

아버지는 정유사업을 했고, 사교적이었으며, 이해할 수 있을 정도의 편견이 있었다. 비싼 정장을 입었고 두 번 이혼했지만 외로움은 가까스로 피해가며 살았다.

우린 두 달 동안 방콕에서 지내다가 아마 유럽을 거쳐서 돌아올 거야, 캐럴이 말했다. 몰리는 멋쟁이야. 무용수였어. 팸은 뭘 했지? 선생님이었던가? 뭐, 당신이 팸을 사랑한다면 몰리도 사랑할 거야. 몰리를 모르지만, 알게 될 거야. 여자가 잠깐 말하기를 멈추었다. 우리랑 함께 가지 않을래? 여자가 말했다.

홀리스는 살짝 웃었다.

그 여자, 나눠가질 수 있나? 그가 말했다.

나눠가질 필요는 없을 거야.

자기를 괴롭힐 작정임을 그는 알았다.

내 가족과 일을 놔두고, 그냥 그렇게?

고갱도 그랬어.

나는 그보다는 좀 더 책임감이 있는 사람이야. 당신이라면 그럴 수 있을지 모르지만.

선택의 문제라면, 캐럴이 말했다. 삶과 그리고…

그리고, 뭐?

삶과 그리고 그런 척하는 삶 중에서. 이해 못 한 척하지 마. 당신보다 그걸 잘 아는 사람은 없으니까.

그는 원치 않는 분노를 느꼈다. 사냥은 끝났다고, 그는 생각했다. 끝낼 거라고. 그는 캐럴이 계속 말하는 것을 들었다.

여행. 동양. 다른 세상의 공기. 목욕하고, 술 마시고, 책 읽고…….

당신과 내가.

몰리도 있어. 선물로.

뭐, 모르겠어. 그 여자 어떻게 생겼지?

아름답지. 뭘 기대해? 내가 당신을 위해 몰리 옷을 벗겨주지.

재미있는 이야기 하나 할게, 홀리스가 말했다, 들은 이야기야. 행성들과 은하의 모든 것이, 그러니까 온 우주가 원래 쌀알 하나 크기에서 왔다고 해. 그게 폭발해서 지금 우리가 가진 것들, 태양, 별들, 지구, 바다, 내가 당신에게 느꼈던 마음을 포함해 모든 것을 형성했대. 그날 아침 허드슨 가의 햇살 아래 다리를 올리고 앉아, 충만한 마음으로 대화를 나누며, 서로를 사랑하며, 나는 알았어. 내가 인생의 모든 것을 가졌다고.

그렇게 느꼈어?

물론이야. 누구라도 그랬을 거야. 전부 기억해. 하지만 지금은 그렇게 느낄 수 없어. 지나갔어.

슬프다.

난 지금 그보다 더 많은 것을 가졌어. 사랑하는 아내와 아이가 있지.

너무 진부하다. 사랑하는 아내래.

진실이야.

그리고 함께할 황홀한 세월을 고대하고 있겠네.

황홀은 아니야.

그래, 그 말이 맞아.

황홀을 매일 맛볼 수는 없지.

그래, 하지만 그만큼 좋은 것을 가질 수는 있어, 여자가 말했다. 그걸 기대할 수 있어.

좋아. 어서 가서 그걸 가져. 당신하고 몰리는.

당신을 생각할게, 크리스, 우리가 방콕에서 지낼 강 위의 집에서.

굳이 그러지 않아도 돼.

밤에 침대에 누워서 당신을 생각할게. 죽을 만큼 그 모든 게 지겨워지면.

제발 그만해. 날 가만히 내버려 둬. 내가 당신을 조금이라도 좋아할 수 있게 해줘.

날 좋아하길 바라지 않아. 여자가 반쯤 속삭이면서 말했다. 날 저주하길 원해.

계속해봐.

정말 다정하네, 여자가 말했다. 작은 가족, 근사한 책들. 좋아, 그럼. 당신은 기회를 놓친 거야. 안녕. 돌아가서 애 목욕이나 시켜, 딸 말이야. 할 수 있을 때 하라고.

캐럴은 입구에서 마지막으로 그를 돌아보았다. 그는 여자가 앞쪽 방을 가로질러 가는 동안 또각거리는 구두 소리를 들을 수 있었다. 그 소리가 진열장을 지나 문을 향해 가더니 잠시 머뭇거리는 기색이다가 이내 문이 닫히는 소리가 들렸다.

방이 헤엄치고 있었다, 그는 생각을 붙잡을 수가 없었다. 과거가 갑작스러운 밀물처럼 그를 휩쓸고 지나갔다. 과거는 예전의 모습이 아니라 기억하지 않을 수가 없는 모습으로 지나갔다. 업무로 돌아가는 게 가장 좋았다. 그는 캐럴의 피부가 어떤 느낌이었는지 알았다. 비단결 같았다. 캐럴의 이야기를 듣지 말았어야 했다.

그는 소리 없이 부드럽게 자판을 두드려 쓰기 시작했다. 잭 케루악, 1쪽에 타이프로 '잭'이라고 서명, 한 줄 띄고 여자 친구였던 시인 로이스 소렐스에게 연필로 서명, 약간의 접은 자국. 그런 척하는 삶이 아니었다.

2003년 166호

대화로 구성된 짧은 걸작

데이브 에거스

〈방콕〉은 대화로 구성된 제임스 설터의 짧은 걸작으로 형식의 운용력이 잘 구축되었고 조화롭기까지 하다. 이 짧은 이야기에는 수많은 가르침이 담겨 있다. 여기 몇 가지를 소개한다.

최고의 대화는 말하는 두 사람 가운데 적어도 한 사람이 거기 있기를 원하지 않아야 이루어진다. 소설 속에서 홀리스는 뜻밖에 자신의 서점으로 찾아온 전 연인 캐럴과 그 어떤 일도 함께하고 싶지 않다. 캐럴에게 그만 가라고 반복해서 말한다. 우리는 홀리스가 대화에 참여하고 싶어 하지 않기 때문에, 적어도 그렇게 보이기 때문에 한층 더 긴장감 넘치는 대화를 읽게 된다.

캐럴은 홀리스가 불쾌하게 느낄 도발적인 이야기를 꺼내며, 홀리스는 아무렇게나 대답한다. 그런데 그는 대화를 끝내지는 않는다. 캐럴이 홀리스의 딸과 아내에 관해 한 말을 읽어보면, 그가 당장 캐럴을 가게 밖으로 몰아내고 문을 걸어잠가도 이상하지 않다. 그러나 그는 그러지 않는다. 이는 우리에게 두 사람의 역사에 관해 많은 것을 말해준다. 둘의 역사는 비뚤어지고 꼬인 도발들로 가득했을 것이다. 그는 그녀의 게임에 이골이 났을 테지만 어쩌면 약간 구미가 당겼을지도 모른다.

이야기가 깊어지면서 캐럴은 홀리스를 크리스라는 다른 이름으로 부른다. 이 이름은 독백 속에 슬쩍 끼어들어 쉽게 알아채기 어렵지만, 중요한 의미를 갖는다. 그때까지 홀리스는 우리가 아는 이름이다. 그리고 어쩌면 그 이름은 캐럴이라는 거칠고 무정한 포식자와 관계를 형성한다. 그러므로 이야기가 전개되는 동안 우리는 누아르에 가까운 세계에 있다.

두 사람은 즐겁게 사귀었고 낭만적인 삶을 살았다. 적어도 지난 세기 중반의 이상향인 낭만주의 안에서, 여행과 음주를 즐기며 서로에게 아슬아슬하게 탐닉하는 삶을 살아왔다. 그러다가 나약하고 점잖은 속성을 함축하는 크리스라는 이름이 언급된다. 흔하고 거의 시시할 정도의 이름이다. 이제 크리스와 캐럴에 관한 이야기라고 생각하며 읽는다면 두 사람의 역학에 관한 인식이 달라진다.

홀리스로 이야기를 시작하면 우리는 캐럴(역시 강한 이름)과 어울리는 사람, 쉽게 가지고 놀 수 없는 강하고 자신감 넘치는 남자를 떠올린다. 하지만 캐럴은 부드러운 면모를 보일 때마다, 그가 그녀를 사랑했는지 알고 싶어질 때마다 크리스라는 이름을 쓴다. 이는 우연이 아니다.

독자는 이야기가 어떤 장소에서 시작되는지 모른다. 다만 이 소설이 전개되는 동안 방콕이 아닐까 추측만 한다. 이곳은 홀리스가 고국을 떠나 고서 상점을 운영하는 곳이라고. 그러나 마침내 '방콕'이라는 말이 등장하면 우리는 설터가 왜 소설의 제목을 그렇게 지었는지 비로소 알게 된다. 요란하게 드러나지는 않지만, 방콕은 홀리스가 아내와 딸을 위해, 일상적이고 (캐럴이 보기에) 평범하기 짝이 없는 만족을 위해 포기했던 모든 것을 나타낸다. 이때 우리는 홀리스가 자신의 선택을 옳다고 여기기는 하지만 망설임이 전혀 없지는 않고, 때때로 의문을 품기도 한다는 것을 알게 된다. 그러므로 방콕은 영화 도입부의 총과 같은 역할을 한다. 우리는 그 총이 발사될 것을 알지만, 언제일지는 모른다.

마지막이자 아마도 가장 주목해야 할 부분은 설터가 대화 전체에 걸쳐 홀리스의 마음 상태를 우리에게 많이 들려주지 않는다는 점이다. 홀리스가 캐럴의 말을 어떻게 느끼는지만 이야기 여기저기서 보여준다. 우리는 홀리스가 캐럴이 그만 가주길 바라면서도 사실은 그 마음이 그리 간절하지는 않다는 사실을 안다. 우리는 그의 독백을 통해서만 그의 마음을 안다. 캐럴의 신랄함과 조롱은 그에게 별로 영향을 끼치지 않는다는 사실을 짐작할 뿐이다. 그러나 캐럴이 가게 밖으로 걸어나갈 때 설터는 홀리스가 내내 연기를 해왔음을 알려준다. 홀리스의 눈에 갑자기 "방이 헤엄치고", 그는 캐럴을 쫓아냈어야 했다고, "듣지 말았어야 했다"라고 깨닫는다. 한동안 캐럴의 말이 그의 귓가에 남을 것이다.

캐럴은 그에게 커다란 힘을 행사했고, 그가 선택한 삶에 의문을 던졌다. 이렇게 작가는 독자가 홀리스처럼 숨을 죽이고 캐럴이 가게를 떠나 영영 증발하기를 기다리게 만들며, 이는 이야기에 엄청난 힘을 부여한다. 결국, 우리는 소비되고 홀리스처럼 비틀거린다.

데이브 에거스

Dave Eggers

미국의 작가이자 편집자, 출판인. 1970년 매사추세츠에서 태어났다. 2000년 발표한 데뷔작《비틀거리는 천재의 가슴 아픈 이야기》로 아마존과 〈뉴욕 타임스〉 베스트셀러 작가가 되었으며 퓰리처상 최종 후보에 올랐다. 출판사 맥스위니스를 설립해 미국 문단에서 새로운 글쓰기를 이끌고 있다. 웰스 타워, 필립 마이어, 리베카 커티스 등 지금은 명성이 높은 작가들의 발굴과 성장을 도왔다.

Pelican Song

펠리컨의 노래

메리베스 휴즈
Mary-Beth Hughes

미국의 소설가. 《웨이브메이커 Wavemaker II》, 《사랑받는 사람The Loved Ones》 등이 베스트셀러가 되며 뜨거운 주목을 받았다. 단편소설집 《두 배의 행복Double Happiness》으로 〈퍼블리셔스 위클리〉가 수여하는 푸시카트상을 받았다. 베닝턴대학교에서 글쓰기를 가르치고 있다.

나는 최근에야 겨우 사춘기를 벗어난 서른 살 부류였다. 현대 무용수로서 리허설을 하고 수업을 들었다. 배우들과 영화제작자들이 직접 안내원으로 일하는 예술영화 전용 극장의 매점에서 일했다. 집중력이 엄청난 소설가가 매표소를 맡았다. 나는 담쟁이가 자라는 벽돌 담 위쪽으로 바깥이 내다보이는 그래머시 파크의 스튜디오 아파트를 소유했다. 도시 밖으로 나가고 싶으면 버스를 타고 센트럴 저지에 있는 어머니 집에 갔다. 어머니는 두 번째 결혼생활에 빠져 있었다. 어머니는 내가 어린 시절을 보낸 집을 팔고, 어머니의 남편은 골동품 자동차매장을 팔아 그 수익으로 버려진 복숭아 과수원에 집을 지었다. 두 사람은 직접 건설업자로 나섰고 많은 돈을 절약했다. 집이 완성될 무렵 두 사람은 투자 계획을 위해 공동의 눈을 뜨게 되었다.

내 어머니와 결혼한 남자는 극장 매표소를 맡은 사람처럼 진짜 소설가였다. 어머니는 아름다운 새집 위층에 그 사람을 위한 집필실을 만들었다. 돌아가신 내 아버지가 쓰던 무척 매력적이고 남성적인 황동 상감 책상과 가죽 의자로 집필실을 꾸몄다. 방 안의 모든 것이 정원 수영장과 골프 연습장을 향했고 그 너머로 과수원과 숲이 보였다. 이보다 더 영감을 심어주는 곳은 없을 거라고 다들 말했다.

언제나 언어에 관심이 있었던 어머니는 내 세대는 이미 버린 조력자의 역할을 진지하게 받아들였다. 어머니는 남편의 원고를 타자했고 그 과정에서 원고를 신중하게 편집했다. 어머니는 쟁반에 점심을 차려 집필실 문밖 작은 대리석 받침대 위에 올려놓았다. 또 남편의 문학 에이전트가 최신 소식을 보냈는지 살펴보려고 긴 진입로 끝에 있는 우편함을 열어보았다. 거절의 편지가 기다리고 있으면 어머니는 매우 조심스럽게 전달하곤 했다.

웨스트빌리지의 예술영화 전용 극장에서 우리는 실패를 당연하게 여겼다. 과수원집의 위험성이 훨씬 더 높았다. 거절하는 편지가 올 때마다 아무리 아부와 격려의 말로 포장했더라도 이는 전체 계획에 대한 거대한 타격을 의미했다. 그렇더라도 나도 소설을 한번 써보기로 마음먹었다. 나는 그들과 합류했다. 한 단락 분량의 이야기를 써서, 어머니가 위층 집필실에 가져갈 식사를 준비하는 동안 부엌에 있는 스피커폰으로 내 이야기를 어머니에게 읽어주는 일을 좋아했다. 그해 크리스마스에 어머니의 남편은 꽤 근사한 펜을 내게 주었다. 상자 안에는 친절한 쪽지가 들어 있었다. 그러나 극장 사람들은 누구도 내 짧은 이야기를 내 현대무용 공연보다 중요하게 여기지 않았으며 존중하지도 않았다. 무엇보다 존중에 관한 나의 가장 큰 장애물은 남자들과 관련이 있었다.

내 몸매는 현대 무용수라기엔 좀 이상했다. 나의 작곡가 남자친구는 칭찬을 강요당했을 때 내 몸매를 루벤스식이라고 표현했다. 그의 메밀 베개 밑에 작은 선홍색 팬티가 끼어 있는 걸 발견하기 훨씬 전의 일이다. 그는 렘브란트를 언급하기도 했다. 어머니가 몸매를 아주 진지하게 생각했다는 사실에 주목하는 게 좋겠다. 나는 종종 이런 점이 어머니 세대의 또 다른 특징이라고 느꼈다. 그러니까 원고를 타자한다거나 쟁반에 식사를 차려 나른다거나 하는 일과 비슷했다. 내 세대는 몸이란 사람마다 다를 수 있고 그래도 괜찮다고 믿었다. 그러나 작곡가 남자친구가 페르난도 보테로*를 언급했을 때 나는 자신감을 잃고 말았다.

* 콜롬비아 출신의 화가이자 조각가로, 문화적 아이콘을 토실토실하게 살찐 모습으로 재해석했다

선홍색 팬티를 발견한 후 나는 그림을 그리는 학생을 만나기 시작했다. 그는 아르바이트를 했고 아직도 어퍼 이스트사이드의 부모님 집에서 살았다. 그는 뉴욕 병원에서 태어났지만 영국 억양으로 말했고, 입과 코 바로 아래까지만 수염을 길렀다. 어떤 날은 그가 쿠퍼 유니언에서 수업을 마치면 그를 만났다. 그는 1학년이었다. 나는 그의 유모 같다고 느끼며 인도 연석에서 그를 기다렸다. 그러나 내가 늦은 밤 어머니의 전화를 받기 시작했을 때 그는 여전히 부모님 집에 살았기 때문에 나보다 더 깊이 그런 전화를 이해했던 것 같다.

전화는 내가 펜을 선물로 받았던 크리스마스가 지나고 얼마 후부터 시작되었다. 크리스마스에 나 혼자 어머니 집에 갔었고, 미대생 남자친구는 자기 부모님과 휴일을 보냈다. 크리스마스 밤을 어머니 남편의 집필실 옆에 있는 손님방에서 보냈다. 침대 발치에 내 선물들이 깔끔하게 쌓여 있었고, 늦게 잠들었는지 잠에서 깨어났을 때 눈 덮인 골프 연습장 위로 해가 높이 떠올라 있었다. 옆방에서 끓인 지 한참 지난 커피 냄새가 풍겨왔다. 어머니의 남편은 온종일 집필실에 머무르는 편이었기에 나는 잠옷을 갈아입지도 않고 어머니도 찾고 아침도 조금 먹을 겸 계단을 내려갔다.

계단 발치에서 쿵 하는 소리가 크게 들렸다. 어머니는 집안을 꾸미는 일을 매우 좋아하는 사람이라 어머니가 소파를 옮기고 있겠거니 했는데, 이번에는 더 크게 쿵 소리가 들렸다. 서랍장이 벽에 부딪히는 소리에 더 가까웠다. 성난 목소리들은 글쓰기 작업에 방해가 되지 않도록 볼륨을 낮춰둔 텔레비전 소리일지도 몰랐다.

어머니가 현관에 놓아둔 구유 장식물이 얼핏 눈에 들어왔다. 사랑스러운 그것은 내 유년의 큰 부분을 차지했다. 건초마저도 근사하게 놓였고 도자기로 만든 농장 동물들도 전부 즐거운 표정이었다. 그때 부엌에서 들려온 뚜렷한 '보지' 소리를 듣고 나는 고개를 돌렸다. 서랍장이 벽에 한 번 더 부딪혔다. 어머니는 오래된 묵직한 캐비닛을 흰색 에나멜로 칠했는데, 나는 어머니가 그 서랍장을 제자리에 두려고 씨름하고 있는지도 모른다고 생각했다(실제로 생각하지는 않았다).

그러나 이상한 공포가 내 다리를 조이는 것을 느끼며 모퉁이를 돌아 부엌으로 들어갔다. 어머니가 벽에 등을 기대어 있고, 어머니의 남편이 얼굴이 자주색으로 변한 어머니를 세게 짓누르는 광경을 목격했다. 나는 내가 보고 있는 장면을 확신할 수가 없었다. 두 사람이 몸을 돌려 나를 보았을 때 어머니는 이상한 경멸의 표정을 지으며 웃음을 터뜨렸다. 어머니가 남편을 밀어냈다. 그는 커피 어쩌고 하면서 식당 문을 지나 부엌을 나갔다.

나는 무슨 말을 해야 할지 알 수가 없었고 마치 머리가 내동댕이쳐진 것처럼 아팠다. 어머니는 머리 모양을 정리했다. 헛기침을 하고 미소를 지었다. 내 입에서 나올지도 모르는 명백한 말을 잘라내려는 듯이 한 손을 들고 눈썹을 치켜올리더니, 내 옆을 지나쳐 내가 들어온 문으로 나가 구유 장식 앞에 있던 남편에게 갔다. 그러나 그는 어머니를 앞질러 현관까지 갔고, 어느새 책이 줄지어 꽂혀 있는 복도를 지나 자기 집필실로 걸어 가고 있었다. 내 머리 위로 그의 발소리가 들렸다.

어머니의 남편은 그냥 소설을 쓰길 원하지 않았다. 베스트셀러를 쓰길 원했다. 예술영화 전용 극장에서 우리는 그 사람이라면 절대로 믿지 않을 것을 이해했는데, 그건 누구도 마땅히 받아야 할 만큼 인정을 받지 못한다는 사실이었다. 우리는 다양한 벼락 성공에 관해 이야기하길 즐겼지만, 이 점에 관해서라면 완전히 독창적이지도 않았다. 우리는 굉장히 솔직하게 서로의 작품을 읽고 공연하고 검토했다. 서로 질투하고 험담하고 심도 있게 비평했으며 심지어 공연 지연 시간에도 폴리에스터 작업복 차림으로 토론하며 신랄하고 파괴적인 시간을 보냈다. 그래도 우리는 운이 좋았다. 우리에겐 맥락이 있었고 청중이 있었으며 두 명이 넘었다. 상황이 고통스러워지면 우리는 교대 시간을 바꾸었다. 하지만 어머니와 남편은 집 밖으로 떠날 필요가 없게 편하고 우아하게 지은 그 집에서 서로밖에 없었다.

밸런타인데이 전날 밤에 어머니가 힐튼호텔에서 내

게 전화를 걸었을 때 나는 놀랐다. 그 집에서 마을 두 곳을 통과해야 나오는 완벽할 만큼 매력적이라고 어머니가 말한 곳이었다. 하지만 완전히 놀라지는 않았다. 어머니는 혹시라도 내가 어머니를 찾을까 봐 어디에 있는지 알려주고 싶었다고 했다. 어머니는 괜찮았다. 어머니 남편은 서재에서 열심히 일하고 있는데 약간 혼자 있고 싶어 한다고 했다. 식당에 있는 퇴창에 크랜베리 색 벨벳 쿠션을 놓으면 예쁠 것 같니? 나는 별생각이 없었고 어머니가 묵는 힐튼호텔의 방 호수를 받아 적었다. 다음 날 오후 어머니는 내게 전화를 걸어 집으로 돌아왔으며 특별한 선물을 보냈다고 말했다. 하루 만에 아름다운 사전이 도착했고 사랑한다는 두 사람의 서명이 있었다.

나는 어머니가 약간 걱정되었지만 내 연애에도 문제가 생겼다. 나는 미대생이 키스를 꽤 잘하고 그리는 그림도 복잡하고 지적이어서 그를 과소평가했을지도 모르겠다. 밸런타인데이에 그는 내 아파트 입구 카펫 깔린 현관에 분홍장미 꽃잎으로 내 이름을 써놓고, 눈이 오지는 않았지만 추운 밤에 알몸으로 누워 내가 예술영화 전용 극장에서 집으로 돌아오길 기다렸다. 깡마른 그는 감기에 걸렸고 두 달을 꼬박 수업을 빠져야 했다. 그의 부모는 내가 병문안을 가도 별로 달가워하지 않았다. 가정부는 서른 살이나 된 건장한 여자가 그의 바퀴 침대 끝에 아슬아슬하게 서 있는 걸 보고 진심으로 놀란 것 같았다. 그래서 우리는 밤늦게 전화로 연락을 주고받았다. 그의 어머니는 다른 전화기로 너무 잘 들리는 숨소리를 내며 통화를 엿들었다. 그는 미대를 졸업하고 스스로 돈을 벌어 집을 떠날 때까지 기다릴 수 없었다. 이는 그에게 억압적이었고 그는 그렇게 말할 용기가 있었다.

어머니 남편의 아버지 스벤이 죽었을 때 나의 미대생 남자친구는 여전히 꾀병을 부리고 있었다. 스벤은 잔혹함이 곧 권력이라고 여기는 늙은 곰이었다. 어떻게 보면 그 생각이 옳았다. 늙은 스벤이 전화를 걸어 나이 들어가는 아들의 희망을 조롱해야만 휴일이 마무리되었다. 소설가, 요설가 양반! 그의 목소리가 그 자리에서 듣는 말인 것처럼 생생하게 스피커폰을 통해 부엌 전체에 울렸다.

그냥 저 새끼 전원을 꺼버려요. 내가 그렇게 말했을 때 어머니는 내게 지친 눈길을 보냈지만, 어머니의 남편은 못 들은 척했다. 그는 강인한 남자는 아버지의 호통에 귀를 기울이는 법이라고 암시하는 듯 위엄있게 굴었다.

하지만 알고 보니 나는 예언가였다. 새해 초에 늙은 스벤의 뇌가 터져버렸다. 위임장을 가진 어머니의 남편은 기록적인 시간 안에 생명유지 장치의 전원을 꺼버렸다. 스벤 없이 모인 첫 명절인 부활절에 달걀을 찾는 동안에도 묘한 침묵이 드리웠다. 그리고 다들 이게 어쨌든 내 잘못이라고 생각한다는 것을 나는 감지할 수 있었다.

그 후 어머니가 전화를 걸어 어머니날 계획을 변경하

자고 했다. 네가 힐튼호텔로 오면 어떻겠니? 커다란 실내 수영장과 사우나가 있단다. 어머니와 스위트룸을 함께 쓰고 정말로 즐거운 시간을 보낼 수 있다고 했다. 웨스트빌리지는 예사롭지 않게 온화한 봄 날씨를 보여주었기 때문에 나는 주말에 휴가를 낼 수 있었다. 카페 테이블에 벚꽃이 비처럼 흩날리는 시절에 누가 극장에 가고 싶어 하겠는가?

나는 버스를 타고 프리홀드로 갔다. 어머니는 작은 파란색 캐딜락 스포츠카에서 70년대 고글형 선글라스를 끼고 기다렸다. 평소 같았으면 어머니는 자동차에서 튀어나와 내가 유치원 첫날을 마치고 나온 것처럼 나를 끌어안았겠지만, 오늘은 수영장을 보여줄 생각에 들떠서인지 시동을 건 채 왼손을 흔들 뿐이었다. 나는 조수석에 올라탔고, 무슨 말을 하기도 전에 봐버렸다. 단지 팔걸이 붕대 때문이 아니었다. 어머니는 고개조차 마음대로 돌릴 수 없어 보였다. 어머니가 붕대를 하지 않은 손을 운전대에 올렸을 때 그 손은 장갑처럼 잔뜩 부어 있었고, 손등에는 길게 벤 붉은 상처가 가득했다.

똑바로 앞을 보고 있는데도 어머니는 아무 말도 하지 말라고 표정으로 말했다. 힐튼호텔에 도착할 때까지 기다리라고요? 내가 물었다. 어머니는 그저 웃었다. 알고 보니 우리는 힐튼으로 가는 게 아니었다. 어머니는 이번 휴일을 물가 저택에 딸린 손님용 별채를 빌려준 친구 페이와 함께 지낼 생각이었다. 너도 마음에 들 거야. 넌 항상 물을 좋아했잖아. 나는 물을 좋아했던 기억이 없지만, 어머니 말이 옳다고 믿었다.

페이에겐 개인적인 문제가 있었다. 도벽이 있는 전 남편이 그녀가 몇 년간 팁을 후하게 주며 알고 지내던 골프클럽 탈의실 직원과 달아났다. 역겨웠다! 그래도 페이는 시간을 내어 손님용 별채에 식료품과 술을 채워놓았고, 형편없는 전남편을 꼬챙이로 찌르려고 변호사를 찾아가기 전에 만약 자신의 땅에 어머니의 남편이 한 발이라도 들이면 크게 후회할 거라고 말했다. 어머니는 한숨을 쉬며 페이에게 감사의 웃음을 지어 보였다. 그러나 페이의 엠지 스포츠카 소리가 잦아들자 어머니는 페이가 분노로 소진되었다고 해명했다. 끔찍하고 수치스러워서 허탈감마저 느껴졌다.

페이의 손님용 별채에는 베란다 너머로 만이 내다보이는 긴 안락의자가 한 쌍 있었다. 이른 저녁 빛에 돛단배들이 섬세한 초승달 모양 파도 사이에서 출렁였다. 해가 한동안 만물을 분홍빛으로 물들이며 넘어가자 선글라스 뒤에 숨은 어머니 얼굴도 덜 일그러져 보였다. 어머니는 그 주에 특별히 혹독한 출판 거절 편지가 도착했고 이제 그 소설은 죽어버렸다고 말했다. 어떤 소설이요? 소설이 몇 편 된다는 걸 알았다. 어머니는 침묵했다. 작은 배가 방향을 돌리더니 태양이 보여주는 마지막 은빛을 향해 곧장 나아갔다. 엄마?

어쩌면 전부 죽었을지도 모른다. 가능한 일이었다.

나는 예의상 입을 다물었다가 잠시 후 말했다. 사람들은 가끔씩 그렇게 느낀다고. 예술영화 전용 극장에서 벌어지는 절망과 부활의 이야기를 들려주었다. 배우이자 안내원인 어떤 사람은 6번가 맥도날드에서 프랜시스 포드 코폴라 감독을 만나 지금은 그의 문학 잡지사에서 야간 인턴으로 일한다. 다음에 어떤 일이 일어날지 누가 알겠는가? 게다가 그 사람은 곧 영화를 포기할 예정이다. 또 억압적인 가정환경과 열병 때문에 예술과 헤어져 한동안 상처투성이였던 내 남자친구는 어떤가? 지난 월요일 쿠퍼 유니언 크로키 대회에서 2등씩이나 했는데! 게다가 나는 또 어떻고?

우리 아가, 몽상가구나. 어머니가 입을 다물고 한쪽 입꼬리로만 웃는 미소를 지었는데, 그 미소가 어머니 남편과 똑 닮았다. 전에도 이런 미소를 본 적이 있다. 바로 이런 주제 앞에서 끌려 나온 미소였다. 하지만 어머니의 남편은 전문가였다. 이건 달랐다. 두 사람은 어린애가 아니었다.

뭐, 나도 정확히 어린애는 아니라고 말했다. 하지만 어머니는 아무 대답도 하지 않으면서 내가 어린애라고 말하고 있었다. 이 모든 것은 어머니가 내게 보내는 수표와 현금 선물과 내가 생일마다 받는 겨울 코트와 부츠, 그리고 전자레인지와 그에 어울리는 거실 세트로 요약되었다. 또 어머니가 나 대신 주택조합 이사회와 콘에드 전력 가스 공급회사와 체결한 계약도 있다. 나는 예술영화 극장에서 받은 급여로 교통비와 식비를 해결했다. 그러나 나머지는 어머니의 집에 왔던 사람이라면 누구나 알다시피, 그리고 늙은 스벤이 특별히 목소리를 높였던 대로 용돈으로 충당했다. 그동안 어머니의 친구들이 자랑해 마지않는 자식들은 셋째를 낳아 키우고 세컨드하우스를 마련하기 위해 정신없이 바빴다. 심지어 페이에게도 아스펜에 공동 소유 별장을 가진 딸이 있었다.

예술을 추구할 때의 재정적인 측면은 예술영화 극장에서 우리가 추구했던 진심 어린 깊은 이야기의 대상이 아니었다. 이제 소설을 향해 마음이 기울고 있었으므로, 나는 500파운드와 자기만의 방을 이야기한 버지니아 울프를 인용하고 싶었다. 혹시 그것들을 어머니에게서 받으면 안 된다는 단서 조항이 있었던가?

어머니는 보드카 콜린스 칵테일을 얼굴 쪽으로 살짝 기울이고 검은 물을 곁눈질했다. 대나무로 만든 티키 횃불 불빛이 검은 수면에 비친 모습이 꿈틀거리는 해파리처럼 보였다.

혹시 내가 새로 쓴 이야기 듣고 싶어요?

얘야, 어둠 속에서 읽으면 눈이 나빠질 거야.

짧아요, 암송할게요!

오, 내 강아지. 그러렴.

하지만 그때 총성 같은 페이의 엠지 스포츠카 엔진 소리가 손님용 별채 옆의 자갈길 쪽에서 들려왔다. 어머니가 안도한 것처럼 보였던 건 단지 내 상상일 뿐이었을까? 페이가 수국을 헤치며 미친 듯이 뛰어 들어왔다. 그 쓰레기 자식이 탈의실 계집애랑 결혼했대, 말이 돼? 내 어머니는 아름답고 너그러웠다. 자신에게는 그런 일이 절대로 일어나지 않을 것을 알았다. 어머니가 다정하고 사려 깊은 말을 하자 페이가 웃음을 터뜨렸다.

나는 아직도 내 이야기를 생각하고 있었다. 혹시 페이도 이야기를 듣고 싶어 할까? 어머니는 마음을 달래줄 마티니를 만들겠다고 제안했다. 그러나 페이는 자신이 직접 만들겠다고 했다. 페이는 어머니의 붕대를 가리키며 그 손으로는 아무것도 섞지 않은 베르무트만 마시게 될 거라고 농담했다. 순간 어머니와 페이가 동시에 고양이 소리를 내며 웃었다. 나는 어머니가 내가 아닌 다른 여성과 그토록 친근하고 내밀할 수 있다는 생각에 화들짝 놀랐다. 새롭게 보였다.

그러나 가장 큰 소식은 재앙 같은 출판 거절 편지뿐만 아니라 늙은 스벤이 유언장에 심술을 부려놓았다는 사실이었다. 페이와 어머니는 바닥에 쭈그리고 앉아 목이 긴 술잔을 공중에 들고 이야기를 나누었다. 알고 보니 스벤은 재산의 상당량을 작가조합 앞으로 남겼다! 그리고 포스트잇에 흘려 쓴 글씨로 어머니의 남편에게 잔인한 쪽지를 남겼다. “네 동료들을 위한 일이니, 너도 분명 기뻐하겠지.”

그는 기뻐하지 않았다고 어머니가 말했고, 페이가 당연하다는 눈길을 보냈다. 두 사람 모두 잔을 비우자 나는 다시 내 이야기를 암송해보겠다고 제안했다. 얘야! 두 사람은 동시에 말을 길게 끌다가 킬킬거리며 쓰러졌다. 그들은 웃음을 멈출 수가 없어서 길게 뻗은 날씬한 다리 위로 조각 같은 머리를 숙이고 소리를 질렀다. 오, 맙소사. 얘야! 어머니가 다시 무슨 말을 하려다가 결국 모기를 쫓는 사람처럼 부어오른 손을 재빨리 휘저었고, 페이는 여전히 더 크게 웃었다. 마침내 페이가 일어나 헛기침을 하더니 이 문제는 자기가 해결하겠다고 했다. 아직도 웃느라 눈에 눈물이 고여 있었지만, 입은 침울해 보였다. 우리 천사! 페이가 말했지만 어머니는 여전히 고개를 아래로 숙이고 있었다. 네 어머니가 오늘은 문학에 충분히 질렸다고 생각하지 않니? 솔직히 나라면 평생 질렸다고 할 거야. 그렇지 않니?

오, 페이! 그만해. 아가, 네 이야기는 내일 차 안에서 들을게, 응? 페이, 그만해. 그때는 나도 정말로 집중해서 들을 수 있을 거야. 알겠니?

알겠어요.

착하기도 해라. 페이가 말했다.

아가! 내 어머니가 한숨을 쉬었다.

격정하지 말아요.

만약 한 단락이 조금 넘으면 원고를 내게 보내주렴. 더 자세히 살펴볼 수 있을 거야.

한 단락 정도예요.

페이가 능청스럽게 웃었고, 이제 바깥이 정말로 어두워졌기 때문에 어머니는 선글라스를 벗고 진지한 표정으로 페이를 쳐다보았다. 그러나 어머니의 눈이 심하게 부어올랐고 티키 횃불의 희미한 불빛으로도 진한 자주색 멍이 확연히 보였기 때문에 어머니의 의사소통은 길을 잃었고, 페이도 웃음을 멈추고 술잔을 내려놓았다.

루를 불러야겠어. 페이가 말했다. 루는 쓰레기 같은 페이의 전남편이다. 그는 정형외과 의사였다. 어머니는 절대로 안 된다고 했다. 하지만 페이는 부드러워 보이는 손가락으로 귀를 만지작거리더니 곧장 손님용 별채 안으로 들어갔다. 루는 15분도 안 되어 도착했다. 그와 페이는 서로의 뻔뻔스러움을 몹시 혐오하는 사람들치고는 놀랍게도 우정 어린 모습을 보여주었다. 루는 내가 어렸을 때 골프클럽 브런치 모임에서 나를 만났던 일을 다정하게 기억해주었지만, 페이의 손님용 별채 드레스룸에 설치된 조명 아래서 어머니의 상처를 치료하는 동안에는 나를 완전히 잊었다. 그가 어머니에게 진정제를 주었다. 이튿날 아침에 어머니가 몹시 피곤해해서 페이가 나를 버스정류장까지 태워다주었다.

나는 그날 오후 극장에서 일해야 했고, 어머니는 어서 가라고 등을 떠밀었다. 걱정하지 마. 어머니가 말했다. 어머니는 엄청나게 졸려 했다. 걱정하지 마. 페이가 말했다. 걱정하지 마. 내가 전화했을 때 미대생 남자친구도 말했다.

그 직후 내 다리가 제 맘대로 기능을 멈춰버리는 바람에 나는 어머니 생각을 할 필요조차 없었다. 다리는 난데없이 비틀거렸고 이어서 엉덩이, 무릎, 발목까지 파문이 일 듯 잇따라 무너졌다. 걷기가 힘들어졌다. 그래머시 파크에서 극장에 가려면 지하철을 타야 했는데, 지하철 계단을 내려가는 일이 특히 어려웠다. 이미 현대무용에서 소설 쓰기로 전향하고 있었기 때문에 그리 큰 문제가 아닐 수도 있었다. 하지만 내겐 유명한 화이트 칼럼스에서의 마지막 공연이 남아 있었다. 늙은 스벤이 크리스마스에 스피커폰을 통해 말했던 나의 '펠리컨의 노래'였다. 그러고 보면 그게 스벤의 마지막 선언이었다. 어머니와 남편은 여느 때처럼 공연에 올 계획을 세워두었다. 두 사람은 안무가가 휴일 모금행사를 열었을 때 그에게 거액의 수표를 보냈다. 그리고 안무가는 급히 공연 막바지에 3분짜리 독무 〈사랑의 날개〉를 만들어서 내게 맡겼다! 그런데 내 다리가 갑자기 녹아내리면서 기부금을 넉넉히 받은 안무가의 인내심을 시험하고 있었다.

나는 이 문제를 글로 써서 내 상황을 전달하기로 했다. 문제를 의식함으로써 문제를 해결하는 방법이었다. 그래서 어머니와 그 남편을 두고 내가 이해한 바를 서술하기 시작해 한 단락을 꽉 채웠다. 생각보다 어려웠다. 내가 몇 년간 몇 차례 잠깐씩 훑어봐서 알고 있는 어머니 남편의 소설에는, 몹시 직설적인 남근숭배 성행위를 향한 물리지 않는 취향과 놀랍도록 적극적이고 굉장한 젖꼭지를 가진 여자들이 등장한다. 내가 쓴 단락에도 분명 성행위가 등장하지만, 체계가 달랐다.

어머니날과 공연 사이 2주일은 정말 끔찍했다. 걱정과 여러 차례의 리허설과 글쓰기의 고통(이 점은 어머니 남편에게 공감하기 시작했다)이 이어졌다. 그리고 비가 왔다. 매일 하루도 빠짐없이. 나는 팝콘 모양 봉지에 팝콘을 쏟아부으며 2교대로 일해야 했다. 웨스트빌리지 주민 전원이 극장에 오는 것만 같았다. 매일 밤 집에 도착할 무렵이면 늦은 시간이었고, 페이의 손님용 별채 전화기는 울리고 또 울렸다.

마침내 미대생 남자친구가 내 에어매트리스 위에서 사랑을 나눌 수 있을 만큼 회복되었다. 우리는 격하게 몸을 움직이고 침을 흘리고 누텔라로 서로의 가슴에 그림을 그렸다. 자정이 지나고 전화벨이 요란하게 울렸을 때 집요하게 내 전화번호를 따낸 그의 어머니라고 생각했다. 그러나 자동응답기가 돌아가자 스피커 너머로 말없이 울기만 하는 소리가 흘러나와 작은 방에 메아리쳤다. 어머니였다. 나는 비틀거리며 걸어가 수화기를 들었다. 잠깐, 잠깐만요. 여보세요?

어머니는 아직 수화기 너머에 있었다. 숨을 거칠게 몰아쉬며 흐느껴 울었다. 아가? 나는 가슴이 떨리며 힘이 빠지는 걸 느꼈다. 어디예요?

집이야. 어머니는 바람개비 무늬 벽지를 바르고 자쿠지 욕조를 설치하고 오랫동안 고민했던 포켓 도어가 달린(가운데를 단단한 나무로 할까, 초록색 유리를 끼울까?) 화장실에 들어가 문을 잠그고 있었다. 어머니의 거친 호흡 너머로, 어머니가 최종 선택한 소용돌이무늬 단풍나무 문을 주먹으로 두들기며 휴일 메시지를 준비하는 늙은 스벤처럼 고함을 질러대는 먹먹한 소리가 들려왔다. 잠겼어. 어머니가 말했다. 나는 열심히 생각했다. 그 화장실 창문을 열면 골프 연습장과 인접한 파티오로 내려가는 구조물이 나온다. 어머니의 골반(어머니는 그 단어를 싫어했다)이, 아니 엉덩이가 창밖으로 빠져나가면 집 외벽 쪽에 엉덩이를 대고 내려가라고 말했다. 그러면 덜컹거리면서 아래로 내려갈 수 있을지도 모른다.

미친 짓이야. 미대생이 말하며 웃었다(그 웃음 때문에 우리 관계가 끝났다). 변기 물을 내려요. 어머니 남편이 내 소리를 듣기라도 하는 것처럼 나는 어머니에게 속삭이며 말했다. 변기 물을 내리고 창문 걸쇠를 풀어요. 내가 다음 버스를 타고 프리홀드로 갈게요. 그냥 타운까지 걸어와요. 할 수 있어요?

물론이지. 어머니가 나를 안심시키며 말했다. 어머니가 창밖으로 빠져나올 수만 있다면 거기서 나를 만날 수 있을 것이다. 그 사람이 나더러 역겹고 썩어가는 보지라고 했다? 어머니는 자신이 제대로 행동하고 있는지 검토하는 사람처럼 질문형으로 말했다.

그렇지 않아요. 엄마, 발 조심해요. 깨진 유리가 있을지도 몰라요.

아가, 부디! 어머니가 속삭였다.

어머니는 자러 갈 때도 옷을 차려입는 여자였다. 버스가 프리홀드의 24시간 간이식당 앞에 멈춰 섰을 때 나는 혹시 호랑가시나무 덤불 사이로 어머니의 크림색 새틴 가운이 스쳐 지나가는 게 보일까 봐 차창으로 주차장 너머를 살펴보았다. 배기가스 냄새가 밴 버스 안의 열기가 누텔라를 끈적끈적하게 녹여버렸다. 잠옷으로 입는 티셔츠가 가슴에 들러붙었다. 나는 긴가민가하며 버스 계단을 내려갔다. 버스 운전사가 나를 빤히 보았다. 도로나 봐, 이 변태야. 나는 버럭 소리를 지르고 곧 부끄러움을 느꼈다. 내 소리를 들었다면 어머니도 부끄러웠을 것이다.

나는 어머니에게 입힐 외투와 신발을 챙겨왔다. 운동화는 운동선수들이나 신는 거라고, 어머니는 늘 주장했다. 그래서 나는 내가 가진 유일한 검은색 슬링백 구두와 어머니가 내게 준 아름다운 실크 코트를 가져왔지만, 돈은 없었다. 버스 요금도 미대생에게 빌렸다. 버스가 멀어지고 고요가 내려앉자 어머니에게도 현금이 충분하지 않겠다는 생각이 떠올랐다. 그래도 괜찮았다. 먼저 어머니부터 찾고, 어머니가 옷을 적당히 차려입으면 페이의 손님용 별채까지 차를 얻어 탈 수 있을 것이다.

한 시간쯤 흘렀을까? 어두워서 알 수가 없었다. 어머니가 끝내 나타나지 않자 나는 어머니 집까지 옥수수밭을 지나서 오래 걷기 시작했다. 온화한 날씨였지만 덜덜 떨렸고 배가 고팠다. 울퉁불퉁한 모양의 그림자가 보일 때마다 도로변에 짐승처럼 쓰러진 어머니를 발견하게 될까 봐 두려웠다. 그러나 어머니는 보이지 않았다. 어머니 집 진입로 끝에 도착했을 때 집 안은 휴일 파티를 열 때처럼 불이 환했다. 진입로 곡선을 따라 설치된 버튼 조명이 향기로운 복숭아나무 사이에서 빛났다. 깊숙한 앞 베란다에 놓인 길쭉한 모양의 화분에 무성한 아이비와 노간주나무가 환히 빛났다. 집필실도 손님용 방도 응접실도 안방도 전부 환하게 불이 밝혀져 있었다. 집 뒤로 돌아가자 마치 파티 참석자들이 전부 바닷가로 몰려간 것처럼 차고 문이 활짝 열려 있었다. 어머니가 즐겨 모는 파란색 캐딜락이 머드룸 문에 가깝게 세워져 있었지만, 어머니 남편의 근엄한 세단형 벤츠는 보이지 않았다. 집 안에 들어가지 않아도 어머니가 거기 없다는 걸 알 수 있었다.

¶

어머니는 내게 편지를 썼다.

> 사랑하는 내 아가, 이상하게 생각하겠지만 우린 다시 시작하기 위해 멀리 떠나왔단다. 작가는, 특히 진정한 예술가라면 이곳에서 제대로 살기가 어려워. 늙은 스벤이 자기 아들보다는 너에게 더 친절했어. 봉투 안을 보면 알게 될 거야. 나는 누구보다 널 사랑하고, 언제나 그랬듯이 앞으로도 영원히 사랑할 거야.

봉투에 연필로 내 출생일이 적혀 있었다. 고용된 배달원이 편지를 내 문 밑으로 밀어 넣었다. 편지는 타자로 썼고 서명은 없었다. 10만 달러짜리 수표가 들어 있었다.

늙은 스벤의 개인 변호사가 과수원집을 경매로 팔았다. 변호사가 내게 전화를 걸어 집안의 가구와 구유 장식을 어떻게 처리할지 물었지만, 나는 아무것도 원하지 않았다. 가끔 내가 독촉하면 이 변호사가 두 사람은 잘 지내고, 지금 조용한 곳에 살며, 그저 약간의 평화가 필요할 뿐이라고 말해주었다. 그리고 마치 어머니가 전화기 너머에서 기다리고 있기라도 한 것처럼 어머니의 다정한 안부를 전한다고 말했다. 때로 나는 어머니가 아직도 나를 찾고 있다고 생각한다. 다만 정장과 가죽 구두를 신은 내 모습을 알아보지 못할 뿐이라고. 가끔 나는 책들의 뒤쪽 페이지를 훑어본다. 여성들을 일회용품처럼 부수적으로 다룬 살인 추리소설에 집중한다. 특히 가명처럼 보이는 작가들의 책을 읽으며, 언젠가 그 사람이 어머니가 얼마나 대단하고 아름다운 사람인지, 그리고 이 모든 것을, 전적으로 모든 것을 가능하게 한 사람은 어머니라고 용기 내어 말할 날을 기다리며 감사의 말들을 읽어본다.

2004년 170호

가슴이 찢어지는 듯한 슬픔

메리 겟스킬

〈펠리컨의 노래〉는 끔찍할 정도로 슬프다. 이 슬픔은 제목이 암시하는 터무니없음 때문에 강조된다. 이는 가족의 의무라는 이름으로 여주인공이 우아한 드레스처럼 입어야 했던, 숨 막히는 비닐봉지처럼 그녀에게 씌워진 악의적인 터무니없음이다. 타고난 순종적 인간인 그녀는, 그 터무니없음을 걸친 채 미친 가족이 그녀를 위해 만든 대리석 테이블과 바람개비 무늬 벽지, 초록색 유리로 된 티키 횃불로 구성된 장애물 경주에 맹목적으로 뛰어든다. 불평 없이, 예의 바르게.

30대 사람들이 실제 예술 작품을 생산하지 않아도 자신이 예술가라고 믿을 수 있게 허락하는 문화적인 시대를 살아간다고 해도, 별 도움이 되지는 않는다. 그녀의 부모가 글쓰기로 전향하기 전 마지막 무용 공연을 앞둔 딸을 위해 안무가에게 거액의 수표를 건넬 수 있는 사람들이라도 도움이 되지 않는다.

제목인 '펠리컨의 노래'는 그녀의 의붓할아버지가 냉소적으로 가리킨 말이다. 의붓할아버지가 어미 펠리컨이 제 가슴을 열어 그 피로 새끼를 먹인다는 펠리컨의 기독교적 상징을 알고 있었는지 아닌지는 모른다. 확실히 이 소설에는 어미 펠리컨과 같은 고통과 상처가 많이 등장하고, 일부는 양육이 목적이기도 하다. 그러나 소설 속 양육은 모두 아프게 묘사되고, 등장인물이 사는 세계는 우아하게 풍요로운 동시에 사악하다.

〈펠리컨의 노래〉는 지금껏 읽어본 작품 가운데 오직 부유한 사람들만이 스스로 타격을 가할 수 있다는 공포를 가장 설득력 있게 묘사한 소설이다. 여주인공이 이 공포를 통과해 걸어가는 동안에도 여전히 사랑과 선의의 존재를 믿고자 하는 대목은 그 무엇보다 설득력 있다.

가슴이 찢어질 만큼 슬프다.

메리 겟스킬

Mary Gaitskill

1954년 미국 켄터키에서 태어났다. 《뚱뚱하고 마른 두 소녀Two Girls, Fat and Thin》, 《베로니카Veronica》 등의 소설을 썼다. 호튼 미플린 하코트 출판사에서 매해 발간하는 《미국 최고의 단편소설》에 네 차례 선정되었으며, 오헨리상을 두 차례 받았다. 뉴욕대학교, 브라운대학교, UC 버클리대학교 등에서 글쓰기를 가르쳤다.

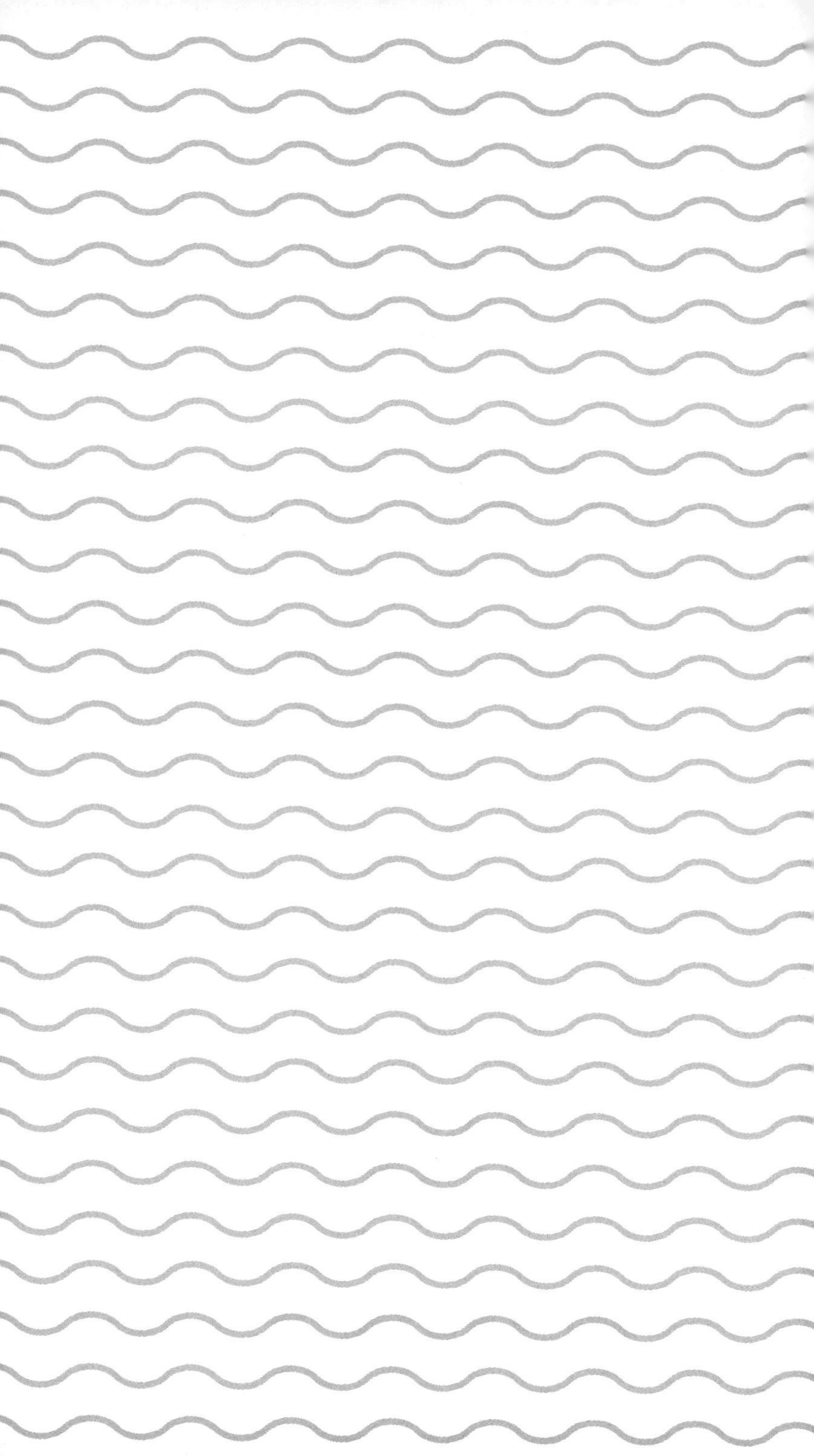

Funes the Memorious

모든 걸 기억하는 푸네스

호르헤 루이스 보르헤스

Jorge Luis Borges

아르헨티나의 소설가이자 시인. 1899년 부에노스아이레스에서 태어났다. 《픽션들》, 《알레프》 등의 소설을 썼다. 실제와 상상이 뒤섞인 독특한 글쓰기로 세계적 명성을 얻었다. 시집에 산문을 싣고, 고대 노르드어와 앵글로색슨어를 공부해 작품에 반영하는 등 실험적인 글쓰기를 시도했다. 국제출판인협회에서 수여하는 포멘터상, 스페인 국왕이 수여하는 세르반테스상 등 다수의 상을 받으며 문학적 공로를 인정받았다. 1986년 스위스 제네바에서 사망했다.

손에 거무스름한 시계꽃을 든 그를 기억한다(이 신성한 동사를 내뱉을 권리가 내겐 없고, 지상의 단 한 사람만이 그럴 권리가 있는데 그는 죽었다). 평생 그는 새벽 여명부터 저녁 황혼까지 그 꽃을 바라보면서도 늘 처음 마주하는 것처럼 관찰했다. 나는 담배 연기 너머로 보였던, 과묵하고 원주민 같으면서 독보적으로 '초연'한 그의 얼굴을 기억한다. (내가 기억하기에) 그의 손은 가죽을 꼬는 일을 하는 사람처럼 앙상했다. 그 손 가까이에 있던 우루과이 문장이 새겨진 마테차 찻잔을 기억한다. 그의 집 창문에 걸린, 흐릿한 호수 풍경이 그려진 노란색 가리개를 기억한다. 그의 목소리를 뚜렷이 기억한다. 요즘 이탈리아 사람들처럼 치찰음이 섞이지 않은, 옛날 교외 사람들의 느리고도 울분에 찬 콧소리였다. 나를 그를 세 번밖에 못 봤는데, 마지막이 1887년이었다……. 그를 알았던 모든 사람이 그에 관해 글을 쓸 거라고 생각하면 몹시 만족스럽다. 출판될 책들 가운데서 내 증언이 가장 짧고 틀림없이 가장 빈약할 테지만, 편협하지는 않을 것이다. 나는 개탄스럽게도 아르헨티나 사람이라서 우루과이 사람을 묘사할 때 으레 떠올리는 디티람보*에 빠지지는 않을 테니 말이다. 푸네스는 '배운 놈', '닳고 닳은 도시 놈', '잘난 척하는 놈' 등의 모욕적인 말을 한 적은 없지만, 그의 눈에는 틀림없이 내가 그렇게 불행한 모습으로 보였을 것이다. 우루과이 시인 페드로 레안드로 이푸체는 푸네스를 가리켜 초월적인 능력을 지닌 사람의 대표격이라며 "우루과이 본토의 소박한 차라투스트라"라고 썼다. 이것에 대해 논쟁하고 싶지는 않다. 하지만 우루과이 프라이벤토스 거리의 아이였던 그 역시 어느 정도 한계를 지녔다는 사실을 잊어서는 안 된다.

푸네스에 관한 첫 기억은 아주 선명하다. 1884년 2월 혹은 3월 어느 오후의 그가 눈에 선하다. 그해 아버지는 나를 데리고 프라이벤토스로 휴가를 보내러 왔다. 나는 사촌 베르나르도 아에도와 함께 산 프란시스코 목장에서 돌아오는 중이었다. 우리는 말을 타고 노래를 부르며 왔는데, 내가 신이 났던 것은 단지 말을 탔기 때문만은 아

* 술의 신 디오니소스에게 바치는 송가로 열광적이라는 특징이 있다

니었다. 한낮의 무더위가 지나가자 석판 색깔의 거대한 폭풍 구름이 하늘을 덮었다. 남풍이 불어왔고 나무들은 이미 거칠게 흔들렸다. 탁 트인 벌판 한가운데서 광포한 비가 갑자기 덮쳐오면 어떡하나 두려웠다(동시에 그러길 희망했다). 폭풍 구름과 경주를 벌이듯이 달렸다. 우리는 양쪽으로 매우 높은 벽돌로 된 인도가 늘어서 있고 가운데는 푹 꺼진 좁은 골목길에 접어들었다. 갑자기 사방이 어두워지더니 위쪽으로 재빠르고 은밀한 발소리가 들렸다. 눈을 들어보니 한 소년이 좁고 헐어버린 인도를 부서진 담장 위를 따라가듯 달리고 있었다. 그의 축 늘어진 헐렁한 가우초 바지와 밧줄로 바닥을 댄 샌들이 기억난다. 어느새 끝없이 펼쳐진 먹구름을 배경으로 그의 굳은 얼굴에 물린 담배가 기억난다. 베르나르도가 그 소년에게 소리쳤다. "지금 몇 시야, 이레네오?" 소년은 하늘을 보지도, 걸음을 멈추지도 않고 대답했다. "어이, 여덟 시 4분 전이야, 베르나르도 후안 프란시스코." 그의 목소리는 날카롭고 조롱하는 듯했다.

나는 다른 데 신경 쓰고 있어서 사촌이 강조하지 않았다면 방금 말한 그 대화는 내 관심을 끌지 못했을 것이다. (내 생각에) 마을에 자부심이 있는 사촌은 어린 소년이 자신의 이름 전체를 또박또박 불러도 동요하지 않는 모습을 보여주고 싶었던 것 같다.

사촌은 골목길에서 만난 그 친구가 사람들과의 접촉

을 기피하고 언제나 시계처럼 정확한 시간을 아는 등 몇 가지 독특함으로 유명한 이레네오 푸네스라고 알려주었다. 그 소년은 마을에서 다림질 일을 하는 마리아 클레멘티나 푸네스의 아들인데, 어떤 사람은 그의 아버지가 정육 공장의 영국인 의사인 오코너라고 하고, 또 어떤 사람은 살토 지방의 말 조련사나 감시원이라고 덧붙였다. 소년은 라우렐레스 가족의 집에서 모퉁이를 돌면 나오는 집에서 어머니와 함께 살았다.

1885년과 1886년에 우리는 몬테비데오에서 여름 휴가를 보냈다. 1887년에 나는 프라이벤토스로 돌아왔다. 내가 아는 모든 사람의 안부를 물었고, 마지막으로 '시계 장치 같은' 푸네스에 관해 물었다. 푸네스는 산 프란시스코 목장에서 길들이다 만 말에서 내동댕이쳐지는 바람에 가망 없는 전신 마비 상태에 빠졌다고 했다. 그 소식이 불러일으킨 마법 같은 불편한 감각을 기억한다. 나는 그를 딱 한 번 보았다. 당시 우리는 목장에서 말을 타고 돌아가는 중이었고 그는 높은 인도를 따라 달리고 있었다. 사촌 베르나르도의 말에 따르면 그 사고는 이전의 여러 요소로 구성된 꿈 같은 면이 상당히 많았다. 푸네스는 꿈쩍도 하지 않은 채 침대에 누워 뒤뜰의 무화과나무나 거미줄을 바라보았으며, 오후가 되면 창가로 자리를 옮겨달라고 했다. 그는 자존심이 무척 강해서 자신에게 닥친 불행이 유익한 일인 것처럼 행동하기에 이르렀다……. 나는 창문 쇠창살 뒤에 있는 그를 두 번 보았다. 그 쇠창살은 영원히 죄수가 되어버린 그의 처지를 가혹할 정도로 강조해주었다. 한 번은 눈을 감은 채 미동도 없었다. 또 한 번은 역시 움직임은 없었지만 향기로운 산토니카 잔가지를 보며 생각에 잠겨 있었다.

당시 나는 약간의 허영심 때문에 라틴어를 체계적으로 공부하려 했다. 작은 여행 가방 안에는 로몽의 《로마 명인전》과 퀴셰라의 《유의어 사전》, 율리우스 카이사르의 논평들이 있었다. 소박한 라틴어 실력으로는 점점 힘에 부쳐가는 플리니우스의 《박물지》 1권도 들어 있었다(이 책들은 지금 실력으로도 힘에 부친다). 작은 마을은 소문이 금방 퍼지기 마련이라서 변두리 집에 사는 푸네스도 이런 특별한 책들이 마을에 도착했음을 알게 되었다. 그는 내게 미사여구와 격식이 지나친 편지를 보내왔다. 그는 "1884년 2월 7일"의 안타까울 정도로 짧았던 우리의 만남을 떠올렸고, 같은 해 돌아가신 나의 삼촌 그레고리오 아에도가 "이투사잉고의 용맹한 전투에서 우리 두 국가에 바친" 영광스러운 공로를 칭찬했으며 "아직 라틴어에 무지하므로 원본을 제대로 이해할 수 있도록" 사전과 함께 내가 가져온 책 중 아무거나 한 권 빌려달라고 부탁했다. 또 책의 상태를 해치지 않고 가능한 한 빨리 돌려주겠다고 약속했다. 그의 글씨체는 완벽했고 윤곽이 매우 날카로웠다. 철자법은 안드레스 베요가 주장한 대로 y 대신 i를, g 대신 j를 썼다. 처음에는 당연히 농담이라고 생각했다. 그러나 사촌들은 절대 농담이 아니며 이게 바로 푸네스의 특징이라고 했다. 사전도 다른 어떤 도구도 없이 그 어려운 라틴어를 배울 수 있다는 생각이 그의 오만인지 무지인지, 아니면 어리석음인지 알 수 없었다. 그래서 그의 망상을 완전히 깨뜨려주고 싶은 마음에 퀴세라의 《시작법 개론》과 플리니우스의 작품을 보냈다.

2월 14일 부에노스아이레스에서 아버지의 건강이 "전혀 좋지 않음" 상태이니 급히 귀국하라는 전보를 받았다. 오, 하늘이시어. 다급한 전보의 특별한 수신인이 되었다는 사실과 프라이벤토스의 모든 이에게 이 전갈의 부정적인 내용과 위압적인 부사 사이의 모순을 알리고 싶은 욕망, 그리고 남자답게 절제하는 척 굴면서 내 고통을 극적으로 꾸미고 싶은 유혹 때문에 진정한 슬픔을 느낄 새도 없었다. 짐을 싸다가 《시작법 개론》과 《박물지》 1권이 없음을 깨달았다. 사투르노호는 다음 날 아침에 출항하기에 그날 밤 저녁 식사 후 푸네스의 집으로 향했다. 저녁인데도 낮처럼 후텁지근해서 깜짝 놀랐다.

조그만 집에서 푸네스의 어머니가 문을 열어주었다.

그녀는 뒷방에 머무르는 푸네스가 어둠 속에 있어도 놀라지 말라고, 그는 촛불을 켜지 않아도 별일 없이 시간을 보낼 줄 안다고 말했다. 타일을 깐 안뜰과 작은 통로를 지나 두 번째 안뜰에 도착했다. 거기에는 포도 덩굴이 하나 있었는데, 그 때문에 어둠이 완전해 보였다. 푸네스의 조롱하는 듯한 목소리가 불쑥 들려왔다. 그는 라틴어로 말하고 있었다. 연설문이나 기도문, 주문 같은 것들을 침울한 기쁨을 담아 읽는 (어둠 속의) 목소리는 또렷했다. 흙이 깔린 안뜰에 로마 말이 울려 퍼졌다. 나는 겁에 질려 그 말들은 해독할 수 없고 끝나지도 않을 거라고 생각했다. 나중에 그와 밤늦도록 긴 대화를 나누면서 그가 한 말들이 《박물지》 2권 7편 24장의 첫 단락임을 알게 되었다. 그 장의 주제는 기억이었고, 마지막 말은 "ut nihil non iisdem verbis redderetur auditum(어떤 말도 듣고 나서 똑같은 말로 반복할 수는 없다)"였다.

푸네스는 목소리를 조금도 바꾸지 않은 채 내게 들어오라고 했다. 그는 침대에서 담배를 피우고 있었다. 동이 틀 때까지 그의 얼굴을 보지 못했던 것 같다. 그리고 이따금 붉게 이글거렸던 그의 담배를 기억한다고 생각한다. 방에서 희미하게 축축한 냄새가 풍겼다. 나는 자리에 앉아 전보와 아버지의 병환에 대해 다시 말했다.

이제 이야기의 가장 어려운 대목에 이르렀는데(독자들도 알고 있는 게 좋겠다) 이 이야기는 반세기 전에 나눈 대화의 짧은 줄거리일 뿐이다. 그 대화를 그대로 반복하지는 않을 것이고 온전히 되살릴 수도 없다. 푸네스가 말해준 많은 것을 정확히 요약하는 게 좋겠다. 간접화법은 실제와 거리감이 있고 힘도 약하므로 이 진술은 그다지 효율적이지 않다. 그러므로 간간이 나를 압도한 그날 밤의 시간들은 상상으로 보충해야 할 것이다.

푸네스는 라틴어와 스페인어로 《박물지》에 기록된 놀라운 기억의 사례들을 열거하는 것부터 시작했다. 페르시아의 왕 키루스는 자기 군대의 병사들 이름을 전부 외웠고, 미트리다테스 에우파토르는 제국에서 사용하는 스물두 가지 언어로 법을 집행했으며, 시모니데스는 기억술의 창시자였고, 메트로도루스는 한 번밖에 듣지 않은 것도 정확히 반복할 수 있었다. 푸네스는 이런 사례들을 굳게 믿는 동시에 그러한 이야기들이 대단히 경이롭게 여겨진다는 사실에 놀랐다. 그는 청회색 말이 자신을 내동댕이쳤던 그 비 내리던 오후까지만 해도 다른 인간들처럼 눈이 멀고 귀가 먹고 아둔하고 얼빠진 상태였다고 말했다 (나는 그가 시간을 늘 정확히 알고 사람 이름을 비상하게 기억했음을 상기시키려 했지만, 그는 내 말에 관심을 보이지 않았다). 그는 19년 동안 꿈꾸듯 살아왔다. 보지도 않고 봤으며, 듣지 않은 채 들었고, 모든 것을, 거의 모든 것을 망각했었다. 그러다가 말에서 떨어지면서 의식을 잃었다가 깨어난 이후로는 참을 수 없을 정도로 풍요롭고 날카로웠다. 가장 오래되고 사소한 기억까지 선명하게 살아났다. 잠시 후 몸이 마비 상태임을 알았지만, 그 사실은 거의 관심의 대상도 되지 못했다. 그는 마비 상태가 최소한의 대가라고 (느꼈으며 그렇게) 합리화했다. 이제 그의 지각과 기억은 절대적으로 정확해졌다.

우리는 한눈에 탁자 위의 유리잔 세 개를 인지할 수 있을 뿐이지만, 푸네스는 포도 덩굴을 이루는 모든 나뭇잎과 줄기와 포도알을 인지했다. 그는 1882년 4월 30일 동틀 녘 남쪽 하늘의 구름이 어떤 형태였는지 전부 외웠다. 딱 한 번 봤던 스페인 장정 책의 얼룩덜룩한 줄무늬, 케브라초 봉기가 일어나기 전날 밤 네그로강에서 어떤 노가 일으킨 물보라의 윤곽을 그 구름들과 비교할 수도 있었다. 그런 기억들은 단순하지 않았다. 시각적인 이미지는 각각 근육이나 온도 감각과 연결되어 있었다. 그는 모든 꿈이나 선잠에서 꾼 꿈까지 전부 재구성할 수 있었고 두세 번에 걸쳐 하루 전체를 재구성했다. 그는 절대로 머뭇거리지 않았지만, 이런 재구성은 꼬박 하루가 걸렸다. 그가 말했다. "나 혼자 지닌 기억이 아마 이 세상이 생겨난 이후 모든 인류가 가졌을 기억보다 더 많을걸요." 그리고 이렇게도 말했다. "내 꿈은 당신 같은 사람들이 깨어 있는 시간과 같아요." 동이 틀 무렵에는 이렇게 말하기도 했다. "선생님, 제 기억은 쓰레기 더미와 같아요." 칠판에 그린 원, 정삼각형, 마름모와 같은 것들은 우리가 완전히 직관적으로 이해할 수 있는 형태들이다. 푸네스는 조랑말의 휘날리는 갈기나 언덕 위 소떼, 너울대는 불, 그 불길에서 나오는 수많은 재, 장례식의 긴 밤 내내 수없이 바뀌는 죽은 사람의 얼굴을 똑같이 완전하게 이해할 수 있었다. 그가 하늘의 별을 몇 개까지 보았는지 나는 모른다.

그는 이런 것들을 내게 말해주었고, 그때도 그 이후에도 나는 그의 말을 의심하지 않았다. 당시에는 영화나 축음기가 없었지만, 누구도 푸네스를 실험해보지 않았다는 게 이상하고 믿기도 어렵다. 사실 우리는 미룰 수 있는 모든 것을 미루며 살아간다. 어쩌면 모두 마음 깊은 곳에서는 우리가 불멸이며 조만간 모든 인간이 모든 일을 할 수 있고 알 수 있으리라고 믿는지도 모른다.

어둠 속에서 푸네스의 목소리가 계속 말했다.

그는 1886년 독창적인 수 체계를 고안했으며 며칠도 안 되어 그 수가 2만 4,000개를 넘었다고 말했다. 그는 한 번 생각한 것은 절대로 잊어버리지 않아서 그것들을 적어두지는 않았다. 첫 번째 계기는 우루과이의 위인 서른세 명을 말하려면 단어 하나당 기호 하나가 아니라 기호 두 개와 단어 세 개가 필요하다는 불편에서 시작되었다. 그는 이 터무니없는 원칙을 다른 숫자에 적용했다. 7013 대신 "막시모 페레스"라고 했고 7014 대신 "철도", 다른 숫자는 "루이스 멜리안 라피누르", "올리마르", "유황", "고삐", "고래", "가스", "냄비", "나폴레옹", "아우구스틴 데 베디아"라고 했다. 500 대신 "아홉"이라고 했다. 단어마다 부호 같은 특별한 기호를 갖는데 이 연속의 마지막은 굉장히 복잡해졌다……. 나는 이 연관성 없는 단어들의 광시곡은 정확히 수 체계의 대척점에 있다고 설명하려고 했다. 365는 100 세 개와 10 여섯 개, 1 다섯 개를 뜻하며, "흑인 티모테오"나 "고기 담요" 같은 "숫자"에서는 찾아볼 수 없는 분석이 깃들어 있다고 말했다. 푸네스는 내 말을 이해하지 못했다. 어쩌면 이해하길 거부했다.

17세기에 로크는 개별적인 것, 즉 각각의 돌, 새, 나뭇가지마다 고유한 이름을 붙이는 불가능한 언어를 요구했다(나중에는 이런 생각을 철회했다). 푸네스도 한때 로크와 비슷한 계획을 세웠지만, 그에게는 그 언어가 너무 일반적이고 모호해서 결국 폐기했다. 사실 푸네스는 각 숲의 모든 나무의 모든 나뭇잎을 기억할 뿐만 아니라 그것들을 인지하거나 상상했던 시간의 모든 면모를 기억했다. 그는 지나간 날들의 모든 것을 7만 개의 기억으로 축소해 암호로 규정하려 했다. 그러나 두 가지 이유, 즉 이 임무가 절대 끝나지 않을 것이며 쓸모없는 일이라는 생각 때문에 단념했다. 죽기 직전까지 해도 어린 시절의 기억조차 모두 분류하지 못할 것이라 생각했다.

내가 푸네스에게 지적한 두 가지 계획(자연수를 가리키는 무한한 어휘 목록과 기억 속 모든 이미지의 정신적 분류)은 쓸모없는 것이었다. 하지만 그의 분류는 말로 표현할 수 없는 장엄함을 드러낸다. 그것들은 우리에게 푸네스의 아찔아찔한 세계를 어렴풋하게나마 볼 수 있게, 또는 유추할 수 있게 해준다. 그가 플라톤적인 사고를 거의 할 수 없었다는 사실을 잊지 말아야 한다. 그는 "개"라는 속이 다양한 크기와 형태를 지닌 수없이 다른 개체를 모두 포괄한다는 사실을 이해하기 어려워했고, 세 시 14분에 본 개의 옆모습이 세 시 15분에 정면에서 본 개와 이름이 같다는 사실을 이해하지 못해 괴로워했다. 그는 거울의 비친 자기 얼굴과 손을 볼 때마다 놀랐다. 스위프트는 소인국 릴리푸트의 황제가 시계의 분침 운동을 식별할 수 있다고 말했는데, 푸네스는 오염과 부패와 피로의 소리 없는 진행 과정을 계속해서 식별해냈다. 그는 죽어가는 과정과 (사물이) 축축해지는 과정도 전부 알아보았다. 그는 고독하고 명석한 관찰자였다. 그가 지켜본 세계는 다양한 형태와 순간으로 이루어졌으며 참을 수 없을 만큼 정밀했다. 바빌론, 런던, 뉴욕은 맹렬한 광채로 인간의 상상력을 압도해왔다. 그러한 도시의 혼잡한 고층빌딩이나 정신없는 거리의 그 누구도, 가난한 남아메리카 변두리의 불행한 푸네스가 밤낮으로 겪는 현실의 열기나 압력을 느끼지 못했다. 그는 잠을 잘 수가 없었다. 잔다는 것은 생각이 세계로부터 벗어나는 일이다. 푸네스는 그늘 속 침대에 누워서도 자신을 둘러싼 바로 그 집의 모든 균열과 쇠시리를 떠올릴 수 있었다(다시 말하지만, 그의 기억 속에서 가장 사소한 것도 우리가 지각하는 육체적 만족감이나 고통보다 더 세밀하고 생생했다). 동쪽에 아직 구획 정리가 되지 않은 길쭉한 모양의 지역에 푸네스가 모르는 새 집들이 있었다. 그는 그 집들이 균질한 어둠이 밀집한 곳이라고 상상하며 그쪽으로 고개를 돌리고 잤다. 또는 물살에 흔들리다 가라앉는 강바닥을 상상하기도 했다.

그는 별 어려움 없이 영어와 프랑스어, 포르투갈어, 라틴어를 배웠다. 그러나 내 생각에 그는 생각을 잘하지는 못했을 것이다. 생각이란 다름을 잊고 일반화하고 추상화하는 것이다. 푸네스의 풍성한 세계에는 오직 세부적인 것, 거의 곧바로 영향을 끼치는 것만 존재했다.

흙으로 덮인 안뜰에 새벽빛이 조심스럽게 들어왔다.

순간 나는 밤새 내게 말했던 목소리의 얼굴을 보았다. 푸네스는 1868년에 태어나 열아홉 살이었지만, 이집트보다 오래되고 예언서와 피라미드보다 더 예전에 만들어진 동상처럼 기념비적으로 보였다. 나는 내 말 한마디 한마디가 (동작 하나하나가) 그의 무자비한 기억 속에 영원히 남게 되리라 생각했다. 쓸모없는 몸짓을 보탰다는 두려움으로 멍해졌다.

이레네오 푸네스는 1889년, 폐충혈로 죽었다.

1962년 28호

우리는 영원히 실패하기에 경이롭다

알렉산다르 헤몬

보르헤스의 소설은 광대무변한 야망을 지닌 문학에 속한다. 《성경》, 《일리아드》, 《신곡》, 《실낙원》, 《율리시스》처럼 완전한 '만물'과 우주를 전달하고자 하는 시도라는 점에서 그러하다. 그런 작품들은 완전무결한 언어에 기대려고 하며, 그리하여 언어의 총체성에 대한 믿음이 있음을 암시한다. 이는 모든 역사와 기억, 현재의 우주론과 신학, 깨뜨릴 수 없는 모든 인간 경험의 연속성을 언어로 축적하고 진술할 수 있다는 믿음이다. 그러한 작품들 속에서 언어는 과거와 현재, 미래의 영속적 완전체를 다룰 수 있고 실제의 것과 상상한 것, 그리고 그사이에 존재하는 모든 것을 포함할 수 있는 것으로 보인다. 또한 문학 없이는 인간성을 개념화하는 게 불가능하다는 결정적 증거를 제시한다.

그런 작품들의 철학적·윤리적·미학적 야망은 독자에게도 모든 걸 쏟아붓는 몰입을 요구한다. 예를 들어 이상적인 독자라면 제임스 조이스의 《율리시스》 해석에 평생을 바치고, 그렇게 자신의 존재에서 독자가 아닌 면모를 전부 지워나간다. 그러한 독자는 당연하게도 완벽하게 보르헤스적인 인물이 된다. 문학 바깥의 삶과 경험은 쓸모가 없어지기 때문이다.

모든 걸 기억하는 푸네스는 보르헤스적인 인물로, 고도로 발달한 이성 때문에 어떤 것도 잊을 수 없어서 괴로운 소년이다. "나 혼자 지닌 기억이 아마 이 세상이 생겨난 이후 모든 인류가 가졌을 기억보다 더 많을걸요." 푸네스는 한탄한다. 겉보기에는 만물을 기억하고 알고자 하는 인간의 가장 오만한 야망을 성취했지만 그는 절대적인 지식에 대한 강박증 때문에 무능해지고, 다른 인간과의 소통도 생각하기도 불가능해졌다. 보르헤스는 자신을 푸네스와는 반대되는 불완전하고 열등한 인물로 설정함으로써 '끊임없는' 망각이 생각과 언어와 문학을 위해, 그저 인간이 되기 위해 반드시 필요함을 암시한다.

인간은 언젠가는 반드시 죽는다는 생물학적 한계를 초월하는 일에 지속적으로 실패한다. 그러나 그 실패에 맞선 투쟁을 포기하지 않는다는 점에서 경이로운 존재가 된다. 우주를 담고자 하는 위대한 작품들은 본디 추구하던 완전무결함을 절대로 성취할 수 없다. 푸네스가 시도한 "자연수를 가리키는 무한한 어휘 목록과 기억 속 모든 이미지의 정신적 분류"도 마찬가지다. 그럴 방법이 없기 때문이다. 우리에게 절대적으로 필요한 망각은 바로 그 '만물'을 모두 이해할 가능성을 가로막는다. 하지만 망각이 없다면 그러한 야망은 조금도 가능하지 않을 것이다. 우리가 '만물'이 존재한다고 생각하는 것은 모든 것을 잊기 때문이다. 우리가 만물을 원하는 것은 그것을 가질 수 없다는 사실을 잊기 때문이다. 막대한 야망은 우리가 포기할 수 없는, 하지만 절대 성취할 수 없는 것 때문에 생겨난다. 예언자도 천재도 다른 이들과 똑같이 침을 흘리며 죽는다.

물론, 신이 있다면 만물 역시 효용성이 있을 것이다. "사실 우리는 미룰 수 있는 모든 것을 미루며 살아간다. 어쩌면 모두 마음 깊은 곳에서는 우리가 불멸이며 조만간 모든 인간이 모든 일을 할 수 있고 알 수 있으리라고 믿는지도 모른다"라고 보르헤스는 쓴다.

보르헤스는 만약 푸네스가 죽지 않고 그의 절대적 지식이 계속 쌓일 수 있다면 신의 존재가 증명될 것이고 우리는 불멸의 존재가 될 것이라며 다음과 같이 말한다. "나는 내 말 한마디 한마디가 (동작 하나하나가) 그의 무자비한 기억 속에 영원히 남게 되리라 생각했다." 이 문장 안에서 푸네스와 그의 무자비한 기억은 신처럼 죽는다. 죽음과 망각이 승리하고, 그와 함께 인류는 모든 영광과 비극 속에서 "다양한 형태와 순간으로 이루어졌으며 참을 수 없을 만큼 정밀"한 세계를 영원히 견디며 승리한다.

알렉산다르 헤몬

Aleksandar Hemon

보스니아 출신의 소설가. 1964년 사라예보에서 태어났다. 20대에 미국에 방문했다가 고국에서 발발한 내전 때문에 고향으로 돌아갈 수 없게 되자 미국에 체류하며 영어를 익혔다. 영어로 쓴 단편소설집 《브루노의 질문Question of Bruno》으로 미국 문단의 엄청난 호평을 받았다. 워쇼스키 자매 감독의 넷플릭스 드라마 〈센스 8〉와 영화 〈매트릭스 4〉에 각본가로 참여했다. 프린스턴대학교 문예창작과 교수로 글쓰기를 가르치고 있다.

Old Birds

늙은 새들

버나드 쿠퍼

Bernard Cooper

1951년 캘리포니아에서 태어났다. 성소수자로서의 정체성과 자전적 경험을 충실히 녹여낸 작품 세계를 구축했다. 아메리칸 드림이 무너지는 미국 사회의 씁쓸한 현실을 날카롭게 포착한 자전적 에세이 《어디로든 가는 지도Maps to Anywhere》로 1991년 펜/헤밍웨이상을 받았다. 이 밖에도 《시의 해A Year of Rhymes》, 《다시 상상하다Guess Again》 등의 소설을 썼다. 캘리포니아 예술대학교와 베닝턴대학교에서 글쓰기 강의를 하고 있다.

어느 오후 아버지가 전화를 걸어 장례식 예약을 해두었냐고 묻는다. "아버지 장례식이요, 제 장례식이요?" 나는 되묻는다.

"소름 끼치는 주제로구나. 하지만 다른 사람들처럼 언젠가는 네 차례도 오겠지. 일 생각에 골똘한 채 거리를 걸어가다가 '쾅' 하면 심장마비인지 트럭인지, 뭐가 널 들이받았는지도 모를 거다. 미리 준비해둬도 나쁘진 않겠지."

"저는 벌써 계획이 있어요."

"그럼 넌 관을 사용할 수도 없는 거냐?"

"화장할 거예요."

아버지의 보청기가 끽끽거린다. "뭐라고?"

"화장할 거라고요!" 나는 고함친다. 전화기는 내가 사무실로 사용하는 여벌 방에 있다. 제도판 위에는 스케치들이 붙어 있고, 바닥에는 청사진들이 펼쳐졌다.

"네 어머니의 언니, 에스텔도 화장을 했지. 넌 아마 기억 못 할 거다. 네가 태어나기도 전에 죽었으니까. 하지만 에스텔의 재가, 그 작은 뼛조각 전부가 무거웠다는 건 말해주고 싶구나. 물론 에스텔은 몸집이 큰 여자였지. 우린 글래머라고 불렀어. 에스텔의 남편 제이크는 차창 와이퍼를 발명했는데, 그 바보가 특허를 신청하지 않는 바람에 쫄딱 망했지."

"그렇군요." 나는 말한다. 전화가 울려 오후 낮잠에서 깼지만, 너무 당황해서 아버지에게 그렇다고 말하지 못했다. 당신은 노인이지만 가족 중에서 나만이 좌식 생활을 한다고 지적하는 걸 좋아한다. 이때 가족이란 아버지와 나 둘뿐이다. 나는 가끔 하루가 끝나갈 무렵이면 침대로 기어들어가 작업 계획을 곰곰이 생각해보곤 하는데, 끈덕진 아버지조차도 그렇게 누워 있는 것은 업무가 아니라고 나를 설득하지 못한다. 물론 단지 꿈이 아니라 건물들이 실제로 모양(입면도, 복잡한 평면도, 등각 투영도 등)을 잡아갈 때조차도 이 모습을 직접 보면 빈둥거리는 것처럼 보이긴 한다. 언젠가 알베르트 아인슈타인이 한쪽 팔을 매트리스 너머로 뻗고 손에 돌을 쥔 채 몇 시간이고 침대에 누워 지냈다는 이야기를 읽은 적이 있다. 그러다가 잠이 들면 손바닥이 펴질 것이고 그러면 돌이 바닥에 떨어지면서 아인슈타인을 깨웠다. 바로 이 상태, 반쯤 잠든 에테르 속에서 가장 섬세한 생각을 발견할 수 있다고 그는 주장했다. 이 유대인을 아버지가 아무리 자랑스러워할지라도 아버지는 재빨리 나는 아인슈타인이 아니니 낮에 누워 있는 것은 시간 낭비라고 지적하곤 했다.

여든아홉 살 아버지의 손은 떨리고 생각은 종종 뒤죽박죽되지만, 에너지만큼은 절대로 시들지 않는 것 같다. 어머니는 생전에 아버지가 밤이면 벽 콘센트에 플러그를 꽂고 자기 배터리를 충전한다고 말했다. “물론 신혼 이후로는 그 배터리를 보지 못했지만 말이야.” 어머니는 농담을 좋아했다. 아버지는 지난 10년간 임박한 죽음에 집착하기는 했지만, 수많은 질병과 그 질병을 억제하는 약물 치료를 받았음에도 장수 실험의 대상이 될 만했다.

“오늘 관 계약금을 치렀다. 방수에 자단목으로 만들었단다. 피아노처럼 예쁘다. 장례식 관리자가 말이야. 몇 년 전인지는 기억나지 않는데 나한테 장례식장 카펫을 깔아달라고 의뢰했던 남자의 아들이더라. 관을 두 개 사면 할인해준대. 그래서 너한테 물어본 거야. 값이 싸질 거다.”

“고마워요. 끔찍하게 자상하시네요.”

“그 카펫이 얼마나 단단한지 너도 봐야 하는데. 아직도 구름처럼 하얗고 폭신폭신하더라. ‘평화의 안식처’에 딱 들어맞는 직물이지.”

바로 그때 휙 하고 차들이 지나가는 소리가 들렸다. 나는 정신을 바짝 차렸다. "아빠, 지금 어디예요?" 침묵. 아버지는 익숙한 표지를 찾아 주위를 둘러보고, 거리 간판을 곁눈질하고, 고개를 세우고 있을 테니까.

"누군가는 내 땅콩버터 병을 열어줄 만큼 상식적인 예의를 갖추고 있겠지." 아버지가 말한다. 아버지는 마치 내가 그것을 볼 수 있다는 듯이, 수화기 너머로 손을 뻗어 병뚜껑을 열어줄 수 있다는 듯이 내게 보여주려고 분명히 병을 들어 올리고 있을 것이다. 어머니가 사던 지프나 스키피 브랜드일 거라고 확신한다. "배가 고프단 말이야!" 아버지가 말한다.

아버지는 방황한다. 내 말은 대화에서만 그렇다는 게 아니다. 이 모든 일은 아버지가 내가 사는 동네의 아파트 단지로 이사 온 후부터 시작되었다. 아파트는 60년대 건축 붐 당시 생겼다가 남은, 할리우드 거리에 줄줄이 늘어선 네모반듯한 치장 벽토 건물이다. 아버지 집은 2층인데 걸을 때마다 철제 난간이 거대한 바이올린 줄처럼 진동하는 좁은 발코니 끝에 있다. 우리가 살던 옛집은 대다수의 기준으로 보면 적당했지만, 어머니가 돌아가시고 10년이 지나자 아버지 혼자 살기엔 너무 컸다. 아버지가 그 집을 떠난 후에야 나는 아버지가 새집에서 길을 잃는 착각을 하는 게 아니라 정말로 거리에서 길을 잃어버릴 수도 있겠다는 생각이 들었다.

그 일이 처음 일어난 것은 내가 '유토피아: 모더니즘의 신화인가?'라는 강연을 마치고 차를 몰고 집으로 돌아가는 길이었다. 집에서 가까운 신호등 앞에 멈춰 서 있는데 한 노인이 자동차들을 향해 비틀비틀 걸어가는 게 보였다. 노인은 사람들에게 차창을 내려보라고 손짓하더니 피클 병처럼 보이는 것을 들어 보였다. 노인이 내 차 바로 앞에 선 어느 여자의 자동차에 다가갔을 때야 나는 그가 아버지임을 깨달았다. 아버지가 부랑자나 유령이라도 된다는 듯 여자가 재빨리 차 문을 잠그고 시선을 돌리는 걸 보았다. 경적을 울려 여자를 벌주고 싶다는 충동이 들었지만, 아버지가 어느새 내 차 옆에 서 있었다. "야, 지미." 아버지는 섬뜩할 정도로 무심하게 코셔 딜스 피클 병을 내밀었다. 나는 어리둥절하게 아버지를 쳐다보았다. "관절염 때문에." 아버지는 그 한마디가 프랭클린가 한복판에 서 있는 이유를 설명해준다는 듯 그렇게 말했다. 온화한 밤이었다. 내 차창은 전부 내려가 있었고, 일본의 전통 악기 고토 연주를 들려주는 지역 대학 방송국에 라디오 주파수가 맞춰져 있었다. 예기치 못한 아버지의 등장으로 어긋난 화음이 갑자기 지나칠 만큼 애처롭고 크게 들렸다. "고양이라도 죽이고 있는 거냐?" 아버지가 고갯짓으로 라디오를 가리키며 물었다. 나는 무릎 사이에 피클 병을 끼고 병뚜껑과 씨름하면서 피클 공장 사장과 싸우는 상상을 했다. 상상 속에서 나는 이 진공포장과 씨름을 벌여야 하는 모든 관절염 환자를 대신해 그를 호되게 꾸짖었다. 아버지에게 열린 병을 돌려주는데 식초 냄새가 훅 끼쳐왔다. 아버지에게 차에 타든지 도로 밖으로 물러나라고 말하려는 찰나 뒤쪽의 운전자들이 경적을 울리기 시작했다. 신호등이 초록색으로 바뀐 걸 몰랐다. 아버지는 손을 한 번 휘둘러 그만 가보라고 신호를 보냈다. 백미러로 아버지가 눈부신 헤드라이트 불빛과 끽 소리를 내며 멈춰 서는 브레이크에 용감하게 맞서는 모습이 보였다. 아버지는 안전하게 인도로 올라선 다음 데일리 도넛, 드레스 포 레스, 인스타 탠의 진열창을 지나, 도시 곳곳에서 자라나는 그 집요한 상업의 잡초 사이를 지나 아버지가 사는 거리 쪽으로 천천히 걸어갔다.

집에 도착해서야 바지 앞섶에 피클 국물이 튀었음을 알았고, 수돗물로 가랑이를 닦아내는 동안 내가 처음 아버지가 있다는 사실을 인지하게 되었을 때를 떠올려보았다. 아무리 쏜살같이 지나가는 불완전한 기억이라도 어느 한 가지는 떠올릴 수 있을 줄 알았다. 스프레이를 뿌린 검은 머리카락이라든가 내가 누운 아기침대 위로 다정하게 속삭이는 달처럼 떠오르는 아버지의 얼굴이라든가. 나는 이제 막 쉰 살이 되었는데, 내가 거의 소유하게 된 화장실에 서 있으려니 나와 내 역사 사이 거리가 너무 멀어 도저히 좁혀질 것 같지 않았다. 내가 절대로 어린 아기였던 적이 없었거나 아버지가 항상 늙은 상태로 호의를 구하는 일에서 방향을 잃고 세상이 도움을 거부하면 노여워했던 것만 같았다.

“내 말 잘 들어요, 아빠.” 나는 수화기를 붙들고 말한다. “지금 아빠 옆을 걸어가는 사람한테 부탁해요.” 아버지는 어디에나 있을 수 있었다. 지난달에는 30킬로미터나 떨어지고 아버지 동네 모퉁이에 있는 우체통에서 버스를 두 번이나 갈아타야 하는 노워크까지 갔었다. 아버지는 가스요금을 부치겠다고 우표도 없는 상태로 우체통까지 갔다가 몇 시간 후에 내게 전화했었다.

“여기가 어디요?” 아버지가 행인에게 묻는 소리가 들린다.

“어느 도시?”

“아니라고!” 아버지가 냅다 소리친다. “정말 대단하네, 지미.” 아버지가 전화기 마이크에 대고 말한다. “요즘 완전히 바보 같은 게 나냐, 아니면 사람들이냐?”

“노인네, 꺼져.”

“아빠…….”

“아빠라고 부르지 마라. 여기 다른 사람들도 듣는다.”

“여보세요?” 열두 살 정도로 들리는 여자애 목소리다. 아버지가 건네줬을 게 분명한 전화기에 대고 여자애가 말한다.

“거기가 어느 거리인지 저한테 알려주고, 전화기를 다시 제 아버지한테 돌려주시겠어요?”

"이거 무슨 장난이에요?" 여자애가 묻는다. 목소리만 들어도 여자애는 분명히 웃고 있다.

"제 아버지가 길을 잃어버려서 그래요. 주위를 둘러보고 거리 표지판이 보이면 거기가 어디인지 알려주면 정말 고맙겠습니다."

"이 할아버지는 직접 볼 수 없어요?"

"예, 잘 볼 수가 없습니다."

"그래서 할아버지 안경이 이렇게 두꺼워요? 할아버지 눈이 정말 이상해 보여요."

"너 뭐야?" 아버지가 아이에게 묻는 소리가 들린다. "빌어먹을 검안사라도 돼?" 갑자기 공기가 휙 스치는 소리가 들리고, 나는 전화선 끝에 매달린 수화기가 앞뒤로 흔들리고 부스가 텅 빈 모습을 상상할 수 있다.

"여보세요?" 나는 소리친다. "여보세요?"

"야." 아버지가 분노를 참지 못한 채 말한다. "날 병자 취급하지 마라. 난 병자가 아니야!"

"알아요. 그게 뭐든 아버지는 정반대죠." 나는 수사망을 조직하거나 사냥개를 풀어도 아버지를 못 찾게 될까 봐 걱정이 든다.

"그 여자애가 거기가 어딘지 말해줬어요?"

"센트럴이다."

"센트럴 애비뉴요?"

"거기까진 말 안 했다."

로스앤젤레스에는 센트럴이라는 말이 붙은 거리가 적어도 열 개는 넘었다. 도시계획의 관점에서 보면 광장과 중앙 공원을 만들어 멀리 떨어진 동네들을 한 장소로 융합하려는 생각 자체가 틀려먹었다. 하나가 넘는 거리를 센트럴이라고 부르는 것은 자녀 모두를 프레드라고 부르는 것과 같다.

“중심가처럼 보여요, 아빠? 주변에 높은 건물들이 있어요?”

“어느 정도여야 높은 거냐?”

아버지의 질문은 수수께끼처럼 알쏭달쏭하다. “10층 이상이요.”

“그렇다면 내 생각엔 저 건물들을…… 어디 보자……, 아.” 아버지가 한숨을 내쉰다. “배가 너무 고파서 집중할 수가 없구나.”

“아빠, 지금 센트럴 애비뉴 중심가에 있다면 제가 10분 안에 갈 수 있어요. 걱정하지 마세요.”

“누가 걱정을 해?” 아버지가 짜증스럽게 말한다. “내겐 음식이 있지 않니?”

단백질이 부족하고 혈당이 떨어지면 아버지는 흔들리는 팽이처럼 어지럼을 느낀다. 최근 아버지에게 중국 음식을 포장해서 가져갔는데, 배가 얼마나 고팠는지 문을 열었을 때 순간적으로 나를 전신거울에 비친 자신의 모습으로 착각했다. 어쩌면 의사는 이를 아버지의 정신 상태

가 혼란스러운 증거라고 볼 것이다. 그러나 내게는 내가 나이 들어갈수록 우리가 점점 더 비슷해진다는 증거로 보였다. 점점 뒤로 물러나는 이마 선, 갈라진 턱, 기미가 생기는 경향 같은. 아버지가 그토록 강박을 보였던 끝을 향해 돌진하는 모습이 똑같았다.

"뭔가에 병뚜껑을 내리치면 혼자 열 수 있을지도 몰라요. 음식을 조금 먹으면 제가 거기 도착할 때까지 그럭저럭 위기를 모면할 수 있을 거예요."

퍽, 충격음이 난 뒤 귀가 울릴 만큼 쨍강하는 소리가 들렸다. "아빠?"

"말도 안 돼. 전화번호부 테이블을 스카치테이프로 붙여놓은 거냐?"

"괜찮아요?"

"땅콩버터 병을 못 열고 있는데 어떻게 그런 걸 묻냐? 이걸 사느라 돈을 많이 썼다고! 나는 바보 같다, 지미. 조물주를 만나면 뭐라고 말해야 하냐?"

"아버지는 대단한 성공을 하셨죠."

"카펫 말이냐?"

"저는 어때요? 굴욕적인 노년을 맞더라도 제가 있다고 생각하면 꽤 든든한 위안이 될걸요?" 나 혼자 웃는다.

"내가 전화했을 때 너 자고 있었냐?"

"아뇨, 아빠. 일하고 있었어요."

"침대에서 했겠지."

"윌셔 중부 지역 프로젝트 작업을 했어요. 아버지 가게가 있던 곳에서 가까워요. 그 동네에 살았지만 거기서 물러날 여유는 없는 사람들을 위한 저소득층 주거지를 만들 거예요."

"늙은 새들 무리로구나." 아버지가 무뚝뚝하게 말한다. "내 친구들 절반이 죽었다."

"제 친구들도요."

아버지가 헛기침한다. "지미, 너 에이즈에 걸리지는 않았지?"

"그럼요, 하지만……."

"하지만 뭐?" 아버지가 깜짝 놀란다.

'하지만 그레그와 더글러스와 제스와 행크와 루이스가 있었죠'라고 말하고 싶다. 친구들을 하나하나 떠올려본다. 더 정확히는 그들이 지키려고 싸웠던 것들을 떠올려본다. 균형감각과 시력과 식욕과 손가락 감각과 장의 통제력 같은 것들. 그러나 언젠가 그들 하나하나에 대해 내가 떠올리는 것이라곤 그 사람이 마침내 자신의 몸을 어떻게 놓아주었는가가 전부일 것이다. 물론 묘비와 무덤은 천국을 바라보는 눈처럼 돔을 얹고, 끝없이 이어지는 추모 계단을 갖춘 환상적인 거대 건축물을 구성한다. 죽은 자는 언제나 산 자보다 수적으로 우세했으니까.

"저는 말처럼 건강해요." 나는 아버지를 안심시킨다.

"너랑 나랑 둘 다 그렇지. 하지만 얼마나 오래갈지

누가 알겠냐? 언제 날 데리러 올 수 있냐?"

"좋은 생각이 났어요. 거기 전화기를 보고 숫자와 지역 번호를 알려주세요."

"누가 그 위를 죄 긁어놨구나."

"그 옆 칸 전화기는 어때요? 칸이 여러 개예요?"

"정확히 이걸 칸이라고 부를 순 없겠다. 막대 위에 뚜껑을 씌운 것 같구나. 그 안에 전화기가 있고."

미리 녹음된 여자의 목소리가 끼어든다. "50센트를 넣으세요." 여성적으로 들리려고 애쓰는 주방 가전제품 목소리처럼 억양이 완전히 틀려먹었다.

아버지가 말한다. "50센트라고!"

"진정하세요." 내가 말한다.

여자가 반복해서 요청한다.

"잔돈이 없어." 아버지가 소리친다. "집에 가서 지갑을 가져올 때까지 기다려주면 안 되겠냐?" 그 애원이 나를 향한 것인지, 육체 없는 목소리를 향한 것인지 구별하기 어렵다. "1분이면 될 줄 알았단 말이야! 난 지금 슬리퍼 차림이라고!"

"아빠." 나는 아버지에게 침착하게 들리려고 애쓰며 말한다. "옆 칸을 들여다보고 번호를 불러주세요. 제가 그 전화로 다시 걸게요."

나는 기다렸다. 방 안을 오락가락했다. 귀에 전화기를 바짝 붙이고 꽉 막힌 러시아워의 경적을 들었다. 아버지를 찾아야 한다는 절박함에도 나는 다시 침대로 기어들어 갈 준비를 했다. 나는 내가 들고 있지만 떨어뜨리지는 않을 돌멩이처럼 굴복을, 휴식의 고요를, 중력을 사랑한다. 거의 해가 질 무렵이었지만 캘리포니아의 겨울치고는 빛이 온화했고 태양이 기울어서 그림자들이 길다. 집은 매일 저녁 그러듯이 삐걱거리고 바람이 내 마당의 나무들을 뒤흔든다. '늙은 새들', 나는 계속 생각한다. 그때 어떤 생각이 떠오른다. 새장 같은 노인들의 집. 이상한 생각이었지만 실현 가능했다. 이국의 새들이 모여 사는 널찍한 중정을 그려본다. 거대한 천창 아래 열대의 야자수와 바니안나무가 자란다. 거주자들은 각자 창을 통해 공중에 높이 뜬 카나리아들을, 터무니없는 논쟁을 벌이는 앵무새들을, 동족을 향해 노래하며 깃털을 다듬는 콩새들을 볼 것이다.

그때 전화가 죽었다. 죽지는 않았지만, 황량한 정적의 쉿 소리를 들으며 나는 마지막으로 아버지를 외쳐 불렀다.

1999년 153호

분노, 애정, 그리움, 두려움을 탁월하게 다룬다

에이미 헴펠

"아버지는 방황한다. 내 말은 대화에서만 그렇다는 게 아니다." 화자는 건축가로, 로스앤젤레스 거리를 맨발로 걸으며 차에 탄 낯선 사람들에게 땅콩버터 병을 열어달라고 부탁하는 연로한 아버지의 전화를 받는다. 아들은 작업 중인데, 이야기 끝에 가면 새장을 닮은 노인 거주 시설을 설계하고 있다. 아버지의 위치를 특정할 정보가 부족해 전화로 다급한 수색을 시작한다. 분노와 애정, 그리움과 두려움, 이것은 버나드 쿠퍼의 영역이다. 작가는 사랑과 상실을 이해하기 쉬운 언어로 표현하면서 종종 슬픔과 욕망이 하나로 결합된 인물들을 창조해낸다.

알츠하이머병에 걸렸으며 집을 잃을 위기에 놓인 조금 더 젊은 아버지가 쿠퍼의 에세이집 《진실의 약물Truth Serum》에 수록된 서글픈 코미디에도 등장하고, 이후에 쓴 《아버지가 보낸 청구서The Bill from My Father》(이 청구서는 쿠퍼의 아버지가 작가를 길러낸 대가로 그에게 제시한 청구서다)에도 등장한다. 쿠퍼의 작품을 읽다 보면 떠오르는, 또 다른 특이한 사람인 도널드 럼즈펠드의 악명 높은 말을 생각해보자. "나중에라도 절대 원하거나 소망하지 않을 군대를 이끌고 전쟁터에 나가봐라." 이때 '군대' 대신 '아버지'를 넣어보면 우리는 어느새 이 가정의 전선에 서게 된다.

결정적인 상실(죽음)이 애매한 상실(결국 아버지는 행방불명 상태다)을 대신할 때까지, 화자는 서로 상대를 이기려고 했던 두 남자의 평생 대화였던 고함지르기 시합에서 끝까지 싸울 것이다.

에이미 헴펠

Amy Hempel

미국의 단편소설 작가이자 언론인. 1951년 시카고에서 태어났다. 《사는 이유》, 《동물 왕국의 문 앞에서At the Gates of the Animal Kingdom》 등의 소설을 발표했으며, 홉슨상, 펜/맬러머드상 등 다수의 문학상을 받았다. 단편소설집 《에이미 헴펠이 모은 이야기들Collected Stories of Amy Hempel》은 2007년 〈뉴욕 타임스〉 올해의 책으로 선정되었다. 비영리 단체 데자 재단을 설립해 동물 보호 운동도 활발하게 펼치고 있다.

Likely

Lake

라이클리

호수

메리 로비슨
Mary Robison

1949년 아동심리학자 엘리자베스 라이스의 딸로 태어나 미국 오하이오에서 성장했다. 단편집《그들을 믿어Believe Them》,《밤에 관한 아마추어 안내서An Amateur's Guide to the Night》, 장편소설《내가 대체 왜 그랬지Why Did I Ever》등을 썼다. 두 차례의 푸시카트상과 오헨리상, 로스엔젤레스 타임스 도서상을 받았다. 레이먼드 카버, 에이미 헴펠 등의 작가와 함께 미니멀리즘의 창시자로 꼽힌다.

초인종이 울리자 버디는 문구멍으로 안뜰에 있는 여자를 내다보았다. 여자는 초록색 눈동자에 반듯한 검은 머리를 50년대 가수 킬리 스미스처럼 세련되게 잘랐다. 아는 여자였다. 옆집 법률회사에서 장부 정리 일을, 특히 세금 신고 기간에 주로 했었다. 아내가 마당에서 벼룩시장을 열었을 때 여자가 왔던 걸 기억한다. 벌써 2년 전의 일이고, 그 아내는 지금 전 부인이 되어버렸지만. 여자는 보석함과 할로겐등을 샀다. 여자가 진입로에 서 있던 모습을, 근사한 다리와 신고 있던 스펙테이터 펌프스를 떠올릴 수 있다. 당시 여자는 흰색 폴크스바겐 버그를 몰았다. 나중에 여자가 택시를 타고 출근한 걸 보면 고장 난 게 분명했다.

그는 여자에게 20달러를 빌려준 적이 있다. 여자의 이름은 코니였다. 지난 6월, 그의 정원이 절정일 무렵이었다. 그는 아침에 일어나면 정원에 나가 스프링클러를 설치하는 일로 하루를 시작했다. 택시가 방향을 틀며 나타났고 뒷좌석에 여자가 타고 있었다. 여자가 차창을 내리고 설명하기 시작했다. 일찍 출근하러 나섰는데 택시를 타고 오는 내내 핸드백이 비어 있는 걸 몰랐다고 했다. 여자가 그에게 핸드백을 보여주었다. 베이지색 클러치백이었다. 심지어 핸드백을 열어 차창 밖으로 내밀기도 했다.

버디가 문을 열자 여자가 20달러짜리 지폐를 흔들었다.

"이러지 않아도 돼요, 코니."

여자는 자기 이름을 기억해줘서 고맙다는 뜻으로 고개를 끄덕했다. 여자가 말했다. "아무 말 말아요." 여자가 가까이 다가와 그의 셔츠 주머니에 지폐를 찔러넣었다. "보이죠? 이미 끝났어요."

"뭐, 고마워요." 버디가 말했다. 그는 주머니를 쓰다듬어 접힌 지폐를 납작하게 만들었다. 한 시간 전 이발하고 집으로 돌아와 입은 푸른색 면 셔츠였다.

여자는 여전히 향수 냄새를 짙게 풍기며 가까이 서 있었지만, 그는 그런 말을 해서는 안 된다고 생각했다. 그는 여자가 가게에 온 손님이고 자신은 점원인 양 차분한 눈빛으로 기다렸다. 그가 말했다. "아직도 이 동네에서 일해요? 요즘 통 안 보이더라고요."

"내가 필요 없대요." 여자가 부루퉁한 척했다. "누구도 날 필요로 하지 않았죠." 여자가 뒤로 물러났다. 9월의 첫 주였고 날씨는 여전히 온화했다. 여자는 흰색 깃이 달린 몸에 꼭 맞는 감색 드레스를 입었고 팔에 붉은색 카디건을 걸치고 있었다. 커다랗고 매끈하게 뻗은 다리에는 살짝 비치는 스타킹을 신었다.

"마지막 문제가 하나 있어요." 여자가 말했다. 여자가 손가락 하나를 들어 올렸다.

그는 눈썹을 치켜올리고 여자를 보았다.

여자가 손을 내리더니 시선을 돌리고 마치 자신의 말이 오른쪽 하늘에 새겨져 있다는 듯, 책을 읽는 것처럼 말했다. "당신을 좋아해요. 정말로 좋아해요, 버디. 아주 지독하게, 최악으로 좋아해요."

"오, 그러지 말아요. 그러면 안 돼요."

"아주, 최악으로, 좋아한다고요."

"아이고." 버디가 말했다. "아이고, 이거 참."

¶

그는 이 집, 로컨트리의 2층 주택을 소유했다. 집은 인디언 타운으로 가는 골목에 있고, 골목을 벗어나면 일반도로와 펜실베이니아 북부로 가는 고속도로와 이어졌다. 그는 지금 거실 창문 옆 소파에 앉아 정오의 빛 속에서 잡지와 새에 관한 책을 훑어보고 있다.

이 창은 전망이 좋았다. 집 뒤쪽에 커다란 골짜기가 있어서 계곡의 덩굴식물과 나무들 사이로 라이클리 호수의 기슭이 내다보였다.

아들은 그 호수에서 사고를 당해 죽었다. 3년 전, 8월이었다. 매슈. 스물한 살 생일을 이틀 앞둔 날이었다. 아들이 탄 제트스키가 뒤쪽에서 나오는 낚싯배와 충돌했다. 그리고 8월에 아내 루시마저 버디의 곁을 떠났다.

그 후 그는 외출하지 않았다. 그의 심리치료사는 이를 '고립화'라고 불렀다. 그는 아들이 쓰던 침실 벽을 부수고, 루시가 바느질 작업실로 쓰던 방도 부수어 위층 전체를 하나의 스튜디오로 만들었다. 업무를 집으로 가져오기 시작했다. 그는 오랫동안 일한 전기기계 엔지니어 회사인 퀄리텍의 선임 제도공이었다.

"사람들과 연락이 끊기지 않게 조심해요." 심리치료사가 경고했다. "그런 일은 서서히 일어납니다. 조금씩 당신을 덮쳐와요. 사람들과 교류하지 않으면 리듬을 잃게 돼요. 그러다가 갑자기 '펑'하고 마당의 그 남자처럼 되는 거예요."

"내가 누가 된다고요?" 버디가 물었다.

"지나치게 짧은 바지를 입은 그 남자요." 심리치료사가 말했다.

¶

버디는 코니라는 여자를 '단념시켜야겠다'고 부엌 여기저기를 뒤지며 혼잣말했다. 서랍을 벌컥 열고 한참을 본 뒤 감자칼을 꺼냈다가 다시 제자리에 놓았다. 그는 여자를 친절하게 단념시킬 것이다. 여자가 스스로 벌레처럼 느끼게 하고 싶지는 않았다. "여자를 부드럽게 거절하자." 그가 큰 소리로 말하자 고양이 두 마리가 뛰어 들어와 그를 살펴보았다. 그는 고양이들을 구별하는 법을 배우지 못했다. 그저 매일 보는 고양이들이었고 중간 크기에 노란색이었다. 매슈의 여자친구 셰이가 아들이 죽은 그 주에 생일 선물로 준 새끼고양이들이었다. 이제 고양이들은 실내에서 살았고 버디 곁에 가까이 있었다. 그는 한 마리를 브루스라고 불렀고, 다른 한 마리는 브루스의 형제라고 불렀다.

버디는 부엌에서 나와 벽장에서 진공청소기를 꺼냈다. 그는 진공청소기를 좋아했다. 그는 재빨리 끝낼 수 있는 일을 좋아했다. 그리고 오늘 밤 엘리스가 놀러 왔을 때 모든 게 정확하게 정리되어 있기를 원했다. 엘리스는 만난 지 몇 달 만에 그를 둘러싼 상황을 바꿔놓았다. 그녀 때문에 모든 것이 달라졌다.

코니라는 여자를 해결할 한 가지 방법은 넌지시 엘리스 이야기를 꺼내는 거라고 버디는 생각했다. 어쩌면 효과가 있을 것이다. 아니면 더 강한 방법으로 이렇게 말할 수도 있다. “여자친구가 질투심이 강한 편이에요” 같은 말들.

고양이들이 식당 쪽으로 터벅터벅 걸어 들어와 버디가 긴 전선을 풀어 진공청소기를 연결하는 모습을 지켜보았다. “이렇게 생긴 플러그는 건드리면 안 된다.” 그는 고양이들에게 말했다. “앗! 뜨, 뜨, 뜨겁단 말이야.”

¶

두 시 무렵 엘리스가 직장에서 전화했다. 그녀는 의료 지구에 있는 정신과 병원 체리 트리스에서 그룹 상담사로 일했다. 버디는 그 지구의 다른 건물로 심리치료를 다녔고 엘리스는 주차장에서 처음 만났다. 지난 2월, 눈이 오는 날이었는데 깜박 잊고 안개등을 켜둔 채로 주차했다. 엘리스가 노란색 점퍼 케이블로 그를 구해주었다. 버디가 사례로 커피를 대접하겠다고 했고, 두 사람은 그의 검은색 머큐리를 타고 올드 포스트 고속도로를 질주했다.

두 사람은 프랑스 식당에서 점심을 먹게 되었고, 거기서 엘리스가 뿔테안경을 쓰고 큰 소리로 메뉴를 읽었다. 안경을 벗은 엘리스는 마치 진 아서를 보는 듯했다. 체형과 주근깨와 발랄한 모습과 곱슬머리가 그랬다. 엘리스의 프랑스어 발음은 형편없었고 꿀꿀 소리로 가득했지만, 버디는 그녀가 시도하는 모습만으로도 좋았다. 오르내리는 소리로 웃는 모습이 좋았다.

“빈센트가 탈출했어.” 지금 엘리스가 전화로 말했다. “어떻게 했는지 결국 도망쳤어. 삶의 장애물 극복 모임 도중에.”

“그게 뭔지 몰라서 다행이야.” 버디가 말했다.

“문제는 ‘나’야. 빈센트가 달아나서 보안팀이 그를 찾고 있으니 내 그룹 사람들을 데리고 밖에 나갈 수 없게 됐어. 그 말은 흡연 산책이 불가능하다는 뜻이고.”

“하긴, 당신이 라이터를 가진 유일한 사람이니까. 그래서 사람들이 당신 뒤를 졸졸 따라다녀야 하잖아.”

“그렇다고 그 사람들이 개는 아니야. 하지만 꽤 불만이 늘어나고 있긴 해. 그래서 빈센트를 비난하고 있어. 그 사람들, 빈센트를 총으로 쏴야 한다고 생각한다고.”

“누구 편을 들어야 할지 모르겠네.” 버디가 말했다.

“내 말이.” 엘리스가 이제 그만 가봐야 한다고 말했다.

¶

꽃밭은 버디의 첫 작품이지만, 대단히 ‘매력적’이었다. 그는 이제 식물을 망치거나 죽이는 사람들을 이해할 수 없었다. 심리치료사가 원예를 해보라고 제안했고, 어느 토요일 엘리스가 시간이 났을 때 함께 트리스티 수목

원에 가서 초보자용 재료를 사 왔다. 엘리스가 정원 형태 잡는 것을 거들어주었다. 두 사람은 안뜰과 진입로 주변에 옷깃을 두른 듯한 모양의 정원을 설계했다.

버디는 꽃에 물을 주고, 영양분을 주고, 분무해주었다. 꽃은 날마다 활짝 피어나고, 탐스러워지고, 키가 자랐다. "내가 너희에게 뭘 더 바라겠니?" 그는 꽃을 향해 말했다. "견과와 과일 정도?"

그는 엘리스에게 지루하게 느껴지지만 않는다면 집 옆쪽 베란다를 따라 겨울 팬지 심는 일을 도와달라고 할까 생각했다. 엘리스는 수많은 일에 능숙했다. 그녀는 브리지와 포커에 능하고, 카드 셔플도 제대로 할 줄 알았다. 피아노도 칠 수 있었다. 재즈를 즐겨 듣고 재즈라면 거의 대부분을 알았다. 두 사람은 옷을 차려입고 스카이 마운틴이나 오케스트라가 있는 앨러게니 클럽에 춤을 추러 갔다. 엘리스에겐 아름다운 이브닝드레스가 있었다. 그녀는 그를 데리고 심야 영화를 보러 가거나 싸구려 코미디 클럽 같은 온갖 곳을 다녔다. 지난봄에는 재즈 페스티벌에 가려고 기차를 타고 뉴올리언스까지 가기도 했다.

버디는 가까운 곳에서 여자의 목소리를 듣고 얼어붙었다. 코니일 것이다. 그는 다시 여자를 마주치고 싶지 않았다. 아직은 아니었다. 여자는 흥미로워 보였고 그는 여자가 마음에 들었다. 확실히 멋진 여자였다. 여자는 사무실 창밖을 내다볼 때면 자기도 모르게 항상 그가 마당에 있는지 살펴봤다고 말했었다. 아첨하는 말이었지만, 그 말이 거슬렸다. 만약 시시한 볼일을 보러 나갔다가 우편함에서 신문이나 편지를 집어 들고 돌아오는 길이었다면, 면도를 하지 않았거나 셔츠가 옆으로 돌아가거나 했다면 어쩌지?

또다시 목소리가 들려왔다. 코니의 소리는 아니었다. 하지만 다음 목소리는 코니일 수도 있다고 버디는 스스로 경고했다. 장갑을 벗고 도구를 다시 철망 상자에 넣었다. 네 시 무렵이었다. 여자는 곧 퇴근할지도 모른다.

¶

버디는 손을 씻으며 엘리스에게 코니 이야기를 꺼낼 연습을 했다. 엘리스는 교대근무를 마치고 저녁을 먹으러 올 예정이었다.

그는 농산물 직판장에서 미리 사 온 음식을 정리하기 시작했다. 레몬 하나와 셀로판종이에 든 상추와 망에 담긴 무와 대추토마토를 꺼냈다. 그것들을 나무 그릇에 쌓아놓고 냉장고에서 파슬리를 몇 개 뜯어왔다. "피크닉 음식보다는 덜하게." 그는 혼잣말했다. 서빙 접시에 허니베이크 햄 조각을 깔고, 또 다른 접시에 반으로 자른 데빌드 에그를 담고 파슬리로 장식했다. 그는 자신의 요리 솜씨가 훌륭한 정도는 아니라고 생각했다. 7월 4일, 엘리스와 엘리스의 어머니를 위해 구운 대하를 제외하곤. 그건 꽤 맛있었다.

그는 서빙 접시를 식당으로 옮겼다. 아직 이른 시간이었지만 각 음식을 식탁 위에 놓았을 때 어떻게 보이는지 알고 싶었다. 그는 커다란 리넨 식탁보를 꺼내 끝자락을 잡고 공중에 높이 날려 접힌 자국을 폈다.

고양이들이 공중제비를 돌았다. 옆 탁자로 뛰어올랐다. 녀석들은 가만히 자세를 잡고 서서 햄 접시를 뚫어지게 바라보았다.

“이 무시무시한 괴물 같으니.” 버디는 고양이들에게 말했지만, 한숨을 쉬며 테이블보를 떨어뜨렸다. 그는 햄 접시를 다시 부엌으로 가져가 냉장고 깊숙한 곳에 숨겼다.

그가 생각하기에 엘리스는 아는 게 많았다. 그녀는 사회심리학 학위가 있었고, 체리 트리스의 환자들에게 인기가 많았다. 어쩌면 엘리스에게 코니에 대해 불평하는 일을 생략해야 할지도 모르겠다. 괜한 걱정거리만 만들 수도 있다. 좀 더 신중해야 한다. 왜 굳이 엘리스를 심란하게 만든단 말인가?

그는 다시 전화를 걸었다. 그저 엘리스가 뭘 하고 있는지 물어보고 저녁 약속을 확인하기 위해서였다. “별일 아니야.” 엘리스가 전화를 받자 그가 말했다.

“마사가 반성의 방으로 보내졌어.” 엘리스가 말했다. “지난주 토요일에 입원한 여자 있잖아? 당신, 지금 그 여자를 봐야 해. 완전 침착하고 조용하다고. 뭔가 깨달음을 얻은 사람 같아. 아니면 인형을 돌려받았거나."

"당신 그룹에 또 누가 있지? 당신이 말해줬잖아."

"그래, 나는 사악하고 부도덕한 짓을 했어. 그 벌로 지옥 불에서 통구이가 될 거야. 음, 기이한 편두통 환자 도나가 있어. 도나가 여기 가장 오래 있었어. 또 로레인이 있는데, 투명 비닐 봉지를 백 개나 살 정도로 강박증이 있지. 또 응급실 간호사 배리가 있어. 그는 늘 피곤한데, 그게 그 남자의 유일한 문제점이야. 그리고 조종사 실수남 더그가 있지. 마사랑 빈센트도. 아, 또 새로 온 여자도. 나는 그 여자가 정말 좋아! 그 여잘 보면 누가 떠올라. 아마 킴 노박일 거야."

"그럼 나도 그 여자가 정말 좋아."

"아니면 가보 자매 중 한 사람을 닮았거나. 옷깃을 세웠을 때 모습이 비슷하달까? 언제나 허리에 스카프를 매고 춤추고 노래해. 뮤지컬 공연이라도 하는 것처럼. 그만 가볼게, 버디."

"그래." 그가 말했다. "그런데 빈센트는 어떻게 됐어? 찾았어?"

"아니, 안타깝게도. 하지만 목격자가 있대. 뭐, 당연히 목격한 사람이 있겠지! 실제로 환자들이 전부 자기 방 창문으로 봤을 거야. 옷장에서도 봤을 거고. 아니면, 거울에 비친 자기 바로 옆에 서 있었을지도 모르지."

“농담하지 마.”

“아니, 할 거야.” 엘리스는 이렇게 말하고는 전화를 끊었다.

¶

버디는 저녁 식사 준비를 마쳤고, 촛불을 켜고 싶었다. 미리 한 번 불을 붙여두면 심지가 더 고르게 탄다는 내용을 양초 상자에서 읽은 적이 있다. 성냥을 찾으러 갔는데 성냥이 있을 거라고 생각한 오븐 위쪽 찬장에 없었다. 해가 설핏 기울고 있었다. 그는 미닫이 유리문 너머로 옆 베란다를 흘낏 보았다. 코니가 베란다 그네에 앉아 그네 끝을 기계적으로 흔들고 있었다. 여자는 담배를 쥐고 바닥을 골똘히 보고 있었다.

버디는 잠시 그 모습에 몰두했다. 뭘 어떻게 해야 할지 알 수가 없었다. 부엌을 나갔다가 몸을 돌려 다시 돌아갔다.

“911, 긴급 상황이다.” 그는 고양이들에게 말한 뒤 미닫이문을 열고 밖으로 나갔다.

“뭘 그리 열심히 흔들어요?” 그가 물었다. 그는 무심한 걸음으로 베란다를 가로질러 난간까지 갔다. 하늘의 절반이 자줏빛으로 물들었다. 호수 위로 밧줄처럼 꼬인 붉은 구름이 떠 있었다.

코니는 바닥을 응시한 채 구두 굽으로 그네를 멈추었다. 뱀 가죽이나 도마뱀 가죽으로 만든 구두였고 아주 진한 밤색이었다. "화내지 말아요." 여자가 말했다.

"화 안 내요." 버디가 말했다.

"가끔 낯선 곳에 앉고 싶을 때가 있잖아요? 특히 다른 사람 집에요. 그 사람들이 어떻게 반응하는지 지켜보는 게 제가 즐기는 작은 놀이예요."

위를 올려다보는 여자의 굽은 목선이 근사했다. 그 모습에 깜짝 놀라는 바람에 버디는 그 작은 놀이에 대해서는 어떤 말도 하지 못했다.

"당신도 그런 생각을 해본 적 있나요?" 여자가 말했다. "올여름이 벌써 두 번째잖아요. 가뭄 말이에요. 당신도 뉴스에서 봤겠죠. 내가 랭글리에 사는 건 아마 모를 거예요. 아버지와 내가요. 그곳을 '허접쓰레기 더미'라고 부르는 건 들어봤겠죠. 그곳이 바로 랭글리예요. 가난하고 완전히 무너진 동네죠. 물론 아버지는 그 집을 물려받았을 때 그런 일이 '벌어질' 거라곤 짐작조차 못 했어요. 여기서 겨우 십여 킬로미터 떨어졌는데……."

"거긴…… 크래브애플 아닌가요?" 버디가 물었다.

"아니에요. 크래브애플은 20킬로미터 떨어졌어요. 지금은 존재하지 않을지도 모르고요. 하지만 당신은 거기 갈 일이 없을 거고, 그게 내 말의 요점 중 하나예요."

버디는 어색한 걸음으로 여자 옆 그네에 앉았다.

"나는 언제나 다시 일하러 올까요?" 여자가 그의 얼굴을 보고 말했다. "점점 푸르러지네요. 그리고 더 푸르러지겠죠. 이렇게 무성해질 때까지. 어떻게 해야 할지 모르겠어요. 여긴 가뭄이 없죠. 당신 동네 사람들은 가뭄이 없어요."

버디는 천천히 고개를 끄덕였다. "부끄럽지만 인정할게요……."

코니가 담배 연기를 내뿜더니, 마치 폴더 하나를 닫고 다음 폴더를 여는 것처럼 자신 안의 무언가를 정리했다. "너무 당혹스럽네요. 아까 당신한테 고백했던 거요." 여자가 말했다.

"아." 그가 말하고 한 번 웃었다. "신경 쓸 정도는 아니었어요."

"헛소리." 여자가 자리에서 일어나 담배를 능숙하게 베란다 건너 사바나 덤불 쪽으로 튕겨 날렸다.

"코니, 내 여자친구가 체리 트리스의 상담사예요."

"그래서요?" 여자가 묻자 버디는 움찔했다.

"미안해요." 그가 말하자 둘 다 고개를 끄덕이며 어깨를 으쓱했다.

"당신네 사람들은 정말." 여자의 손이 공중에서 움직였다. 여자가 허공을 움켜쥐었다가 놓았다.

여자가 말했다. "기쁜 일이 있어요. 아주 오래 일한 덕분에 드디어 내가 좋아하는 일을 하러 떠날 수 있게 됐어요. 이를테면 여행 같은 거요."

"어디로 갈 거예요?"

"벨리즈로 갈까 생각하고 있어요" 코니가 대답하고, 잠시 후 말을 이었다. "당신은 정말 아무 데도 가지 않는다면서요. 시크레스트 씨였나, 누가 그러더라고요. 아니, 시크레스트 씨가 맞아요. 그 사람이 당신 아내와 아는 사이였어요. 당신은 아들이 죽은 뒤로 거의 집 밖으로 나가지 않는다고 했어요."

"거의 정확해요."

여자가 말했다. "비난하려고 한 말은 아니에요."

전화기가 울리기 시작했다. 분명 엘리스일 것이다. 버디는 코니에게 양해를 구하고 그네에서 일어나 서둘러 집 안으로 들어갔다.

"나 아무래도 여기서 못 나가겠어." 엘리스였다. "약속을 망치게 된 거 알아. 근데 별 방법이 없어."

"괜찮아, 내일 봐도 되니까."

"다들 겁을 잔뜩 집어먹었어. 감히 퇴근한단 말을 못하겠어. 게다가 간호사들이 진정제를 너무 많이 줬어. 당신도 이 모습을 봐야 해, 버디. 이러다가 이 사람들 스스로를 '해칠' 수도 있겠어. 다들 배 위를 걷는 것 같아."

그는 빙그레 웃고 있었다.

"방금 빈센트가 병원 안에 있다는 말을 들었거든. 지금 샅샅이 찾고 있어." 엘리스가 말했다. "어쨌든 한 가지

일은 했어. 블록버스터 비디오 대여점으로 달려가 영화를 빌려다 줬거든. 사람들이 〈매트릭스〉에 투표했어. 집중할 거리가 생겼으니 도움이 될 거야. 다들 파자마를 입고 베개를 들고 와 내일의 방 소파랑 의자에 누워 있거든."

"거기 '나도' 가고 싶다. 정말 재미있겠어!"

"안 돼, 당신은 초대받지 않았잖아."

엘리스가 주변의 뭔가를 보고 킥킥 웃더니 버디에게 말했다. "여기 사람들, 정신과 의사들마다 별명을 붙여 부른다고 내가 얘기했지? 방금 '저기 포스트잇 선생님이 거짓말 선생님이랑 어두운 귀 선생님이랑 같이 간다'라는 말을 들었어."

"내 심리치료사는 알 헤이그처럼 생겼어."

"이것 봐. 이래서 당신은 여기 오지 못하는 거야." 엘리스가 말했다. "나중에 또 걸게."

그는 그 자리에 선 채 식탁에 차려놓은 음식을 바라보았다. 식탁에는 크리스털 장식과 촛대와 꽃병에 꽂은 붉은색 국화 서른 송이가 있었다. 전화를 끊고 나서야 그는 자신이 얼마나 격렬하게 실망했는지 깨달았다.

¶

그는 베란다에서 내려가 넓적한 타일 한 쌍이 제자리에서 벗어나 있는 산책로를 살펴보았다. 허리를 숙이고 신발로 타일 조각을 건드려 제자리로 돌려놓았다. 잡초가 있었다. 개미도 있었다. 개미들이 길게 줄을 서서 기어가고 있었다.

코니는 아직도 그네에 앉아 열심히 그리고 슬프게 담배를 피우며 그를 지켜보고 있었다. "할 말이 있어요. 내 감정에 관한 이야기예요." 여자가 말했다.

그는 주머니에 손을 넣고 여자 옆 베란다로 갔다. 그는 멀찍이 떨어진 난간에 기댄 채 여자 쪽을 마주 보았다. 잠시 침묵이 드리웠다. "미안해요. 난 너무 미련해요." 그가 말했다.

여자는 말없이, 짧고 냉소적인 미소로 응답했다.

그가 말했다. "듣고 싶어요."

여자가 베란다 천장을 올려다 보았다.

"좋아요. 어쩌면 난 그저 이해하지 못하는 사람일지도 몰라요, 코니." 그가 주머니에서 손을 빼더니 주먹을 꽉 쥐고 여자를 살펴보았다. "혹시 나한테 일종의 '환상'을 품고 있는 건 아니에요?"

"맙소사, 아니에요!" 여자는 쯧 하고 혀를 찼다. "그보다는 조금 더 어른스러운 감정이에요." 여자는 '으른'이라고 발음했다.

여자의 미소가 점점 비난의 빛을 띠기 시작했다. "그래서 당신은 내 감정을 전부 다 알아요?"

"아니요, 그렇게 생각하지는 않아요."

여자가 말했다. "당신은 미스터 완벽남이니까." 여자는 귀에 건 양식 진주알을 공연히 만지작거렸다. "내 감정을 나 혼자만 간직할 것이지 왜 털어놓았나 싶겠죠."

버디가 떠올릴 수 있는 가장 불행한 대화였다. "그런 생각을 하지는 않아요." 그가 말했다.

코니가 한쪽 다리를 다른 다리 위로 올려 포갰다. 여자는 한때 운동선수나 무용수였던 사람의 우아함을 지녔다. 여자는 예쁜 손동작으로 한 손으로 다른 손을 잡거나 드레스의 단정한 흰색 깃을 매만졌다. 여자의 머리카락도 윤기 흐르는 매혹적인 검은색이었다. 그러나 여자의 눈에는 슬픔이 있었다. 버디는 그렇다고 생각했다. 여자의 눈은 천천히 움직였다. 시선은 거의 변하지 않았다. 눈빛은 무거웠고 패배한 듯한 인상을 풍겼다.

그는 손끝을 마주 부딪치며 생각하다가 입을 열었다. 그가 말했다. "내 이야기를 할게요. 매슈가 죽던 날 아침에 중환자실에 도착해 아내 루시를 발견했을 때, 아내는 얼굴을 벽 쪽으로 향한 채 마라톤을 뛴 사람처럼 횡격막 쪽을 붙잡고 제대로 숨을 쉬지도 못했어요. 나는 발끝으로 걸어가 도착했다는 걸 알리려고 아내의 어깨를 만졌어요. 하지만 아내는 그걸 느끼지 못했는지 아니면 너무 큰 슬픔에 빠져 있었는지 알아채지 못했어요. 난 그냥 거기 서서 기다렸어요. 마침내 아내가 돌아서서 날 똑바로 바라봤을 때, 내가 뭘 했게요? 양손을 쳐들고 크게 좌우로 흔들었어요. 야호 하고 외치는 사람처럼요."

그는 머리를 매만졌다. "그때 생각을 얼마나 많이 했는지 몰라요. 어쩌면 그저 운이 나쁜 순간이었을지도 모르죠. 일종의 실수 말이에요. 하지만 그것 때문에 두 번째 일이 벌어졌겠죠. 바로 지금 내가 처한 상황이요."

그가 말을 이었다. "아들은 제트스키를 타고 있었어요. 그 이야기도 들었는지 모르겠네요."

코니가 아니라는 뜻으로 고개를 저었다.

버디는 고개를 끄덕였다. "호수에서요. 아들은 고등학생 둘이 타고 있던 낚싯배와 충돌했어요. 아들 말고 죽은 사람은 없었지만 거의 죽을 뻔했죠. 그 사실이 힘들었어요. 당시 모습을 떠올리는 버릇을 멈출 수가 없었어요. 그러다가 잘 모르는 사람들과 대화를 나눌 수 있으면 좋겠다는 생각이 들었어요. 아들 이야기를 하지 않고 평범한 대화 말이에요. 어쩐 일인지 잭 인쇄소에서 매장 직원으로 일하는 여자를 골랐어요. 우리는 몇 마디를 주고받았죠. 그 사람이 내 이름을 기억하는지는 모르겠어요. 첫 통화 때 약간의 정보를 줬어요. 인쇄소 간판이 떨어졌다고 알려줬죠. 후진 주차 어쩌고 하면서. 그다음부터 당신이 상상할 수 있는 모든 일을 핑계로 전화를 걸기 시작했어요. TV 경연대회나 일기예보 같은 거요. 아니면 전화를 해서 잭 이야기로 농담을 했죠. 하루에 열 번, 열다섯 번 정도. 전화기를 들고 별로 편하지도 않은 가늘고 길쭉한 의자에 앉아서요. 이 모든 걸 엿들어야 했던 가엾은 아내는 그저 어쩔 줄을 몰랐어요. 내가 왜 계속 그 여자를 괴롭히는지 이유를 몰랐겠죠. 마침내 일이 걷잡을 수 없이 커졌고, 그 여자가 접근금지 명령 소송을 걸었어요."

"어머!" 코니가 말했다.

"정말이에요." 버디가 말했다.

그가 자리에서 일어났다. 고양이들이 유리문 앞에서 구슬프게 울며 풀쩍풀쩍 뛰었다. "저 녀석들 저녁을 챙겨줘야겠어요. 금방 돌아올게요."

"가세요." 코니가 말했다. "가요." 이해한다는 듯 손을 흔들었다.

그가 접시에 사이언스 다이어트 사료를 채우는 동안 코니의 그림자가 베란다 계단을 내려가는 모습이 얼핏 보였다.

버디는 우뚝 선 채 몸을 앞뒤로 흔들었다. 옆집 법률회사에 불이 켜졌다.

그는 고양이들이 먹는 모습을 지켜보았다. 고양이 물을 새로 채워주었다. 그는 창가로 가지 않고 부엌 한가운데 서서 택시 헤드라이트 불빛이 골목길을 빠져나갈 때까지 기다렸다.

¶

엘리스가 있는 곳은 조용했다. 그녀는 거의 속삭이며 말했다. “으스스해. 환자들 얼굴에 TV 빛이 비쳐서 전부 얼룩덜룩해. 우리 약속을 늘 내 쪽에서 취소해서 정말 미안해. 난 정말 최악이야. 그래서 그동안 모든 연애를 망친 것 같아.”

“이런! 그렇다고 치자고.” 버디가 말했다.

그는 조리대 위에서 공연히 종잇조각 하나를 손으로 튕기고 있었다. “당신은 내 옆에 있으면 불안해?” 그가 엘리스에게 물었다.

“뭐?”

“나 ‘때문에’ 불안하냐고. 내가 그 여자를 괴롭혔던 일 때문에.”

“지금 날 모욕하는 거야?” 엘리스가 말했다.

“뭐라고?”

“난 똑똑한 사람이야. 똑똑한 축에 든다고. 내가 다녔던 학교 교과서에 그렇게 나와 있어.”

“오.” 그가 말했다.

잠깐 침묵이 드리웠다. 버디는 전화기를 들고 앞뒤로 빨리 움직였다. 부엌 안은 너무 따뜻했고, 고양이들은 시원한 바닥 타일을 찾아갔다.

“나, 그만 가야겠어.” 엘리스가 말했다. “정말로 쉬를 해야 한다고. 게다가 지금 빈센트가 들것에 실려 오고 있대. 내 생각엔 곧바로 반성의 방으로 보낼 것 같아. 당신, 괜찮지? 기분은 괜찮아?"

"지금 내 감정은 빌어먹을 '나 혼자'만 간직해야 하는 걸지도 몰라." 그가 말하고 씩 웃었다. "미안, 당신은 모르는 농담이야. 다음에 만나면 설명해줄게."

"내가 그렇게 몹시 필요한 상황은 아니야. 얼마든지 통화할 수 있어." 엘리스가 말했다.

"아니, 괜찮아. 심지어 농담도 내 얘기는 아니야." 그는 검지로 조리대 상판에 깔린 파란색 타일 하나를 계속 둥글게 문질렀다.

"잠깐 내 말 좀 들어봐. 당신, 거기 있지? 전화 끊기 전에 마지막으로 한마디 할게. 버디, 슬픔이란 참 수수께끼 같아. 아주 사적이기도 하고. 이제 그만 끊을게."

엘리스가 말했고, 버디는 통화를 끝낸 뒤에도 팔을 밖으로 뻗고 수화기에 손을 얹은 채 잠시 그대로 있었다.

¶

그는 옆 베란다에 섰다. 밤공기는 온화했고, 라이클리 호수 위에 새하얀 보름달이 나른하게 떠 있었다.

골목길 건너편 티시먼 씨 집에 자동차 한 대가 줄지

어 선 다른 자동차들 뒤로 막 들어서고 있었다. 칼과 수잰 부부가 2주일에 한 번씩 여는 브리지 파티에 늦게 도착한 사람들이었다. 부부 중 한 사람이나 다른 누군가가 늦게 온 손님을 맞으러 입구 통로로 나왔다.

버디는 다른 밤들을 생각했다. 엘리스와 함께 늦도록 앉아 이야기를 나누며 럼을 마셨던 밤들을. 그의 생일날 엘리스는 스팽글이 달린 붉은 드레스를 입었다. 또 아내와 함께한 밤들도 있었다. 두 사람이 마지막으로 함께한 슬픈 해의 일이다.

코니의 고백에 심란해지다니 얼마나 바보 같은가, 그는 생각했다. 그는 이해했어야 했다. 친구처럼 코니의 손을 잡고, 꼭 움켜쥐고, 때론 삶이 참 길게 느껴지기도 한다고 말해줬어야 했다.

2002년 162호

이 소설을 읽고 한동안 다른 일을 할 수 없었다

샘 립사이트

메리 로비슨의 유명한 단편소설 〈당신의 것Yours〉에서 한 노인과 그의 젊은 아내는 핼러윈을 맞아 현관에 장식할 호박을 조각한다. 아내의 것은 엉망이고 평범하지만 은퇴한 의사이자 '일요일의 수채화가'인 남편은 독창적이고 표정이 풍부한 얼굴을 만들어낸다. 나중에 이 이야기에서 깜짝 놀랄 반전이 일어난 뒤 노인은 아내에게 "그처럼 약간의 재능만 지닌 것은 끔찍한 천벌 같은 일이고, 약간 특별한 사람으로 산다는 것은 대부분의 시간 동안 너무 많은 것을 기대하면서 자신을 거의 사랑하지 않는다는 뜻"이라고 진실을 털어놓고 싶어 한다.

로비슨을 미국 단편소설의 엄청난 인재(동시에 위대한 현역 작가)라고 부른다면 꽤 매혹적인 생각이다. 어쩌면 로비슨이 삶이 우리를 찢어발기는 다양한 방식을 깊이 이해하고 있다는 의미일 것이다. 또한 그는 삶에 죽음이나 포기와 같은 소름 끼치는 불행이 존재하며, 끊임없는 마모가 일어난다는 사실을 잘 안다. 사람들은 대부분 두 가지 모두와 함께 살아가

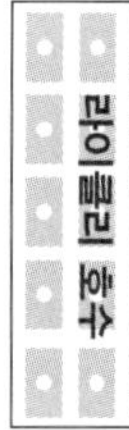

는 법을 배운다. 로비슨이 그려내는 사람들 또한 고통이 잦아들길 기다리는 동안에도 적어도 잠깐은 즐겁고, 웃고, 서로 위로하고, 저녁을 만들고, 벤치에 앉고, 더 멋진 호박 초롱을 만들기 위해 새로운 방법을 시도한다.

또한 많은 독자가 언어의 풍요와 황폐함에 귀를 기울이면서 은밀하게 언어를 즐긴다. 로비슨은 일상적 발화와 잠재적으로 기묘하게 동요하는 리듬 사이에서 언어를 그렇게 은밀하게 즐기지는 않는다. 1980년대 미니멀리스트로 불렸던 로비슨의 산문은 그렇지 않다. 로비슨은 '삭제주의'를 제안했는데 이는 다른 말로 하면 '엄격함'이다. 엄격하다는 것은 로비슨이 늘 그랬듯이 기록과 기록 사이 공간의 대가라는 말이다. 〈라이클리 호수〉에서 버디가 코니를 "단념시켜야겠다"고 결심할 때 버디가 적절한 단어를 떠올리지 못했다면 그 전략 또한 존재하지 못했을 것이다. 로비슨의 소설은 종종 단어의 '정확함' 또는 '정확한 틀림'에 기댄다.

그 틀림 또는 '어색함'이 작품 안에 겹을 이루며 쌓인다. 언젠가 어색함이 전국적인 캐치프레이즈가 될 것을 몰랐을지도 모른다. 그러나 로비슨은 언제나 불편함과 자의식과 진정한 결합을 열망하는, 또는 때때로 아무것도 열망하지 않는 사람들이 어깨를 으쓱하는 순간을 이해했다. 나아가 그들이 서로에게 충고하고 멋진 말을 하고 서로를 스쳐 지나가는 태도가 감정적인 힘을 지니고 있음을 이해했다.

로비슨의 단편과 장편은 우리를 덮치는 커다란 불행과 함께 일상적인 혼란도 조명한다. 소설은 다급하면서 애수를 띠고, 웃기면서도 아름답다. 로비슨의 소설을 읽기 시작하면 한동안 다른 일은 할 수 없게 우리를 단념시킬 것이다.

샘 립사이트

Sam Lipsyte

미국의 소설가, 언론인. 1968년 미국 뉴욕에서 태어났다. 장편소설 《고향Home Land》이 2005년 〈뉴욕 타임스〉의 '올해 주목할 만할 책'에 선정되었다. 〈뉴요커〉, 〈하퍼스〉, 〈에스콰이어〉, 〈GQ〉 등 여러 매체에 작품을 발표했다. 웹진 〈피드〉의 편집자로도 일했다. 컬럼비아대학교에서 소설 쓰기를 가르치고 있다.

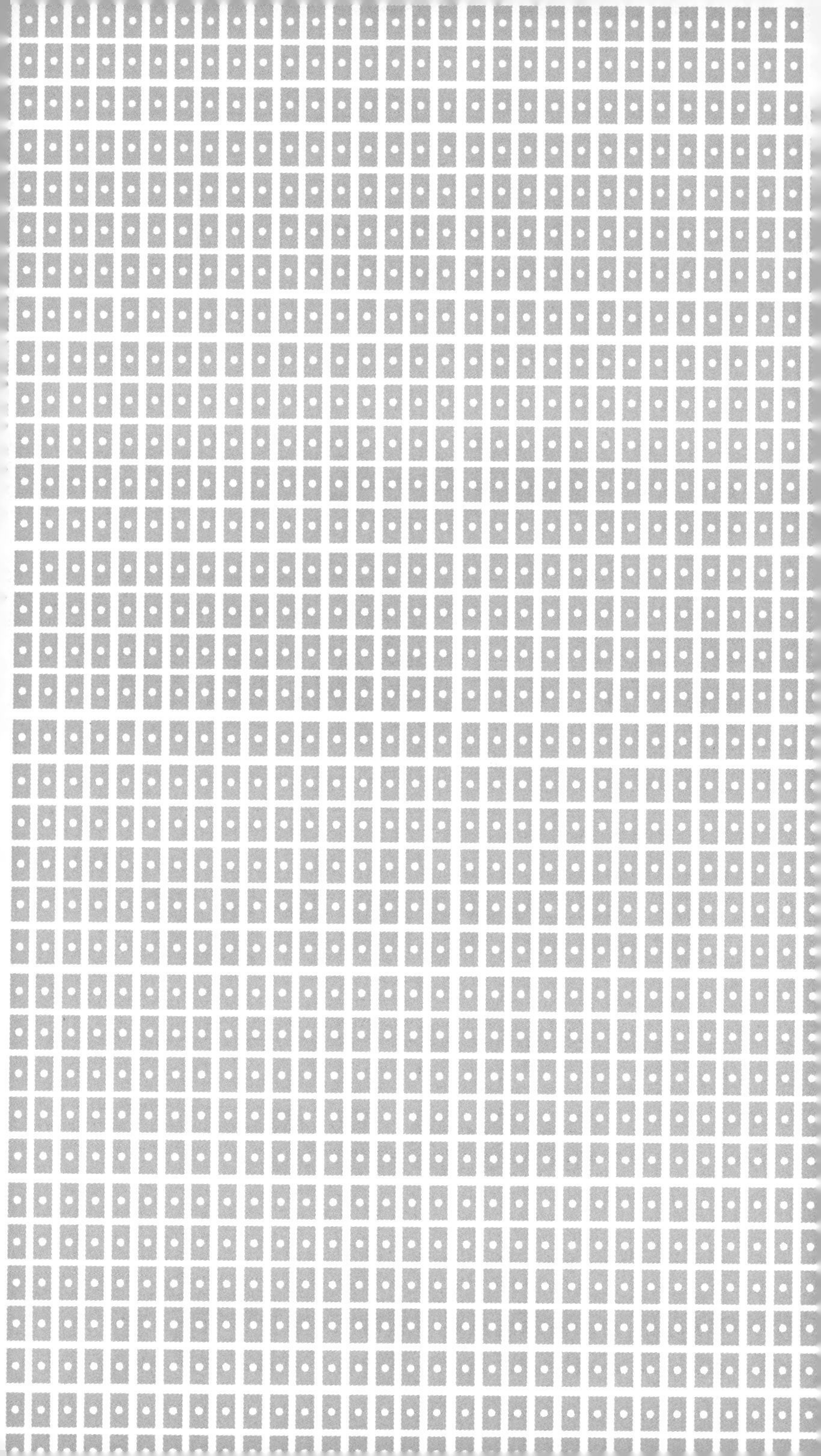

Ten Stories from Flaubert

플로베르가 보낸 열 가지 이야기

리디아 데이비스
Lydia Davis

번역가이자 소설가. 1947년 미국 매사추세츠에서 태어났다. 단편소설집 《갖가지 소동》으로 2007년 전미도서상 최종 후보에 올랐다. 이 밖에도 펜/헤밍웨이상 최종 후보에 오른 《그럴 리 없어》, 《거의 기억이 없는》, 《이야기의 끝》 등의 소설을 썼으며, 2013년에는 맨부커 국제상을 받았다. 마르셀 프루스트, 구스타브 플로베르 등의 작가들이 쓴 프랑스 문학을 영어로 옮겼다.

요리사의 교훈

오늘 대단한 교훈을 하나 배웠어. 우리 요리사가 내 스승이었지. 요리사는 스물다섯 살이고 프랑스 사람이야. 알고 보니 그녀는 루이 필립이 더는 프랑스의 국왕이 아니며 이제 우리나라가 공화국이 되었다는 사실을 몰랐어 국왕이 왕좌에서 물러난 지 5년이나 되었는데 말이야. 하지만 루이 필립이 국왕이 아니라는 사실이 눈곱만큼도 흥미롭지 않다고 했어. 그 말을 그대로 옮긴 거야.

난 스스로 영리한 사람이라고 생각해! 하지만 스승과 비교하면 얼간이일 뿐이야.

당신이 떠난 후에

당신은 그날 우리가 헤어지고 난 후 어떤 일이 있었는지 전부 들려달라고 했지.

음, 난 몹시 슬펐어. 정말 아름다웠으니까. 당신의 뒷모습이 기차 안으로 들어가고 나서 그 기차가 지나가는 걸 내려다보려고 다리 위로 올라갔어. 그게 내가 본 전부야. 당신은 그 기차에 타고 있었지! 나는 가능한 한 오래 기차를 바라보면서 그 소리에 귀를 기울였어. 반대편 루앙 방향의 하늘은 붉었고 넓은 자주색 띠가 드리웠지. 당신이 파리에, 내가 루앙에 도착할 무렵이면 하늘은 완전히 어두워졌을 거야. 나는 시가 한 대에 또 불을 붙였어. 잠시 서성였지. 그러다가 너무도 피곤하고 멍해지는 바람에 길 건너 카페에 들어가 체리주 한 잔을 마셨어.

반대 방향 선로에 내가 탈 기차가 들어왔어. 기차 안에서 학창 시절 친구였던 남자를 만났지. 우리는 루앙에 도착할 때까지 오래도록 이야기를 나누었어.

루앙에 도착해보니 계획대로 루이가 마중을 나와 있었어. 하지만 어머니는 우리를 집까지 데려다줄 마차를 보내지 않았어. 우리는 잠시 기다렸다가 달빛 아래 다리를 건너고 항구를 가로질렀어. 거기 전세 마차를 빌리는 곳이 두 군데 있거든.

두 번째 마차 대여소 사람들은 옛날 교회에 살았어.

주변이 어두웠어. 우리는 문을 두드려 여자를 깨웠고 여자는 취침용 모자를 둘러쓴 채 문을 열어주었지. 어떤 모습이었을지 상상해봐. 한밤중에 여자 뒤로 옛날 교회의 내부가 보이고, 여자의 입은 하품으로 크게 벌어지고, 촛불이 타오르는 가운데 여자가 걸친 레이스 숄이 엉덩이 아래로 늘어진 모습을. 말에는 당연히 마구를 채워야 했지. 마구의 끈이 끊어지는 바람에 그 사람들이 밧줄을 엮어 끈을 고치는 동안 우리는 기다렸어.

집으로 가는 길에 루이에게 기차에서 만난 옛 친구 이야기를 했어. 그는 루이에게도 친구였으니까. 당신과 어떤 시간을 보냈는지도 말했어. 마차 창밖으로 강 위에서 빛나는 달이 보였어. 늦은 밤 달빛을 받으며 집으로 향했던 또 다른 여정이 떠올랐지. 그때 일을 루이에게 설명했어. 땅에는 눈이 두텁게 쌓여 있었지. 나는 빨간색 양털 모자를 쓰고 모피 망토를 입고 썰매를 탔어. 그날 아프리카에서 온 야만인들을 모아둔 전시회에 가는 길에 부츠를 잃어버렸어. 창이 전부 열려 있었고 나는 파이프 담배를 피웠어. 강물이 검었어. 나무들도 검었어. 달이 눈밭 위에서 빛났어. 눈밭은 새틴처럼 매끄러워 보였지. 눈이 덮인 집들이 웅크리고 잠든 곰 같았어. 나는 러시아 초원 지대에 있다고 상상했어. 안갯속에서 순록이 힝힝거리고 썰매 뒤쪽에서 늑대 무리가 달려오는 것만 같았어. 늑대들의 눈이 도로 양쪽에서 석탄처럼 이글거리고.

마침내 집에 도착했을 때는 오전 한 시였어. 자기 전에 책상을 정리하고 싶었어. 서재 창밖에서 달이 여전히 빛나고 있었어. 물 위, 운하로, 집 가까운 곳에서도, 창문 옆의 백합나무 위에서도. 일을 마무리하고 루이는 제 방으로, 나는 내 방으로 떠났어.

치과 방문

지난주 이를 뽑으러 치과에 갔어. 의사는 통증이 가라앉는지 기다리며 지켜보는 게 좋겠다고 했지.

음, 통증은 가라앉지 않았어. 고통스러웠고 열까지 났어. 그래서 어제 또 이를 뽑으러 갔어. 치과 가는 길에 예전에 사람들을 처형했던 시장터를 지나가야 했어. 내가 고작 여섯 살이나 일곱 살이었던 어느 날, 학교에서 집으로 돌아가는 길에 처형 직후의 광장을 지나갔던 일이 생각나. 포석 위에 낭자한 피가 보였어. 사람들이 양동이를 옮기고 있었지.

지난밤, 치과에 가는 길에 광장에 들어섰다가 내게 어떤 일이 벌어질까 겁을 냈던 순간을 생각해보았어. 그리고 오래전 사형선고를 받은 사람들도 자신에게 어떤 일이 벌어질까, 똑같이 겁을 내며 광장에 들어섰겠다는 생각도 했지. 물론 그 사람들 쪽이 훨씬 무서웠겠지만.

잠들었다가 단두대 꿈을 꾸었어. 이상하게도 아래층

에서 자는 내 어린 조카도 단두대 꿈을 꾸었다지 뭐야. 아이에게 그 이야기를 전혀 하지 않았는데도 말이지. 생각이 움직일 수 있는지, 한 사람에게서 다른 사람에게로, 아래로 흐르는지 궁금해.

푸셰의 아내

내일 장례식 때문에 루앙에 가. 의사의 아내인 푸셰 부인이 전날 거리에서 죽었어. 남편과 함께 말에 타고 있었는데 갑자기 뇌졸중 때문에 말에서 떨어졌어. 나는 타인에게 연민을 보이지 않는 성격이라는 말을 들어왔지만, 이 일은 몹시 슬퍼. 푸셰는 좋은 사람이야. 선천적으로 그리 유쾌한 사람은 아니지만 말이지. 그는 청력을 완전히 잃었는데, 환자를 진료하지는 않고 동물학을 연구해. 아내는 싹싹하고 예쁜 영국 여성으로 그의 연구를 상당히 많이 도와주었지. 남편을 위해 그림을 그렸고 교정쇄를 읽었어. 두 사람은 함께 여행을 다녔어. 부인은 진정한 삶의 '동반자'였어. 그는 아내를 몹시 사랑했으니, 상실로 퍽 괴로워할 거야. 루이는 부부가 사는 집의 건너편에 살아. 루이는 우연히 부인을 집으로 데려가는 마차를 보았는데, 아들 품에 안겨 나온 부인의 얼굴에 손수건이 덮여 있었대. 그렇게 부인이 발부터 집 안으로 옮겨지자마자 심부름꾼 소년이 나타났대. 그날 아침 부인이 주문한 커다란 꽃다발을 들고서. 오, 셰익스피어 같은 이야기야!

장례식

어제는 푸셰 부인의 장례식에 갔어. 바람을 맞는 한 줄기 풀처럼 슬픔에 휘어지고 흔들리며 서 있는 가엾은 푸셰를 바라봤어. 그사이 근처에 있던 몇몇 친구가 과수원 이야기를 시작했어. 그들은 어린 과실나무의 줄기 둘레를 비교했어. 그러다가 내 옆의 남자가 내게 중동에 관해 물었어. 이집트에도 박물관이 있는지 알고 싶다고 했지. 남자가 물었어. "거기 공공도서관 상태는 어떤가요?" 구덩이 위쪽에 서 있는 사제가 라틴어가 아닌 프랑스어로 말했어. 장례식이 개신교식이었거든. 내 옆의 신사가 그 소리를 듣고 천주교를 약간 깔보는 듯이 말했어. 그동안 가엾은 푸셰는 쓸쓸한 모습으로 우리 앞에 서 있었지.

우리 작가들은 어쩌면 너무 많은 이야기를 지어내는지도 모르지. 그런데 언제나 현실이 훨씬 더 나빠!

마부와 벌레

우리 집 하인이었던 애처로운 친구가 요즘 전세 마차를 몰아. 그 사람은 명망 있는 상을 받았어. 그런데 그 사람이 아내가 도둑질로 노예형을 선고받은 어느 짐꾼의 딸과 결혼한 사실을 기억해? 하지만 실제 도둑은 그 짐꾼이었다는 이야기 말이야. 어쨌든, 우리 집 하인이었던 불운한 남자 톨레는 자기 몸속에 촌충이 생겼다고 생각해. 그리고 마치 그 벌레가 사람과 교류하면서 원하는 것을 말하는, 살아 있는 사람인 것처럼 설명해. 톨레는 몸속에 있는 벌레에 대해 말할 때 언제나 '그가'라는 말을 사용하지. 톨레는 가끔 갑작스러운 충동을 느끼는데 그것도 이 촌충 때문이라고 해. "이걸 '그가' 원해요." 그렇게 말하고 곧바로 벌레에게 복종한다니까. 최근 '그는' 신선한 흰색 롤빵을 먹고 싶어 했어. 어느 날에는 백포도주를 마셔야만 했고, 다음 날에는 적포도주를 먹지 못했다고 화를 냈어.

가엾은 톨레는 이제 자신의 눈을 촌충 수준으로 낮추었어. 둘은 서로를 지배하기 위한 격렬한 전투를 벌이고 있지. 톨레가 최근 내 형수에게 말했어. "이 생명체가 나한테 앙심을 품고 있어요. 이건 기싸움이에요. 그는 나에게 자신이 원하는 것을 강요하고 있어요. 하지만 난 복수를 할 겁니다. 우리 둘 중 하나만 살아남을 거예요." 뭐, 살아남을 사람은 바로 그 남자겠지만 그리 오래가지는 않을 거야. 왜냐하면, 얼마 전 툴레가 그 벌레를 죽이고 제거하겠다며 '황산염' 한 병을 삼켰고 바로 그 순간부터 그는 죽어가고 있으니까. 당신, 이 이야기의 진정한 깊이를 이해할 수 있겠어?

정말 이상하지, 인간의 두뇌란!

처형

연민에 관한 이야기가 하나 더 있어. 여기서 그리 멀지 않은 어느 마을에서 한 청년이 은행원과 부인을 살해하고 하녀를 성폭행하고 지하실에 있는 포도주를 전부 마셔버렸어. 그는 기소된 다음 사형선고를 받고 처형당했어. 그런데 이 특이한 친구가 단두대에서 죽는 모습을 보고 싶어 하는 사람이 많아서 전날 밤 시골 전역에서 엄청난 사람들이 몰려왔어. 자그마치 '1만 명'이 넘었지. 사람들이 어찌나 많이 몰려왔는지 빵집의 빵도 동났어. 여관도 다 차서 사람들은 밖에서 밤을 보냈지. 이 남자가 죽는 것을 보겠다고 사람들이 눈밭에서 잤단 말이야.

그러면서 우리는 로마의 검투사들을 향해 고개를 내젓지. 오 허풍선이들!

의자들

루이는 망트의 교회에 다닐 때 의자를 관찰했어. 의자들을 아주 세밀하게 살폈지. 그는 의자만 보고서 그 사람에 관해 많은 것을 알 수 있기를 바라. 그는 프리코트 부인이라는 여자의 의자부터 시작했어. 어쩌면 의자 뒤쪽에 여자의 이름이 씌어 있었는지도 모르지. 여자는 틀림없이 건장한 체격일 거야. 의자 좌석이 깊이 패었고 기도용 스툴도 두어 군데 보강되어 있었어. 여자의 남편은 공증인일지도 몰라. 기도용 스툴에 씌워진 붉은 벨벳이 놋쇠 못으로 고정되어 있었거든. 아니면 여자는 남편과 사별했을지도 몰라. 프리코트 씨라는 이름의 의자가 없었거든. 그 남편이 무신론자가 아니라면 말이지. 만약 프리코트 부인이 홀몸이라면 다른 남편을 찾고 있을지도 몰라. 의자 뒤쪽에 염색약 얼룩이 잔뜩 묻어 있었거든.

전시회

어제 깊이 쌓인 눈을 뚫고 전시회를 보러 갔어. 르아브르에서 여기까지 온 야만인을 수집한 전시회였어. 그들은 검둥이였어. 가엾은 흑인들과 관리인은 굶어 죽어가는 것처럼 보였어. 몇 페니를 내면 전시회에 들어갈 수 있어. 계단을 몇 개 올라가면 연기로 가득한 비참한 방이 나오는데 관리가 잘 되어 있지 않아. 그곳에는 작업복 차림의 일고여덟 명이 여기저기에 늘어선 의자에 앉아 있었어. 우리는 잠시 기다렸어. 그때 야수 같은 사람이 호랑이 가죽을 걸치고 거친 소리를 지르면서 나타났어. 몇 명이 더 뒤를 따라 들어왔어. 전부 네 명이었어. 그들은 단

위로 올라가 스튜 냄비 둘레에 쭈그리고 앉았어. 흉측하면서도 동시에 멋진 모습이었어. 온몸에 부적과 문신을 두르고 해골처럼 깡말랐는데, 피부색은 잘 마르고 오래된 파이프 색깔이었고, 얼굴은 납작하고 치아는 하얬어. 눈은 크고 표정은 절망적으로 슬프고 놀랐으며, 야수 같았어. 창밖의 황혼과 길 건너 지붕을 하얗게 덮은 눈이 그들 위로 잿빛 그늘을 드리웠어. 나는 지상 최초의 인간들을 보는 기분이 들었어. 이제 막 생겨난 그들이 두꺼비와 악어와 나란히 기어 다니는 것처럼.

이윽고 그중에서 나이 든 여자 한 명이 나를 보고 관람석으로 왔어. 여자는 갑자기 내가 마음에 들었는지, 내게 뭐라고 알 수 없는 말을 늘어놓았어. 내가 이해하기로는 뭔가 애정 어린 말이었지. 그러고는 내게 키스하려고 했어. 관람객들이 깜짝 놀라 이쪽을 보았어. 나는 15분 동안 자리에 앉아 여자의 길고 긴 사랑의 선언에 귀를 기울였어. 관리인에게 여자가 뭐라고 말하는지 몇 번 물어봤지만, 그는 한 마디도 옮기지 못했어.

관리인은 그들도 영어를 조금 할 줄 안다고 했지만, 내가 보기엔 한 마디도 알아듣지 못하는 것 같았어. 그들에게 몇 가지를 질문했지만, 그들은 대답하지 못했거든. 마침내 다행스럽게도 전시회가 끝났어. 나는 음울한 그곳을 떠나 다시 눈밭으로 돌아갈 수 있게 되어 기뻤어. 어딘가에서 부츠를 잃어버리기는 했지만.

백치, 광인, 바보, 야만인이 나를 매력적으로 보는 이유가 뭘까? 이 가엾은 이들은 내 안에서 어떤 동정심을 감지할까? 그들은 우리 사이에 일종의 유대감을 느끼는 걸까? 틀림없어. 발레의 백치들도, 카이로의 광인들도, 이집트 위쪽의 수도승들도, 전부 사랑의 선언으로 나를 귀찮게 했거든!

나중에 이 야만인 전시회의 관리인이 그들을 버렸다는 말을 들었어. 그때 그들은 루앙에 두 달째 머무르는 중이었는데, 처음에는 보부아쟁 대로에서 지냈고 다음은 내가 갔었던 그랑드 루에서 지냈대. 관리인이 떠났을 때 그들은 비콩테 거리의 허름하고 작은 호텔에 묵었다지. 그들이 의지할 곳이라곤 영국 영사관뿐이었어. 그들이 어떻게 의사소통을 했는지는 모르겠어. 어쨌든 영국 영사는 야만인들이 빚진 호텔 숙박비 400프랑을 대신 갚아주고, 그들을 파리행 기차에 태워주었어. 그들은 파리에서 고용되었대. 그곳은 아마 파리에서의 데뷔 무대가 될 거야.

나의 학교 친구

지난주 일요일 식물원에 갔어. 트리아농 공원에 이상한 영국인 칼버트가 살았던 곳이 있어. 그는 장미를 길러서 영국에 보냈어. 그는 희귀한 달리아도 모았어. 또 그에겐 딸이 있었는데, 나의 옛 학교 친구 바르블레와 불장

난을 했었어. 그 여자 때문에 바르블레는 자살했어. 그때 나이는 열일곱 살이었지. 권총으로 자신을 쏘았어. 나는 높이 부는 바람을 맞으며 길게 이어진 모래땅을 가로질러가 그 딸이 살았던 칼버트의 집에 찾아갔어. 그 여자는 지금 어디에 있을까? 그 집 근처에는 야자나무를 심은 온실이 세워졌어, 싹틔우기, 접붙이기, 가지치기, 가지고르기 등 과실수를 기르기 위해 알아야 할 모든 것을 정원사들이 가르쳐주는 강연장도 들어서 있었어. 바르블레를 생각하는 사람이 더 있을까? 그 영국인 소녀를 사랑했던 바르블레를? 열정적이었던 내 친구를 누가 기억해줄까?

문장 몇 줄로 우주를 전달한다

앨리 스미스

리디아 데이비스의 소설들은 함축성과 재치, 간결함이 필요한 형식 속에서도 무척 정밀하다. 이는 질병과 비슷한 증상을 일으켜 치료하는 동종요법 효과다. 데이비스는 단 두 줄이나 두 문단 길이의 이야기로도 생각하는 우주 전체를 전달할 수 있다.

〈플로베르가 보낸 열 가지 이야기〉는 (번역가이기도 한) 데이비스가 《보바리 부인》을 새로 번역하다가 작가인 플로베르가 친구이자 연인이었던 루이즈 콜레에게 보낸 편지를 읽고 썼다. 데이비스는 어느 인터뷰에서 이렇게 설명했다. "플로베르는 이따금 루이즈에게 최근 경험했거나 들은 소소한 이야기를 들려주곤 했어요. 이 근사한 형식의 개별적인 이야기들을 약간 손보면 저마다 훌륭한 소설이 될 수 있겠다는 생각이 들었어요."

이것은 번역일까? 플로베르가 쓴 것일까? 데이비스가 쓴 것일까? 〈플로베르가 보낸 열 가지 이야기〉는 어디서 플로베르의 이야기가 끝나고 어디서 데이비스의 글이 시작되는지, 각 이야기가 다른 이야기와 어떻게 연결되는지 또렷하게 보여주지 않는다. 어떻게 연결되고자 하는지도 명확하지 않다. 순환은 가깝고도 멀다. 차갑고 따뜻한, 검고 흰, 길들이고 야생인, 서로 반대되는 것들을 다룬다. 이 소설은 야만성을 투박하게 분석함으로써 연민을 보여준다. 또 사랑하는 이들에게서 멀어지는 일상의 여행부터 무덤으로 가는 최후의 이별에 이르기까지 몇 가지 종류의 작별을 살펴본다.

아무렇게나 배치한 이야기들이 울림을 주며 모두 자연스럽게 연결된다. 〈플로베르가 보낸 열 가지 이야기〉의 도입부는 독자의 예상을 뒤엎으며 계급, 역사에도 반전을 일으킨다. 결말에 이르면 황량함의 한가운데에 사랑과 상실이 피어난다. 확고한 배치(특히 마지막에서 두 번째 이야기인 '전시회'의 배치)는 강렬한 편집 본능이 작동했음을 보여준다.

"생각이 움직일 수 있는지, 한 사람에게서 다른 사람에게로, 아래로 흐르는지 궁금해." 다른 누군가가 들려주는 이 이야기 안에서는 어떤 것도 홀로 떠나는 여행이 아니다. 이야기 자체가 공동의 형식이자 행위이기 때문이다.

앨리 스미스
Ali Smith

영국의 소설가. 1962년 스코틀랜드에서 태어났다. 신화와 회화를 넘나들면서 사회문제를 날카롭게 파고드는 글쓰기로 영국 문단과 독자들의 주목을 받았다. 장편소설 《소녀 소년을 만나다》, 《호텔 월드》 등으로 맨부커상과 오렌지상 최종 후보에 여러 차례 올랐다. 2017년부터는 '사계절 4부작'인 《가을》, 《겨울》, 《봄》, 《여름》을 연달아 발표하며 큰 호평을 받았다. 《가을》은 맨부커상 후보에 오르고, 〈뉴욕 타임스〉의 '올해의 책'으로 선정되는 등 큰 호평을 받았다.

Lying Presences

거짓말하는 사람들

노먼 러시
Norman Rush

1933년 미국 샌프란시스코에서 태어나 오클랜드에서 성장했다. 1950년 한국전쟁 때 양심적 병역 거부를 선언해 2년 징역형을 선고받기도 했다. 15년 동안 서적상으로 일하다가 교사로 학생들을 가르치며 글을 쓰기 시작했다. 첫 소설《백인들Whites》로 1987년 퓰리처상 최종후보에 올랐고,《짝짓기Mating》로 1991년 전미도서상을 받았다.

잭은 자기 사무실을 좋아했고 자기 사무실을 좋아해도 괜찮았다. 그는 이 사무실이 기본적으로 효율적이라고 말할 것이다. 근사하게 수수께끼 같은 곳이었다. 업무에 필요한 모든 도구가, 서류와 포트폴리오가 이름표를 붙이지 않은 크롬 서랍장에 보이지 않게 보관되어 있었다. 그는 책상 위에 한 번에 한 가지 물건만 있는 게 좋았다. 경험이 별로 없는 사람이 그가 어린이책 삽화가들의 에이전트임을 알아볼 수 있는 유일한 방법은, 뒤쪽 벽에 걸린 갑옷 입은 돼지 그림뿐이었다.

벽은 천진난만한 노란색이었다. 8층 높이는 거리의 소음과 떨어진 적당한 거리였다. 창문 너머로 세로 홈이 있는 전화 교환소의 시멘트벽이 보였는데, 그가 보기에 살짝 조화로운 로마네스크 양식 같은 느낌을 주었다. 그는 자신의 맞춤형 책상에 약간 실망스러운 점이 있음을 인정할 수도 있었다. 원래는 흑요석 큐브를 연상시키게 만들 생각이었는데, 검은색 플라스틱판의 접합 부분이 눈에 띄었다. 점무늬가 도드라진 묵직하고 두툼한 검정색 고무타일 바닥은 확실히 성공적이었다. 그는 점심 식사를 끝내기에 앞서 발뒤꿈치로 바닥을 살짝 튕겨보았다.

손톱 밑에 치즈가 끼지 않게 그뤼에르 치즈를 감싼 얇은 포장을 벗기려면 왜 전문가가 되어야 하는지 도대체 알 수가 없었다. 쪽마늘 껍질을 벗길 때도 마찬가지였다.

이 사무실의 업무는 잘 굴러갔다. 어쩌면 교묘한 놀이방 협회가 고객들을 퇴보시켰을지도 모른다. 그냥 하나의 생각이었다. 인덱스 카드로 손바닥에 빵 부스러기를 쓸어 담는 동안 바깥 사무실에서 무슨 소리가 들렸다. 그는 두려워하며 귀를 기울였다.

¶

형이었다. 완벽했다. 이 시점에 그에게 꼭 필요한 것이었다. 말로 표현할 수 없는 기분이 들었다. 이건 부당했다. 이 나라 반대편에서 그 후로도 오랫동안 행복하게 잘 살아가야 마땅할 때 미리 알리지도 않고 불쑥 나타나는 게 바로 유서 깊은 로이의 특징이었다. 이럴 때 누굴 비난해야 하는지 잭은 알고 싶었다. 사무실 문을 열어둔 채 점심을 먹으러 나간 헬렌이었다. 그녀는 대가를 치를 것이다. 잭은 로이를 향해 확실히 미소를 지었다고 생각했다. 그는 자리에서 일어났다. 양 손바닥을 위로 펴들고 운명에 착실하게 굴복했음을 보여주었다. 로이가 다가왔고 둘은 악수했다. 서로의 이름을 불렀다.

로이는 3년 전과 거의 비슷했다. 평소와 다름없이 그리고 형제의 아버지처럼 마음에 담아둔 것을 표정으로 풍부할 만큼 뚜렷하게 드러냈다. 로이는 고집이 셌고 굽히지 않았다. 사실 그게 로이가 주로 짓는 표정이었다. 그걸 생각하면 로이가 뭔가를 두려워한다는 게 흥미로웠다. 로이는 살이 조금 빠졌다. 그러나 싸구려 해안경비대 우비를 입고, 머리를 짧게 자르고 건설 현장 일꾼 복장에 타이도 매지 않고 셔츠 단추를 목까지 채운, 삐딱한 프롤레타리아의 전형적인 모습은 여전했다. 로이의 셔츠 주머니에 볼펜이 네 개 꽂혀 있었는데, 펜이 하나 이상이라는 건 불안감을 대놓고 광고하는 것과 같았다. 하지만 잭이 왜 로이에게 무슨 말이라도 해야 한단 말인가?

로이는 바깥 사무실에 의자를 찾으러 갔다. 엄격했던 아버지의 모든 면이 돌아오고 있었다. 베네딕틴은 마셔도 괜찮다. 베네딕트 수도회 사람들은 괜찮으니까. 그러나 샤르트뢰즈는 절대로 안 된다. 카르투지오 수도회 사람들은 뭔가 나쁜 점이 있으니까. 폴크스바겐을 사는 사람은 피하는 게 좋다. 그들은 노예노동과 관계가 있으니까. 오래전 60년대의 일이었다. 카잘스[*]가 스페인에 돌아가기 전 스페인을 방문하는 사람들은 전부 배척자였다. 형제의 아버지는 지하실 발명가였다. 그는 치약의 일반적인 평균 사용량을 계산해 낭비를 막아주는 미터캡이라는 이름의 치약 뚜껑을 발명했다. 이 기술을 사들인 회사는 발명품을 숨겼다. 이 회사는 범죄자였다. 낭비는 인류의 적이었다. 사유재산은 도둑질이고 또 기타 등등의 여러 일이 밤새 이어졌다. 로이는 낭비에 반대했다.

로이가 자리를 옮기면 안 되는 무거운 받침대 의자를 하나 끌고 들어왔다. 그는 잭의 책상 오른쪽 모퉁이에 그 의자를 놓았다. 우비를 과학적으로 접어 패드 안에 넣었고 그 위에 앉았다. 그 위에 앉으면 체온으로 우비를 '다릴' 수 있다고 생각한 걸까? 뭐든 가능했다.

로이는 여기 왜 왔을까? 잭은 그럴듯한 이유를 떠올려 보려 했지만, 아무 생각도 나지 않았다. 두 사람은 모든 걸 합의했고, 3년 전 로이는 거창하지는 않아도 아무것도 아니지는 않은 유산의 절반을 들고 피닉스로 떠났다. 로이는 맹렬히 자기 삶을 꾸려갔다. 잭은 비행접시 연구와 관계있는 약간 이상한 재단의 사무국장이 된 로이가 제정신이 아니라고 주장했다. 로이는 제 몫으로 받은 2만

* 스페인의 첼리스트이자 지휘자로, 1939년 프랑코 독재정권에 항의하며 망명 생활을 시작했다

9,000달러를 재단에 내는 대가로 마치 연금처럼 영구적으로 방과 식사 같은 생계를 제공받기로 했다. 1년 동안 로이의 재단에서 소식지가 왔지만, 잭은 뜯어보지도 않고 이 모든 일에 대한 그의 경멸을 조금도 눈치챌 수 없도록 검은색 정자체로 '관심 없음/발신자에게 반송'이라고 써서 돌려보냈다. 그런데 이렇게 되었다. 그리고 로이는 늘 그렇듯이 이 사무실을 두고 어떤 반응도 보이지 않았다.

¶

로이가 원하는 건 대단히 놀라운 일이었음이 자연스럽게 드러났다.

잭은 조롱기 없는 말투를 지키려고 애쓰며 이렇게 요점을 말했다. "내가 제대로 이해했는지 들어봐. 형 말은 내가 형을 우리 집으로 데려가서 두세 달 정도 함께 살아야 한다는 거지? 그리고 그 이유를 묻지도 말고, 내가 주디스에게 말해줄 수 있는 어떤 이유도 알아낼 생각 말고 그냥 그렇게 하라는 거지? 우린 그저 형을 받아줘야 하는 거지? 그렇지? 나도 주디스에게 그렇게 말해야 한다는 거지, 그냥 그렇게만?"

"응, 그게 내 부탁이야." 로이는 조금도 미안해하지 않았다. 어쩌면 존경할 만한 점이었다.

잭이 말했다. "그리고 이번 일로 나한테 불이익은

'전혀' 없을 거란 거지? 형한테 곤란한 일이 생겼거나 도주 중이거나, 뭐 그런 거야? 이봐, 몇 년 전 형은 내가 이의를 제기했던 어떤 일을 했잖아. 그런데 지금 여기 와 있네? 내 말은 로이, 기억하는지 모르겠지만 '돈과 관계된' 일이었어. 이 모든 일을 통해 내가 얻은 교훈이 있다면 말이야, 그동안의 일을 생각해보기만 해도 뒤로 빠져 있는 게 좋다는 거야. 이번 일을 그 돈이 전부 사라졌다는 뜻으로 받아들여도 돼?"

로이는 중저음의 바리톤이었다. "잭, 말했잖아. 너한테 돈을 요구하는 게 아니야. 난 그냥, 오직, 최대한 두 달 정도만 너랑 주디랑 함께 살 수 있으면 돼. 그거면 된다고. 너희와 함께 식사할 생각도 없어. 그저 이 문제를 자세히 이야기하지 않는 게 오히려 널 위한 일이라고 말할 때 그냥 날 받아주면 좋겠어. 그리고 이 문제에 법적인 면은 전혀 없어! 분명히 말하는데, '제발' 아무것도 묻지 말고 내 부탁을 들어줘. 손해 볼 일은 없을 거야, 정말이야."

"하지만 로이, 내가 왜 이런 기분을 느껴야 하는 거지? 이걸 어떻게 생각하면 좋을까? 형은 나한테 이 일을 부탁하면서도, 내게 자세한 이야기는 해주지도 않으면서 '날 위한 일'이라고 말하잖아. 도대체 이게 무슨 경우야?"

침묵이 드리웠다.

¶

잭이 말했다. "형 때문에 내가 지금 어떤 상황에 놓였는지 이해하지 못한 것 같네. 이 문제를 입 밖에 낼 수 있다면 말이지만. 우선 형은 내 형이잖아. 내가 알았다고 하면 형은 우리와 함께 지낼 수 있어. 하지만 그러려면 먼저 도대체 '무슨' 일인지 나한테 설명해줘야 해. 이건 간단한 일이 아니잖아? 내 말은 이런 일은 주디스와 상의해야 한다는 거지. 그런데 주디스는 주디 말고 주디스라고 불리기를 원해. 중요한 문제야, 전문적인 일이고."

로이는 여전히 읽을 수 없는 표정을 지으며 말했다. "네 말만 들으면 되게 거창한 일처럼 들린다."

"아이참, 형. 그러지 마. 내가 뭐 그렇게 복잡한 얘기를 하는 것도 아니잖아. 그저 조금 설명이 필요할 뿐이라고. 나도 주디스에게 설명이라는 걸 해야 하잖아. 형이 우리 관계를 안다면 내가 그냥 주디스에게 날 믿고 따라오라고, 내 아내니까 시키는 대로 하라고 말할 수는 없다는 걸 알 거야."

로이는 생각하는 것처럼 보였다. "내가 기똥찬 이야기를 해준다면 네가 그걸 기준으로 중요한 판단을 하게 될까?"

"난 그냥 내가 처한 상황을 형한테 이해시키고 싶을 뿐이야. 제발 형 마음대로 날 단정 짓지는 말라고. 그런데 가방은 어쨌어? 그 기내용 가방 말고 짐이 더 있을 거아냐."

"역 사물함에 있어."

로이는 여전히 뭔가를 생각하며 자리에서 일어났다.
잭은 손목시계를 보았다.

"좋아." 로이가 말했다.

잭은 무슨 뜻인지 알 수 없었다.

"돌아올게." 로이가 말했다.

"네 시쯤 볼까? 내가 오후에 두어 명을 만나봐야 하거든. 네 시 30분에 보면 더 좋고."

로이가 고개를 끄덕이고 떠났다.

¶

잭은 도대체 이유가 뭘까 생각하느라 오후를 아주 화려하게 보냈다. 무의미한 일임을 그도 알았다. 모든 생각이 아버지와 억눌러온 감정으로 돌아갔다. 아버지는 어떤 개혁을 위해 자신을 희생하지 않고 아주 빠듯한 돈과 음식으로 살아간다면 인생에서 다른 일을 전혀 하지 않고도 낭비를 피하며 최소한의 생계를 유지할 수 있다고 생각했다. 인생의 시련과 고통을 생각할 때마다 그것들로부터 최소한 벗어나고자 아버지의 말을 떠올리게 되는 건 애처로운 일이었다. 그리고 당연하게도, 가만히 놔둬도 자연스러운 결말을 맞게 될 어떤 일에 반대할 이유를 생각해내는 데 몇 시간이나 바쳐야 하는지 질문하는 사람은 없었다. 평생 그 일에 관한 회의에 참석하며 보냈는지 어쨌는지는 상관없었다. 예를 들어 흑인 1,800만 명과 백인 400만 명 사이의 재생산 비율만 따져봐도 우리는 아파르트헤이트가 서서히 쇠퇴하다가 사라지겠거니 하고 완벽하게 안심할 수 있다. 또 영어 말하기 협회에 소속한 사람들은 누가 봐도 분명한 일을 홍보하면서 삶의 낭비에 대해 말한다. 얼마나 많은 이들이 돈을 목적으로 일해야 하거나, 실제로 돈을 목적으로 일하고 싶어 하는 사람들을 향해 자신의 경멸을 드러낼 기회로 실제 대의명분을 추구하는지 질문한 사람이 있었던가? 또 로이의 비행접시 운동은, 이게 올바른 표현인지는 모르겠지만, 무슨 이유로 일종의 대의명분 자격을 얻은 걸까? 우주의 문명체들이 우주선을 보내고 있다 한들 뭐 어쩌란 말인가? 사람들은 어쨌든 비행접시를 인생의 이상한 사실로 받아들이는 것처럼 보이는데, 그런 조직을 만드는 게 무슨 의미가 있을까?

로이의 짐은 창피한 수준일 것이다. 그 자체로 헬렌을 일찍 퇴근시킬 충분한 이유가 되었다. 그럴 수는 없었다. 로이가 낭비에 맞서 벌인 지속적인 1인 전쟁을 주디스가 비웃지 않게 하려면 어떻게 할 것인가? 옷가지가 문제가 될 것이다. 예를 들면, 약간의 스타일을 추구하겠다고 옷에 돈을 쓴다면 퇴폐적인 사람이다. 어딜 살펴봐야 하는지 알면 완벽하게 좋은 중고 의류를 찾을 수 있다. 재고 상품이나 공장 파손 상품을 살 수도 있고, 가장 좋게는 굵은 마직물로 직접 만들어 입을 수도 있다. 어쩌면 로이는 '직접 손으로 만든' 짐가방을 들고 나타날지도 모른다. 하루 지난 빵을 사지 않으면 조사를 받을 수도 있다. 다들 '찌그러진 통조림'을 사야 한다. 또 이 모든 일을 정확하게 하는 방법이 하나 있는데, 그냥 그렇게 행동하고 호구가 되지 않으려고 신경 쓴 무수한 시간은 아예 없었던 것처럼 보이는 방법이었다. 마실 것은 물만 있으면 되었다. 게다가 물은 공짜였다. 로이는 충동적으로 식당에 들어갔다가 돈을 낭비하는 식의 호구가 되지 않으려고 잔돈 지갑에 견과류와 건포도를 가득 넣어 다녔다. 견과류를 꺼내 먹으면 주문을 덜 할 수 있으니까. 그런데 자연 상태에서 하루 세끼를 꼬박꼬박 챙겨 먹는 존재는 없으므로 이따금 끼니를 거르는 게 바람직하지 않을까? 배가 부르면 생존 기제가 억눌리게 되니까. 이런 말도 떠올랐다. 소금이 치약보다 더 좋은 재료다. 그건 아버지의 말이었던가? 그렇다면 아버지는 왜 치약 뚜껑을 발명했을까? 소금은 로이의 말이었을 것이다.

잭은 마음을 가라앉히려고 심호흡을 몇 번 했다. 물론 로이는 소금 이야기는 전혀 하지 않을 것이다. 아침이면 칫솔을 들고 부엌 주변을 헤매며 소금을 조금 구할 수 있을까? 물어볼지도 모른다. 그리고 소금은 눈에 잘 띄는 곳에 있을 것이다.

¶

잭은 바깥문이 열렸다가 닫히고 가방 내려놓는 소리를 들었다. 늦은 시간이라 로이가 안 오나보다고 생각할 수도 있었다. 10분 전에 사무실 문을 잠그고 가버릴 수도 있었다. 예민한 로이는 영원히 떠나버리겠다고 마음을 먹었을지도 모른다. 로이는 이번에는 받침대 의자의 바퀴를 굴리면서 안으로 들어왔다. 만약 엘리베이터에서 만났다면 어땠을까? 이편이 더 나았다. 그는 준비가 되었다.

잭은 위협에 넘어가지 않을 것이다. 그와 주디스를 위한 일이 아니면 어떤 일도 억지로 당하지 않을 것이다. 그게 그의 태세였다. 반박 금지! 어떤 일이든 돈이 든다. 그에겐 어떤 일이든 돈이 든다고 스스로 상기할 권리가 있었다. 예를 들자면 로이가 도착하는 바람에 어쩔 수 없이 헬렌을 일찍 퇴근시킨 비용을 보태줄 사람은 아무도 없다.

바깥은 어느새 날이 저물고 있었다. 전혀 만족스럽지 않은 천장 등이 켜졌다. 이 사무실은 야간 근무에 맞게 설계되지 않았다. 그는 늦게까지 일할 필요가 없는 사람이었다. 어머니가 지하실 계단 위에 서서 아버지를 향해 그만 자러 오라고 불평하던 일이 떠올랐다.

시작은 로이의 몫이었다.

로이는 의자에 앉았지만 불편해했다. 그는 다시 일어나 양손을 주머니에 넣고 시선은 잭 뒤쪽의 벽을 향해 치켜들고 문 옆 벽에 기대어 섰다. 잭은 로이가 프롤리(프롤레타리아를 부르는 잭만의 용어였다)처럼 말하는 버릇을 그만두었으면 하고 바랐다. 로이는 중요하게 생각하는 주제를 논할 때마다 그 버릇이 나왔다.

¶

"좋아, 최선을 다해서 시작해볼게. 누구한테도 한 적 없는 중요한 이야기야. 넌 너무 어려서 나일스 삼촌이 죽었을 때를 기억하지 못할 거야. 삼촌 중에서 내가 가장 좋아했던, 정말로 사랑했던 사람이야. 묘지에서 무척 슬펐는데 삼촌 관이 땅속으로 내려가기 시작했을 때는 슬픔을 주체할 수가 없었어. 나는 뒤로 물러났어. 눈앞의 일에서 벗어나려고 오솔길을 내달렸지. 그때 나는 아홉 살 정도였을 거야. 그렇게 멀리 가지는 않았어. 나무 사이를 헤치고 5분 정도 갔을 때 개울과 사이가 벌어진 작은 언덕 두 개가 바라보이는 곳이 나왔어. 오전 열 시나 열한 시쯤이었고 하늘은 완연히 맑았어. 슬픔에 빠져 선 채로 하늘을 올려다보았는데 굉장히 오싹한 게 보였어. 그것은 두 언덕 사이에 떠 있었어. 그냥 말하는 것만으로도 그때 느낀 공포가 고스란히 떠오르네. 내가 본 건 색칠한 듯한, 아니면 그냥 검은색인 금속성의 물체였어. 조개껍데기나 손잡이 없는 펼쳐진 우산과 가장 비슷했고 금속으로 만들어졌어. 아래쪽에 골을 따라 리벳이 박힌 게 보였어. 크기는 자동차 정도였지. 난 그걸 대략 3분 동안 보고 있었어. 아무 소리도 들리지 않았어. 오싹 겁이 났어. 그건 실재였거든. 그게 나일스 삼촌의 죽음과 불길한 연관성이 있다고 느꼈어. 그걸 자세히 살펴봤어. 창문이 없었어. 눈을 감았다가 떠도 그게 여전히 보이는지 확인해봤어. 한쪽 눈을 감아도 보였어. 손가락 사이로도 봤어. 그건 실재였어. 그게 사악하다는 걸 알았어. 그때 느낀 공포는 뭐라 표현할 수 없는 정도였어. 어쨌든 거기서 벗어나 미친 듯이 달아났어. 그게 전부야. 그것을 잊으려고 노력했어. 1942년의 일이야. 물론 누구에게도 말한 적 없어. 너도 우리 가족 분위기 알잖아. 나중에 어른이 되고 그것을 다시 떠올렸을 때 혹시 영혼을 모으는 상자나 장치에 관한 이야기나 동화를 내가 알고 있는지 생각해봤어. 하지만 그것과 연관 지을 수 있는 이야기는 없었어. 그건 실재였어. 물리적으로 존재하는."

로이는 아주 잠깐 눈을 감았다.

"그렇게 한동안 그 사건을 묻어뒀어."

잭이 말했다. "환각이었어."

"그래, 나도 나이가 더 들었을 때 그렇게 추측했지. 그건 그냥 묻어두자. 이제 나랑 협회 이야기를 해볼게. 나, 거기서 탈퇴했어. 사실은 쫓겨났지. 돈은 다 날렸고. 일은 아주 간단해. 온갖 자세한 이야기까지 다 늘어놓지는 않을게. 간단히 말해 비행접시에 관해 내가 내린 결론을 협회 사람들 누구도 받아들이지 않았어. 그 일이 다른 일로 이어졌고 내 자리를 지킬 수 없게 됐지." 로이가 어깨를 으쓱했다.

잭은 로이의 '그래'와 '응'의 연결이 언제 나타날까 궁금했다. 로이는 편안함을 느낄 때 '그래'라고 말했지만, 일반적인 사람처럼 말해야 한다고 생각할 때는 '응'이라고 말했다. 그래서 '응'에 살짝 '점점 여리게'를 가미하면 '그래'가 되었다. 강세를 넣느냐 마느냐의 문제였다. 잭은 사람은 절대로 변하지 않는다는 사실이 위안일까, 비극일까 생각했다.

로이는 계속 말했다. "우선 협회의 노선이 뭔지 알려줘야겠다. 협회의 노선은 한때는 당연히 내 노선이기도 했는데, 비행접시는 실재하고 지구 밖에 존재한다는 거야. 궁금해할까 봐 덧붙이는데 그걸 ETH, 즉 외계기원설이라고 해. 협회는 이 외계기원설의 바티칸이야. 어쨌든 비행접시는 다른 행성계에서 온 진보한 기술 작품이고 레이더 회신 등으로 존재를 증명할 수 있지. 또 우리가 지금 자세히 파고들지는 않을 이런저런 물리적 증거들도 있어. 여기까지, 됐지?"

로이는 셔츠를 더 깔끔하게 여몄다. "하지만 몇몇 사람들이 의문을 품기 시작했어. 예를 들면, 목격자들이 착륙한 비행접시 안이나 주변에 누가 있는 걸 봤다고 증언한 근접 만남 사례들을 살펴보기 시작했어. 그런데 뭔가 이상해. 같은 행성에서 온 것처럼 보이는 존재를 두 번 마주친 사례는 하나도 없는 거야. 외계인에 관해 보고된 사례를 보면 거인부터 아주 작은 사람까지, 눈이 없거나 입이 없거나 그리스 신들처럼 생겼거나 로봇이거나 우주복을 입었거나 튜닉을 입었거나 고양이 눈을 했거나 삼각형 얼굴이거나 귀가 없거나 귀 끝이 뾰족하거나 손 대신 지느러미발이나 물갈퀴가 달렸거나 어마어마하게 다양해. 비행물체에 관한 설명을 살펴볼까? 또 다른 서커스가 펼쳐지지! 큰 것, 작은 것, 투명한 것, 구형, 시가형, 모선, 자선, 원통형, 렌즈형, 둘로 나뉘는 것, 구름으로 변하는 것…… 기타 등등등이야. 그래서 외계기원설을 주장하는 이들에게 사소한 문제가 생겼어. 이론에 맞지 않는 사례 보고는 거절하기 시작했지. 어떤 사람의 주장은 훌륭하고 거짓말이 아니라고 하는 한편 다른 사람의 이야기는 거짓말이라고 해야 하는 거야. 이제 흥미로운 이야기를 살펴보자. 시간이 흐르면서 점점 활기차고 이국적인 현상들이 나타나. 비행접시 목격담에 시각 기관의 길이 같은 것들이 나타나기 시작해. 또 부러진 나뭇가지라든가 땅에 파인 구멍처럼 사소한 부수 효과도 나타나기 시작하지. 또 비행접시가 자동차의 전기체계를 먹통으로 만들 수 있다는 사실이 드러나. 그러다가 60년대가 되자 납치사건이 보고되기 시작해. 이런 사건은 보통 외계인에게 소름 끼치는 생체실험을 당했다는 이야기가 따라붙어. 아니면 외계인이 정자나 난자를 수집한다거나 이와 비슷하게 위협적인 일을 한다거나 하는 이야기도 있지. 납치당했던 사람들이 기억상실에 걸려서 최면으로 무슨 일이 있었는지 알아내기도 했어. 이윽고 70년대가 시작되자 농부들이 자신의 가축이 훼손되거나 죽거나 온몸에 피가 빠져나가거나 다양한 부위에 레이저를 맞았다거나, 뭐 그런 모습을 발견하는 사례가 이어졌어. 또 가축이 들판에 누워 있는데, 땅바닥엔 아무 흔적도 없지. 또 사람들은 하늘에서 빛을 봤다고 보고하기 시작해. '이것들'은 다 뭘까?"

잭은 엉뚱한 말인 걸 알면서 말했다. "내가 그 세계에 들어가기로 한다면 가장 먼저 좋은 거짓말 탐지기부터 사야겠네."

"잭, 우리 똑바로 살펴보자. 우선 넌 이와 관련된 자료를 읽어본 적이 없다는 게 문제야. 그러니까 거짓말쟁이들을 전부 가려냈는데도 여전히 엄청난 일이 벌어지고 있다는 내 말을 믿어야만 해. 이해를 돕기 위해서, 선의로 사례를 보고한 사람들은 대부분 실제로 그 일을 겪었다고 봐야 하지 않을까? 내 말은 내가 바로 그 예라는 거야. 난 실제로 경험했고, 하늘에 맹세코 내가 본 건 실재였어. 이를 닦을 때처럼 실제로 정확하게 경험했다고."

"좋을 대로 해." 잭이 말했다.

로이는 오락가락 걷기 시작했다.

"좋아, 이제 역사적인 요인을 살펴볼게. 옛날 신문을 훑어보던 어떤 사람이 흥미로운 걸 발견했어. 1890년대에 정체불명의 비행체라고 부른 것들이 잇따라 목격되었어. 그것들은 아주 이상하게 생겼고, 자연적인 공기역학으로는 불가능하게 날개와 프로펠러와 때로는 외륜까지 갖추고 있었지. 미국의 여러 해안지대에서 목격되었어. 그리고 조금 나중에 영국에서도 비슷한 사례가 보고되었는데, 그것들은 시가 모양이였어. 위협적인 요소도 있었어. 동물들이 사라졌던 거야. 또 그것들이 폭발물을 투하할지도 모른다는 암시도 있었고. 그러다가 갑자기 모든 게 중단되었어. 비행체들은 보통 의미 없는 모습들로 구성되었는데 주로 눈부신 광선을 쏘아 사람들을 화들짝 놀라게 했지. 도대체 무슨 일이 벌어지고 있는 거지. 당연히 협회는 이 오래된 목격담이 전부 신문의 장난질이다, 거짓말이 틀림없다는 자세를 취해야 했어. 내가 바꿔나갔던, '이끌리고' 있었던 생각은 다른 사람들도 비슷하게 도달하고 있었어. 즉 모든 비행접시 현상은 기본적으로 심령 현상의 범주안에 있다는 생각이야. 다시 말해 비행접시는 거의 모든 면에서 기계라기보다는 유령처럼 행동한다는 거지. 그건 유령과 의식의 물질화와 폴터가이스트*의 영역에 속해. 그 규모만 차이가 날 뿐이야. 반박 금지! 이제 내가 이 부분에 대해 독창성이 있다고 주장하는 건 아니라는 사실을 이해하는 게 좋겠다. 다른 사람들과 거의 같은 시기에 이런 생각을 하게 되었고 이제 하나의 학파, 그 학파의 일부가 되었지. 하지만 난 거기서 또 뛰어넘었어. 정말로 뛰어넘었어. 그리고 이제 나 혼자야."

로이가 다시 자리에 앉았다.

"내 반응이 궁금하면 그렇다고 말해." 잭이 말했다.

"아직은 아니야. 음, 그래서 난 계속해서 이 문제를 협회에 비밀로 했어. 개종에 가까운 일이었기 때문에 이 문제를 위해 얼마나 싸울지, 언제 그 문제를 드러낼지, 그리고 그 문제의 다음 단계를 알아냈을 때 일어날 수 있는 온갖 사소한 일들을 전부 고려해야 했어."

¶

잭은 참아야 한다고, 조심해야 한다고 마음을 다잡았다.

"협회는 컴퓨터를 사용할 수 있는 시간을 줘." 로이가 말했다. "협회가 하는 일 가운데 하나가 데이터베이스를 계

* 시끄러운 영혼이라는 뜻으로, 이유 없이 이상한 소리가 들리거나 물체가 스스로 움직이거나 파괴되는 현상을 말한다

속 쌓아가는 작업이거든. 처리해야 할 일이 산더미 같고 온갖 종류의 자료가 있어. 나는 야간 시간대별로(거의 밤에 목격되니까), 월별로, 또 지역별로 목격담 분포를 들여다보고 있었어. 그런데 상당히 뚜렷한 패턴이 눈에 띄었고 갑자기 그게 뭔지 알게 되었어. 아니 그보다는…… 그게 뭔지 대답할 수 있는 이론을 갖게 되었어. 내가 본 패턴은 바로 '섭식 패턴'이었어. 포식 곡선을 보고 그게 뭔지 알 수 있었지. 생각해봐."

"난 생각하지 않아, 이해할 뿐이지. 형 말은 비행접시들이 사람을 '먹으러' 온다는 거야? 이해가 안 돼, 로이."

"그래, 한 발만 뒤로 물러나 보자. 우선 비행접시가 다른 심령 현상과 비슷하다고 전제해보자. 좋아, 그럼 광범위하게 말해서 심령 사건들의 가장 핵심적인 공통의 특징이 뭘까? 내가 말할게. 공통된 특징은 그것들이 절대적으로 무의미하다는 거야. 이상하고 공포스러운 사건은 절대로 어떤 결과로 이어지거나 결과를 축적하지는 않아. 당연히 이 이상한 일들이 어떤 의미가 있는지 설명을 만들어내는 전문가 집단이 어쩔 수 없이 존재해. 우리 협회도 그런 곳이고. 또는 가짜 심령술사가 귀신 들린 집에 앉아 지상을 떠도는 어느 영혼에 관한 노래와 춤을 보여주기도 하지. 엑소시스트도 있고, 기타 등등이 있어. 잠깐, 네가 뭐라고 반박하기 전에 이 문제 전체에 반박할 수 있도록 이 문제 전체를 보여줄게. 이상한 일이 일어났어. 나는 이 모든 현상이 왜 이렇게 의미가 없을까 스스로 물어보기 시작했어. 당연히 무수히 많은 일을 우리는 설명할 수가 없어. 심지어 거짓인 설명조차 불가능하지. 18세기 영국에 스프링힐 잭이라는 사람이 있었어. 그는 가슴 위로 랜턴을 비춰들고 사람들 집 문을 두드렸다가 무서운 얼굴을 보여주고 쏜살같이 달아나곤 했어. 런던 전역에서 이런 일이 벌어졌지. 여기에 무슨 의미가 있을까? 다른 예를 들어보자. 동물에 관한 보고들이야. 탈출한 사자와 호랑이가 교외 어딘가를 돌아다니는 모습이 목격되었다는 이야기지. 신문에 주기적으로 그런 기사가 실렸어. 그런데 지역 서커스나 동물원에는 사라진 동물이 없다는 거야. 사람들은 그 동물을 절대 잡지 못해. 물론 전부 거짓말이라고 말할 수도 있어. 하지만 내가 겪은 일이 있잖아. 그 일은 분명히 일어났어. 너도 내가 거짓말쟁이라고 말할 거야?"

"아니, 그 반대야." 잭이 말했다.

"네스호의 괴물이 좋은 예야. 빅풋도. 어떤 끔찍한 것이 너희 집 뒷마당에서 비명을 질러대고, 닭들이 머리가 뜯겨나가고, 배설물이 발견될 수도 있어. 켄트의 검은 개들도 있지. 폴터가이스트도. 전구가 갑자기 터지고, 불이 나고, 가위가 막 쫓아오고……. 이유가 뭘까? 좋아, 이렇게 목적의 측면에서 보면 아무런 의미도 없어. 하지만 다른 게 있지. 이처럼 우리에게 보이는 것들은 도대체 뭘 '생산'할까? 그렇게 물어보면 한 가지 답을 얻을 수 있이 지구에 온 이유는 자연을 향한 존경심을 불러일으키고 머지않아 빌어먹을 지혜의 문서랄지 암 치료법 같은 것을 전달하기 위해서라고 말하지. 그러니까 너무 두려워할 필요 없다고. 딱한 사람들. 어려운 일이야. 〈미지와의 조우〉 봤어? 그 영화에서 보면 비행접시 외계인이 웨딩 케이크처럼 생긴 거대한 것 안에 살고 아주 친절해……. 심령의 충만이니 뭐니 하는 거 다 거짓말이야! **거짓말하는 사람들이 주도하는 거라고**. 비행접시는 우주와 아무런 상관이 없어. 호수 괴물은 플레시오사우루스와 아무 상관 없고, 귀신도 죽은 자들과 아무 상관 없어. 나 지금 흥분하고 있네."

로이는 말을 멈추었다. 그리고 잭은 로이가 두려워하고 있음을 감지했다. 어떻게 하면 좋을까?

로이가 주먹 쥔 손으로 정수리를 꾹꾹 눌렀다. 두통 치료법이었다.

¶

잭이 다시 들을 준비를 마치기도 전에 로이는 이야기를 시작했다.

"이제 비행접시 이야기를 집중적으로 해보자. 우린 이 현상을 어느 정도 연민을 품고 봐야 할지도 몰라. 그것은 굶주렸어. 그리고 이곳에 있는 우리는 숙주 개체

군을 두려움에 빠뜨리기가 점점 더 어려워지는 상황이야. 예를 들어 인간을 희생제물로 바쳤던 이교도의 시대에는 그것이 얼마나 쉽게 배를 채웠을지 생각해봐. 자신이 곧 죽음에 처할 것을 아는 사람들이 드글드글했고, 온갖 종류의 공포가 존재했지. 모든 나무와 바위에 정령이 깃들어 있다고 믿는 애니미즘 때문에 인간은 정령의 심기를 거스르지 않으려고 한껏 조심해야 했어. 좋아, 이제 좀 더 세련된 형태의 종교로 넘어가볼까? 사람들은 세련된 종교에도 여전히 사악한 적이 존재한다고 믿어. 그래서 종교가 여전히 기능하는 거야. 종교는 훨씬 더 완화되고 사악한 적은 상징적인 존재가 될 뿐이야. 마녀와 흡혈귀와 유령에 관한 전승의 전반적인 배경을 과학과 새롭게 살균된 종교가 제거하기 시작했어. 그것이 점점 절박해지고 있다는 뜻이지. 그것은 이제 기술과 과학 자체가 주는 공포를 원하게 되었어. 과학과 기술이 사라지지는 않을 테니까. 제 발로 사라지지는 않을 거라는 말이야. 흥미롭지? 30년대 후반 세계대전 직전에 스웨덴에서 목격된 유령 로켓 이야기 알아? 목격담을 살펴보면 위협적인 거대 로켓이 날아가는 걸 봤는데 어떤 것도 맞히지는 않았다고 해. 분명 무산된 시도였겠지. 아, 내가 너무 자세한 이야기를 하고 있구나. 아무튼 그것은 과학 자체에서 출발했고, 그것 스스로 조작할 수 있는 그럴싸한 공포가 필요했어. 이게 우리가 이해한 바야. 어떻게 시작되었는지는 논외로 하자. 어쨌든 시작되었어. 어디선가 날아왔을 비행접시가 하늘에 보이는 거지. 전파에도 잡히고. 우리는 다른 행성에서 보낸 비행물체의 방문을 받고 있어. 그들은 굉장한 기술을 보유했어. 그들이 우리 비행체를 위협해. 이에 관한 유명한 초기 사례가 바로 유에프오를 추격하다 실종된 맨텔 대위 사건이야. 우리 기술로 대항하기에 그들은 천하무적이지만 그들의 의도는 알려지지 않았어. 그들이 겁을 주기 시작해. 모든 게 완벽해! 그것은 재빨리 맨텔 대위 사건이나 플로리다에서 사라진 수상비행기 여섯 대처럼 실종사건과 연관을 맺기 시작해. 사실이든 아니든 말이야. 그들은 인간을 납치했다가 인간이 기억할 수 없는 일들을 해. 자동차 전기장치를 먹통으로 만들어. 미국인에게 '자동차'의 먹통이 되는 일보다 더 오싹한 일이 있을까? 없지. 그것은 점점 증폭돼. 한적한 도로나 밤, 고립된 사람들로……."

잭은 화제를 바꾸고 싶었다. 자신이 점점 비이성적으로 되어가고 있었다. 벽 색깔에 초록색 기운이 너무 많았다. 적어도 인공조명으로 보면 그랬다. 이 상황이 너무 별로였고, 빈 건물의 침묵 때문에 너무 연극적으로 변해가는 게 거슬렸다. 로이가 말하고 있었다.

"……그리고 그것의 구조는 매혹적이야. 예를 들면 자기 집 정원에서 제1유형 조우를 경험할 수 있는데, 제1유형이란 빛이 근접하는 게 오싹한 두려움을 가하지만 사실 그렇게 가까이 다가온 건 아닐 수도 있다는 뜻이야. 그저 이례적인 빛만 있어도 두려움이 마구 솟아날 수 있지. 여기에 정장 차림에게 납치를 당한다거나 시간 손실을 경험하거나 생식기를 장난감처럼 취급당한다거나 주사를 맞는다거나 다양한 형태가 출몰했어. 그것이 작동하는 방식에는 감탄할 만한 절약의 원리가 깃들어 있어. 커다란 사건들이 계속해서 공포 게임을 진행해. 작은 빛들이 주변을 순항하며 사이사이에 원활하게 제 기능을 해. 하지만 우리의 친구, 우주의 형제들에 관한 기업적인 선전은 전혀 도움이 되지 않아. 오직 공포가 핵심이니까. 그것은 실제 물리적인 효과가 있어서 매혹적이야. 어떤 의문을 달지 않고 그것을 할 수 있다는 뜻이야. 하지만 심령 사건들에 따르는 대표적인 물리적 효과가 절대적으로 전통적인 양식을 띤다는 사실을 잊지 마. 폴터가이스트를 예로 들어볼까? 폴터가이스트는 불로 시작했다가 집안의 도자기로 대체할 수 있어. 빅풋을 비롯한 습지대의 다른 가짜가 작은 동물에 손상을 입히는 패턴은 어떤 식으로 작동하는지 모르겠어. 어쩌면 주로 부근에서 일어난 일반적인 포식 행위를 활용하는 걸지도 몰라. 그런 다음 효과를 배가하기 위해 수단을 개발하는 거지. 일단 강력한 공포의 원형이 형성되면 시각적인 효과뿐만 아니라 실제 물리적 효과까지 생길 수 있어. 그 한계가 뭔지 나는 몰라. 이제 불길한 이야기를 해볼게. 커플이나 세 명이상이 집단으로 목격한 사례가 늘어나고 있어. 그것이 점점 강해지고 집단을 이용하는 법을 배우고 있다는 뜻이야. 더 자세히 살펴봐야겠지만 분명한 듯해. 꼭 출산하는 기분이 드네. 한결 나아졌어."

잭은 기다릴 수 있었다. 하지만 로이가 기다리게 하는 게 중요했다. 로이는 아는지 모르겠지만 로이의 이론은 이 세상 모든 일이 잘못되었다는 말이었다. 이 세력을 없애거나 구속하거나 뭐 기타 등등을 할 수만 있다면 평화와 화합의 전망이 펼쳐질 것이다. 천재다! 잭은 업무시간을 넘겨 건물에 남아 있는 게 싫었다. 그에겐 심각한 일이었다. 이 일을 끝내야 했다.

¶

잭은 자신을 믿어야 했다. 뭐라고 말해야 할지 몰랐지만, 무조건 시작했다.

"형 말은 우리가 노예나 뭐 그런 거라는 뜻이네."

로이가 바로 반응했다. "아니야, 넌 내 말을 어디로 들은 거야? 날 고치려 들지 마!"

잭은 계속 말했다. "아, 내 말이 틀렸다면 말해줘. 형은 이 거대한 일을 이해한 유일한 인간이야."

"아닐 거야. 내가 아는 사람 중에서 유일할 뿐이야.

이봐, 이건 가설이야. 구르지예프*가 지구인은 달의 먹이라고 말했을 때 누구도 무슨 말인지 이해하지 못했어. 어쩌면 구르지예프는 뭘 알았을지도 모르지. 뭐, 중요한 이야기는 아니고."

"하지만 말이야." 잭이 말했다. 어떤 주장이 불쑥 생각났다. 쩨쩨한 이야기임을 알았다. "로이, 애들은 어때? 형은 아이들은 원래 잘 속으니까 언제나 이런 경험에 연관됐다고 생각하겠네."

"그래, 많아." 로이가 말했다. "하지만 더 늘어나지 않는다는 사실이 흥미로워. 예전보다 귀신과 공포의 대상을 통해 아이들을 훈육하기가 점점 어려워졌기 때문이라고 볼 수도 있겠다. 그리고 이건 그냥 추측인데, 아이들이 아직 성숙하지 않아서 그럴 수도 있다고 생각해. 그것이 원하는 건 성숙한 신경계의 공포라는 결과물이지 아이들한테서 얻을 수 있는 시시한 반응은 아닐 거야."

잭은 여기서 나타날 돈의 수요를 예상할 수 있었다. 집중해야 했다. 책상 위 전화기가 울리기 시작했다. 로이에게 무시하라고 했다. 이게 좋았다. 그는 집중했다. 마음을 단단히 먹어야 했다.

* 아르메니아 출신의 신비주의자로, 60년대 히피 문화에 큰 영향을 끼쳤다

¶

잭이 말했다. "그럼 형은 이런 관점 때문에 협회에서 기피 대상이 되었겠네. 그럴 줄 알았어. 어쨌든 이렇게 요약할 수 있겠지? 형 말은 인간의 공포를 먹고 사는 보이지 않는 어떤 힘 또는 기생충이 광범위하게 퍼져 있다는 거야. 그것은 주로 고립된 개인을 잡아먹지만, 커플도 있다고 했고. 그리고 그것은 문화가 변할수록 함께 변해. 그것은 어떤 정신적인 믿음의 패턴을 활성화하고, 그 패턴을 상황에 따라 다양한 실제 장면으로 변화시키는 방식으로 작동해. 비행접시 단계는 늑대인간처럼 먼 과거부터 시작된 어떤 것의 일부이고. 또한 이 적은 점점 성장하는 것처럼 보여. 어쩌면 인류와 보조를 맞추어가고 있거나. 내 말이 맞아?"

로이는 불행해 보였다. "그래, 응. 내 말은 일종의 올리브 펠 요약본 성경이라는 사실을 기억해. 너한테 말하지는 않았지만, 단계마다 세부적인 내용이 아주 많아……."

"내가 알고 싶은 건 협회 내부에 무슨 일이 벌어졌느냐는 거야, 로이. 그냥 나 죽었소, 하고 버티지 그랬어?"

"그렇게 했어. 그런데 누가 말을 해버렸지."

"그럼 이제 형이 다른 사람 집에 머물러야 하는 이유를……. 다시 말해줄래?"

로이는 피곤해했다. "나도 몰라. 그냥 그래야 해. 오래는 아니야. 난 사람들 근처에 있어야 해. 단기간이면 돼."

"대답을 회피하는 것 같은데? 형은 지금 위험에 빠졌다고 생각하는 거지? 혼자 있고 싶지 않고? 어서 말해봐."

잭은 정말로 로이의 경계심을 발동하고 말았다. 한 가지 접근법이 생각났다.

"그리고 그것이 점점 더 강해지고 있지?" 잭이 말했다. "그 점이 뭔가 흥미로운걸. 그 이야기를 더 해봐."

"더 이야기할 게 별로 없어. 난 유능한 사람이 아니야. 어쩌면 비교적 약한 개별 생물의 전자기장을 이용할 수 있는가와 믿을 수 없을 정도로 강력한 현대의 인공 전자기장을 이용할 수 있는가의 차이일지도 모르겠다. 아니면 전부 틀린 생각일지도 모르고."

"형이 볼 때 그것의 거시적 측면은 뭐라고 생각해? 형도 생각해봤을 거 아냐. 예를 들면 전쟁이라든가. 전 지역에 걸쳐 수많은 이들이 죽음의 공포에 사로잡혀 있는 전쟁 기간에는 그것이 마구 번성할 거 아냐? 그렇다면 혹시 전쟁과 관련이 있을까?"

잭은 안전하다고 느꼈다. 이제 뭘 해야 할지 알았다.

"그런 추측은 하지 않아." 로이가 말했다.

"왜? 전쟁과 전쟁 사이 기간에는 그것의 발생률이 상승하지 않을까?"

"내가 아는 건 전쟁과 전쟁 사이에 그것의 발생률이

상승한다는 것뿐이야. 하지만 상승하는 이유는 다양할 수 있지. 나는 그런 추측은 하지 않아."

"그리고 그것은 점점 강해지고 있고."

"그 이야기는 이미 했어. 그래, 응."

로이의 목소리가 목구멍 가득 차올랐다. 그는 축축해 보였다.

¶

이제 책은 할 수 있었다. 이것으로 충분했다. 그저 어떤 비난을 사용할 것인가의 문제일 뿐이었다. 로이는 그것의 일부분이고, 그것을 퍼뜨리고 있을지도 모른다. 어쩌면 그것을 끌어들이고 있을지도 모르고. 그것은 하나의 지위였다. 그는 로이를 쫓아내야 했다. 이번에는 영원히. 어떤 일이 있어도 이 일에 주디스를 끌어들이지 않을 것이다. 그게 그의 책무였다. 모든 일이 연관되어 있었다. 그는 이미 상황을 파악했다. 아버지의 바보 같은 장인 정신에서 겨우 벗어났는데, 여기 형이 나타났다. 지독하게 가난하지만 어쨌든 꽤 흥미로운 형이. 절대 안 된다. 그런 일을 겪지는 않을 것이다.

그는 분노를 사용할 것이다.

1982년 84호

편집장은 첫 문장만 읽고 바로 출간을 결정했다

모나 심슨

"책은 자기 사무실을 좋아했고 자기 사무실을 좋아해도 괜찮았다."

〈거짓말하는 사람들〉의 첫 문장이다. 내가 〈파리 리뷰〉에서 일할 때 이 원고를 받았다(노란색 서류 봉투에 담겨, 고전적인 방식인 우편으로 도착했다). 당시 편집장은 평소답지 않게 이 첫 문장만 읽고 원고를 싣기로 결정했다.

편집자들은 큐레이터처럼 잘 다듬어진 직관이 발달한 사람들이다.

"딱 보니 알겠어요." 그녀는 읽어보라고 내게 원고를 건네며 말했다.

물론 그녀가 옳았다.

그 등장인물의 태도에는 뭔가가 있었다. 인물은 동사와 목적어를 반복해서 사용하며 완강한 방어심을 드러내고, 목소리 자체만으로도 갈등을 일으켰다.

노먼 러시는 사회주의자와 아마추어 오페라 가수 부모 밑에서 자랐다. 그의 작품에는 광적인 이론과 정치적 궤변, 남자애들이 여자애들이 가지지 못했음을 유감스럽게 여기게 하려고 사용하는 온갖 가시 돋친 지식, 괴짜, 반항아, 이데올로기 신봉자, 발명가, 그리고 충분히 고매함을 갖춘 이들의 주눅 든 아들들과 연인들이 잔뜩 등장한다.

모두가 언제나 영리하다.

그러나 그렇다고 별 도움은 되지 않는다.

두 형제에 관한 이야기 〈거짓말하는 사람들〉에 등장하는 이 호언장담을 생각해보자.

"엄격했던 아버지의 모든 면이 돌아오고 있었다. 베네딕틴은 마셔도 괜찮다. 베네딕트 수도회 사람들은 괜찮으니까. 그러나 샤르트뢰즈는 절대로 안 된다. 카르투지오 수도회 사람들은 뭔가 나쁜 점이 있으니까. 폴크스바겐을 사는 사람은 피하는 게 좋다. 그들은 노예노동과 관계가 있으니까. 오래전 60년대의 일이었다. 카잘스가 스페인에 돌아가기 전 스페인을 방문하는 사람들은 전부 배척자였다. 형제의 아버지는 지하실 발명가였다. 그는 치약의 일반적인 평균 사용량을 계산해 낭비를 막아주는 미터캡이라는 이름의 치약 뚜껑을 발명했다. 이 기술을 사들인 회사는 발명품을 숨겼다. 이 회사는 범죄자였다. 낭비는 인류의 적이었다. 사유재산은 도둑질이고 또 기타 등등의 여러 일이 밤새 이어졌다. 로이는 낭비에 반대했다."

마지막 문장은 로이를 형제의 '엄격했던' 아버지와 동일시한다.

잭은 "책상 위에 한 번에 한 가지 물건만 있는 게 좋았다." 벽은 그저 한 가지 색깔이 아니라 "천진난만한 노란색"이었고, "8층 높이는 거리의 소음과 떨어진 적당한 거리였다."

다시 말해 작가는 '완벽한 통제광이었다'라고 속삭인다. "그는 자신의 맞춤형 책상에 약간 실망스러운 점이 있음을 '인정할(필자 강조)' 수도 있었다."

이 신중하게 설비를 갖춘 사무실에서 무슨 상품을 만들어 낼까?

제작 의뢰. 잭은 어린이책 삽화가들의 에이전트다. "다들 '찌그러진 통조림'을 사야 한다"라고 믿는 남자의 아들로 자란 논리적인 귀결이다.

노먼 러시는 본질적으로 코믹 작가이므로 우리는 이 까다롭고도 적당히 야심 찬 질서를 흩트려놓을 무언가가 나타날 것을 안다. 그 무언가는 그의 형이다.

"완벽했다. 이 시점에 그에게 꼭 필요한 것이었다. 말로 표현할 수 없는 기분이 들었다. 이건 부당했다." 숨 가쁜 3인칭 진술은 어떠한 연민도 없이 잭의 감정을 겨우 전달한다. 그는 비서가 문을 열어둔 채 점심을 먹으러 간 사실을 비난한다. "그녀는 대가를 치를 것이다."

잭이 적당한 야망과 성공에 만족하고 도전 범위를 통제하는 인물이라면, 그의 형 로이는 아버지에게 물려받은 전 재산 2만 9,000달러를 유에프오를 믿는 집단에 갖다 바쳤다. 그는 진심을 품고 그 집단에 가입하지만 결국 집단 내 이론 싸움에

휘말리고 만다. 그는 비행접시를 보낸 적들이 인간의 공포심을 먹고 산다고 믿게 된다.

"다른 사람들과 거의 같은 시기에 이런 생각을 하게 되었고 이제 하나의 학파, 그 학파의 일부가 되었지. 하지만 나는 거기서 또 뛰어넘었어. 정말로 뛰어넘었어. 그리고 이제 나 혼자야." 그는 동생에게 설명하고 동생은 이렇게 대답한다. "내 반응이 궁금하면 그렇다고 말해."

둘 다 온전히 공감되지 않는다. 그러나 러시의 전형적인 삐딱함 덕분에 우리는 유에프오를 믿고, 잘 속고, 편집증이 있으며, 광신적인 로이에게 감정을 이입한다. 이야기 안에서 그는 가장 단순한 부탁, 즉 당분간 동생 잭의 집에서 지내게 해달라고 부탁하고 있기 때문이다. 그리고 우리 마음에 의미 없는 철학적 수수께끼를 던지는 합리적인 인물 잭은 이 가장 기본적인 호의를 거절하고 자신이 정당하다고 믿는다.

모나 심슨

Mona Simpson

1957년 미국인 어머니와 시리아인 아버지 사이에서 태어났다. 장편소설 《어느 곳도 아닌 여기Anywhere But Here》는 1999년 동명의 영화로 각색되었다. 이 밖에도 《나의 할리우드My Hollywood》를 비롯한 다섯 편의 장편소설을 발표했다. 〈파리 리뷰〉의 편집자로도 일했다.

The Beau Monde of Mrs. Bridge

브리지 부인의 상류사회

에번 S.코널

Evan S. Connell

1924년 미국 캔자스에서 태어났다. 미국 사회를 유머러스하면서도 신랄하게 짚는 글쓰기로 명성을 떨쳤다. 중상류층 가정의 삶을 해부한 소설《브리지 부인Mrs. Bridge》과《브리지 씨Mr. Bridge》로 대중과 평단 모두에게 큰 호평을 이끌어냈다. 두 소설은 영화 〈미스터 앤 미세스 브리지Mr. And Mrs. Bridge〉로 각색되었다. 2009년 맨부커 국제상 후보에 올랐다. 2013년 뉴멕시코에서 사망했다.

주차

마흔일곱 번째 생일에 브리지 씨가 사준 검은색 링컨은 차체가 너무 길어서 그녀는 이 차를 기관차 몰 듯 조심스럽게 운전했다. 사람들은 언제나 그녀를 향해 경적을 울려대거나 지나가는 동안 고개를 돌리고 빤히 쳐다보았다. 링컨 엔진은 공회전 속도가 아주 느리게 설정되어 있어서 교차로에 멈춰 서면 가끔 엔진이 꺼지곤 했다. 그래서 남편은 링컨을 절대 몰지 않았고, 그녀는 단지 자동차의 여러 문제점 가운데 하나일 뿐이라고 생각했기 때문에 공회전 속도는 절대 나아지지 않았다. 이따금 시동 버튼을 너무 오래 누르거나 충분히 오래 누르지 않아서 길게 늘어선 자동차 행렬을 지연시키곤 했다. 그녀는 스스로 전문가가 아님을 잘 알았기에 안타까운 일이 생길 때마다 열심히 사과했고, 모두에게 방해가 되지 않으려고 최선을 다했다. 언덕길을 내려갈 때면 시작 지점에서 기어를 2단으로 바꾸고 필요 이상으로 훨씬 더 느리게 내려가도록 놔두었다.

보통은 브리지 씨가 임대한 시내 주차장에 차를 세웠다. 거대한 주차장 문 앞에서 경적을 울리면 문이 터덜터덜 열렸고, 안으로 천천히 들어가면 직원이 그녀의 이름을 부르며 맞아주었다. 직원은 그녀가 자동차 밖으로 나오게 거들고 나서 그 위협적인 기계를 주차해주었다. 그러나 컨트리클럽 구역에서는 거리에 주차해야 했다. 주차 공간이 사선으로 되어 있으면 아주 잘 세웠지만, 평행 주차는 도로 경계석과의 거리를 가늠하는 게 어려워서 차에서 내려 주위를 둘러본 뒤에 다시 차에 타서 시도하곤 했다. 링컨 좌석은 무척 푹신했는데, 브리지 부인은 키가 작아서 전방을 보려면 아주 꼿꼿한 자세로 앉아야 했다. 그녀는 양팔을 앞으로 쭉 뻗어 장갑 낀 손으로 커다란 운전대를 단단히 붙잡고 발은 언제라도 페달을 밟을 수 있게 준비한 채로 운전했다. 심각한 사고를 당한 적은 없지만, 여기저기서 교통경찰관에게 붙들리는 모습이 종종 목격되었다. 교통경찰관들은 아무 조치도 하지 않았다. 부인을 체포해봐야 별 소용이 없을 것을 곧바로 알았고, 또

한 부인이 마땅한 방식으로 운전하려고 애쓰고 있음을 알았기 때문이다.

거리에 주차할 때면 사람들이 지켜보는 게 당혹스러웠다. 언제나 버스정류장에 서 있거나 할 일 없이 문 앞에 느긋하게 서 있는 사람이 있기 마련이어서 부인이 운전대를 붙잡고 씨름하는 동안 차가 갑자기 덜컹 뒤로 움직이는 모습을 구경했다. 하지만 때로는 부인이 어려움을 겪는 모습을 보고 다가와 모자를 살짝 들어 올리며 도와주겠다고 제안하는 친절한 사람들도 있었다.

"도와주시겠어요?" 그녀는 안도하며 부탁했고, 남자가 열어준 문으로 차에서 내려 연석에 올라선 다음 남자가 차를 제자리에 놓는 모습을 지켜보았다. 문제는 남자가 팁을 기대하는가 아닌가를 제대로 파악하는 일이었다. 부인은 거리 곳곳에 서 있는 사람들이 돈이 필요하다는 사실을 알았지만, 어떤 사람의 기분도 상하게 하고 싶지는 않았다. 때로는 주저하며 물었고 때로는 묻지 않았는데, 남자가 25센트를 받든지 받지 않든지 그를 향해 환하게 웃으며 "정말 감사해요"라고 말하고 링컨 차 문을 잠근 다음 상점으로 향하곤 했다.

목사의 책

브리지 부인이 책을 사는 경우는 언제나 셋 중 하

나였다. 상점마다 광고가 걸렸거나 어디선가 들어본 적이 있는 베스트셀러, 아니면 자기계발서, 아니면 내용과 상관없이 캔자스시티 사람이 쓴 책이었다. 마지막 경우는 자주 일어나는 일은 아니었지만, 어쩌다 한 번씩 누군가 캔자스시티 한복판에서 남북전쟁의 역사나 오래전 웨스트포트 상륙 이야기를 터뜨리곤 했다. 또 지역 출판사에서 주로 출간하는 얇은 시집과 산문집도 있었다. 그런데 이런 책들은 브리지 씨의 형이 골동품 상점에서 사 왔지만 집안 누구도 읽은 적이 없는 금빛 가죽 장정의 아주 오래된 《카라마조프가의 형제들》 세트 다음으로 거실에 오래 놓여 있었다. 이 골동품 책은 벽난로 선반 위 청동으로 만든 한 쌍의 원주민 추장(사촌 룰루벨 와츠의 선물 가운데 브리지 부인이 유일하게 사용할 수 있었던 물건) 머리 사이에 엄숙하게 꽂혀 있었고, 헤이즐이 1주일에 한 번 공작 깃털 총채로 먼지를 털어주었다.

《카라마조프가의 형제들》에 버금가는 책은, 키가 작고 성격 좋고 쾌활하기까지 한 포스터 박사의 수상록이었다. 지역 목사인 그는 큼직하고 잘생긴 얼굴에 언제나 길게 기르는 연한 금빛 백발을 정수리 쪽으로 빗어 올려 키를 3센티미터쯤 더 확보하고 다녔다. 3~4년 동안 책으로 묶을 생각을 하고 때로는 즐겁게 웃으며 은근히 회고록임을 암시하기도 하면서 이 산문들을 써왔다. 사람들은 죽을 때까지 혼자만 알고 있으면 안 된다고 소리쳤고, 포스터 박사는 말한 사람의 팔을 어루만지며 진심 어린 웃음과 함께 이렇게 말했다. "생각해봅시다, 생각해봐요." 그러곤 헛기침을 했다.

마침내 그가 캔자스시티에서 목회 활동을 한 지 17년이 되었고, 그의 이름도 알려지게 되면서 〈태틀러〉와 시에서 발행하는 신문에 이름이 자주 언급되자 그가 이전에 몇 번 조용히 투고한 적이 있는 작은 출판사가 그의 산문을 출간하기로 했다. 책은 검은 표지에, 황혼 무렵 서재 창문에서 뒷짐을 지고 한쪽 발을 살짝 앞으로 내민 채 생각에 잠긴 얼굴로 웃는 그의 사진이 인쇄된 위엄 있는 회색과 자주색 덧싸개를 두르고 나왔다.

첫 산문은 이렇게 시작한다. "나는 지금 수년간 안락과 영감의 원천이 되어준 내 책상 앞에 앉아 있다. 밤이 찾아오는 지금 작지만 (내 눈에는) 아름다운 정원 위로 그림자가 고요히 지나간다. 이럴 때면 인류의 현 상태를 돌이켜보게 된다."

브리지 부인은 포스터 박사가 직접 서명해준 책을 읽고, 그가 몹시 사색적인 사람이며 일출에 민감해 일출을 보려고 일찍 일어난다는 사실에 깜짝 놀랐다. 자신에게 특별한 의미를 담은 것처럼 보이는 문장에 밑줄을 쳤고 다 읽은 후에는 친구들과 책 이야기를 나누었다. 친구들도 전부 그의 책을 읽었고, 마침내 몇 페이지를 읽어보겠다고 동의한 그레이스 배런에게 강력히 추천했다.

전쟁과 공산주의자들과 타락 등을 다룬 추악하고 부정적인 책들이 넘쳐나는 가운데, 그녀에게 포스터 박사의 책은 마치 올리브 가지처럼 다가왔다. 삶은 결국 살 만한 가치가 있고, 그녀는 어떤 잘못도 저지르지 않았고 또 저지르고 있지도 않으며, 사람들에게 필요한 존재라는 사실을 확신하게 해주었다. 그렇게 포스터 박사의 만족스러운 명상록은 도스토옙스키의 그늘 아래 거실 곳곳 다양한 위치에 자리하게 되었다.

마드라스에서 온 하녀

브리지 부부가 칵테일파티를 연 것은 사람들과 칵테일을 마시고 싶어서가 아니라, 파티를 열 때가 되었기 때문이었다. 여든 명이 넘는 사람들이 언덕 비탈에 루아르 계곡의 성처럼 서 있는 집 곳곳을 돌아다녔다. 그레이스와 버질 배런 부부가 왔고, 매지와 러스 알런 부부, 헤이우드 덩컨 부부가 왔고, 윌헬름과 수전 밴 미터 부부는 자리에 어울리지 않아 보였다. 로이스와 스튜어트 몽고메리 부부가 왔고, 오래된 구슬 장식 드레스를 입은 베컬 자매는 언젠가 브리지 부인이 발찌를 차고 그들을 즐겁게 해준 일을 한시도 잊지 않은 것처럼 보였다. 거구의 노엘 존슨은 부인이 피로로 몸져누웠기 때문에 혼자 왔고, 메이블 에히는 진지한 토론을 시작하려고 했다. 배철러 박사와 부인은 오스트리아 난민 손님들이 현재 로스앤젤레스에 가정부로 가 있다고 했고, 포스터 박사마저 참을성 있게 웃으며 위스키 사워와 담배 한 대를 즐기러 와서는 몇몇 남자에게 일요일에 골프를 친다고 부드럽게 잔소리를 했다. 또 비치 마시라는 자동차 판매원도 왔는데, 그는 턱시도 대신 핀 스트라이프 더블 정장을 입고 일찍 도착해서는 자신의 실수가 당혹스러웠는지 사람들을 재미있게 해주려고 별짓을 다 했다. 그는 가까운 친구는 아니었지만 몇몇 다른 사람들과 함께 초대해야 했다.

브리지 부인은 화사하게 밝힌 집 안을 부산스럽게 돌아다니며 전부 있어야 할 자리에 있는지 점검했다. 몇 분에 한 번씩 화장실을 들여다보며 파스텔 색깔의 손님용 수건이 제대로 선반에 차곡차곡 깔끔하게 포개져 있는지 살폈는데, 저녁이 끝나갈 무렵까지 겨우 세 장만 건드렸다. 또 한 번은 부엌에 들어가 헤이즐을 거들라고 임시 고용한 하녀에게 풀 먹인 유니폼의 가슴 사이를 핀으로 여미라고 일러야 했다. 브리지 부인은 우아한 미소를 짓고 모두와 잠깐씩 이야기를 나누면서 나뭇가지 모양 은촛대와 칠면조 샌드위치 쟁반 사이를 지나갔고, 가끔 창문을 열고 담배 연기를 빼내거나 마호가니 탁자 위의 유리잔을 치웠고, 한 번씩 살짝 빠져나가 제 손으로 사서 집 안 곳곳에 놔둔 오닉스 재떨이를 비웠다.

비치 마시가 취했다. 그는 사람들의 어깨를 찰싹찰

싹 때리며 농담했고 큰 소리로 웃다가 자홍색 꽁초가 담긴 재떨이를 비우며 돌아다니는 내내 땀으로 축축하게 젖어 자꾸만 뿔처럼 위로 말려 올라가는 셔츠 깃을 바로잡으려고 애썼다. 그가 브리지 부인을 따라 카펫 깔린 계단을 올라가다가 기대에 찬 말투로 말했다. "마드라스에서 온 젊은 하녀가 있었는데, 엉덩이가 끝내줬죠. 부인이 생각하는 것처럼 둥글고 분홍색은 아니었고요, 회색에 귀가 길고 풀을 먹었죠."

"어머나, 세상에!" 브리지 부인은 예의 바른 미소를 지으며 어깨 너머로 그를 돌아보았지만 멈추지 않고 계속 계단을 올라갔고, 자동차 판매원은 비참하게 셔츠 깃을 잡아 뜯었다.

뒷자리 세탁부

수요일마다 세탁부가 왔다. 버스정류장이 브리지가에서 몇 블록 떨어져 있어 거의 언제나 누군가는 버스를 타고 온 세탁부를 데리러 마중을 나가야 했다. 몇 년 동안 뷸라 메이라는 이름의 사근사근한 나이 든 흑인 여성이 세탁부로 와주었는데, 머리에 붉은색 반다나를 쓰고 염색한 병원 가운처럼 생긴 드레스를 입고 자잘한 지혜가 넘치는 사람이었다. 브리지 부인은 뷸라를 무척 좋아했고 '멋진 늙은 영혼'이라고 불렀다. 작게나마 추가 비용을 챙겨주고, 유행 지난 이브닝드레스나 걸스카우트나 다양한 자선단체에서 의무적으로 구매해야 하는 경품응모권을 사서 자주 선물했다. 그러다가 뷸라가 선물이 있든 없든 세탁일은 충분히 했으니 해안가에서 여생을 보내겠다고 고객 누구에게도 알리지 않고 캘리포니아행 버스에 몸을 실어버린 날이 오고야 말았다. 브리지 부인은 몇 주 동안 세탁부 없이 지내며 세탁물을 업소에 맡겨 처리해야 했고, 결국 다른 세탁부를 구하게 되었다. 몸집이 무척 크고 우울한 표정의 스웨덴 여자로, 부엌에서 면접을 봤을 때 자기 이름은 잉그리드이고 18년간 마사지사로 일했으며 그 일을 훨씬 더 좋아한다고 말했다.

첫날 아침 브리지 부인이 버스정류장에 마중 나갔을 때 잉그리드는 울적한 표정으로 인사를 건네고 힘겹게 앞자리에 올라탔다. 관습에 어긋났지만 그런 일은 설명하기 어려웠다. 브리지 부인은 상대의 열등감을 자극해 감정을 상하게 하고 싶지 않았기 때문에 아무 말도 하지 않았다. 그저 다음 주에 동네에 같이 다니는 다른 세탁부가 잉그리드에게 제대로 말해주길 바랐다.

그러나 다음 주에도 잉그리드는 앞자리에 올라탔고 브리지 부인은 이번에도 아무렇지 않은 척했다. 하지만 세 번째 주 아침, 두 사람이 집을 향해 워드 파크웨이를 달리는 동안 브리지 부인이 말했다. "나는 뷸라 메이랑 아주 친하게 지냈어요. 그녀는 뒷자리에서 가장 즐거운 시간을 보냈죠."

잉그리드가 커다란 노란색 머리를 돌려 브리지 부인을 차갑게 바라보았다. 자동차가 진입로에 들어설 때 잉그리드가 말했다. "부인은 내가 뒷자리에 앉기를 바라는군요."

"어머나! 그런 뜻은 아니었어요." 브리지 부인은 잉그리드를 보고 웃으며 말했다. "원한다면 언제든지 여기 앉아도 좋아요."

잉그리드는 그 문제를 더는 언급하지 않았고, 다음 주에도 늘 그렇듯이 우울한 표정으로 위풍당당하게 뒷자리에 올라탔다.

너덜너덜한 소맷부리

평소에는 브리지 부인이 세탁물을 점검했지만 부인이 쇼핑이나 모임에 가면 헤이즐이 대신했는데, 헤이즐은 떨어진 단추나 늘어난 고무줄 따위에 관심을 기울이지 않았다. 그래서 더글러스가 소맷부리가 눈에 띄게 너덜너덜해진 셔츠를 입은 걸 발견한 사람도 브리지 부인이었다.

"어머나, 세상에!" 부인은 아들의 소매를 붙잡고 소리쳤다. "개가 뜯어 먹기라도 했니?"

그는 처음 본다는 듯 실 가닥을 내려다보았다.

"설마 그 셔츠를 입을 생각은 아니겠지?"

"내 눈엔 완벽하게 괜찮은걸요." 더글러스가 말했다.

"그 소맷부리를 봐! 다들 우리가 구빈원에라도 가는 줄 알겠다."

"가난이 부끄러운 일인가요?"

"아니!" 그녀가 큰 소리로 외쳤다. "하지만 우린 가난하지 않잖아!"

평등

브리지 부인은 평등에 찬성했다. 어쩌다 신문이나 라디오에서 노동조합이 승리했다는 소식을 접하면 이렇게 생각하곤 했다. '잘됐네!' 그리고 다양한 주의 차별정책들이 연방정부뿐만 아니라 시민단체의 비판을 받는 일이 점점 늘어나자 그녀는 이제 때가 되었다고 느끼고 차별이 어떻게 지속되는지 이해하고자 노력했다. 이런 생각이 아무리 강해도 그녀는 자신이 가진 모든 것이 한 사람, 즉 남편의 노력을 통해 생겨났음을 잘 알았기 때문에 말조심하려고 애썼다. 브리지 씨는 사람은 평등하지 않다고 생각했다. 그녀가 그런 일로 고민하고 있으면 그는 화가 나서 단호한 말투로 말했다. "당신이 세상 사람 모두에게 만물을 똑같이 나눠준다고 해도 6개월만 지나면 다들 지금 상태와 똑같아질 거요. 에이브러햄 링컨이 말한 건 능력의 평등이 아니라 권리의 평등이었어요."

사람들에겐 평등한 권리도 없다는 것, 그게 바로 그녀가 그에게 해주고 싶었던 말이다. 하지만 몇 분 토론하고 나면 자신이 부족하다는 느낌에 압도되면서 혼란스러워지기 시작했다. 그러면 그는 그녀가 유리 상자 안에 든 뭐라도 되는 것처럼 잠시 그녀를 빤히 바라보다가 하던 일로 돌아갔다.

그녀는 어떤 모임이든 소수자 집단의 구성원에게 자신을 소개할 때마다 자신과 그들 사이의 연관성을 깨닫곤 했다.

"저는 인디아 브리지예요." 그녀는 친근하게 인사하고 이 사람들을 집에 초대할 수 있기를 소망했다. 또 오래 알고 지냈고 특별한 견해를 내놓지는 않는 동네 친구들 사이에서 특정 계층의 재산 증가를 주제로 토론이 벌어질 때면 그녀는 이렇게 말하곤 했다. "그 사람들이 텔레비전과 자동차, 그리고 모든 걸 소유할 수 있게 된 게 근사하지 않아요?"

타운 북부에서 어느 흑인 부부가 백인 동네에 식료품점을 개업했다. 그날 밤 가게 창문이 전부 깨지고 불이 났다. 신문에 폐허가 되어버린 가게와 능글맞게 웃는 두 명의 경찰관과 재산을 전부 잃어버린 흑인 부부의 사진이 실렸다. 브리지 부인은 남편이 출근하고 몇 시간 후에 혼자 아침을 먹다가 기사를 보았다. 그녀는 젊은 흑인 부부의 비참한 얼굴을 살펴보았다. 신문 너머로 아침 해가 따사롭고도 명랑하게 비추었고, 부엌에선 헤이즐이 파이를 만들 사과 껍질을 벗기며 찬송가를 불렀으며, 창문 밖으로 보이는 대지는 평온했다. 하지만 여전히 이런 일들이 일어났다. 브리지 부인은 버터 바른 토스트 조각을 손에 든 채 끔찍한 욕망을 느꼈다. 그녀는 이 불행한 사람들을 품에 끌어안고, 그들에게 그녀 또한 상처받는 게 뭔지 알지만 결국 모든 게 잘 될 거라고 말해주고 싶었다.

장갑

그녀는 친구들과 함께 적당한 정도의 자원봉사를 꾸준히 해왔는데, 특히 기부로 모은 중고의류를 유통하는 9번가의 작은 가게에서 일했다. 가게에는 방이 두 개 있었는데, 앞쪽 방은 카드놀이용 테이블이 한 줄로 늘어서 있고 자원봉사자들이 테이블 뒤에 서서 손님들이 입을 만한 옷을 찾을 수 있게 거들었다. 뒤쪽 방은 테이블과 접이식 나무 의자가 몇 개 있어서, 브리지 부인과 동료 봉사자들이 당번이 아닐 때 점심을 먹거나 느긋하게 쉬었다.

그녀는 종종 매지 알런과 함께 중고의류 가게에 갔다. 어느 주에 두 사람은 알런 부인의 크라이슬러를 타고 갔고, 다음 주에는 브리지 부인의 링컨을 타고 갔는데, 이런 경우 브리지 부인은 항상 임대한 주차장 앞에 차를 세웠다. 거기 서서 경적을 울리거나 우연히 보여서 손짓을 하면 곧바로 조지라는 이름의 주차장 직원이 재킷 단추를 채우며 나와 뒷자리에 올라타고 함께 가게까지 갔다. 가게 앞에 도착하면 조지는 얼른 차에서 내려 브리지 부인이 내릴 수 있도록 차 문을 열어준 다음 다시 링컨을 주차장까지 몰고 갔다. 그녀가 동네 거리에 차를 세워두기를 꺼렸기 때문이다.

"여섯 시나 여섯 시 15분쯤 데리러 와주겠어요, 조지?" 그녀는 이렇게 부탁하곤 했다.

그러면 조지는 언제나 기꺼이 그렇게 하겠다고 말하고는 모자챙을 살짝 건드려 인사한 뒤 차를 몰고 떠났다.

"사람이 참 친절해 보이네." 가게 안으로 들어가면서 알런 부인이 말했다.

"응, 진짜 그래!" 브리지 부인이 동의했다. "내가 만난 주차장 직원 중에서 제일 친절해."

"거기 언제부터 주차했어?"

"꽤 됐지. 그전에는 '월넛' 앞에 끔찍한 자리에 주차했었어."

"그 팝콘 기계 있는 곳? 세상에, 거기 엄청나게 불편한 곳이잖아?"

"아니, 거기 말고. 이탈리아 사람들이 하는 가게. 내 남편이 이탈리아 사람들을 어떻게 생각하는지 알지? 음, 그 가게가 그 사람들 본부였나 봐. 거기 모여서 자기네 샌드위치를 먹고 뉴욕에서 송출하는 오페라 방송을 듣더라고. 어쩔 수가 없었어. 결국 월터가 주차장을 바꿔야겠다고 그러더라고. 그래서 바꿨어."

두 사람은 세탁하지 않아 더럽고 냄새나는 옷가지가 잔뜩 쌓인 카드놀이용 테이블을 지나 곧장 뒷방으로 갔다. 일찍 도착한 사람들이 커피와 에클레어를 먹고 있었다. 브리지 부인과 알런 부인도 코트를 벗어 걸고 커피를 마신 다음 일할 준비를 했다. 소년원에서 소년들을 몇 명 보내주었는데, 최근 들어온 중고의류 보따리를 풀어 옷가지를 쏟아내는 작업에 투입되었다.

두 시 무렵 그날 영업을 위한 준비가 끝났다. 가게 문이 열리자 첫 번째 가난한 사람이 들어와 브리지 부인과 다른 두 사람이 격려의 미소를 짓고 서 있는 계산대로 다가왔다. 세 사람 모두 장갑을 끼고 있었다.

헤이우드 덩컨 집 강도사건

브리지 부부는 헤이우드 덩컨 부부의 칵테일파티에 참석했다가 하마터면 강도에게 당할 뻔했다. 열 시가 막 지나고 브리지 부인이 뷔페 테이블에서 앤초비 크래커를 집어 들었을 때 위장을 위해 플라스틱 코를 붙인 뿔테안경을 쓴 네 명의 남자가 권총을 들고 나타났다. 그중 하나가 말했다. "자, 다들 주목. 권총 강도다!" 또 다른 남자가 피아노 의자에 올라서더니 거기서 다시 피아노 위로 올라가 사람들을 향해 권총을 겨누었다. 나중에 브리지 부인은 이 남자가 넥타이를 매지 않았다고 경찰에 진술했다. 처음에는 다들 농담인 줄 알았다. 하지만 강도들이 사람들에게 전부 벽을 보고 서서 머리 위로 손을 올리게 하자 농담이 아닌 줄 깨달았다. 강도 하나가 위층으로 뛰어가 양팔 가득 모피코트와 핸드백을 챙겨서 내려왔고, 다른 두 명은 사람들 사이를 돌아다니며 남자들의 주머니에서 지갑을 꺼내고 숙녀들의 손가락에서 반지를 빼내기 시작했다. 그들이 포스터 박사와 알런 부부 사이에 서 있던 브리지 부부에게 다가오기 전에 뭔가에 겁을 먹었는지 피아노 위에 서 있던 남자가 흉한 목소리로 외쳤다. "저 앞에 서 있는 파란색 캐딜락 열쇠 누가 갖고 있어?"

이 말을 듣자마자 랄프 포터의 부인이 외쳤다. "말하지 말아요, 랄프!"

하지만 강도 무리는 랄프 포터의 자동차 열쇠를 빼앗았고 다들 30분 동안 꼼짝도 하지 말라고 명령한 다음 베란다 밖으로 달려 나갔다.

이 사건은 다음 날 신문 1면에 실렸다. 8면에는 사진도 여러 장 실렸는데, 긁힌 피아노를 확대한 사진도 있었다. 남편이 출근하고 혼자 아침을 먹으며 기사를 읽던 브리지 부인은, 스튜어트 몽고메리가 겨우 2달러 14센트만 가지고 있었다는 것과 노엘 존슨 부인의 반지가 모조 다이아몬드였다는 사실을 알고 깜짝 놀랐다.

날 따라 집으로 와요

그 두려움이 실제로 어떻게 시작되었는지는 아무도 몰랐지만, 어쨌든 매지 알런과 아주 가까운 친구가 포함된 몇몇 여자가 워드 파크웨이에서 멀지 않은 곳에서 공격을 당한 사람의 이름을 안다고 주장했다. 누구는 광장 근처에서 일어난 일이라고 했고 또 누구는 그보다 더 먼 남쪽에서 벌어진 일이라고 했지만, 대체로 밤늦게 일어난 일이라는 데 동의했다. 유명한 집안의 어느 숙녀가 혼자서 차를 몰고 집으로 가다가 교차로에서 속도를 줄였는데 덤불 뒤에서 어떤 남자가 튀어나와 자동차 문을 열었다는 이야기였다. 공격이 극한으로 치달았는지 어떤지는 말하지 않았지만 중요한 대목은 남자가 범인이라는 점, 그리고 그 남자가 튀어나와 자동차 문을 열었다는 점이다. 이 사건에 관한 신문 기사는 전혀 없었고 불쾌한 일이라면 어떤 것도 싣지 않는 〈태틀러〉도 조용했다. 무슨 까닭인지 사건 날짜를 특정할 수는 없었고 오직 얼마 지나지 않은 어두운 밤에 일어났다는 사실만 알려졌다.

이 이야기가 퍼지자 나이 지긋한 부인들 가운데 누구도 해가 지고 나서 혼자서 차를 몰고 다니지 않으려고 했다. 남편이 늦게까지 일하고 있어서 혼자 칵테일파티나 만찬에 참석해야 할 일이 생기면 불안한 마음으로 자동차 문을 꼭 잠그고 운전했다. 또 파티가 끝나면 집주인 남자가 자기 차를 타고 동행 없는 부인이 집에 도착할 때까지 뒤를 따라 운전하는 일이 관례가 되었다. 그래서 자동차 행렬이 마치 장례식 행렬처럼 조심스럽게 컨트리클럽 거주지역 대로를 따라 지나가는 모습을 이따금 목격하곤 했다.

브리지 부인도 남편이 제때 퇴근하지 않거나 피곤해서 침대에 누워 휴가지 광고나 읽고 있길 원하는 저녁이면 그런 식으로 집에 돌아왔다. 자동차 행렬이 집 앞 진입로에 멈춰 서서 엔진들이 공회전을 하는 동안 그녀는 차고에 차를 넣고 자기 모습이 보이게 진입로로 돌아와 현관으로 들어갔다. 현관문을 열고 들어가 전등을 켜고 남편에게 "나 집에 왔어요!" 하고 외쳤다. 남편이 대답으로 무슨 소리를 내면 그녀는 전등을 몇 차례 켰다 껐다 깜박이게 해서 밖에서 기다리는 친구들에게 자신이 무사하다고 알렸고, 그러면 다들 밤을 향해 출발하곤 했다.

낯선 사람과 절대로 말하지 말 것

백화점 바로 앞 거리에서 어떤 남자가 뭐라고 말을 걸었다. 그녀는 남자를 무시했다. 하지만 순간 군중에 휩쓸리는 바람에 두 사람 사이가 가까워졌다.

"안녕하십니까?" 남자가 웃으며 자기 모자를 만졌다. 대략 쉰 살에 은발, 귀가 약간 악마처럼 생긴 남자였다.

남자의 얼굴이 빨개지더니 거북하게 웃었다. "글래디

스 슈밋의 남편입니다.”

“어머나, 세상에!” 브리지 부인이 외쳤다. “몰라뵀어요.”

콘래드

어느 날 아침, 한가롭게 책장 먼지를 털다가 잠깐 멈추고 책 제목들을 훑어보는데 몇 년 동안 손도 대지 않았던 콘래드의 붉은색과 금색 장정 책이 눈에 들어왔다. 어쩌다가 이 책이 여기에 꽂혀 있게 되었는지 생각이 나지 않았다. 책을 꺼내 면지를 살펴보고 나서야 토머스 브리지의 장서였음을 깨달았다.

남편의 형 토머스가 죽고 나서 그의 책과 지도를 물려받은 일이 기억났다. 그는 나이트클럽 연예인과 결혼했고 나중에 멕시코에서 심장마비로 죽은 특이한 남자였다.

마침 할 일이 전혀 없어서 금방이라도 찢어질 것같이 누렇게 바랜 책장을 넘기기 시작했고 서서히 사로잡혔다. 10분 정도 책장 옆에 서서 읽다가 아예 거실로 들어가 자리를 잡고 앉아 읽기 시작했고, 헤이즐이 점심시간이라고 알릴 때까지 책에서 고개를 들지 않았다. 읽는 도중 틀림없이 토머스가 밑줄을 쳤을 문단을 만났다. 어떤 사람들은 끝까지 삶에 무지한 채로 생이 담고 있을지도 모르는 것들을 전혀 보지 못하고 오랜 세월을 스치듯이 지나 서서히 잔잔한 무덤으로 가라앉는다는 내용이었다. 뒷부분을 읽는 동안에도 자꾸 생각나 밑줄 친 문단으로 돌아가 멍하니 카펫을 바라보고 있을 때 헤이즐이 들어왔다.

브리지 부인은 이 날카로운 작가의 책을 더 읽을 생각으로 벽난로 선반 위에 올려두었다. 그러나 오후에 헤이즐이 알아서 콘래드를 책장에 꽂아버렸고, 브리지 부인은 다시는 그를 생각하지 않았다.

투표

브리지 부인은 농가의 잉여농산물과 외국의 원조 같은 문제를 두고 남성적인 어조로 말하는 일부 여성처럼 정치를 논해본 적이 없었다. 오찬 자리나 사교 모임에서 이런 화제가 나오면 주의 깊게 귀를 기울였다. 자신의 지식이 부족함을 느꼈고 더 알고 싶은 마음에 본격적으로 공부해봐야겠다고 생각했다. 하지만 계속해서 너무 많은 일이 생기는 바람에 시작하기가 어려웠고 정확히 어떤 것부터 공부해야 할지도 몰랐다. 가끔 남편에게 물어봤지만 그는 자세하게 이야기해주지 않았고, 결국 그녀도 그런 문제들을 깊이 파고들지 않게 되었다. 혼자서는 성취할 수 있는 게 많지 않았다.

이게 남편이 어느 당에 투표할 것인지 그녀에게 말했다는 정보를 부주의하게 흘린 후 메이블 에히에게 늘어놓은 변명이었다.

메이블은 청소년처럼 몸매가 납작했지만, 꽤 건강했다. 그녀의 체형은 어떻게 해도 피지 않는 꽃봉오리 같았다. 머리를 짧게 자르고 트위드 코트 주머니에 양손을 깊이 찔러넣고 남자처럼 서 있을 때가 많았다. 짧은 긍정문으로 말했고, 때로는 고개를 한껏 젖히고 마른 갈대 쪼개지는 소리로 웃음을 터뜨렸다. 그녀는 적절한 치료를 받을 비용이나 보험이 없어서 출산 중에 죽어가는 여성들에 관해 명백한 출처를 통해 들은 이야기를 비롯해 자본주의를 주제로 씁쓸한 의견을 수없이 내놓았다.

"나한테 아이가 생긴다면요……." 그녀는 이런 식으로 시작하는 걸 좋아했고 이어서 의료 비용을 맹렬히 비난하곤 했다.

그녀는 브리지 부인에게 따졌다. "당신은 생각이 없나요? 세상에, 이봐요! 당신도 어른이잖아요. 자유롭게 말해요! 우린 해방되었다고요." 그녀는 찌푸린 얼굴로 클럽하우스 별관의 카펫을 내려다보며 뒷짐을 진 채 발꿈치에서 발끝으로 불길하게 몸을 흔들기 시작했다.

"당신 말이 맞아요." 브리지 부인은 메이블이 내뿜는 담배 연기를 조심스럽게 피하며 사과했다. "저는 '무슨' 생각을 해야 할지 아는 게 너무 어려워요. 추문과 사기가 판을 치고 신문도 우리가 알기를 원하는 내용만 실어요." 브리지 부인은 머뭇거리다가 말을 이었다. "그럼 '당신은' 어떻게 생각을 정하나요?"

메이블은 작고 멋진 입술에서 담배 파이프를 뺐다. 그토록 순진한 질문에 뭐라고 대답해야 하나 곰곰이 생각하는 것처럼 천장을 보다가 다시 카펫을 내려다보았다. 마침내 책을 찾아 찬찬히 읽는 것부터 시작하는 게 좋겠다고 제안하고서 점수 기록지 가장자리에 책 제목을 여러 개 써 주었다. 브리지 부인은 한 권을 제외하면 전부 처음 들어보는 책이었고, 그나마 들어본 책 한 권도 저자가 경찰 수사를 받고 있었기 때문이지만, 어쨌든 그것부터 읽어보기로 했다.

공공도서관에 그 책의 대기자 명단이 있었지만, 브리지 부인은 대여점에서 책을 구했고 메이블의 조언대로 찬찬히 읽기 시작했다. 조콜로프라는 저자 이름은 확실히 위협적으로 들렸고, 첫 장은 연방 순회 법원의 뇌물수수 이야기였다. 이 책을 두고라면 이야기할 수 있겠다 싶을 만큼 읽었을 때 그녀는 과감하게 책을 홀 테이블 위에 올려놓았다. 하지만 브리지 씨는 사흘째 저녁까지 그것을 알아채지 못했다. 그는 콧구멍을 가늘게 하고 첫 단락을 읽어보더니 한 번 툴툴거리고는 책을 다시 테이블에 내려놓았다. 실망스러웠다. 이제 어떤 위험도 존재하지 않으니 책을 끝까지 읽기가 어려웠다. 그녀는 잡지 요약판이 더 낫겠다고 생각했지만, 대여점에 책을 반납하면서 주인에게 이렇게 말했다. “솔직히 책 내용에 동의한다고는 말할 수 없지만, 저자가 확실히 박식하네요.”

조콜로프의 어떤 주장은 여전히 그녀의 머릿속에 남았고, 오래 생각할수록 더 날카롭고 논리적으로 된다는 걸 깨달았다. 그의 주장대로 확실히 정권이 '바뀔' 때가 왔다. 그녀는 다음 선거에 자유주의 정당에 투표하기로 정했고, 그때가 다가오자 열정과 불안이 가득 차올라 남편과 이야기를 하고 싶어졌다. 그녀는 남편 또한 투표할 정당을 바꾸게 설득할 수 있겠다고 자신감을 느끼기 시작했다. 그녀가 보기에 정치에는 어떠한 신비도 없는 게 분명했다. 하지만 그녀가 토론해보자고 제안해도 그는 특별히 관심을 보이지 않았고, 사실은 대답도 하지 않았다. 곡예사가 엄지손가락을 병에 넣은 채 물구나무를 선 텔레비전 쇼를 보다가 짜증 난 표정으로 잠시 그녀를 흘낏 쳐다보았을 뿐이었다. 그녀는 다음 날 저녁 텔레비전이 끝날 때까지 기다렸다가 다시 도전했는데, 이번에 그는 궁금한 표정으로 마치 그녀의 마음을 살피기라도 하려는 듯 꽤 골똘히 그녀를 바라보다가 갑자기 코웃음을 쳤다.

브리지 부인은 선거 전날 저녁에는 정말로 토론을 강행하려고 했다. 조콜로프의 책을 인용할 생각이었다. 그러나 그는 너무 늦은 시간에 너무 피곤한 상태로 집에 왔고, 그녀는 남편을 언짢게 할 생각이 없었다. 언제나 그랬듯이 그의 생각대로 투표하게 놔두는 게 좋겠다고 결론을 내렸고 자신 또한 원하는 대로 하기로 했다. 그러나 편의상 컨트리클럽 쇼핑 구역에 설치한 투표소에 도착하자 갑자기 의문이 들었고 약간 불안해졌다. 그리고 마침내 그 순간이 오자 그녀는 세상이 지금 그대로의 모습으로 남기를 바라는 소망을 담아 투표기의 손잡이를 당겼다.

1955년 10호

완전히 새로운 연민을 느끼게 하는 독창적인 인물

웰스 타워

1920년대에서 1940년대까지 이어진 미국의 이른바 '페도라 시대'의 병폐를 다룬 소설들은 대부분 지나친 음주와 폭력, 성애의 이야기를 다룬다. 〈브리지 부인의 상류사회〉가 그 소설들보다 우리에게 더 큰 상처를 주는 이유는 무엇일까? 이 짧은 이야기는 별다른 사건이 일어나지 않는 품위 있는 세계에 고립된 인디아 브리지를 그렸다. 미국의 소설가 존 치버의 인물들은 박살 난 도자기와 결혼을 통해 세대의 고통을 자유롭게 분출했다. 그러나 에티켓에 관한 글로 유명한 미국 작가이자 사교계 명사인 에밀리 포스트의 지혜가 뉴턴의 법칙처럼 작용하는 브리지 부인의 세계에서는 그렇지 않다. 컨트리클럽 좌석에서는 유리그릇이 깨지지 않는다. 극적인 가속도와 갈등, 포물선 같은 전통적인 서사의 물리학은 브리지 부인의 거주지를 내리누르는 대기 아래서 속도가 느려지고 쪼그라들며, 흐지부지한 용두사미로 끝나고 만다. 캔자스시티의 진공 안에서는 누구도 당신의 비명을 듣지 못한다.

파편적인 구조의 이야기는 외로운 영혼이다. 눈부신 한 쌍의 장편소설로 뻗어나가기 전(《브리지 부인》과 《브리지 씨》)에 코널이 이 단편에서 미리 선보인 모자이크 타일 같은 삽화들은 초상화에 쓸쓸한 힘을 불러일으키는 연료전지와 같다. 브리지 부인의 내성적인 세계에서는 변혁을 일으킬 만한 사건이나 인생을 바꿔놓는 큰 깨달음은 일어날 수 없다. 이곳의 존재들은 사소한 순간에 묶여 있다. 대체로 이 축소된 존재들은 독자에게 독특한 연민을 요구한다. 이 감정은 한 여성을 향해 우리가 느끼는 완전히 독창적인 슬픔이다. 그 여성은 칵테일 파티 도중 무장 괴한의 습격을 받았을 때 죽음에 관한 묘사는 전혀 하지 않으며, 오직 괴한 가운데 한 사람은 넥타이를 매지 않았고 노엘 존슨 부인에게 훔쳐 간 다이아몬드 반지가 당혹스럽게도 가짜였다는 사실만을 언급할 뿐이다.

웰스 타워

Wells Tower

1973년 캐나다 벤쿠버에서 태어났다. 《유린 되고 타버린 모든 것》의 작가이고, 2010년 〈뉴요커〉가 선정한 '40세 이하 소설가 20인'에 이름을 올렸다. 〈뉴요커〉, 〈맥스위니스〉 등의 매체에 다수의 소설과 기사를 기고했다. 푸시카트상을 두 차례 수상했으며 플림턴상, 헨필드재단상 등 여러 문학상을 받았다.

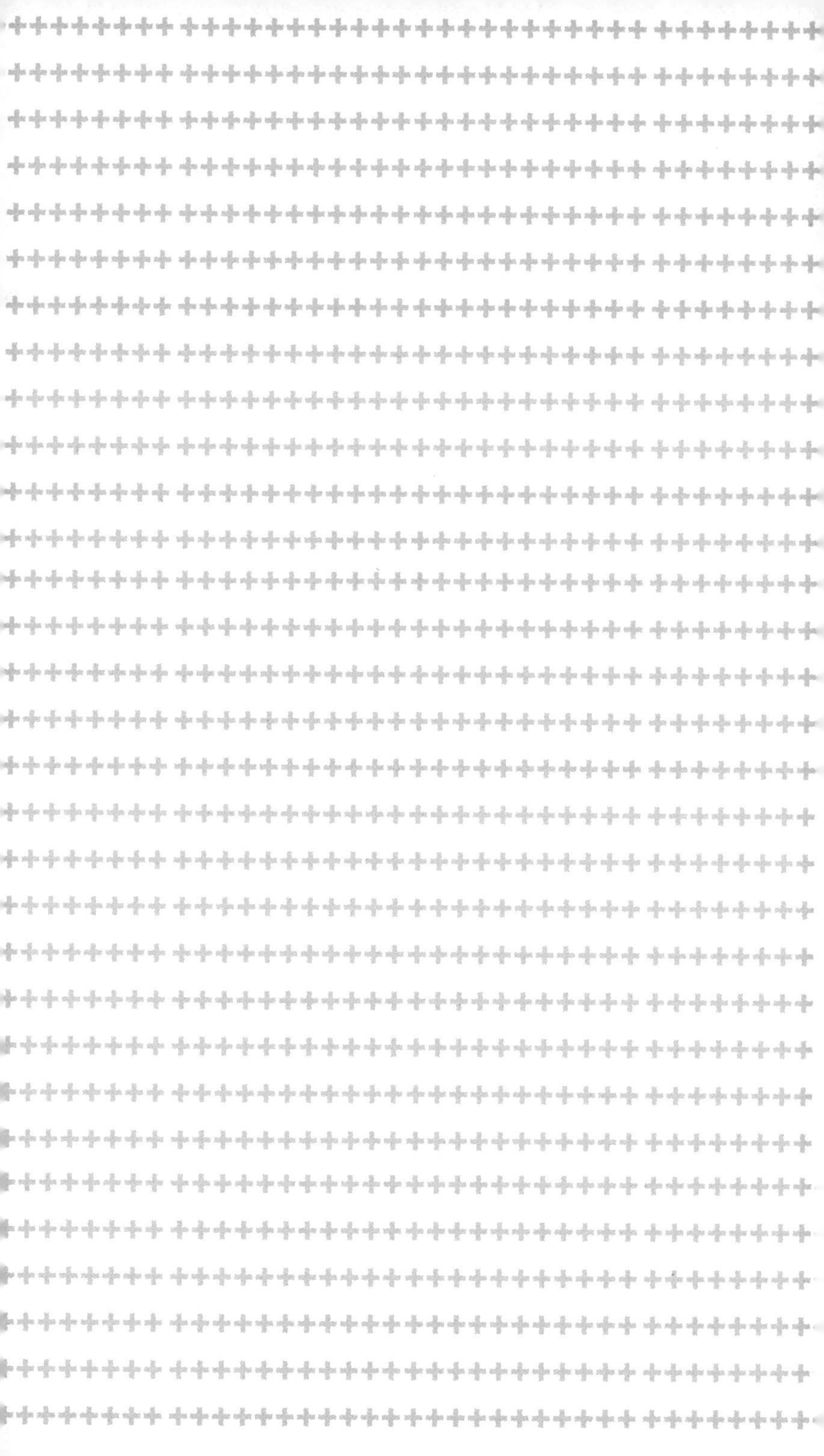

Night Flight to Stockholm

스톡홀름행 야간비행

댈러스 위브
Dallas Wiebe

1930년 미국 캔자스에서 태어났다. 《소네트Sonnet》, 《투명한 안구The Transparent Eyeball》, 《덤프 위의 하늘색Skyblue on The Dump》 등의 소설을 쓰고 푸시카트상, 아가칸상 등 여러 문학상을 받았다. 25년 동안 미국 신시니티대학교의 문예창작 강좌를 운영하고, 작가 프로젝트와 지역 잡지를 만드는 등 신시내티 지역에서 작가 양성에 힘을 쏟았다. 2008년 사망했다.

이 모든 게 게이브리얼 래칫 덕분이다. 스칸디나비아 항공사의 왕복 비행기표를 나란히 두 자리씩 마련하고, 킹 구스타프 홀리데이 인에 숙박을 예약하고, 내 고리버들 바구니의 악취를 제거한 뒤 새 시트를 깔아주고, 여행을 위해 곪아가는 내 몸뚱이를 목욕시키고 정장 느낌이 나게 위쪽에 흰색 리본 끈을 단 검은색 자루를 새로 만들어 입혀준 사람이 바로 그였다. 심지어 비행기에 탑승할 때는 내 바구니 한쪽을 직접 들고 가기도 했다. 어둠 속에서 그가 승무원들에게 나를 씻기는 법, 식사와 물을 주는 법, 그리고 언제 내 몸뚱이를 뒤집어야 하는지 가르쳐주는 소리가 들렸다. 돈을 건네주는 소리가 들렸다. 그의 우렁찬 웃음소리와 소처럼 툴툴거리는 숙녀들의 소리가 들렸다. 한 승무원이 그의 작은 대머리를 토닥이는 소리를 들은 것도 같다. 이윽고 나의 첫 번째 비행이 시작되었다. 낡은 보잉 747기가 요란하게 돌진하면서 내 몸뚱이가 바구니 한쪽 끝으로 미끄러졌고, 비행기가 이륙하면서 귀에서 펑 소리가 났다. 검은 낙하산을 탄 나의 장엄한 황금빛 꿈을 향해 날아갔다. 연이은 책의 출판과 세심한 교정과 초록색 수술복과 바스락거리는 지폐와 쨍강거리는 상패와 불후의 악취가 멈추지 않고 활강했다. 기장의 말처럼 내가 아이슬란드와 북대서양과 아일랜드, 잉글랜드, 북해, 노르웨이 15킬로미터 상공의 어둠 속을 이토록 느릿느릿 떠가게 된 것도 모두 게이브리얼 래칫 덕분이다. 스톡홀름에 착륙하면 나는 스웨덴 국왕과 어쩌면 그의 부인과 어린 왕족 전부도 만나게 될 것이다. 그들이 어떤 소리를 낼지, 또 어떤 냄새를 풍길지 궁금하다.

이 모든 게 계약 전문가 게이브리얼 덕분이다. 그는 음악가와 화가, 조각가, 쿼터백, 장대높이뛰기 선수, 마술사, 거듭난 기독교인과 대통령을 상대로 계약을 맺어왔다. 또한 농부, 교수, 시인, 성직자, 야구 투수, 테러리스트, 비행기 조종사와 경력을 협상해왔다. 지난 30년간 그는 엄청난 수의 계약을 체결한 덕분에 수술칼을 휘둘러서 거머쥘 수 있는 것보다 더 큰 성공을 거두었다. 그는 어머니 뱃속에서부터 타고난 능력이라고 말한다. 나는 그 말을 믿을 수 있다.

게이브리얼(고객들은 그를 게이브 또는 개비라고 부른다)은 1935년 아일랜드 북부 도니골의 머키시산 서쪽 기슭에서 태어났다. 정확한 날짜는 모르고 당시 그의 어머니가 은색 종을 매단 흰말 몇 마리를 보았다고 한다. 1951년 블러디 포랜드 지역에 감자 흉년이 들었을 때 일리노이주 시카고로 이주해 왔다. 나는 19세기 이후에도 아일랜드에 감자 기근이 발생했는지 기억나지는 않지만 언제나 기꺼이 그의 말에 귀를 기울인다. 그는 피와 살을 지닌 인간이고, 어떤 사람이든 돈으로 매수할 수 있는 도시가 좋아서 시카고로 왔다. 처음에는 계약이 잘 성사되지 않았다고 한다. 폭삭 망하기 직전인 1956년에 시카고 미술관에서 이소벨 가우디를 만났다. 두 사람은 모네의 수련 그림 앞에 나란히 서 있었다. 게이브리얼의 설명에 따르면 그는 한숨을 쉬며 이렇게 말했다. "빌어먹을, 페그 파울러가 저것보다 잘 그리겠네." 절호의 기회를 포착하는 안목이 있었던 이소벨은 즉시 대답했다. "리처드 탈턴이 죽기 직전이에요. 그를 도와줄 수 있나요?" 공무원이자 성공한 사업가로서 게이브의 인생은 바로 그 순간 시작되었다. 그가 수술칼을 휘두르고 신체 부위를 절단하는 계약을 협상한 덕분에 앙브루아즈 파레는 메인주 헬웨인 최초로 부유한 외팔 장의사가 되었다.

내가 게이브를 처음 만난 건 1977년 12월 현대언어학회 학술회의에 참석하러 갔던 파머 하우스 호텔 로비에

서였다. 나중에 알게 된 사실이지만 당시 그는 북적거리는 로비를 어슬렁대며 계약을 체결할 만한 실패자들을 찾고 있었다. 그는 슬그머니 다가가 조용히 그리고 은밀하게 작은 명함을 내밀었다. 초록색 바탕에 붉은 글씨로 그의 이름 게이브리얼 '밸리보피' 래칫과 사무실 주소 시카고 스푼 애비뉴 1313번지, 전화번호 393-6996, 업무 시간 '고객님 편한 대로', 직업 '계약업자', 그리고 그의 좌우명 '무명으로 절뚝이지 말고 이 세상에 발을 들여라'가 적혀 있었다. 그는 마지막 명함을 내게 건네면서 이렇게 잠재적인 고객을 많이 본 적이 없다고 말했다. 또 한동안 나를 주시했다고 말했는데, 나는 그 말에 상처를 받았다. 우리는 군중 사이에서 잠시 대화를 나누었고 나는 그에 관해 물었다. 그는 어린 시절 그 감자 기근을 겪어서 키가 작다고 말했다. 또 코와 귀가 울퉁불퉁한 이유는 사랑하는 그의 어머니가 그에게 젖을 먹이고 있을 때 페그 오넬*이 나타나 너무 겁을 먹는 바람에 왼쪽 젖꼭지가 그대로 말라붙어버렸기 때문이라고 했다. 그의 치아가 전부 썩어버리고 대머리가 된 것은 2년간 그의 아내였던 몬태나주 크리크 애비의 조앤 티리가 박쥐 침으로 그를 독살하려고 했기 때문이었다. 그는 속을 채운 메뚜기와 구운 개미, 생쥐 통구이를 먹고 겨우 독에서 벗어났고 아내를 시카고강에 던져버렸다. 그는 아내가 처음부터 나쁜

* 사악한 물의 정령

사람이었고 1955년에 한 결혼이 2년이나 이어졌다는 사실이 놀랍다고 했다. 아내의 새엄마가 결혼지참금으로 김빠진 맥주와 상한 빵을 주었고, 캘킷 홀에서 열린 결혼식 후 아내는 오직 염소들과 어울리며 염소수염을 빗겨주는 일 외에는 아무것도 하지 않으려 했다. 아내의 천국에는 초석이 있고 아내의 지옥에는 황금이 있으며, 아내의 천사들은 갑옷을 입어 행동이 굼떠지고 화약에 부상을 당한 구체적인 모습이었다. 그에게 내 문제를 말하자 그는 한가하게 노닥거리기엔 내 나이가 너무 많으니 성공을 향해 필사적으로 싸워나가야 한다고 말했다. 나는 그의 도움이 필요하면 연락하겠다고 말했다.

생각보다 훨씬 빨리 그의 도움이 필요해졌다. 그날 학술회의에서 발표한 내 논문이 웃음거리가 되어버린 것이다. 서두를 시작하자마자 킥킥대는 소리가 들렸다. 조용히 하라고 부탁하자 더 시끄럽게 웃었다. 내 논문(오리건주 웨일스 털루이스 테그 대학교 영문과 메이릭 카소본 교수의 '영미문학의 붕괴 원인으로서 은유적 사고')을 소개하자 청중은 야유하고 으르렁거리고 입 나발을 불었다. 수염을 흔들고 담뱃대를 이로 갉아댔다. 심지어 풀이 자라는 소리를 들을 수 있고, 어릴 적 너무 빨리 달려서 한쪽 다리를 어깨 위로 걸쳐놔야만 뛰는 모습이 보였으며, 허벅지가 단단해 거기 대고 돌을 깰 수도 있고, 한쪽 콧구멍으로 콧김을 내뿜어 풍차도 돌릴 수 있다고 주장했던 나의 오랜 친구 보크 유리스크마저도 손바닥을 귀에 대고 흔들고 코를 쥐며 야유했다. 학회 의장인 델라웨어주 골스턴의 리처드 타이니와 사회자인 아이오와주 원스트로의 존 셰프가 일어나 바지를 내리고 내 쪽으로 벌거벗은 엉덩이를 보여주었을 때는 무슨 말인지 알아들었다. 나는 은유 때문에 엉덩이 모욕을 당했고 그것으로 끝이었다. 다들 검은색 터틀넥 셔츠를 입고 있는 가운데 나만 두드러지는 녹색 양복을 입고 있었다. 나는 청중석에 앉아 울부짖는 사람들 위로 내 무성한 검은 머리를 까딱거리며, 경멸의 시선 속에서 내 매부리코와 돌출 턱과 초록색 눈을 높이 쳐들고 연단에서 걸어 나왔다. 물론 나는 양말도 신지 않고 커다란 배를 꾸룩꾸룩 출렁였다. 내 흰색 컨버스 올스타가 왁스 칠한 바닥에 닿을 때마다 찍찍 소리를 냈고, 흰색 타이와 푸른색 셔츠는 땀으로 얼룩졌다. 그때 나는 늘 해왔던 일, 즉 소설 쓰기로 돌아가야겠다고 마음먹었다. 나는 빨간색 글씨가 박힌 초록색 명함을 꺼냈다.

수화기를 들고 그에게 전화한 날은 목요일이었다. "게이브, 1978년 1월 13일 금요일인 내일이면 나도 예순여섯 살이 되고, 평생 소설을 써왔지만 어떤 곳에서도 단 한 글자도 출판해주지 않았어요. 〈파리 리뷰〉에 내 소설이 실릴 수만 있다면 내 왼손 새끼손가락을 줄 거예요." 게이브리얼은 곧바로 흥미를 보이면서 구매자를 찾을 수 있을 것 같으니 다음 날 연락하겠다고 했고, 나는 결국 내 말대로 했다. 그는 정말로 구매자를 찾았다. 다음 날 그가 찾아와 톰 리드라는 친구가 있는데, 조상이 1547년 핑키 전투*에서 전사했고 자존심을 되찾고 싶어 한다고 했다. 톰은 내 왼손 새끼손가락을 가져가는 대신 내 소설 〈시대에 격노하라〉가 〈파리 리뷰〉에 실릴 수 있도록 하겠다고 동의했다. 그리고 실제로 그렇게 했다. 그는 깨끗한 백지에 한 행씩 띄어서 소설을 타자하라고 했다. 지워지는 종이는 사용하지 말라고도 했다. 시간과 장소의 배경을 정확히 설정하고, 소설 막바지에 교훈을 늘어놓으면 안 되고, '말 그대로', '정말로', '순전히', '단지', '진정', '절대로', '아주', '기본적으로' 같은 의미 없는 단어로 강조하지 말라고 했다. 강조는 문장으로 표현하라고 말했다. 그는 또 땀 얼룩을 깨끗이 닦아내라고 말했다. 나는 이 모든 것을 그대로 했고, 드디어 내 소설이 발표되었을 때 도디폴 박사를 찾아가 마취 상태로 손가락 제거 수술을 받았다. 수간호사 케이트 크래커너츠가 면 붕대로 제거한 손가락을 감싸고 다시 붉은 박엽지로 포장한 다음 노란색 리본으로 묶었다. 나는 소설을 발표한 작가가 되어 병원 밖으로 걸어 나갔는데, 들어올 때보다 몸무게가 85그램 줄어 있었다. 이 일로 돈도 벌었다. 수술비용이 50달러였는데 소설 원고료로 60달러를 받았기 때문이다.

* 스코틀랜드와 잉글랜드 사이에 벌어진 전투로, 핑키는 새끼손가락이라는 뜻이다

〈시대에 격노하라〉가 발표되고 한 달 후, 또 다른 소설 〈리엄 섹소브는 러브랜드에 산다〉를 〈트라이쿼터리〉에 보냈다. 당연히 그렇지는 않겠지만 소설은 보낸 당일 곧바로 반송된 것처럼 보였고, 나는 다시 게이브리얼 래칫과 그의 영향력이 필요함을 알았다. 그는 트라이위틴 트래틴 술집에서 해비트롯을 마시며 제니 그린티스와 시시덕거리고 있었다. "이봐요, 게이브." 나는 말했다. "도움이 필요해요. 내 소설이 〈트라이쿼터리〉에 실리게 해준다면 내 왼쪽 고환을 줄게요." 게이브는 내 쪽을 보지도 않고 말했다. "고환 두 개면 거래가 성사될 것 같은데." 나는 그 조건에 동의할 수 있다고 했고, 그는 성령강림절 축제에 고환이 필요한 마마두크 랭데일에게 연락해보겠다고 했다. 게이브는 거래를 성사시켰고 나도 조건대로 했다. 1978년 12월 어느 추운 금요일에 벅스 리드퍼드 출신의 네피어 박사와 수간호사 세라 스켈본이 내 고환 두 개를 제거했다. 세라가 그것을 흰 붕대와 초록색 박엽지와 붉은색 리본으로 포장했고, 나는 그것을 게이브리얼에게 가져갔다. 그는 물건에 만족하며 마마두크 랭데일이 내 소설 제목을 〈리브 고슈의 침묵〉으로 바꾸고, 주인공 이름도 리엄 섹소브에서 버드 이소벨로 바꿔야 하며, 중복되는 대목을 없애고, 구어체를 제거하고, 4쪽과 14쪽, 22쪽 여백의 눈물 자국을 지우고, 느낌표와 줄표와 강조 밑줄과 생략을 가리키는 말줄임표를 쓰지 말라고 했다고 전해주었다. 나는 그 모든 지시에 따랐다. 양질의 9킬로그램 리넨 장정에 소설을 다시 타자해 〈트라이쿼터리〉에 보냈다. 그들은 1주일도 안 되어 원고를 수락했고 나는 두 번째 소설을 발표한 작가가 되었다.

〈리브 고슈의 침묵〉이 발표되었을 때 나는 게이브리얼 래칫에게 평생 에이전트가 되어달라고 부탁했다. 그는 이에 동의했고 1979년 7월 루이 마리 시니스트라리 박사와 그의 동료 이지도르 리소가 내 왼손을 제거했다. 어쨌든 오른손과 오른팔만으로도 타자할 수 있으니까 왼손은 필요 없다고 생각했다. 내 왼손을 파란색과 붉은색 줄무늬 포장지로 감싸고 검은 리본을 두른 다음 아일랜드의 수영선수 그레이토렉스 씨에게 보냈다. 그는 메릴랜드주 하이브라질 섬에서 회신을 보내왔는데, 분사구문을 사용하지 말고, 별 효과 없는 세부 묘사를 없애고, 완곡어법과 우회적 표현을 통한 문학적 언어의 사용을 중단하며, '말할 것도 없이', '너무나 놀랍게도', '굳이 말할 필요는 없겠지만' 같은 표현을 쓰지 말라고 했다. 또 원고에 핏자국이 묻어서는 안 된다고 일렀다. 나는 그가 말한 대로 했고, 〈에스콰이어〉는 내 소설 〈두더쥐의 두뇌와 생존권〉을 받아주었다.

나는 최근에 발표한 작품 때문에 여전히 빈혈 상태였지만 1980년 1월 〈뉴요커〉에 도전하기로 마음먹었다. 게이브가 전해준 메시지에서 메인주 야턴 키널의 듀랜트 호섬은 내가 비정상적인 어순을 사용하지 않고, 순진한 척하는 새침데기 화자를 없애고, 서사에서 틀에 박힌 클리셰를 제거하고, 시점을 한 인물이나 화자에게 집중하고, 원고의 콧물 자국을 깨끗이 지우기만 한다면 귀 한 쌍을 받는 거래에 동의하겠다고 했다. 나는 그 지시에 따랐고 〈머클라위〉 원고를 보냈다. 듀랜트는 계약에 대한 감사의 회신을 보냈고, 켈피가 1369번지의 페그 파울러를 찾아가면 된다고 했다. 나는 그곳에 갔다. 페그는 몇 가지 지시사항을 전달했고, 애비 러버스 병원의 아르비라거스 박사를 찾아가라고 했다. 병원 밖으로 걸어 나올 때 내 귀는 초록색 리본으로 위쪽을 묶은 빨간색과 금색 봉투에 담겨 있었다. 미국 최고의 단편소설 작가라는 새로운 명성을 두르고 밖으로 나갔을 때 차가운 공기 때문에 머리 양옆의 뭉툭 잘린 부위가 욱신거렸다.

게이브리얼에게 단편집을 제안했을 때 그는 부르르 몸을 떨었다. 그는 거래를 더 하기 전에 몸부터 추스르는 게 좋겠다고 했다. 나는 내 소설이 발표되어 그가 많은 돈을 벌었고 앞으로 더 많이 벌게 될 거라고 말했다. 그러니 에이전트로서 할 일을 하고, 내 몸에 대한 걱정은 내게 맡겨두라고 했다. 그는 제안이 하나 들어왔다고 말했다. 손이 붙어 있지 않아도 왼팔이 하나 필요하다고 했다. 아칸소주 히친에 사는 윌리엄 드레이지 박사는 마거릿 배런스에게 갖춰줄 왼팔이 필요했다. 마거릿은 왼팔이 없었고 춤을 추는 동안 상대방 남성의 어깨에 걸쳐놓을 게 없어서 무도회에 참석할 수가 없었다. 게이브리얼은 이식수술을 위해 히친까지 가야 한다고 말했다. 나는 이에 동의했고 1981년 3월에 수술을 받았다. 하지만 그는 내 왼팔을 제거하기 전에 원고를 세심하게 다듬고, 부수적인 패턴을 신중하게 통제하고, 모든 소설에서 주변 인물을 더 중요하게 다루고, 소재를 더 연구하고, 이야기를 더 기이하고 별나게 만들고, 독자를 더 불편하게 만들어야 거래가 성사될 거라고 했다. 원고에 붙은 귀지도 떼어내고. 나는 그가 말한 대로 전부 하겠다고 약속했고, 그는 떼어낸 내 왼팔을 마거릿에게 붙여주었다. 6개월 후 마거릿은 서른세 살에 처음 참석한 무도회에서 허리에 빨간 장식띠를 두른 푸른색과 금색 드레스를 입고 춤을 추었다. 그 사이 더블데이 출판사가 내 단편집 《말과 곡괭이의 울음소리》(1981년 9월)를 출간했다.

회복 기간이 점점 길어져서 다음 거래는 장편소설로 해야겠다고 결심했고, 게이브리얼 래칫에게 그 이야기를 하자 그는 바닥에 쓰러져 깔깔대며 웃었다. 나는 얼른 그 작은 몸뚱이를 일으켜 일하러 가라고 했다. 그는 그렇게 했다. 그는 내 코와 발, 다리, 눈, 음경, 콩팥을 입찰했다. 나는 왼발을 내놓았다. 모르그 아실 매글로어 법률회사가 협상을 처리했고, 1982년 2월 게이브리얼은 캔자스주 서모셋의 루스 텅과 계약을 체결했다. 나는 장편소설

《플리버티 지빗》을 크노프 출판사에서 출간하는 대신 그녀에게 왼발을 주기로 했다. 계약 내용 가운데 나와 관련한 부분은 '발생하다,' '문제적이다,' '격노하다,' '일시적으로,' '머지않아,' '둔부'라는 단어를 남용하지 않아야 한다는 것이었다. 문장이 더 간결해야 했다. 행위의 주체가 있는 능동사를 더 많이 써야 했다. 멜로드라마에서 벗어나야 했다. 또 의인화 은유를 더는 사용하지 않기로 했고 인간이 아닌 어떤 것도 의인화하지 않으며, 등장인물과 대상과 행위는 오직 직접적으로 묘사하고, 원고에 오줌을 흘리지 않기로 합의했다. 게이브리얼은 계약서에 흥미로운 부칙도 협상했는데, 만약 이 책이 전국적인 상을 받게 되면 합의한 내 신체 부위를 왼발과 왼쪽 다리 전체로 확대한다는 내용이었다. 빨간색, 검은색, 주황색 겉표지를 씌운 《플리버티 지빗》은 1982년 전미도서상을 수상했고 루스 텅은 왼쪽 다리 전체를 가져갔다. 나는 흔들의자에 앉은 채로 연단으로 옮겨졌고 상을 받을 때 마지막으로 악수했다.

오헤어 공항을 떠나기 전 게이브리얼이 읽어준 장부에는 다음과 같이 쓰여있었다.

1983년 4월 4일: 오른발. 노스다코타주 애즈모데이의 토미 로헤드에게. 행동이 일어나는 장면에서 감정과 심리적 관점을 복잡하게 만들 것. 이름을 신중하게 선택할 것. 문장의 리듬을 다양화할 것. 어조를 다양화할 것. 원고에 똥 묻히지 말 것. 장편소설《브라키아노의 유령》맥밀란 출판사. 검은색과 회색 표지. 장 제목 빨간색. 오른쪽 다리 추가: 퓰리처상 소설 부문 수상. 완료.

1984년 7월 16일: 오른손. 미시간주 해크펜의 엘러비 게이던에게. '존재', '분리', '추구' 철자 교정할 것. 수식어에 명사와 동사를 쓸데없이 반복하지 말 것. 독자와 게임을 벌일 것. 원고에 침 묻히지 말 것. 단편집《겨울의 푸른 마녀》랜덤하우스 출판사. 검은색 표지에 금박 글씨. 빨간색 속표지. 오른팔 추가: 오헨리상, 세인트 로런스상 소설 부문 수상, 컬럼비아대학교 학과장 임명. 완료.

1985년 2월 10일: 두 눈. 델라웨어주 시스턴의 빌리 블라인드에게. '기타 등등'과 접미사 '-식'을 사용하지 말 것, '-로서'는 정확하게 사용할 것. 서사에 수사적 질문을 쓰지 말 것. 도입부에 대화를 쓰지 말 것. 회상 장면 금지. 묘사에 모든 감각을 포함할 것. 원고에 고름 묻히지 말 것. 2부작 장편소설《사마엘》. 갈색 작은 판형. 빨간색, 초록색, 푸른색 표지. 노벨상 수상. 완료.

그늘진 북구 위에 떠 있으려니 우리 모두 암흑 속으로 서서히, 조금씩, 부분부분 들어선다는 생각이 든다. 우리는 산산이 분해되어 단어로, 문장으로, 단락으로, 서사로 들어선다. 우리 삶이 흩어져 사진으로, 편지로, 증명서로, 책으로, 상으로, 거짓말로 들어선다. 기록이 하나씩 깨질 때마다 빛을 견딘다. 태양이 점점 희미해질 때까지 낮이 끝나기를 기다린다. 북아메리카, 남아메리카, 오스트레일리아, 남극, 아시아, 아프리카, 유럽이 지구의 어두운 물 위에 흩어질 때까지 우리는 그림자가 모인 곳에 흩어진다. 육체의 세계가 부서질 시간이다. 팔다리의 세계가 해체할 시간이다. 뼈의 세계가 튀어 오를 시간이다. 언어가 최후로 쪼개질 시간이다. 나는 이중거래의 맛을 보았다. 날랜 손재주의 냄새를 맡았다. 아리송한 속삭임을 들었다. 차가운 수수께끼를 만져봤다. 누구도 자신의 비석과 뚝 떨어져 있지 않다. 누구도 자신의 외피 없이 웃지 않는다. 누구도 쪼그라들지 않고 숨 쉬지 않는다. 누구도 침묵과 떨어져 말하지 않는다. 고리버들 바구니에 누워 있다고 해서 뚝 떨어져 누워 있는 건 아니다. 고름에 푹 젖은 부드러운 시트 위에서 몸을 돌리려면 혼자서는 할 수 없다. 튜브를 통해 음식을 먹으려면 혼자서는 할 수 없다. 마시다가 질식하면 모두에게 뱉어내게 된다. 밤하늘을 떠가는 것은 밝게 빛나는 새벽 별이 깨지고 더는 존재하지 않을 때까지 우리 모두 언젠가는 떠나게 될 여정과 같다.

거대한 비행기가 하강하기 시작하는 게 느껴진다. 일흔네 살 된 내 귀에 펑 소리가 들린다. 죽은 개 냄새를 풍기는 승무원이 내가 음식물을 토하더라도 폐로 흡입되지 않도록 벌써 내 몸을 돌려놓았다. 승무원이 좌석 두 개를 차지한 내 몸을 안전띠로 단단히 묶어주었다. 엉덩이와 늑골에 안전띠가 지나가는 게 느껴진다. 어둠 속에서 비행기가 하강하는 게 느껴지고, 나는 그것 없이 살 수 없는 신체 부위는 어떤 것도 포기하지 않았음을 의식한다. 가지고 태어난 것보다 덜 가지고도 살아갈 수 있음을 의식한다. 온전성이 전부가 아님을 알겠다. 상을 받기 위해 눈 한쪽을 내준다면 확실히 수상자가 될 것을 안다. 비행기가 착륙하면서 이리저리 덜컥이자 나의 긴 백발이 뭉툭한 귀 위로 미끄러지는 게 느껴진다. 나는 상상할 수 있다. 무릎 옆에 조그만 검은 리본이 달린 검은색 니커 바지를 입은 수행원들이 박수 소리가 요란한 무대로 나를 옮겨줄 것이다. 나이 든 검은 왕이 두꺼운 안경 너머로 실눈을 뜨고 손잡이가 두 개 달리고 흰색 캐넌 시트가 깔린 고리버들 바구니 안을 들여다볼 것이다. 내 윗입술 위로 콧물이 새기 시작하면 나는 왕에게 그의 말을 똑똑히 들을 수 있게 얕은 내 귀에서 귀지를 좀 빼달라고 부탁할 것이다. 나이 든 검은 여왕이 꾸르륵 소리를 내며 머리만 남은 상 받는 몸덩이를 향해 킬킬거리는 동안, 왕은 강인한 인내심의 미덕을 극찬하고 심각한 장애를 극복한 위대한 사람들과 인간의 정신이 품은 불굴의 의지를 지겹도록 떠들어댈 것이다. 내 눈에서 고름이 흘러나오는 동안 내가 수상 연설을 할 수 있도록 바구니 속으로 마이크를 붙잡아줄 사람이 왕자나 공주나 어린 군주였으면 좋겠다. 침을 제어할 수 있기를 바란다. 눈물을 흘리지 않기를 바란다. 소음과 맛과 온도에 냄새를 더해줄 꽃이 있을지 궁금하다. 누가 내게도 샴페인 한 모금을 먹여줄 수 있을지 궁금하다. 저 쿵 하고 쾅 하고 덜커덩하는 느낌은 틀림없이 활주로다.

1978년 73호

이 미친 시대에도 재미있고 기괴한 이야기

조이 윌리엄스

〈스톡홀름행 야간비행〉은 1978년 봄 〈파리 리뷰〉 73호에 실린 작품이다. 어찌나 유쾌한지! 정말이지 온갖 미친 짓이 벌어지는 '이 시대'에도 가장 재미있고 가장 기괴한 작품이다. 발표한 지 수십 년이 더 지났지만 지금도 이야기 속 화자가 성취해낸 출판물과 수상의 영광에 따라붙는 계약조건이 고스란히 기억날 정도다. 화자는 자신의 논문 '영미문학의 붕괴 원인으로서 은유적 사고'를 발표하려고 학회에 참석했다가 연단에서 심한 야유를 받은 뒤 '계약 전문가' 게이브리얼 래칫에게 운명의 전화를 건다.

"게이브." 그는 말한다. "내일이면 나도 예순여섯 살이 되고 평생 소설을 써왔지만 어떤 곳에서도 단 한 글자도 출판해주지 않았어요. 〈파리 리뷰〉에 내 소설이 실릴 수만 있다면 내 왼손 새끼손가락을 줄 거예요."

자, 됐다. 에이전트 래칫에겐 수많은 고객이 있고, 그중 상당수가 사소한 이유로 신체 부위를 원하면서 출판계에 어마

어마한 영향력을 지녔다. 우리도 아는 사람들이다. 그러므로 새끼손가락 하나에 〈파리 리뷰〉, 고환 두 개에 〈트라이쿼터리〉(요즘으로 치면 〈하퍼스〉 정도 될 것이다), 왼손에 〈에스콰이어〉, 귀 한 쌍에 〈뉴요커〉를 얻고 나면, 그 후 성공이 보장된다.

"미국 최고의 단편소설 작가라는 새로운 명성을 두르고 밖으로 나갔을 때 차가운 공기 때문에 머리 양옆의 뭉툭 잘린 부위가 욱신거렸다."

더블데이 출판사에서 단편집을 내기 위해 왼쪽 팔을 내놓았고, 크노프 출판사에서 장편소설을 출간하기 위해 왼발을 내놓았다. 전미도서상과 퓰리처상까지 받으려면 작가의 신체 부위는 남아나지 않을 것이다. 그러나 영리한 슈퍼에이전트 래칫은 그의 눈을 걸고 노벨상을 따내기에 이른다. 이런 이유로 이제 곪아가는 몸덩이가 되어버린 작가는 바구니에 꾸러미로 담겨 불멸의 화신이 되어 최고의 문학상을 받으러 스톡홀름으로 날아간다.

"나는 상상할 수 있다." 꾸러미는 생각한다. "무릎 옆에 조그만 검은 리본이 달린 검은색 니커 바지를 입은 수행원들이 박수 소리가 요란한 무대로 나를 옮겨줄 것이다. 나이 든 검은 왕이 두꺼운 안경 너머로 실눈을 뜨고 손잡이가 두 개 달리고 흰색 캐넌 시트가 깔린 고리버들 바구니 안을 들여다볼 것이다. 내 윗입술 위로 콧물이 새기 시작하면 나는 왕에게 그의 말을 똑똑히 들을 수 있게 얇은 내 귀에서 귀지를 좀 빼달라고 부탁할 것이다. 나이 든 검은 여왕이 꾸르륵 소리를 내며 머리만 남은 상 받는 몸덩이를 향해 킬킬거리는 동안, 왕은 강인한 인내심의 미덕을 극찬하고 심각한 장애를 극복한 위대한 사람들과 인간의 정신이 품은 불굴의 의지를 지겹도록 떠들어댈 것이다."

그러나 날카롭고 건조한 파우스트식 배치를 할 때 위브는 이 정도로 만족하지 않는다. 소설 속 작가는 성공을 거머쥘 때마다 계약서에 조목조목 적혀 있는 온갖 편집상의 조언을 따라야 한다. "여백의 눈물 자국을 지울 것, 도입부에 대화를 쓰지 말 것, 서사에 수사적 질문을 쓰지 말 것, 회상 장면 금지, 강조는 문장으로 표현할 것" 등등, 대학의 모든 글쓰기 강좌에서 학생들에게 알려주는 기술적 요구다. "행동이 일어나는 장면에서 감정과 심리적 관점을 복잡하게 만들 것, 문장의 리듬을 다양화할 것, 특정 단어의 남용을 멈출 것."

이 뛰어난 소설에서 또 한 가지 주목할 점은 터무니없는 작명이다. 상을 받을 무렵엔 머리만 남았을 뿐인 몸덩이를 제외한 모든 등장인물의 이름이 특이한데, 위브는 그 이름들을 K. M. 브리그스의 책《장난꾸러기 요정 퍽의 해부The Anatomy of Puck》에서 가져왔다고 밝혔다. 내 눈에는 익살스러운 케이크 위에 하늘색 설탕 옷을 너무 많이 뿌린 느낌이지만, 댈러스 위브 같은 이름을 가진 사람이라면, 이를테면 리처드 포드 같은 사람은 절대 하지 않을 장난기가 가득하기 때문인지도 모른다.

〈스톡홀름행 야간비행〉은 〈파리 리뷰〉에서 내가 특별히 좋아하는 이야기다. 콧물에 관해 정확히 말하자면, 위브는 콧물 씨와 콧물 부인에 관한 훌륭한 이야기도 썼다. 그러나 내 생각에 〈파리 리뷰〉가 그 이야기까지 실어줄 것 같지는 않다.

조이 윌리엄스

Joy Williams

1944년 매사추세츠에서 태어났다. 단편소설 〈돌보기〉로 전미도서상 후보에 올랐다. 이 밖에도 장편소설《은총의 상태》, 단편소설 〈도피〉 등을 썼다. 삶에서 겪는 상실을 신비롭고 영적으로 다루는 글쓰기로 이름을 알렸다. 레아 단편소설상, 밀드레드 앤 해롤드 슈트라우스상 등 여러 문학상을 받았다.《병든 자연》을 비롯한 환경문제를 날카롭게 다룬 글로도 호평을 받았다. 〈에스콰이어〉, 〈그란타〉, 〈그랜드 스트리트〉 등 다수의 매체에 글을 발표했다.

모든 빗방울의 이름을 알았다

'문학 실험실' 파리 리뷰가 주목한 단편들

초판 1쇄 2021년 11월 22일

지은이 호르헤 루이스 보르헤스, 레이먼드 카버 외

엮은이 파리 리뷰

옮긴이 이주혜

펴낸이 김한청

기획편집 원경은 차언조 양희우 유자영 김병수

마케팅 최지애 현승원

디자인 이성아

경영전략 최원준 설채린

펴낸곳 도서출판 다른

출판등록 2004년 9월 2일 제2013-000194호

주소 서울시 마포구 양화로 64 서교제일빌딩 9층

전화 02-3143-6478 | **팩스** 02-3143-6479 | **이메일** khc15968@hanmail.net

블로그 blog.naver.com/darun_pub | **페이스북** /darunpublishers

ISBN 979-11-5633-434-7 03840